中國語言文字研究輯刊

五 編

許 錟 輝 主編

第 **20** 冊

何萱《韻史》音韻研究（第一冊）

韓 禕 著

花木蘭文化出版社

國家圖書館出版品預行編目資料

何萱《韻史》音韻研究（第一冊）／韓禕 著 — 初版 — 新北市：
花木蘭文化出版社，2013〔民 102〕
序 6+ 目 8+246 面：21×29.7 公分
（中國語言文字研究輯刊　五編：第 20 冊）
ISBN：978-986-322-526-3（精裝）
1. 古音　1. 聲韻學
802.08　　　　　　　　　　　　　　　　102017939

ISBN-978-986-322-526-3

9 789863 225263

中國語言文字研究輯刊
五　編　　　第二十冊　　　　　　　ISBN：978-986-322-526-3

何萱《韻史》音韻研究（第一冊）

作　　　者　韓禕
主　　　編　許錟輝
總 編 輯　杜潔祥
出　　　版　花木蘭文化出版社
發 行 所　花木蘭文化出版社
發 行 人　高小娟
聯絡地址　235 新北市中和區中安街七二號十三樓
　　　　　　電話：02-2923-1455／傳眞：02-2923-1452
網　　　址　http://www.huamulan.tw 信箱 sut81518@gmil.com
印　　　刷　普羅文化出版廣告事業
初　　　版　2013 年 9 月
定　　　價　五編 25 冊（精裝）新台幣 58,000 元

何萱《韻史》音韻研究（第一冊）

韓禕 著

作者簡介

　　韓禕，女，1980 年生於河北唐山。分別於 2003 年、2006 年在陝西師範大學獲學士學位和碩士學位，2011 年在首都師範大學獲博士學位。現在北京市八一中學工作。曾參與國家新聞出版總署重大課題《十三經辭典・左傳辭典》的編寫和《漢語音韻學文獻大系》目錄部分的整理，發表《從詩文用韻考察趙州、幽州的韻部變化》、《〈說文解字〉「酉」部字與中國古代酒文化》、《唐代河北道趙州地區詩人用韻考》、《〈說文解字注〉「雙聲」「疊韻」條例簡析》等學術論文多篇。

提　　要

　　《韻史》是 1936 年由商務印書館刊行的一部集形、音、義為一體的字典性質的作品，作者為清代江蘇泰興人何萱。

　　《韻史》的著書旨趣是為了保存古音古義，以「使學者真識字而無難」。在體例上，何萱自述是「仿段懋堂先生十七部之說而擴之」，《韻史》也是按照十七部編排的。收字除《說文》外，另有《廣韻》和《玉篇》，以《說文》中收字為正編，《廣韻》和《玉篇》中收字為副編。何萱對每個收字都有詳細說解，包括出處、釋義、注音和按語。在十七部之前，都列有一個形聲表、四聲表和四呼表，提示讀者每一部的內容包括哪些音、哪些字。在內容上，何氏主要是考古音古義。他改良反切，並為每一個字注音，雖然注的是他心目中的古音，但他所使用的語言是共同語標準音，同時又不自覺地融入了自己的方音。鑒於《韻史》音系的複雜性，我們從古音和何萱的自注反切兩個角度展開討論。全文分上、下兩篇，上篇五章的主要內容如下：

　　第一章為緒論，主要介紹本文的研究動機、意義、方法、何萱的生平事跡和《韻史》的內容體例。

　　第二章為《韻史》古音研究，主要介紹何萱的古音觀、他在古音（包括聲、韻、調）方面的研究成果以及對何萱其人的定位。

　　第三章為《韻史》自注反切研究，通過分析反切上、下字，分別考察了《韻史》反切所體現出的聲、韻、調系統。其中聲母為 21 個，全濁音已清化，塞音、塞擦音清化後主要與送氣清音合流，體現出通泰方言特點；非敷奉合流，微母獨立。泥娘合流，疑母獨立；知莊章合流為 [tʃ] 組聲母，個別字與精組混注；精見曉組沒有腭化；影云以母合流為零聲母。《韻史》韻部為 20 個，含陰聲韻 6 部，陽聲韻和入聲韻各 7 部，韻母 57 個。特點是沒有支思部、車遮部和家麻部；中古同攝一二等韻在《韻史》中大部分合流；四等韻多與三等合流；開口二等喉牙音字多與一二等合流；有開、齊、合、撮四呼；陽聲韻尾和入聲韻尾保持三分格局，部分異尾相注只是何萱在標注上古讀音，不足以反映語音演變。一些他韻注、他攝注同樣也是古音的反映。聲調方面，為陰平、陽平、上聲、陰去、陽去、陰入、陽入四聲七調系統，與早期通泰方言一致。

　　第四章為音系性質的討論。綜合來說，《韻史》是清代泰興人何萱所著的以正古音、釋古義以為目的古漢語字典。從其反切注音來看，其音系為古今雜糅的系統。主觀願望上，《韻史》聲母、韻母和聲調系統都是何萱心目中的上古音；客觀結果上，《韻史》的聲母系統和聲調系統是清代的泰興方音，韻母系統是上古音系統。

　　第五章為結語，主要是總結全文並指出不足之處。

　　附論為對何萱第一部「形聲表」的補充。

　　下篇「《韻史》全字表」是論文寫作的支撐和查驗材料，列表規則詳見「《韻史》全字表」凡例。

韓禕《何萱〈韻史〉音韻研究》序一

何萱《韻史》一書流傳不廣，本身音系又古今糅合，很是複雜，是以研究者也不多。韓禕同志在已見羅常培 1932《泰興何石閭〈韻史〉稿本跋》、魯國堯 1987《泰州方音史與通泰方言史研究》、2001《通泰方言研究史脞述》、李新魁、麥耘 1993《韻學古籍述要》、顧黔 1996《何萱〈韻史〉及其音韻學思想研究》、2001《通泰方言音韻研究》、徐小兵 2008《泰興方言音韻研究》的評述外，對此書作了全面的研究，從古音及今音方音角度進行了分析，作出較中肯的結論，這有一定理論意義和學術價值。其方法和角度也有新意，填補了《韻史》一書缺少全面論述專書的空白。

作者認爲《韻史》基本性質是一本古漢語字典，其旨趣是考漢字古音古義，所以應用古音排序，就採用了段玉裁十七部爲序目。但段氏未列古聲母，不好注音，何萱的實際反切系統卻依據近代南方標準語，加上其母語泰興全濁變次清，聲調六或七調的色彩，所以音韻系統才既有古韻框架，又有提供近代音與方音材料的一面。

作者指出《韻史》在古音研究上的成就，如：雖以段玉裁十七部的古音系統進行分部，但在幽侯配不同入聲及宵藥相配等方面比段氏進步；對中古韻類離析也比段氏靈活，既發展了段玉裁的「同聲同部」說、「異平同入」說，又有一定的改進，是其審音研究的結果。

　　本書重點是對何萱自定的「反切上下字表」進行的分析。列其音系爲聲母21，韻部20（陰聲6，陽聲和入聲各7），含57韻，聲調分陰陽平、上聲、陰陽去、陰陽入的四聲七調系統，指出都有何萱泰興方言母語的影響，這個結論也是基本準確的。

　　本書對於《韻史》反切及不同聲韻調互注所表現的語音現象所作分析，對近代語音尤其泰興方音的變化提供了較具體的素材，這在方言史上也有一定價值。

　　作者爲何萱補出第一部（之部）的形聲表作爲附論，也顯示一定功力。（但音聲全歸一部比段氏雖更嚴格，只「部」字歸四部卻當以段氏爲是，「部」字、「倍」字等應歸侯部爲特例）。

　　下篇的「全字表」正編（《說文》字）、副編（《廣韻》、《玉篇》字）共收19862字，全列爲表，編了25992號次，這最花功夫。從該表可查何氏反切，聲母聲調及四呼韻部，並與《廣韻》音韻地位相對照。這裡也可覓見何氏的一大觀念錯誤，是把「一二三四等」視爲「開合齊撮」。比如2部（宵藥）正編157-163組的「激旳弔翟惄礫」等錫韻字是四等，就被標爲撮口之類。這樣很便於讀者使用。

　　韓禕好學深思，踏實苦幹，對此書做了非常細緻的整理和校勘工作，又在此基礎上進行研究分析，很是難得，所以樂於見到該書的出版。

　　　　　　　　　　　　　　　　　鄭張尚芳 2013.9 於北京霞光里

韓禕《何萱〈韻史〉音韻研究》序二

　　清代泰興人何萱的《韻史》是一部既反映清代古音學研究成果，又反映元明以來時音和泰興方音狀況的重要資料，由於此書長期未得流傳，加之內容龐雜，研究者甚少，在韓禕成文之前，對其解說最詳的，當屬羅常培的《泰興何石閭〈韻史〉稿本跋》和顧黔的《何萱〈韻史〉及其音韻學思想研究》。在跋文中，羅先生重在指出《韻史》在內容和體例上的可商榷之處，認為它的編排次序不夠科學，改並反切更是於古今無益。實際上，這種結果與何萱的著書旨趣和時代的限制息息相關。顧文肯定了何萱在聲母研究上的成就，也對何萱《韻史》給出了綜合評價，認為雖然《韻史》「聲準方音，韻擬周秦」，但其編排方式的改革、注釋的詳細、對字母的改定、對調值的描寫等是方音史和漢語史研究的重要資料。不難發現，目前對《韻史》的研究還遠遠不夠，比如，全面介紹過於簡略、缺少對韻部的分析和比較研究、對聲母的認識存在分歧、對聲調的分析以及音值的描寫不足、對其反映的音系性質沒有明確說法、由音系折射出來的泰興方音特徵等問題乏人探索等等。我多年來從事漢語音韻學的研究和教學工作，其間對音韻史料的考辨尤為措意，經驗告訴我，《韻史》是漢語言文字學的一座寶藏，無論從學術上還是從史料上看，此書絕對值得花費心血挖掘開採，但其內容非常複雜，研究起來定是困難重重，需要下苦功夫。

　　面對這樣一份資料，韓禕決定將對它的全面研究作為博士論文選題。雖然

難度很大，但她並沒有退縮，而是迎難而上，把所有精力都放在了對《韻史》的全面瞭解和深入挖掘上，以文獻為本，參考上古音、中古音、近代音和泰興方音，考察《韻史》音系的聲、韻、調特點，提出了許多獨到的見解。比如，明確了何萱古韻十七部的內容；將何萱的古韻分部與段玉裁、江有誥、王力和鄭張尚芳的分部相比較，總結何氏陰、陽、入相配的特點；對何萱的古音學思想進行闡釋；全面分析何萱的自注反切，得出了《韻史》的聲、韻、調系統並對《韻史》的音系性質進行了討論，認為它是以正古音、釋古義以為目的的古漢語字典，從反切注音來看，其音系為古今雜糅的系統。主觀願望上，《韻史》聲母、韻母和聲調系統都是何萱心目中的上古音；客觀結果上，《韻史》的聲母系統和聲調系統是清代的泰興方音，韻母系統是上古音系統。她的考證從語料出發，參以古音、時音和方音，方法是科學的，結論也是可信的，對清代古音學以及清代泰興方音研究都有重要意義，也是對漢語語音史研究的補充。

《韻史》的序言和體例都在昭示著它是一部研究上古韻部的作品，而清代古音學的研究，在許多人看來，具有普識性的結論早已作出來了，再研究名不見經傳的文獻似乎意義不大。而韓禕卻能從中得出許多重要結論，究其原因，是源於她對音韻學的熱愛和腳踏實地、嚴肅認真的學習態度。

韓禕 2007 年來到首都師範大學攻讀博士學位，作為她的導師，我深知她對古漢語和音韻學十分熱愛。她在生活上樸素節儉，但在購買學習資料上卻從不吝嗇。當我發現有意義的期刊、文章或音韻學資料向我的學生們推薦時，她總是毫不猶豫地買回去學習。也正是因為有著對音韻學的熱愛與執著，她才有了獲得第一手研究資料的機會並寫出了優秀的博士論文（她的博士論文獲得了當年的「校級優秀博士論文」榮譽）。

除了濃厚的興趣，更重要的是她還肯吃苦。很多人不喜歡做語言文字方面的研究工作，很大一部分原因是認為這門學科艱澀難做且沒有什麼實際利益，而韓禕卻做到了嚴謹、踏實地在古書文海中刻苦鑽研多年。舉個例子，這本書有五分之三的內容是《韻史》全字表，這實際上就是《韻史》的音系全貌，是全書的重要組成部分，也是為後來者留下的一份寶貴資料。她將書中每個字頭相對應的中古音一一標注，並做了非常細緻的整理和校勘工作，這樣的工作必須得下死功夫，來不得半點取巧。她的踏實和用功之深可見一斑。

　　埋頭苦幹不等於傻幹、蠻幹，韓禕還很注重研究的方式方法。專書研究具有很強的客觀性，她能做到從材料出發，緊緊抓住何萱的著書旨趣和自創反切，深入挖掘《韻史》的音韻學價值，論述實事求是，嚴謹紮實，在吸收前賢時彥研究成果的同時，也勇於提出自己的見解，創新獨到之處迭出。她注重漢語音韻研究方法，把求音類的反切比較法和求音值的方音對照法靈活地運用到了她自己的考證中，抽絲剝繭、條分縷析、層層深入，得出了眞實可信的結論，也給了何萱和《韻史》合理的定位。講究方式方法，注重將歷史文獻的考證和現代語言學理論相結合，是她可以將這樣一部融合古今、語音狀況十分複雜的材料論證清楚的重要原因。

　　當然，書中的未盡之處也是客觀存在的，比如：古音通轉、異讀字這些有價值的內容沒有涉及；個別字音到底是何萱有意存古還是自然表露還有待商榷等。諸如此類，序言中無法詳述，但我相信以她的嚴謹與執著，文章是會越改越好的。作爲她的導師，我很欣慰看到她的專著問世，是以爲序以勉之。

馮　燕

二〇一三年八月於京城韻學齋

目

次

表目次

上 篇

第一章　緒　論

第一節　本文研究的動機和意義

　　王力先生在《漢語史稿》中將漢語史分爲上古、中古、近代和現代四個階段，從上古到近代，漢語語音發生了巨大的變化，如全濁聲母消失、韻母減少、平聲分陰陽等等。何萱《韻史》成書於公元十九世紀三十年代左右，與朱駿聲《說文通訓定聲》同時，正是在王力先生界定的「近代」（公元十三世紀到十九世紀）晚期，處在一個語音變化的關鍵時期，無疑是研究這一時期語音狀況的寶貴資料，我們可以從中探究近代語音向現代漢語語音系統的過渡與轉變。另外，這部書又對古韻分部作了系統研究，作者提出了一些獨到見解，充分發掘作者的古音學思想，可以爲清代古音學史的研究添磚加瓦。

第二節　前人研究概況

　　翻開講述音韻學通論的著作，對上古音這一版塊進行介紹的時候，我們不難發現，所述基本都是顧炎武、江永、段玉裁、戴震、孔廣森、王念孫、江有誥等幾位大家，對一些非主流音韻學家的介紹少之又少。誠然，上述大家的學術成就在歷史上有舉足輕重的地位，重點推介理所當然，但這樣建立起來的古音研究歷史未免有些粗糙，畢竟還有許多非主流音韻學家以自己的方式同時在

古音學這塊肥沃的土地上辛勤勞作著。他們的研究成果往往獨特而有新意，對這些內容作深入分析，經常會有意外地可喜地收穫。遺憾的是，對專人專書的研究目前還很不夠，有很多作品內容有待發掘。顯然，何萱的《韻史》在古音學研究方面算不上清代古音學的主流，自然也不可能引起古音學史研究者的關注。目前據我們搜集的材料，提及何萱《韻史》的著作可謂寥寥無幾，而能做全面分析的則更少了。

我們目前所搜集到的材料主要有以下幾種：

一、羅常培《泰興何石閭〈韻史〉稿本跋》〔註1〕（1932 年）

羅常培先生在 1933 年 5 月見到《韻史》稿八十卷及總目四卷，經數月閱讀完畢，爲其稿本作跋，1937 年上海和臺灣商務印書館出版的《韻史》第 14 冊書後都印有羅先生的跋文，可以說，羅先生是系統研究《韻史》並作整體評價的第一人。

在跋文中，羅先生充分肯定了《韻史》的價值，認爲它「體大功深，未嘗不令人心折也」（羅常培 2004d：523），尤其在訓詁方面，足可以「嘉惠來學者」（羅常培 2004d：526），但同時也認爲《韻史》在內容和體例上有可商榷之處。首先，將聲母清濁與聲調陰陽混爲一談。聲母，何氏定爲二十一個，羅先生認爲這是元明以來的北音聲系。標目避免使用平聲，而謂「平聲有陰有陽，應以二十一爲四十二」，羅先生認爲這是將聲母和聲調混爲一談，「誤認『清、濁』爲『陰、陽』，乃使聲母與聲調莫辨矣！」（羅常培 2004d：524）。其次，認爲《韻史》編排次序不夠科學。何氏該書仿段玉裁十七部說以排比《說文》全部諧聲字，而其內容卻是按照聲調平、上、去、入次序排列的，這就造成同一聲符的字散見各處，羅先生舉了一例：「例如，第一部從亥聲者平聲『該晐垓陔郊侅胲痎頦核荄』及『咳孩骸』既分爲『艮哉』『漢材』兩切，而『亥駭』則列入上聲，『慨劾』則列入去聲」（羅常培 2004d：525），這就造成「同部雖未蕩析離居，異韻仍難同條共貫」（羅常培 2004d：525）。第三，誤解四呼。何氏認爲等韻之說沒有必要，所以《韻史》沒有等只有呼。他把一等定爲開口呼，二等爲合口呼，三等爲齊齒呼，四等爲撮口呼，這種硬性的簡單化的規定，使他不得不把肴韻放在合口，把幽放在撮口。羅先生認爲，何氏的錯誤並不在於摒棄

〔註1〕《羅常培語言學論文集》，商務印書館，2004 年 12 月，523 頁。

等韻，而是他誤解了四呼，把四呼等同於四等，而「昧於等呼交錯爲用之旨」（羅常培 2004d：525）。第四，改併反切。何氏認爲反切類隔之說不可信，所以他把《韻史》反切全部改爲音和，自己擬了一套反切用字。羅先生認爲「其所操術雖與楊選杞、李光地輩前後略同，而彼在革新，此則稽古，旨趣既異，得失遂殊」（羅常培 2004d：526），造成「海」、「駭」同音，「意」、「異」同切的結果，「聲準近代，韻擬周秦」（羅常培 2004d：526），於今於古均無益處。

　　羅先生深入客觀的評價，對我們全面研究這部作品有重要的指導作用。

二、魯國堯《泰州方音史與通泰方言史研究》〔註2〕（1987 年）、《通泰方言研究史脞述》〔註3〕（2001 年）

　　魯國堯先生在《泰州方音史與通泰方言史研究》這篇 100 多頁的著名論文中，對通泰方言進行了全面、深入的研究。全文分爲上、中、下三篇，上篇主要介紹泰州方言音系；中篇主要說明泰州方言語音史研究和泰州方言語音向普通話集中靠攏的途徑和方式；下篇論證通泰方言性質。魯先生在中篇第二節「近代泰州方言語音史研究」中介紹了幾種研究泰州方音史的文獻資料，其中就包括何萱的《韻史》。魯先生認爲，「羅先生對何萱的音韻觀點進行了仔細的剖析與批評，然而卻未道出癥結所在——何氏的音韻學體系根源於泰興方音」。接著，魯先生分別分析了何萱《韻史》中的聲母和聲調，並提出自己的觀點。聲母方面，「從其『審定二十一字母』所附的聲母表和同書中所用的每母的反切上字再參以今如皋、泰興話可以看出，該方言有 21 聲母。『見起曉』爲 k、k‘、x；tɕ、tɕ‘、ɕ；『井淨信』爲 ts、ts‘、s；tɕ、tɕ‘、ɕ。『照助審』爲 ts、ts‘、s。其它爲 ø、t、t‘、n、l、z、ŋ、p、p‘、m、f、v，共 21 母。與今方言正符。」（魯國堯 2003a：67）「而其聲母的特點是，古塞音、塞擦音全濁聲母今音歸送氣清聲母。」「何萱所定二十一母下皆注上和舊三十六母的什麼母相當，送氣清聲母皆注舊次清和全濁字母，如『起－舊溪、郡』、『透－舊透、定』……等。每母常用反切字亦包括古全濁聲母字，如起母有『儉、郡』，透母有『代、杜、洞』……等。我們知道，古全濁聲母今音逢塞音、塞擦音不論平仄一律送氣，正是通泰方言的重大特點之一。」聲調方面，根據何氏《答吳百盉論韻史書》中對聲調

〔註2〕　《魯國堯語言學論文集》，江蘇教育出版社，2003 年 10 月。12 頁。
〔註3〕　《方言》2001 年第 4 期。

・5・

的意見，魯先生判斷「何萱承認他的方音有陰平、陽平、上聲、去聲、陰入、陽入六調，而且明白指出陰入陽入之分在於出音送之足與不足，亦即聲母送氣與否的問題（今通泰方言陽入逢塞音、塞擦音聲母皆吐氣，陰入則否）。可是它還是要將入聲合併爲一。這是由於不敢盡背舊傳統的緣故。平聲分陰陽，自周德清始，其後的音韻家多遵行，已有較長的傳統，故何萱敢於明白分平聲爲二，而入聲分陰陽則未免太悖於舊傳統了。」（魯國堯 2003a：66-67）

　　魯先生在《通泰方言研究史脞述》中有關《韻史》的評述與上文近似，但是他對羅常培先生沒有論及《韻史》方音特色的原因作了分析：「羅先生是方言學大家，之所以未能觸及這一點，並不奇怪，因爲通泰方言在三十年代無甚名聲，彼時新方言學剛剛興起，怎會有泰興話這一小方言的資料呢？」（魯國堯 2001：304）

三、李新魁、麥耘《韻學古籍述要》〔註4〕（1993 年）

　　因爲是「述要」，所以李新魁、麥耘兩位先生並沒有系統評析這部書，只是對《韻史》的體例做了簡單介紹，認爲「書名《韻史》，實一韻書」（李新魁、麥耘 1993b：397），並對其價值做了肯定，認爲「對於研討清代語音有一定價值」。（李新魁、麥耘 1993b：399）我們注意到，兩位先生雖然沒有直接爲這部書定性，但將它置於「近代音類－韻書別體」一類，與近代音中的「通語韻書」和「方言韻書」相對應，可見他們並不認爲這是一部內部統一的韻書。麥先生用「龐雜」來形容它，一方面說明這部書體例和內容上的混亂，另一方面也反映出我們要將它條分縷析，準確定位的必要性。

四、顧黔《何萱〈韻史〉及其音韻學思想研究》〔註5〕（1996 年）和《通泰方言音韻研究》〔註6〕（2001 年）

　　顧黔先生的《何萱〈韻史〉及其音韻學思想研究》可以說是明確提出對《韻史》作專門研究的第一文。文章第一部分先簡單介紹作者和全書體例，以古韻十七部爲綱領，同部的按不同的諧聲偏旁分別排列。第二部分說明何

〔註4〕《韻學古籍述要》，陝西人民出版社 1993 年 2 月，397 頁。

〔註5〕《南京大學學報（哲學·人文·社會科學版）》，1996 年第 4 期。

〔註6〕南京大學出版社，2001 年 6 月。

氏在聲母研究方面的成就。顧先生不同意羅常培先生「元明以來北音之聲系」的看法，認爲「何氏的音韻學體系根源於泰興方言」，這一點與魯國堯先生的觀點是一致的。並且舉了泰興、如皋方言加以證明。「泰興、如皋方言今有聲母二十一，古全濁上、濁去遇塞音，塞擦音不論平仄一律變送氣清音，與何氏所記完全一致」。（顧黔 1996：169）顧先生特意強調了何萱對聲母發音部位的看法，認爲何氏「疑乃鼻音，非牙音也」的論斷是「發前人之所未發」和「功不可沒」（顧黔 1996：170）的。第三部分討論何萱對聲調的看法。認爲何氏對聲調的理解是「承元明以來五聲之說」，（顧黔 1996：170）而「他的『四』聲表實際包含五聲：陰平、陽平、上聲、去聲、入聲」。認爲何萱的「陰入出音送之不足，陽入出音送之足」是就發聲的高度、響度而言的，今通泰方言調值陰入低於陽入，與何萱的描述相符，這也是顧先生認爲《韻史》音系根源於通泰方言的證據之一。第四部分談何萱對等韻的看法。認爲何氏誤解等呼，這與羅常培先生的看法相同。就反切門法而言，何氏對類隔深惡痛絕，所以他自定反切，悉改音和。顧先生對此種作法未直接評述，但她指出許多古聲母研究方面的成就就是源自對類隔的研究，行文中對何萱改併反切的做法頗感遺憾。最後，顧先生對何萱《韻史》給出了綜合評價，認爲雖然《韻史》「聲準方音，韻擬周秦」，但其編排方式的改革、注釋的詳細、對字母的改定、對調值的描寫等是方音史和漢語史研究的重要資料。（顧黔 1996：171）

　　顧黔先生的《通泰方言音韻研究》，魯國堯先生稱之爲「迄今爲止的通泰方言研究的總結性的著作」（顧黔 2001：13 魯國堯先生序言）。顧先生在書中「第一章　緒論－第二節　通泰方言研究史」對何萱及《韻史》詳加評述，把何萱的《韻史》看作是通泰方言區學人所著的一部研究自己方言專著的作品。對《韻史》語音特點的論述與《何萱〈韻史〉及其音韻學思想研究》中提出的觀點相同，此處不贅。

五、徐小兵《泰興方言音韻研究》〔註7〕（2008 年）

　　徐小兵的論文主要是論述泰興方言的區域特征，在「研究現狀」一節提到

〔註 7〕南京師范大學 2008 年碩士學位論文。

了何萱的《韻史》，他引用魯國堯先生《通泰方言研究史脞述》中的有關論述，認爲這部書是早期的泰興方言研究的「有過獨到見解的傳世之作」，「對於我們後來人利用新的方言研究方法研究泰興那個時代的方言音韻有很大幫助」。（徐小兵 2008：2）

綜合以上五家對何萱《韻史》的評述，我們可以發現如下問題：

首先，對《韻史》這部書的定性存在分歧。韻母方面各家觀點一致，而聲母方面，以上五家則很明顯地分爲三派：第一派認爲《韻史》聲母系統是元明以來的北音聲系，這一觀點見於羅常培先生的跋文。羅先生認爲，何氏三十六母「有複有漏，未爲精善」的說法承襲潘耒的《類音》，而其所定的二十一字母承襲方以智，只是比方氏多出一個影母，「複雖已刪，漏乃未益；實元明以來北音之聲系也。」（羅常培 2004d：524）潘耒（1646～1708），字次耕，江蘇吳江人，王力先生在《清華學報》上發表《類音研究》，對潘耒及其著作《類音》有過全面研究。王先生認爲，潘氏的著書目的是爲了正音，但他所謂的正音，不是古音，而是南北音的調和，但「正」與「不正」的標準卻是古音。例如，「微母與喻母，古音能分而今北音不能分，北音就不是正音，用潘氏的話說叫『偏駁之音』。又如眞韻與庚韻，古音能分而今南音（吳語——著者按）不能分，就算南音是偏駁之音。依這一個標準去規定正音，正音的聲母韻母的數目，比南音或北音裏的聲母韻母的數目都要多些。」所以，潘氏有五十個聲母，除去空位，實際有四十六母，與三十六母相比出入很大。潘氏對字母的增刪，有過一番交代：「今以自然之陰聲陽聲審之，定爲五十母。『徹』與『穿』，『澄』與『牀』，異呼而同母，『知』與『照』，『娘』與『泥』，則一呼，故刪之。『非』與『敷』，亦異呼而同母，故去『敷』字；而移『奉』以配『非』之陰聲。其『群、疑、來、定、泥、日、牀、邪、從、微、並、明』十二母，有陽無陰，則增『舅、語、老、杜、乃、繞、聯、已、在、武、瞀、美』十二母爲陰聲以配之。……舊三十六母，今刪者五，增者十九，遂成五十母。」（葉祥苓 1979a：84）潘氏將聲母與聲調混爲一談，從陰陽相配的角度重新審定聲母，何氏的做法同他如出一轍。〔註 8〕方以智（1611～

〔註 8〕此處僅指重新審定字母的做法二人相同，就陰陽的具體內涵、聲母的個數來說，二人當然有不同。據葉祥苓先生的研究，潘氏的陰陽，爲調值的高低，聲母並無差別，

1671），字密之，安徽桐城人，在音韻、訓詁方面有突出貢獻，有著作集《通雅》一書，其第五十卷爲《切韻聲原》，是研究語音的寶貴材料。對於《切韻聲原》的性質，李新魁（1983：301）先生認爲反映的是明清以中原地區即河南洛陽一帶爲中心的語音爲代表的口語標準音，耿振生（1992：250）先生認爲反映的是混雜音系，孫宜志（2005：71）先生認爲《聲原》夾雜了少許古音特點，反映了明末桐城方音的特點。《切韻聲原》「把當時的聲母定爲二十類，他稱之爲『簡法二十字』，這是刪併三十六字母而來的。」（李新魁 1986：261）由於清代前期對於古聲紐的研究很不到位，何氏沒有可資借鑒的成果，同時他又感到三十六字母捍格，所以才會受到以上諸人的影響定聲，實際就是采用了元明時期的北音系統。第二派認爲《韻史》聲系主要源於何氏的泰興方音，魯國堯、顧黔、徐小兵諸位先生都執此觀點。主要依據是當今泰興方言的聲母和聲調。據顧黔先生的研究，泰興方言有 21 個聲母，分別爲 p、p'、m、f、v、t、t'、n、l、ts、ts'、s、z̩、tɕ、tɕ'、ɕ、k、k'、ŋ、x、ø，與何萱所記完全一致。聲調方面，泰興有陰平 21、陽平 45、上聲 213、去聲 44、陰入 4、陽入 5 六個調類，其中陰入的調值實爲 43，陽入調值實爲 45，陰入調值要低於陽入。（顧黔 2001：26-27）這與何萱對聲調調類及陰陽的描述也正相符，而何萱本人又是泰興人，很自然地得出何氏二十一聲母系統爲清代末期泰興方言聲系的結論。第三派就是沒有明確定性的一派了。李新魁、麥耘二位先生沒有具體分析《韻史》的聲母韻母，僅僅是從大類上肯定它是一部韻書，但既不是「通語韻書」也不是「方言韻書」，具體是什麼卻也沒有明確的說法。

其次，對何萱的音韻學術語解釋不足。比如，何氏說「見、端等母有陰無陽，明、微等母有陽無陰」，陰陽究竟指什麼？羅常培先生說此說本於潘次耕《類音》，那麼何氏的陰陽與潘氏的陰陽內涵是否一致？聲調方面，何氏說「入聲每字皆含陰陽二聲，視水土之輕重而判，輕則清矣，其出音也送之不

所以他將潘氏的五十母重新解釋，得出三十二母。同時，葉先生認爲《類音》的音系基礎是潘氏的家鄉吳江方言，所以他又進行了《類音》聲母的時音考證，得出二十五母，認爲這二十五母可以代表清初吳江方言聲系的概貌。（葉祥苓 1979b）雖然此處不涉及聲母具體內容，但葉先生考訂時音聲母的方法對我們不無啓發。

足而爲陰；重則濁矣，其出音也送之足而爲陽」，顧黔先生認爲「足」與「不足」是就發音的高度和響度而言的，但是響度對聲調有什麼影響？平聲的「清濁」和入聲的「陰陽」有沒有區別？平聲有沒有「足」與「不足」的差異？顧先生也沒有明說。這實際上涉及到何萱的音韻學思想問題，我們在下文還有詳細地討論。

第三，比較研究不足。幾位先生都提到了段玉裁和朱駿聲，因爲何氏自己說他是「仿段懋堂先生十七部之說而擴之」，但如果沒有比較就不好說何氏究竟有多少是仿段玉裁的，多少是他自己補充的。另外，幾家均感嘆何氏《韻史》與朱駿聲《說文通訓定聲》同時成書，一個「傳誦士林」，一個卻「沉霾閭里」，除了何書未刊印，不得流傳之外，有沒有其他原因？會不會因爲其書實用性不足，或是何氏學說與當時主流音韻學思想不一致造成的呢？這些顯示優劣的問題，如果不進行專書的比較，恐怕很難回答。而前輩先賢在這方面的研究還不是非常充分。

最後，缺少對《韻史》的全面、系統研究。諸位先生雖然都對何萱《韻史》進行了介紹，但卻沒有深入研究。沒有對其收字分韻、音節表的排列等做具體分析，也沒有聲、韻、調的音值描寫，更缺少何氏四呼和反切的專題研究。總之，這份資料還有很多有待發掘的內容。

從以上所引幾家對何萱的評價可以看出，學界對他的研究是不夠充分的。在已有的研究成果中，他的著作被肯定的有價值的部分顯然是不多的。諸位先生對何著所做的評價是研究何萱《韻史》的重要參考，我們在此基礎上全面研究何萱的這部作品，深入分析何氏音韻學思想的內涵，找出書中的合理成分和不足，力求在全面研究之後對何萱《韻史》作出更爲科學合理的學術定位，這正是本課題研究的價值所在。

第三節　何萱生平和《韻史》體例

一、何萱主要生平事跡

何萱（1774～1841），字石閭，道光歲貢。其先自皖之休寧移居泰興，六傳至石閭。他中年之前一直生活在泰興，中年之後由於家道中落，遷到如皋石莊，晚年又回歸泰興故里，一心向學。他的生活年代經歷了乾隆、嘉慶、道光三任

皇帝，生活地域基本局限在通泰地區，所以他的語言成形於乾嘉時代的通泰地區。同時，因爲他又是通過科舉制度選拔出來的貢生，他對當時的通語應當有一定把握。何萱認爲考據此時盛行，但書數尚無完善，打算寫《韻史》和《算鑑》。他當年的好友陳東之接受了撰寫《算鑑》的任務，但其早卒，所以何萱悲痛之余傾其畢生精力，發憤以成《韻史》一書，以致目昏足痿，不久於人世。何萱生前與人交友至誠，提攜後輩，做學問講求實事求是，不喜空談。先人後己，樂於助人，品格高尚，這是吳存義在《韻史·序》中對何萱的評價。雖然古代人作序難免有溢美之辭，但何萱做學問的根底深厚、態度謹嚴是不容爭辯的事實，這也決定了其作品的價值。

二、《韻史》的內容體例

　　《韻史》纂述旨趣，我們可以從吳存義的序言中窺得一二。吳存義說，他本想做一部書，爲應試者提供方便。當時的應試者常說「詩韻」，但在使用時卻常常不遵詩韻，所以他才會作一部按詩經韻分爲十七部的韻書，首先輯略《詩經》韻字，而後再將錯見諸經之字依次錄之，再將史書中所載唐宋以前，先秦兩漢六朝詩和子集雜部謠諺凡用韻者依次錄之。也就相當於試圖恢復唐宋之前韻字的上古讀音，判斷該字在上古屬於哪一部並將它歸入其中，以方便人們檢字。但他自己沒有寫成，發現他的老師何萱卻正在做這樣一部書。由此可以看出，何萱在《韻史》中用力最深的地方也應在上古韻部方面。吳序又有：「古人論聲，莫不諧以宮商角徵羽五字。夫此五字者未足以盡變也。蓋宮即喉音，商即腭音，角徵羽即舌、齒、唇音也。其外有半舌半齒者，則謂頰音，半齒半唇者則謂爲頤音。以縱定之，則喉腭舌齒唇外有頰頤二音，然而語音則地各不同，雖以雙聲疊韻求之靡不可得，若欲齊所不齊，非合天下之人而同此文焉不可。惟我朝字典乃匯諸書之全，集各省方音而折衷一是。惜試韻不及求備亦未敢有人焉從事增之。故字詳、音詳，而韻學獨略。吾師作此書之旨其即爲此也歟？」也就是說，當時的字典，將各種方音綜合，卻於古音方面欠缺，而這方面沒有人去填補，何萱正在做這方面的努力。所以《韻史》十七部重在考求字的古音古義，以使人「真識字」。從體例上來看，何萱共列有十七大部，沒有爲每一部定名。每一部都包括「形聲」、「音讀」、「韻目」三部分。「形聲」就是諧聲偏旁

（第一部除外〔註9〕），十七部共列諧聲偏旁 1623 個；「音讀」即音節表，該音韻地位無字者劃圓圈。音讀實際上分爲四呼表和四聲表兩部分。四聲表與四呼表的收字相同，均以二十一字母爲緯，分別以四呼和四聲爲經。何萱所定二十一字母爲：

> 見起影曉　　喉音四
>
> 短透乃賚　　舌音四
>
> 照助耳審　　正齒音四
>
> 井淨我信　　齒頭音三，鼻音一
>
> 謗竝命匪未　重唇音三，輕唇音二

「韻目」即同音字表，對四呼表和四聲表中的韻目加注反切，每一個反切爲一個小韻，共有 4829 個小韻。小韻的收字有多有少，十七部小韻收有 19862 字。這些內容爲我們考察何萱的音韻學思想提供了條件。

第四節　本文研究角度和研究方法

一、研究角度

鑒於《韻史》性質的複雜性，我們的研究角度從兩方面入手。一爲考證《韻史》的古音特徵，主要包括何萱對上古聲、韻、調的探索，與段玉裁分韻的異同，對「同聲同部」和「異平同入」的看法等。二爲考察《韻史》的自注反切。打破何氏所定的古韻框架，純粹從反切入手，考證其反切體現出的聲、韻、調現象，並與《中原音韻》和現代通泰方言對照，比較其間的異同，以爲《韻史》的音切和音系定位。

本文的研究材料主要集中在《韻史》第一冊，包括何萱審定的二十一字母及其和傳統三十六母的對應關係；十七韻部；四呼表；四聲表；音節表中韻目的反切和小韻。通過對這些內容的考察，可以發現《韻史》的聲、韻、調特點從而觀察從中古到近代的語音變化情況。

第二冊至第十四冊主要是針對第一冊中的收字做解釋，材料本身不在我們的研究範圍之內，但對我們確定字音有很大幫助。

〔註9〕　《韻史》第一部「形聲表」缺失，我們已根據有關材料將第一部前的「形聲表」補上，共有諧聲偏旁 139 個，詳附論。

二、研究方法

語言研究要有語言學理論的指導，必須遵循語言學上的一些基本法則，如語音的系統性、語音發展的漸變性、不平衡性、歷史繼承性等。我們將在這些理論指導下對語音現象進行探索。有一分材料說一分話，如果材料不足，再根據語音的系統性、語音發展的歷史繼承性原則來作謹慎的推測。戴震所說的「審音本一類，而古人之文偶有相涉，有不相涉，不得舍其相涉者，而以不相涉爲斷；審音非一類，而古人之文偶有相涉，始可以五方之音不同斷爲合韻」，這一看似主觀實重音理的研究方法也是我們做研究時應該科學運用的。細言之，采用如下的方法：

（一）反切系聯法

所謂反切系聯法，具體言之就是指通過系聯某一音韻資料的反切上下字以求得該書的聲類和韻類的方法，清人陳澧在《切韻考》一書中所創立，主要由基本條例、分析條例、補充條例三部分組成。我們的反切上、下字表就是系聯結合比較得出來的。

（二）反切比較法

反切比較法是邵榮芬先生創立的，這種方法是通過兩種反切的對比，多是把某一反切資料的反切與《廣韻》的反切逐一加以比較，以考求出該反切資料的音系並找出它在《廣韻》系統上的主要特點，這是獨立於「反切系聯法」之外的整理反切資料的一種科學方法。這種方法我們主要是針對《韻史》的反切來使用的。首先將《韻史》小韻反切與中古反切相比，得到中古到《韻史》時代的語音變化，然後再將同音字組中所收字的反切與中古反切相比，看有哪些字被《韻史》歸納爲同一種讀音了，最後將這些中古反切與《韻史》所歸入的音韻地位進行比較，察看語音演變。這種方法可以將語音的各種變化呈現在我們眼前。

反切比較法能使我們對所研究的材料有個感性的認識，幫助我們發現語音現象，爲我們深入研究音變背後的語音機制提供一個很好的依據。

（三）統計法

我們所使用的統計法主要是數理統計中的算術統計。計算各種情況下出現的次數、頻率，並進而計算百分比。我們用它來統計一些不同聲母、韻母和聲

調的互混次數，並根據數量多少來判定其是分是合，分合各佔多少比例，即通過此方法來斷定聲母、韻母和聲調是否獨立。我們將這種方法運用於所有字，將《韻史》所收同音字以同音字組爲單位，分別查找出每個字的中古音韻地位，主要查《廣韻》、《集韻》，將找到的注音與《韻史》所注反切相對照，看其有何發展變化，即將其在《韻史》中的韻類、聲類、調類與《廣韻》音系相應字聲類、韻類、調類相比，看其是自成一類還是與其他音類混淆。

數理統計法的基礎是有效的樣本分析、正確的計算，那麼統計結果應該是科學有效的。

（四）內部分析法

內部分析法就是把一部音韻著作的全部材料聯係起來，用以考察它的音系。對於《韻史》來說也就是它的序、切字簡易法、審定二十一字母等，這些都與《韻史》內容密切聯係，可以體現出其著書的目的、緣由和指導思想，還有作者自己的一些獨到創獲，或者對其具體韻字的措置和體現出的某些現象給以系統說明和指示，在僅僅通過分析韻字得不到答案的時候可以之爲參照。內部分析法對我們的研究有重大參考價值。

（五）文獻參證法

文獻參證法就是參照其他時代相近或前後相繼並且已經確定性質的文獻資料，通過與之比較來確定所要研究的文獻的性質特點。比如《韻史》與《說文解字注》、《說文通訓定聲》、《中原音韻》、《蒙古字韻》、《古今中外音韻通例》、早期通泰方言等都可以進行比較。看其語音現象與哪類作品反映出的語音現象一致，從而爲準確定位《韻史》提供參考依據。

（六）審音法

審音法就是根據語音學的一般原理和語音演變的普遍規律來分析音系。主要用於構擬音值。

最後通過比較確定《韻史》的語音性質和聲韻調系統並爲之構擬音值。

（七）數據庫檢索法

爲了便於統計、調用資料，我們首先建立了一個資料庫，這個資料庫可以分幾個階段分步驟輔助研究工作的進行。例如，我們可以先將《韻史》4828 條反切的被切字、切上字、切下字和它們在《廣韻》、《集韻》中的音韻地位逐一

錄入，做成《全字表》。第二步工作是篩選。利用資料庫的篩選功能，對《全字表》所有反切進行篩選，與中古音完全相同的音暫時待用，與中古音不同的音列入到《篩選表》中。第三步是對《篩選表》的內容進行統計分析。

此資料庫著眼於本文研究的全部語料，具有強大的分類、檢索、篩選和排序功能。它的好處是窮盡性的語料分析和海量資料的歸納；同一般研究者的抽樣列舉法比較起來，利用資料庫能夠更加眞實、準確地反映語音實際，能夠系統地對大量資料進行審視，使我們有可能發現一些以前沒有機會發現的語言事實，便於研究工作的順利進行。它實際上相當於電子卡片，其內容與傳統的卡片沒有任何區別，只是檢索、分類、查詢、篩選、系聯起來更加得心應手，省時省力，爲下一步研究工作的順利進行提供了一個快速、準確、直觀且資訊含量巨大的研究平臺。

第二章 《韻史》古音研究

第一節 何萱古音學思想的形成背景

　　古音學研究發端於宋代吳棫，到清代興盛。清代出現了許多著名古音學大師，取得了非常豐富的研究成果。今人對古音的研究采取了更爲科學的方法，對清儒的研究成果批判地繼承，得出了許多令人信服的結論，這些也是在清代古音學的研究成果上取得的。何萱也是清代學人，他著《韻史》也是志在考古，所以我們對何萱《韻史》古音學方面的研究，也要放在清代古音學的大背景下展開。

一、清代古音學史研究概況

　　清代古音學之所以成就斐然，主要在於有一批著名的古音學大師。王國維（1991：394）先生在《周代金石文韻讀序》中說：

> 古韻之學，自昆山顧氏，而婺源江氏，而休寧戴氏，而金壇段氏，
> 而曲阜孔氏，而高郵王氏，而歙縣江氏。作者不過七人，然古音二
> 十二部之目，遂於後世無可增損。故訓詁名物文字之學，有待於將
> 來者甚多。至於古韻之學，謂之前無古人，後無來者可也。

　　以上所舉都是我們耳熟能詳的七人，翻開任何一本音韻學通論性質的教

材，講到古音研究的時候都會對他們加以介紹。顧炎武是古韻學的奠基人，他分古韻爲十部；江永主張數韻同一入，分古韻爲十三部，其中入聲八部，形成陰陽入之勢；段玉裁提出了「同諧聲必同部」的重要理論，建立了「之、尤、侯、眞、文、脂、支、質」諸部，將清代古音學推上了一個新的高峰。戴震將古韻分爲九類二十五部，明確提出陰陽入三分；孔廣森分古韻爲十八部，明確提出陰陽對轉；王念孫主張分古韻爲二十一部，晚年增冬部，爲二十二部；江有誥也分古韻爲二十一部。到此爲止，古韻分部已基本成熟。民國時期的章炳麟、黃侃等人在此基礎上又有所補充，章炳麟分古韻二十三部，黃侃陰、陽、入三分的原則，將入聲十部獨立，分古韻二十八部。此後王力先生將古韻分爲三十部。到此爲止，古韻分部已基本定形。

　　以上列舉的幾位古音學家引導了古音學的走向，但古音學研究史絕不能僅靠這些大家來建立，我們同樣需要對一些沉埋閭里的語音資料進行考證，才能將古音學史研究得更爲透徹和細致。但是，許多影響相對較小的古音學著作很少人重視，甚至未被發掘。王力先生在《清代古音學》中簡略介紹了姚文田、嚴可均、張成孫、朱駿聲和夏炘的古音學研究情況，爲我們研究非主流古音學家提供了例證。張民權先生在他的專著《清代前期古音學研究》中提到了柴紹炳、毛先舒、方以智、方中履、蕭雲從、張自烈、王夫之、毛奇齡、熊士伯、邵長衡、李因篤、李光地、潘鹹、閻若璩、潘耒、葉篙巢、張晴峰、萬斯同、方邁、張志遠、蔣驥、張敘、劉維謙、龍爲霖、王植、仇廷模、萬光泰，另有陳啓源、嚴虞惇、範家相、顧鎭、謝起龍，還有黃生、王霖蒼、徐用錫等一大批我們比較陌生的古音學家並對他們的古音研究成果加以介紹。我們從上述人物中尋找，卻找不到何萱的名字。雖然近年來，出現了不少對某一位古音學家專門深入全面的研究，對推動古音學的發展作出了不小的貢獻。但這遠遠不夠，清代古音學史還需要很多人共同努力去塡充和完善。本文對何萱古音學思想的研究就屬於這類添磚加瓦的工作。

　　根據張民權先生的分期，清代古音學可以分爲三個階段：「從明亡清立到江永《古韻標準》問世爲第一階段，這是清代古音學的開創和探索時期；從江永到張成孫《諧聲韻譜》問世爲第二階段，是清代古音學的發展和成熟時期；從道光時代到清末爲第三階段，這是清代古音學最後的發展和總結時期，其殿軍是章炳麟。」「黃侃先生古韻二十八部，是清代古音學的最後總結。」

「道光十三年（1833 年）夏炘著成《詩古韻表二十二部集說》，對宋吳棫、鄭庠以來到乾嘉時代古韻研究作了初步的總結。」而何萱書成於約十九世紀三、四十年代，與夏炘成書時間很接近，我們可以把《韻史》作爲清代後期的音韻學作品來研究。

二、清代後期古音學研究特徵

清代後期是清代古音學的最後的發展和總結時期。何萱的古音研究就是在這一時期完成的。將何萱的古音學研究放在清代後期這個大背景下來考察，可以更好地探究何萱古音學思想的產生源頭，通過與其他同時代古音學家研究成果的對比，可以分析何萱古韻分部的得失。

（一）古韻分部愈加精密，但未能達成完全一致的結論

從中期到後期，古韻分部朝著越來越科學合理的方向發展，古音學家在古韻分部方面的分歧越來越小，但基本上每一位古音學家都會吸納前人合理成分，再結合自己的研究成果來重新審視上古韻部問題，卻沒有完全爲學術界普遍接受的統一觀點。從何萱的《答吳百盉論韻史書》來看，他是在段玉裁研究古韻的基礎上對《說文》、《玉篇》等古代典籍進行古韻分類的，但從他分部的結果上看，他的古韻十七部在與中古音的對應關係、入聲的分配上與段玉裁並不完全相同。

（二）對古聲母的研究不夠透徹

與古韻部的研究不同，清儒對古聲的研究要黯淡許多。究其原因，主要是資料的限制。韻部可以通過詩文用韻、諧聲字等進行研究，而聲母要去浩如煙海的文獻材料中去尋找線索，比如異文、假借、破讀等相關信息。所以，對聲母的研究只是在單一方面，如「古無輕唇音」、「古無舌上音」等取得「點」上的成果而缺乏系統的、「面」上的結論。何萱《韻史》的聲母系統被專家們認爲是北音或方音，沒有人看作是古音，可見何氏在古聲方面的研究與其他清儒一樣，沒有什麼大的突破。

（三）對上古聲調認識不一致

整個有清一代，對於上古聲調的討論一直沒能停歇。直到今天，我們也沒有對上古聲調的一致性意見。顧炎武認爲古代「四聲一貫」，這實際上否定了古

有四聲；段玉裁認爲古無去聲；王念孫、江有誥認爲古有四聲，孔廣森認爲古無入聲。何萱對聲調也沒有像韻部那樣旗幟鮮明地亮出自己的觀點，他對聲調也是沒有把握的。在《韻史》的體系中，平聲分陰陽，這顯然不是上古聲調的原貌。清代後期的古聲調研究成果基本上是對清代中期研究成果的繼承。

何萱身處清代後期，成書於此時間段的《韻史》自然也具有上述特徵。我們下文將從何萱的古音學思想入手，對上述內容在《韻史》中的體現逐一討論。

第二節　何萱的古音學思想

我們把何萱的《韻史》放在清代後期古音研究的大背景下來討論，可以看出何氏古音學思想的來源，受哪方面的影響最多，是符合清代後期古音研究的一般特點，還是標新立異獨樹一幟。通過對何氏《韻史》的研究，是不是可以給現存古音學研究遺留問題一些合理的解釋。這就是我們上文花費大量筆墨介紹清代古音學研究情況的初衷，也是《韻史》在古音學史研究上的意義和價值所在。

一、何萱對古聲母的研究

首先應當明確的是，何氏著書的本意是重現文字的古音古義，所以我們將書前的二十一字母看作是他對上古聲母的探索。雖然最後的結果與北音或者說是與通泰方音相似，但我們不能否認他在古聲母探索上所作的努力。我們知道清代學者對上古韻部的研究可以說是蔚爲大觀，上古聲調的研究也非常出彩，唯獨對上古聲母的研究比較平淡。在何氏之前的音韻學家對古聲母提出的建設性成果大概只有錢大昕古無輕唇音、古無舌上音，至於章太炎的娘日歸泥，曾運乾的喻三歸匣、喻四歸定，黃侃的照二歸精那都是何氏身後之事了。所以說，在何氏整理上古聲母的時候，可以參考的成果太少，他只好自己來審定，以便於制成他的聲韻調配合表。上文已經介紹過幾家對於何氏二十一聲母的討論，我們首先要明確這二十一字母的性質。羅常培先生說是本元明以來的北音，魯國堯先生認爲是植根於泰興方音。看似一個是北方通語，一個是南方方言，結論相差甚遠，但細一推敲二位先生的說法，其實還是有相通之處的。魯先生說植根於泰興方音，可以理解爲受方音影響而非

完全是方音。我們先從何氏自己的話裡來一探究竟。

　　何氏對聲母的有關說明集中於《答吳百盃論韻史書》中。他說：「許氏解字只云某聲，鄭君注經只云讀若某，至孫叔然始作翻紐，猶未有字母也。舍利三十字母，西域音三十六字母，《金剛經》五十字母，《般若經》四十一字母，《華嚴經》四十二字母，蒙古音四十一字母，皆與今所行三十六字母——見溪群疑——不同。三十六母行之既久，似為近矣；然諦觀之，則有複有漏，未為精善也。非敷泥娘皆一誤為二，複矣。見端等母有陰無陽，明微等母有陽無陰，漏矣。知徹澄三母之字，古音同於端透定，今音同於照穿牀，不必別出，另出亦復矣。故吳草廬三十六字母，李如眞二十二字母，新安三十二字母，方密之二十字母，皆不用知徹澄。陳晉翁三十二字母存知徹澄而去照穿牀，其意亦同耳。方氏併非敷奉為一是也，然去影喻二母則漏矣。戴先生東原亦用二十母：而與方大異，惟其微母字別為條，則非愚心所安也。故愚之《韻史》定為二十一母；平聲有陰陽，則以二十一為四十二也，舊時言字母者或云九音，或云七音，今細審之，只須言四音耳，見溪影曉喉音也（見溪不必言牙音），端透泥來舌音也（來不必言半舌），照穿日審精清疑心正齒、齒頭音也（日不必言半齒，疑乃鼻音，非牙音也，附齒頭差近），邦滂明非微唇音也（重唇三，輕唇二）。萱之所擬廿一字母曰『見起影曉，短透乃賚，照助耳審，井淨我信，謗竝命匪未』也。概不用平聲字，避平聲字有陰陽也。以四音廿一母統括眾字，則音聲無不舉矣，不審舊來何以紛紛立法之多也。《韻史》每部每呼即以廿一母次第為列字次第。同紐之中，又以形近系聯，不泥舊次矣。」

　　通過作者自己對二十一母的解說，我們可以發現如下線索：第一，何氏的二十一聲母是對上古聲母的擬定。他一開篇就強調許愼《說文》、鄭玄經注中對古書某字的注音方式，說明上古注音沒有固定的字母，同時又提到吳草廬、李如眞、新安（朱熹）、方密之、陳晉翁、戴東原等人的字母之說，而這些人均是在考訂上古聲母。在清代研究上古聲母不夠深入的情況下，何萱在自己摸索的同時也會參考以上諸家之說。第二，他對三十六字母重新整理，得出二十一字母，作為上古聲母。何氏的二十一字母與中古三十六字母的對應關係見下表：

表2-1　何萱二十一字母與中古三十六字母對照表

	喉				舌				正齒				齒頭（鼻音我）				重唇			輕唇	
21字母	見	起	影	曉	短	透	乃	賚	照	助	耳	審	井	淨	我	信	謗	竝	命	匪	未
36字母	見	溪	影	曉	端	透			照知	穿徹		審	精	清		心	幫	滂		敷非	
		群	喻	匣		定	泥娘	來		牀澄	日	禪		從	疑	邪		並	明	奉	微

　　從他自己的話來看，他主要是綜合了方密之和戴東原的上古聲母系統，並結合自己的考證得出來以上二十一個聲母的。方密之的聲母我們上文已經提到過，戴震的聲母系統，據李開先生（李開1996：62）的歸納，應爲以下二十個：1見、2溪群、3影喻微、4曉匣、5端、6透定、7泥、8來、9知照、10徹穿牀澄、11日娘、12審禪、13精、14清從、15疑、16心邪、17幫、18滂並、19明、20非敷奉。于靖嘉（1988：26）先生將此二十一母列表表示爲：

表2-2　戴震古音二十一聲母表

	類	喉				舌				齶				齒				唇			
聲母	清	見	溪	影	曉	端	透			照知	穿徹		審	精	清		心	幫	滂		敷非
	濁		群	喻	匣		定	泥	來		牀澄	日娘	禪		從	疑	邪		並	微明	奉
位		一	二	三	四	一	二	三	四	一	二	三	四	一	二	三	四	一	二	三	四
章		一	二	三	四	五	六	七	八	九	十	十一	十二	十三	十四	十五	十六	十七	十八	十九	二十

　　類指的是發音部位，位是聲母的清濁。清濁各占一行，全清聲母爲一位，次清與濁聲母爲二位，次濁聲母爲三位，次清濁成對爲四位。來是未成對的次濁。非敷奉是特定第四位的聲母。

　　我們將兩個表一比較，發現如下特點：1、何氏基本上本戴氏分類，只是比戴氏多出一個微母，非敷奉合一。2、在對三十六字母歸併上稍有不同。戴氏把娘母歸日母，何氏把娘母歸泥母。但總的聲母數是不受影響的。

　　李新魁先生對戴震上古聲母的評價爲：「他對聲母的安排，基本上是以中古音系爲依歸，使人產生這樣的印象，好像中古的聲類與上古是一樣的。這種情況的造成，主要是戴氏及其他音韻學者對聲類的研究還很不夠所致。例

如從上古音的聲母來說，照二組聲母與精組聲母的關係十分密切，在表現聲類時，應該考慮到這種情況。但是，戴氏卻把照二組與照三組同列一格，使人覺得照二與照三組字同爲一類，這就不能充分地反映上古音聲類分合的眞正面貌。……總之，戴氏這部書企圖以中古韻圖的格局來展示上古的語音系統，但是，由於他偏重於從『審音』的角度出發，難免就存在強人就我、強古就今的毛病。」（李新魁 1980：94）這個評價對何氏所訂的上古聲母系統同樣適用，何氏的二十一字母是有所本的，包括他稱聲母爲「位」，都與戴震《聲類表》的說法相通。何萱關於聲母的陰陽之說，則本於李登的《書文音義便考私編》。《書文音義便考私編》（以下簡稱《私編》），作者李登，字士龍，江蘇上元人（今江蘇江寧），是《韻法橫圖》作者李世澤的父親。《私編》成書於萬曆丁亥年（公元 1587 年），從形式上看是一部包含形、音、義的文字學著作，但以表音爲主，仍可當作一部韻書，一般認爲其代表了當時的南方官話音。（孫俊濤 2007：1）《私編》聲母見下表（孫俊濤 2007：8）：

表 2-3　《書文音義便考私編》聲母表

平聲31	見	溪	端	透	泥	幫	滂	明	敷	精	清	心	照	穿	日	審	影	曉	來	微	疑
		群 g		廷 d			平 b		奉 b‘	從 dʑ		邪 z	牀 dʑ			禪 ʑ	喻 j	匣 x			
仄聲21	見	溪	端	透	泥	幫	滂	明	敷	精	清	心	照	穿	日	審	影	曉	來	微	疑
	k/tɕ	k‘/tɕ‘	t	t‘	n	p	p‘	m	f	ts	ts‘	s	ts̺/tʃ	ts̺‘/tʃ‘	nz	ʂ/ʃ	∅	x/ɕ	l	v	ŋ

從表中可以看出，《便考私編》仄聲中無全濁母，平聲保留全濁母。而實際上其平聲中的全濁母是一種形式上的保留，李登所謂清濁即是陰平與陽平的聲調對立。

何萱自述：「平聲有陰有陽，應以二十一爲四十二」。何萱的化二十一爲四十二，與李登的做法如出一轍。他的二十一字母沒有平聲字，是因爲他認爲平聲分陰平和陽平，他將聲調的陰陽移用在了聲母的清濁上。從聲調上看，何氏的平聲是分陰平和陽平的，聲調的陰陽又與聲母的清濁有直接關係。何氏的語音中全濁聲母已清化，所以，他只好學習李登，在頭腦中虛擬出一套濁聲母，用以說明平分陰陽的源頭。何萱將聲母清濁與聲調陰陽混爲一談，這也是羅常培先生提出來應當分辨清楚的地方。實際上，何氏所說的聲母用字避免使用平聲字，眞正要避免的是表示清音和全濁音聲母的字。次濁音不

分送不送氣，所以明、微、泥、來、日、疑不用改成命、未、乃、賚、耳、我。這樣的話，何氏的聲母用字與三十六字母相比就不會相差很多了。

對發音部位的再探索，是何萱聲母研究的亮點之一。雖然不能做到盡善盡美，但其不拘泥於舊說的創新精神還是很值得稱道的。古人所說的九音、七音，在何氏看來只用四音就可以概括，我們列表表示為：

表2-4　何萱二十一字母與三十六字母發音部位、發音方法新舊分類對照表

發音部位＼發音方法				全清	次清	全濁	次濁	全清	全濁
				不送氣不帶音的塞音、塞擦音	送氣不帶音的塞音、塞擦音	帶音的塞音、塞擦音	帶音的鼻音、邊音、半元音	不帶音的擦音	帶音的擦音
七音	九音	語音學名稱	四音						
唇	重唇	雙唇	唇	幫（謗）	滂（竝）	並（〉竝）	明（命）		
	輕唇	唇齒		非（匪）	敷（〉匪）	奉（〉匪）	微（未）		
舌	舌頭	舌尖中	舌	端（短）	透（透）	定（〉透）	泥（乃）		
	舌上	舌面前		知（〉照）	徹（〉助）	澄（〉助）	娘（〉乃）		
半舌	舌齒	舌尖中邊					來（賚）		
半齒		舌面鼻擦					日（耳）		
齒	齒頭	舌尖前	齒	精（井）	清（淨）	從（〉淨）		心（信）	邪（〉信）
	正齒	舌面前		照（照）	穿（助）	牀（〉助）		審（審）	禪（〉審）
牙		舌根	喉	見（見）	溪（起）	群（〉起）	疑（我）		
喉	零聲母			影（影）				曉（曉）	匣（〉曉）
	半元音						喻（〉影）		

通過比較我們看出，唇音雖列為一音，但實際上他還是強調了輕重唇的分別，我們知道，「古無輕唇音」是學術界所公認的結論，何氏基本上套用戴震的聲母體系，他也為上古聲母列了輕唇音非（敷奉）和微，將微母獨立是揉入自己方音的結果。

舌音中的「知徹澄娘」歸入到了正齒音中，從現代語音學的角度看，中古的舌上和正齒同為舌面前音，而且在語音發展史上也出現了知照合流的現象，但如果談到的是上古音，我們知道舌上音是從舌頭音中分化出來的，而並非如何萱、戴震所說合流於照組。何萱自己清楚地知道這一點，他說：「知

徹澄三母之字，古音同於端透定，今音同於照穿牀，不必別出，另出亦復矣。」但是他在對上古聲母考訂時，卻沒有把知徹澄歸於端透定，而是歸入了照穿牀。在這里，我們把它看做何萱在由三十六字母上推古音時產生的失誤。他認識到上古無舌上音，卻沒有處理好舌上音的歸屬，這是拿自己的語音上推古音的結果，我們不能據此否定二十一母的性質。除了輕唇音和舌上音的問題之外，我們還發現在他的二十一母中沒有全濁音。雖然這些地方與許多研究古音之人所得結論有較大差異，但由於時代的限制，他心目中的上古聲母融入了方音的成分也是在所難免的。「舌音」除了「舌頭」、「舌上」之外，還包括半舌音來母。來母爲邊音，但其發音部位仍然是舌尖中音，所以，何氏說「來不必言半舌」是有一定道理的。

　　齒音除了「齒頭」和「正齒」之外，還包括「半齒」和「牙音」。半齒指的是日母，它實際上是個舌面鼻擦音。何氏說「日不必言半齒」，大概是因爲日母也是舌面音的緣故。牙音中的疑母也被何氏歸入齒音中，他發現疑母爲鼻音聲母，並一直爲自己的發現洋洋得意，他說：「其鼻音一字，前人未嘗言及。萱以臆推求而得之，曾諮於深韻學者，不吾非也。緣向來誤認疑母爲牙音，故不知此音之出於鼻耳，聊爲發其覆焉。」現在看來，疑母確確實實是個舌根鼻音，只不過說它是牙音是基於發音部位的角度，而說它是鼻音則是從發音方法上來說的。不過在當時的條件下，何萱能夠發前人之所未發，可見他還是有很高的審音能力的。

　　另外，在他的聲母體系中是沒有全濁音和半元音的，這也不符合上古聲母實際。全濁聲母的清化和云、以變爲零聲母是近代官話音的特點。

　　現在我們回到最初的問題上來，對何萱二十一母的性質重新審視。我們首先肯定這是他對上古聲母的探索，同時又發現他基本遵從戴震的體系，並且其對三十六字母的歸納又符合近代北方官話演變結果，而全濁音的清化過程又與近代通泰方言一致。所以說它是「元明以來的北音聲系」或是「植根於通泰方言」都沒有問題。在清代研究上古聲母相對滯後的情況下，人們總是會從自己最熟悉的語言來推敲古音，不受方音的影響是相當困難的，但我們認爲何萱的這種方音影響是不自覺的，因爲一方面，受時代所限，清人通常比較注重材料，而很少關注活語言；另一方面，假設何萱清楚地知道自己方言聲母系統，他就更不可能把它們拿來用到自己的古音研究上，也不會硬

生生地將古韻與時音聲母搭配到一起，因為他本人清楚，古音不同於今音。同時，讀書人著書立說以求傳世，他們會盡量使用當時的通語寫作而不是方音。從結果上看，何萱的二十一字母與泰興方音聲母相同。但是，考慮到以上幾種因素，我們認為何萱的二十一字母是有所承襲，而且考證過程中也是力避方音的。何氏的推衍與古音有一定差距，他對上古聲母的探索基本上是失敗的。但我們依然要對何萱在上古聲母方面所做的努力給予肯定。

二、何萱對古韻部的研究

何萱對上古韻部的研究可謂用力深厚，主要表現在對古今韻部不同、諧聲對古韻分部的影響、入聲韻的分布幾個方面。尤其是對段玉裁的「同聲必同部」說和「異平同入」說，更是繼承並應用到了他的古韻分部中去。

何萱認識到古今韻部不同，他說：「書契與聲歌皆起於皇古，則韻部之分由來已久。父師子弟，沿襲率循；瞽史象胥，整齊畫一；故不必特勒成書，而師儒墨守，自無越畔。春秋以降，象胥不行。原伯魯之徒既多，五方又各為風氣，音漸轉迻。降及六代，天光分耀，音益多歧，韻之古今自茲判，而辨音之詳亦即自茲而盛。」他表明，起初因為師儒墨守，古音雖沒有專書記錄下來也可以保留。但隨著時間的推移，人員的流動，語音逐漸發生變化，所以辨音之說才會興盛。在這種考察古音的時代大潮中，何萱也「欲齊所不齊」，「合天下之人而同此文」，積極開展對古音，尤其是古韻的研究。他自述吸取段玉裁的古音成果，也認為古韻分為十七部，只不過在收字上比段氏廣泛。我們通過對十七部收字情況的考察，得出何萱古韻十七部與中古韻部的對應關係[註1]。見下表：

表 2-5　何萱古韻十七部與中古韻部對照表

何萱古韻部次＼中古對部	舒	入
第一部	之咍 $_{1/2}$ 尤 $_{1/2}$ 灰 $_{1/2}$ 脂 $_{1/2}$	職德屋 $_{1/3}$ 麥 $_{1/2}$
第二部	宵 $_{1/2}$ 蕭 $_{1/2}$ 豪 $_{1/2}$ 肴 $_{1/2}$	覺 $_{1/3}$ 藥 $_{1/2}$ 錫 $_{1/3}$ 鐸 $_{1/2}$

〔註1〕 這種對應不是絕對的，十七部中除包括以上各中古韻外，也會雜有其他韻部，但為數尚少，可忽略不計。右下角的分數指何萱對中古韻類的離析情況，一分為二或一分為三，不是絕對數目。

第三部	尤 $_{1/2}$ 豪 $_{1/2}$ 肴 $_{1/2}$ 蕭 $_{1/2}$ 幽虞 $_{1/3}$ 宵 $_{1/2}$	屋 $_{1/3}$ 沃覺 $_{1/3}$ 錫 $_{1/3}$
第四部	侯虞 $_{1/3}$	屋 $_{1/3}$ 燭覺 $_{1/3}$
第五部	模魚麻 $_{1/2}$ 虞 $_{1/3}$	鐸 $_{1/2}$ 陌昔 $_{1/2}$ 藥 $_{1/2}$
第六部	登蒸耕 $_{1/3}$	與第一部同入
第七部	侵 $_{1/2}$ 覃 $_{1/2}$ 鹽 $_{1/2}$ 添咸 $_{1/2}$ 凡 $_{1/2}$ 談 $_{1/2}$ 銜 $_{1/2}$	緝合 $_{1/2}$ 葉 $_{1/2}$ 帖 $_{1/2}$ 洽 $_{1/2}$ 業 $_{1/2}$ 盍 $_{1/2}$
第八部	談 $_{1/2}$ 鹽 $_{1/2}$ 覃 $_{1/2}$ 銜 $_{1/2}$ 嚴咸 $_{1/2}$ 凡 $_{1/2}$ 侵 $_{1/2}$	葉 $_{1/2}$ 盍 $_{1/2}$ 合 $_{1/2}$ 帖 $_{1/2}$ 洽 $_{1/2}$ 狎業 $_{1/2}$ 乏
第九部	東鍾江冬	與第一部同入
第十部	陽唐庚 $_{1/2}$ 耕 $_{1/3}$	與第五部同入
第十一部	青 $_{1/2}$ 清耕 $_{1/3}$ 庚 $_{1/2}$	與第十二部同入
第十二部	眞 $_{1/2}$ 先 $_{1/3}$ 仙 $_{1/2}$ 青 $_{1/2}$ 諄 $_{1/2}$ 臻	質屑 $_{1/2}$ 櫛
第十三部	魂文諄 $_{1/2}$ 眞 $_{1/2}$ 欣先 $_{1/3}$ 痕山 $_{1/2}$	與第十二部同入
第十四部	仙 $_{1/2}$ 桓元寒先 $_{1/3}$ 刪山 $_{1/2}$	與第十五部同入
第十五部	脂 $_{1/2}$ 齊 $_{1/2}$ 微灰 $_{1/2}$ 祭泰皆支 $_{1/3}$ 咍 $_{1/2}$ 夬廢	薛沒末屑 $_{1/2}$ 曷術月物黠鎋迄
第十六部	支 $_{1/3}$ 齊 $_{1/2}$ 佳	錫 $_{1/3}$ 麥 $_{1/2}$ 昔 $_{1/2}$
第十七部	支 $_{1/3}$ 戈歌麻 $_{1/2}$	與第十六部同入

（陰聲韻 8 部，陽聲韻 9 部，入聲韻 10 部）

　　雖然何氏自己說仿段玉裁作古韻十七部，其實只是在分部數量上與段氏相同，實際內容上卻多有不同，爲了便於說明，我們將何氏與段氏的古韻分部列表比較：

表 2-6　段玉裁、何萱古韻分部對照表 [註2]

段玉裁古韻分部				何萱古韻分部			
部序	舒	入			舒	入	
1	之	之咍	職德	職	之	之咍 $_{1/2}$ 尤 $_{1/2}$ 灰 $_{1/2}$ 脂 $_{1/2}$	職德屋 $_{1/3}$ 麥 $_{1/2}$	職
2	宵	蕭宵肴豪	入同 1		宵	宵 $_{1/2}$ 蕭 $_{1/2}$ 豪 $_{1/2}$ 肴 $_{1/2}$	覺 $_{1/3}$ 藥 $_{1/2}$ 錫 $_{1/3}$ 鐸 $_{1/2}$	藥
3	尤	尤幽	屋沃燭覺	屋	幽	尤 $_{1/2}$ 豪 $_{1/2}$ 肴 $_{1/2}$ 蕭 $_{1/2}$ 幽虞 $_{1/3}$ 宵 $_{1/2}$	屋 $_{1/3}$ 沃覺 $_{1/3}$ 錫 $_{1/3}$	覺
4	侯	侯	入同 3		侯	侯虞 $_{1/3}$	屋 $_{1/3}$ 燭覺 $_{1/3}$	屋
5	魚	魚虞模	藥鐸	藥	魚	模魚麻 $_{1/2}$ 虞 $_{1/3}$	鐸 $_{1/2}$ 陌昔 $_{1/2}$ 藥 $_{1/2}$	鐸
6	蒸	蒸登	入同 1		蒸	登蒸耕 $_{1/3}$	入同 1	
7	侵	侵鹽添	緝葉帖	緝	侵	侵 $_{1/2}$ 覃 $_{1/2}$ 鹽 $_{1/2}$ 添咸 $_{1/2}$ 凡 $_{1/2}$ 談 $_{1/2}$ 銜 $_{1/2}$	緝合 $_{1/2}$ 葉 $_{1/2}$ 帖 $_{1/2}$ 洽 $_{1/2}$ 業 $_{1/2}$ 盍 $_{1/2}$	緝

[註2] 段玉裁古韻分部，以及下文的江有誥和王力先生的古韻分部多參考王力（1992）和胡安順（2001：248-251），此處一併說明，文中不再一一標注；何萱十七部名稱爲筆者所加。

8	談	覃談咸銜嚴凡	合盍洽狎業乏	盍	談	談1/2鹽1/2覃1/2銜1/2嚴咸1/2凡1/2侵1/2	葉1/2盍1/2合1/2帖1/2洽1/2狎業1/2乏	盍
9	東	東冬鍾江	入同3		東	東鍾江冬	入同1	
10	陽	陽唐	入同5		陽	陽唐庚1/2耕1/3	入同5	
11	耕	庚耕清青	入同12		耕	青1/2清耕1/3庚1/2	入同12	
12	眞	眞臻先	質櫛屑	質	眞	眞1/2先1/3仙1/2青1/2諄1/2臻	質屑1/2櫛	質
13	文	諄文欣魂痕	入同15		文	魂文諄1/2眞1/2欣先1/3痕山1/2	入同12	
14	元	元寒桓刪山仙	入同15		元	仙1/2桓元寒先1/3刪山1/2	入同15	
15	脂	脂微齊皆灰	術物迄月沒曷末黠鎋薛	物	脂	脂1/2齊1/2微灰1/2祭泰皆支1/3咍1/2夬廢	薛沒末屑1/2曷術月物黠鎋迄	物
16	支	支佳	陌麥昔錫	錫	支	支1/3齊1/2佳	錫1/3麥1/2昔1/2	錫
17	歌	歌戈麻	入同16		歌	支1/3戈歌麻1/2	入同16	

　　從《六書音均表》來看，段玉裁沒有對中古韻部進行離析，而是歸併。從何萱的分部來看，很少有哪個中古韻部完全不變的歸入到上古韻中，基本上都是離析。可見，何萱對古今韻部的不同還是理解得比較深刻的。從對照表來看，何萱與段玉裁最大的不同在於入聲韻與陰、陽聲韻相配上。何氏從第五部入聲中將藥韻分離出去與第二部宵相配。從第三部入聲中將覺韻分離出來與第三部相配。何萱入聲韻部要比段氏多兩個，但因為沒把入聲韻獨立出來，所以在總數上仍然是十七部。何萱對藥、鐸、屋、覺的處理與江有誥的古韻分部類似。江有誥的宵部與藥部、魚部與鐸部、屋部與侯部、覺部與幽部都呈相配之勢。王力先生的古韻三十部正是如此配對的。從材料上來看，何萱的第三部幽部，包含中古屋韻229字，覺韻19字，第四部侯部，包含中古屋韻178字，覺韻69字，從比例上來看，這兩部屋、覺韻字所占比例相當，實在是不好區分。這樣的結果恐怕要歸因於材料的限制。但是，何萱將入聲覺、鐸部從屋、藥部中分離出來，已經比段玉裁進步了。我們按照傳統的分配方式，將屋部與侯部相配，將覺部與幽部相配。另外一個不同在於對中古韻部的離析上。段玉裁自己沒有將中古同韻字分開，而是完整地歸入到上古某部中，雖然看上去界線清晰，但也掩蓋了眾多語音現象。何萱的做法要聰明許多，他沒有在十七部之下直接寫出包含的中古韻部是什麼，而是將一系列字列到十七大部之下，具體韻部的分合變化就是讀者在閱讀過程中自己去總結了。當然，何萱是將段注中的收字進行了擴充，其與段注重合之字的韻部分合應當與段氏相差無幾。換句話說，

段玉裁雖然沒有在他的《今韻古分十七部表》中對中古韻部進行離析，但在正文的解說中還是有這方面的分析的，他的古韻十七部與中古韻部間的對應絕不會如此整齊。鑒於何萱分部本於段玉裁，他們二人對中古韻部的分析應當具有一致性，與其將何氏對中古韻部的離析看成是與段氏的不同，還不如將它看作段、何二人對中古韻部的具體分派。所以我們也同時選取被王力先生譽爲清代古音學巨星的江有誥作爲比較對象，發掘何萱古韻分部的特點。

支、脂、之三分是段玉裁的偉大功績之一，但從何氏分部來說，脂韻並沒有完全轉移到脂部中，而是有部分仍然與之部混雜。我們檢索《韻史》第一部中的中古脂韻字，共有 47 例，應該說不在少數。我們擇要列舉如下：

韻字位置	《韻史》部序	韻字	中古聲類	中古聲調	中古開合	中古韻類	中古韻攝	中古等位	中古反切
1135	1副	屝**	幫	上	開	脂	止	重三	博美
177	1正	邳	並	平	開	脂	止	重三	符悲
383	1正	澄	澄	上	開	脂	止	三	直几
1248	1副	穧	從	去	合	脂	止	三	秦醉
115	1正	龜	見	平	合	脂	止	重三	居追
1142	1副	嫠	明	上	開	脂	止	重三	無鄙
874	1副	頯	滂	平	開	脂	止	重三	敷悲
341	1正	跽	群	上	開	脂	止	重三	暨几
1002	1副	捼*	日	平	合	脂	止	三	儒隹
1130	1副	辟	心	去	開	脂	止	三	息利
317	1正	蘬	云	上	合	脂	止	三	榮美
319	1正	痏	云	上	合	脂	止	三	榮美
320	1正	洧	云	上	合	脂	止	三	榮美
321	1正	鮪	云	上	合	脂	止	三	榮美
1212	1副	鯡**	章	去	開	脂	止	三	之利
370	1正	黹	知	上	開	脂	止	三	豬几

（韻字的音韻地位一般取自《廣韻》，加*號的取自《集韻》，加**號的取自《玉篇》）

江有誥將脂韻全部歸入他的脂部。王力先生的脂韻三分，一部分在之部，一部分在脂部，另一部分在他獨立出來的微部。何萱沒有微部，但脂韻二分，其中一部分在之部，是與王先生相同的。中古脂 B 類的來源之一爲上古之部，經歷的是（B）rɯ—ɣiɪ，wrɯ—ɣiuɪ（鄭張尚芳 2003b：232-233、馮蒸 2006c：60）這樣的演變，（B）表示唇音聲母。我們觀察上述例字，除了上例中的十個

三等韻，其餘 46 例均爲脂 B 類。但是在開口呼中不限於唇音，還包括個別舌齒音字和牙音字。何萱對於脂韻的處理比段玉裁和江有誥更爲合理。

中古虞韻被何萱三分，分別置於第三、第四和第五部。江有誥將虞韻分布於魚侯兩部，王力先生也是如此，但實際上王先生的幽部中是包含虞韻系的，只不過算作不規則變化（王力 1980：80）：孚俘務 ĭuəi—ĭu（虞）。何萱第三部中所收的中古虞韻字共有 34 個，擇要舉例如下：

韻字位置	《韻史》部　序	韻字	中古聲類	中古聲調	中古開合	中古韻類	中古韻攝	中古等位	中古反切
3092	3 正	孚	敷	平	合	虞	遇	三	芳無
3093	3 正	俘	敷	平	合	虞	遇	三	芳無
3012	3 正	臾	見	平	合	虞	遇	三	舉朱
3691	3 正	務	微	去	合	虞	遇	三	亡遇
4094	3 副	郙*	曉	平	合	虞	遇	三	匈于
4492	3 副	狣	章	去	合	虞	遇	三	之戍

王力先生所舉的例字均在其中。幽部分化出虞韻的過程是：（B）u—io（虞）（馮蒸 2006c：69），從何氏所收例字來看，不僅是唇音字，還包括個別見、曉母和章母字。

何萱將中古耕韻三分，分別置於第六、第十和第十一部中。江有誥和王力先生均沒有分置，但王先生的陽部和蒸部都有耕韻系，全部按例外處理。鄭張尚芳先生將分佈於陽部的耕韻按例外處理，分佈於蒸韻的耕韻則是例內。其演化過程爲：rɯɯŋ—ɣɤŋ（鄭張尚芳 2003b：233，馮蒸 2006c：67）。何氏歸入陽部的中古耕韻字有 16 個，例字見下：

韻字位置	《韻史》部序	韻字	中古聲類	中古聲調	中古開合	中古韻類	中古韻攝	中古等位	中古反切
13246	10 副	浜	幫	平	開	耕	梗	二	布耕
13247	10 副	垹	幫	平	開	耕	梗	二	布耕
12877	10 正	鮩	並	上	開	耕	梗	二	蒲幸
13333	10 副	儬*	澄	平	開	耕	梗	二	除耕
13506	10 副	儬*	澄	平	開	耕	梗	二	除耕
12514	10 正	甿	明	平	開	耕	梗	二	莫耕
12515	10 正	氓	明	平	開	耕	梗	二	莫耕
12518	10 正	蝱	明	平	開	耕	梗	二	武庚
12530	10 正	萌	明	平	開	耕	梗	二	莫耕

12541	10 正	蹕	明	上	開	耕	梗	二	武幸
12882	10 正	黽	明	上	開	耕	梗	二	武幸
13369	10 副	橗*	明	平	開	耕	梗	二	謨耕
13370	10 副	盲	明	平	開	耕	梗	二	莫耕
13846	10 副	魁**	匣	去	開	耕	梗	二	胡硬
13889	10 副	鞕	疑	去	開	耕	梗	二	五爭
13494	10 副	揁*	知	平	開	耕	梗	二	中莖

　　王力先生和鄭張尚芳先生都將中古耕韻歸入陽部定爲不規則變化，所舉的
氓、虻、萌、黽等字均在上列。何萱將部分耕韻字歸入陽部和蒸部的做法，比
段玉裁和江有誥只把耕韻歸入耕部的做法更接近眞實。

　　何萱還將中古的青韻一分爲二，一部分在耕部，另一部分在眞部。他的這
種分法不但與清儒不同，與近現代學者的分類也不相同。我們認爲，青韻歸上
古的眞部是受了何萱自己方音的影響。歸入眞部的中古青韻字共有 58 個，擇要
舉例如下：

韻字位置	《韻史》部　序	韻字	中　古聲　類	中　古聲　調	中　古開　合	中　古韻　類	中　古韻　攝	中　古等　位	中　古反　切
15059	12 正	聆	來	平	開	青	梗	四	郎丁
15253	12 正	佞	泥	去	開	青	梗	四	乃定
15044	12 正	形	匣	平	開	青	梗	四	戶經
15045	12 正	刑	匣	平	開	青	梗	四	戶經

　　除了一例泥母字和兩例匣母字之外，其餘 55 字全部爲來母字。何萱爲泰興
人，據顧黔先生考證，今泰興方言存在前後鼻音不分的現象。何萱爲上述韻字
注音時所用的反切下字分別爲民、進和鄰，而這三個字在今泰興方言中的讀音
分別爲[miŋ]、[tɕiŋ]和[liŋ]，全是後鼻音韻尾，也許在何萱看來，眞部與耕部
實在是不好區分的。比較有意思的是形、刑二字，這兩個字在《韻史》中兩見，
何氏注爲「十一部十二部兩讀」，說明他對這二字的歸韻還是很小心的。歸爲耕
部大概是本段氏，又歸爲眞部可能是受方音的影響。

　　山韻在何萱的古韻十七部也是兩分的，一部分入文部，一部分入元部。段
玉裁和江有誥歸入元部，王力先生也是兩分，歸入文部和元部，只不過元部中
的山韻系字有例內和例外兩種。鄭張尚芳先生認爲山韻既有文部來源，又有元
部來源，都是例內。王力先生之所以分爲例內和例外，主要因爲他認爲古韻部

一部一個主元音，發展爲中古不同的韻類是以聲母爲條件的。對於中古的重韻刪山來說，元部齒音變爲山，喉脣音變爲刪。個別齒音字在中古爲刪韻，或是個別喉脣音字在中古爲山韻，就全算作是例外。其實，不止山韻，以上所討論的幾個韻部，除了青韻之外，基本上都是重韻或重紐韻。對於這些韻在上古韻部中的分配，關係到上古韻部的構擬，涉及到「一部一主元音」說、「六元音」說、「六元音異部通變」理論等一系列問題，馮蒸先生（2006c）對於此類問題有專文討論，我們此處只想說明何萱對山韻的分類比段氏和江氏更爲合理。

中古入聲韻在上古韻部中的分布，何萱與段玉裁、江有誥也有許多不同。首先是麥韻兩分，一部分入職部，一部分入錫部。其將中古麥韻兩分的做法與段玉裁和江有誥都不同。王力先生也主要是將麥韻歸入錫部，職部中的「革、麥」等字爲不規則變化。王力先生認爲上古之職蒸部無二等字，而何氏不但將中古的二等麥韻歸入職部，而且爲數不少，共 21 例。鄭張尚芳先生認爲麥韻的來源之一爲職部，演化過程爲：rɯɯɡ—ɣuɛk（麥）（鄭張尚芳 2003b：233，馮蒸 2006c：65）。

至於中古咸攝的幾個韻系，何氏歸入到第七部和第八部中的數量相差無幾，我們本著「一分材料說一分話」的原則，將有關韻系兩分。

以上我們主要分析了何萱對中古韻部離析的情況，但是從古韻分部上來看，何萱基本沒有超越段玉裁和江有誥。支脂之分部、眞文分部、幽侯分部、質部獨立與段氏無二，何萱沒能從段玉裁古韻十七部的框架，像江有誥那樣獨立出祭、葉、緝、冬等部來，哪怕這些韻部明顯體現出不同特點。從這一點也可以看出何萱的保守性和對段氏古韻分部成果的繼承性。

我們下文將對何萱在考察古韻時秉承的原則進行說明。

（一）對「同諧聲者必同部」的應用

何萱認爲形、音、義爲「書之大要」，所以他的《韻史》這三方面兼備。關於形音義之間的關係，何萱也有自己的觀點。他說：「形有定部，部亦有定形，本不相混也。六朝人爲韻收未必盡昧乎此，而識不堅定，轉以後世流變之音定其部居，而形體與部分乃雜出而不相應矣。故《韻史》先定其形，形定而音乃可言矣。……《韻史》之形與音既定，而後詳其訓釋。本義爲先，引伸之義次之，皆以《說文》爲首，傳注箋疏次第隸焉。至假借爲六書之一

端，是聲音文字之大用也。注家或不明言，學人宜知辨別。乃《釋文》兼蓄併收，注疏望文生說，正借之分陸孔輩不盡憭也，無論邢叔明以下矣。韻書會粹古今，立爲通法，自當專收正禮，而假借各附於本字，其無字可歸，終古假借者，方可特出。乃《廣韻》以下，不辨正借，往往一字數音，亂人神智。《集韻》、《類篇》泛濫益甚，甚至半簡之中，非族屢收；一字之下，譌體叢出；其晚近無用之字不堪掇拾者，又不足辨也，識字豈不難哉？凡《韻史》之作，將使學者眞識字而無難也；苟學者眞識字而無難，則萱之精力盡於此書而不悔也。」

上面這段話傳達給我們以下信息：首先，何萱認爲對字音的研究要從字形抓起，這其實關涉到他在古韻研究中一直遵循的一個很重要的原則：按諧聲偏旁爲文字歸類。這與段玉裁的「同諧聲者必同部」的觀念是一脈相承的。字的大部類確定下來之後，古音也就定了。其次，解釋了《韻史》釋義的體例。先解釋本義，而後是引申義，最後是假借義。先解釋《說文》，而後是對箋疏的解釋和評論。第三，何萱傾其精力作《韻史》的目的是使人「眞識字」，我們理解的「眞識字」就是了解每一個字從古至今的形體、讀音和意義上的演變，即字的「史」的變化，與他的書名暗合。以上三點，我們主要關注語音層面的「定形」問題，因爲何萱按照聲符不同爲漢字分類。王力先生在《諧聲說》中說：「自來音韻家於諧聲字，皆以韻說之，謂聲母在某韻，從其聲者必與之同韻。段玉裁《六書音均表》，嚴可均《說文聲類》，朱駿聲《說文通訓定聲》，戚學標《漢字諧聲》，姚文田《說文聲系》，皆主此說。」清代學者從顧炎武開始，大家就都知道諧聲偏旁在古韻歸部時的重要作用。自從段玉裁明確提出「同諧聲必同部」的重要理論後，便成了許多學者所恪守不違的眞理了。何萱認爲，《說文》系統地記錄了諧聲體系，而諧聲體系又較完整地保存了古音，所以他在自己的古韻分部之前也會附上一個「形聲表」，並將同一諧聲偏旁的字由《說文》擴大到《玉篇》、《廣韻》，足見他對這一原則的重視和認可。

《韻史》十七部中有十六部帶有「形聲表」〔註3〕，也就相當於「諧聲聲符分部表」。我們將何氏每一部的形聲表列舉如下（共 1623 個諧聲聲符）：

〔註3〕第一部沒有列形聲表，我們據第一部的收字情況並結合段玉裁的第一部形聲表補齊，詳附論。

表 2-7　何萱古韻十七部形聲表

第一部	㞢蚩寺時目台枲能矣絲其丌迒臣里貍才在𢦏茲來思不否丕龜某母尤丘牛止齒喜己巳史吏耳子士宰采又友有右久婦負司佩而畐巛甾臺舊事疑辭亥𠦬犛甾畀緋再乃市畐富戒異北𢦔意直弋式則賊革或𢦏息亟力防棘黑墨匿嬰色塞克伏牧皕苟嗇圣仄夨𠬝服麥㝵得啻葡備食悳敕陟肯袌（119 個）
第二部	高喬豪号號垚堯爻肴季教皃貌交毛喿澡巢樂尞㽞麃暴㬥夭芙苗丿少小肖削刀召丵斆敖卓到兆鳥梟県幺庣弔要䁘勞龠隺翟爵䍃虐勺盜皀𠬪了弱㞞羔㰤敫褭𠧢本犖晶顥皀表羔鷇（75 個）
第三部	九厹尻究㥢憂汓游攸條修脩卯丣畱聊劉酉酓丩收幺幽矛敄柔楙包匋䍃鬲壽冃冃冒爪叉蚤丂巧考老㑍保百𦣻道夰昊舯草畜𦋹𩡧秋愁州舟周休彭㷓肘翏膠本皋㕦牟雔求流孚㚆牢䌛由夒彗囚𢍏孝好手牡臭報帚守彪麀𢀖皀缶孔丑戊受㯥非篡咎复復臼𦥑舀匊籟夙㐁宿尗叔六先奎竈戚肅蕭秀造告肉竹毒哭𢇛育學竹逐目羞美紂幼就奧祝卤鬻𩰫（146 個）
第四部	婁數句口后禺豆壴尌廚音部區蓲矦几殳需須俞取㝡聚臾侮芻後㫗厚斗歪奏、主晝付府冓具屚寇朱䝩斲禿孔乳㔽㱿谷族屋丵業𧯄賣岳獄豖角斛足曲木玉珏蜀屬㯥束欶卜攴局鹿彔剝辱蓐𦍌（80 個）
第五部	古辜且沮父甫尃浦者奢亐雩蕚雩夸瓠瓜孤夫牙叚豭家車吳巴䃻虍䖒䖒虛虖慮盧虜豦凥居各洛路烏於与與舁卸御亦躲厺亞惡魚鱟穌舍余涂素䀠瞿茻襾賈庶度席巨榘壺鑪処圖乎虖乍土夕無毋巫石正馬呂鹵下女如奴羽兆雨五吾予午許戶雇武鼠黍禹鼓鼔夏宁舄亼隻蒦屰㡿朔咢若魯旅寡蠱兔罜圉睪擇乇谷卻䧢鄺𩏂昝稭霍炙白帛百尺赤赫赦壑㝌䨣霸乇㒳（150 個）
第六部	亙恆𢀩𦩍朋興丞烝承𤼷䔲登登瞢夢薨爯稱𥝡曾徵升厶厷弓兢仌馮䧹蠅夌仍孕凭（34 個）
第七部	今琴念酓歆金欽錦凡風咸鹹𪏰占黏音羊南卒執甘甚甛彡㝷壬任㸒淫參㐁先兟朁三男心侵林㺯㐺𢦔㦰𢀖氾兼廉僉㪘閃亼合拾咠戢㐭稟審𥦙㚆𢍏猒厭及立㬎隰溼邑入𩁹𦦈聶品劦協十叶廿𠦃習燮龖夾陝㘫（86 個）
第八部	甘圅臽監鹽炎剡焱熊斬厰嚴广詹㲋奄染贛欠尢妾枼涉業甲瀌疌𩏂耴夾沓𦑀眔臿盍籥㔾氾𣈙敢（40 個）
第九部	公工巩空共東重童龍中冬夅降隆丰奉夆逢从巡用甬庸䏍宮同農邕雝容囪悤雙封戎宋送充茸宂凶匈兇㚇竦冢冡蒙豐眾尨厖宗崇嵩蟲（56 個）
第十部	王㞷匡皇往狂昜陽煬湯行衡网岡亢方放旁黃廣爿牆將臧㒯京兵羊羕永庚康唐㲋褱㿝鄉卿上兄畺彊強囧朙㒳兩㓜梁卬亯向尙堂商丙㝃皿孟章慶亡㐬𠾂長㫃量㚆桑爽倉相象彭昌弜詣競䡈竝香秉央㗊䵷允匚（87 個）
第十一部	生正成丁盈壬廷呈戥𢧐青名鳴敬𣪠寧寍甯亭貞平晶甹頃熒冖冥鼏𤕦鼎耿霝巠爭䁐嬰竝鄭定𡋟嬴贏（42 個）
第十二部	天人儿仁命令丏寍賓寅眞顚申陳電辛業新辡勻旬甹千年因田卂𡟩信佞秦𣉻瀕身𥆞訇進奞闍𩇓扁𩁹民臣臤賢堅引糸弦牽矜𦊅肩八㕯穴匹必宓瑟監㬰吉頡壹質實卩𠰝節疐七一乙㯱便桼漆日至室𡕥血畢疾印前归失逸𠛬𤯍（93 個）
第十三部	先辰晨㫳分𡆧糱屯春殷𥃁亹熏焚彬斑文彣吝閔㬋門𨵥西㙴𢍜賁𩫏𢿤云雲存尹君員邑昏昆𦋺䌰孫巾川璊侖免堇盾壼筋蚰軍典昷𥁕縕寸刃斤㐱舛𠢑飧𡬶𢡌隱乚𡖉豚槖豩𩏂尊閏睿濬（76 個）

第十四部	叀專袁睘釆𢍏卷巺選厂屵彥雁鴈旦半𢆉言泉𩫖遷歎難官䜌珏𧟊㞕卵反爰閒亘宣桓連見莧寬奴𠦂聯䜌夗宛𡿨干岸旱罕旵宴匽安晏㫃𠦝亶曼柬闌蘭吅雚單患夐奐肩弁毌貫番潘𥃰閑𪉲丹焉縣肰然元完冠肙山仙戔衍憲椒㪚瀳㭃樊延𢉖獻次羨緐耑段燕丸虔𤁵爨赛姦面般煩贊祘算筭㕣沿兗彖建華犬刪片扶㚇㒼寽㚅斷班雋允鮮𧫷叩𡿧（140 個）
第十五部	衣𠂤帥師歸匕尼旨耆稽禾示視祁役設厶私夂夊比𣬈皆鬼嵬貴眔褱綏𢼸微豈口韋隹唯崔隼飛尸枚畾㑋虫几幾犀屖矢米𩔈頪類𢍰戾辠罪非回次咨二利𥝢黎毀毇尒爾𤕦璽豊氐底氐㡀𤰔弟希㚢伊委美夷火威水𥐻此隶妻履肆兕棄𠦒搸豕遂气旡既𢘅㤅季采彗慧惠率卒位四兌𣎵𣎳市未利隶丰㓞契害祭乂友吠𡿪復匄曷𥜽厲蠇貝器帶孛韋內外對尉罻世貰戌威歲薉𣥠癶發癸戉伐折哲亅𠃊医殹𡕒㓹寽大欮厥叕昏舌聒月最屮㞯辥櫱𣠽𣞣桀𡕝弗𡴘達奞奪𢦏聿律系乙㔾妃配肥出祟自白鼻臬曳𣪊𣪊𥨪𣪠夬勿㫚曰彑𢑅𥫴由畀歺末㡀敝骨突𥝌术乙軋會剌賴杀殺巜劂𠪚𢎘摯兀㕯𤕦盇旨蔑𩰪繼毳尾灰𠆢甶厷回朿（254 個）
第十六部	支𢀴危圭佳乁知智規斯𠂆虒氏兮只厶𥿍豸𧖴𡺴帝啇適兒鬩益蠲卑析晳奚胥辟朿刺策責速迹鬲鬻畫役秝厤歷買𠂢派系𣪠繫𢘅𥿍委狊解狄㡀厄衹疧鷊鶪鳺是易廌豸麗冊𧺡匸（74 個）
第十七部	多宜冎咼過己可何哥奇猗加嘉吹皮它七化也地施池爲戈我義儀羲罷羆羅罹詈㐺垂郵𡍮𠂉左隋惰隨墮禾和龢科果裸麻靡沙瓦坐貟瑣臥朵贏𠂇𦤎离離妥厄那𦼮衰戲虧𧬈（71 個）

在何氏的「形聲表」中，有一些諧聲偏旁兩收。有的在同一部，有的在不同部，有的作爲聲首和韻字分屬不同的韻部。具體情況見下表：

表 2-8　何萱重見聲首對照表

序號	兩見聲首	聲首所屬韻部		韻字所屬韻部	重見原因
1	丵	2 藥	4 屋	4 屋	丵字段氏歸爲與宵相配的入聲韻部中，何氏獨立爲藥部。何氏歸藥部受到了段氏的影響，可刪。
2	羔	2 藥	2 藥	2 藥	其一衍。
3	辵	2 藥	5 侯	2 藥、5 侯	辵字兩讀。
4	夲	2 宵	3 幽	2 宵	夲字本歸宵部，幽部重見大概是因爲幽部另有聲旁皋，何氏將「夲—皋」看作一個諧聲系列同列於幽部。
5	孔	3 幽	4 屋	4 屋、9 東	孔在三部是何氏本段氏之說。段說「疑孔古音在三部，故吼犼扎以爲聲」，但何氏將吼犼扎均歸入侯部，所以孔也出現在侯部。幽部爲照抄段氏所致，可刪。
6	美	3 幽	15 脂	15 脂	幽部衍。
7	竹	3 覺	3 覺	3 覺	其一衍。
8	虖	5 魚	5 魚	5 魚	其一衍。
9	甘	7 侵	8 談	8 談	甘字在段氏的形聲表中被歸爲談部，但在正文中段氏說古音在侵部，誤。何萱歸談部，兩見受到了段氏影響，侵部可刪。

10	巳	7 侵	8 談	8 談	段氏在侵部，何萱歸談部，兩見是受段氏影響，侵部可刪。
11	氾	7 侵	8 談	8 談	段氏在侵部，何萱歸談部，兩見是受段氏影響，侵部可刪。
12	竝	10 陽	11 耕	11 耕	段氏將偏旁歸陽部，誤。韻字歸耕部。何氏歸入耕部，受段氏影響兩收。陽部可刪。
13	奞	12 眞	15 脂	12 眞、15 脂	無論是偏旁還是字頭，段氏歸脂部。何氏認爲此字兩讀，兩收。
14	㬮	6 蒸	15 脂	無	段氏將聲符歸在蒸部，但正文歸爲文部。㬮字又見於何氏脂部，是他對㬮字聲符辨別不清所致。脂部可刪。
16	韋	15 脂	15 脂	15 脂	段氏脂部偏旁有韲無韋，何氏有兩個韋。疑何氏在傳抄時誤將韲抄成了韋。
16	委	15 脂	16 支	16 支	段氏認爲委作爲聲符在脂部，誤。正文中注音認爲支、歌合韻。何氏歸入支部，受段氏影響兩收，脂部可刪。
17	厄	16 支	17 歌	17 歌	厄字段氏歸入支部，何氏歸歌部。兩見是受到段氏影響，支部可刪。

這樣看來，以上在何萱形聲表中重出的 17 個諧聲偏旁，大多數是因爲何氏歸部與段氏不同，而受到段氏影響所致。這些與段氏不同的地方正是何氏自己思索，而不是照抄照搬得出的結論。除去這些內容和衍字，何萱自己眞正兩收的偏旁只有夲（宵、幽兩見）、奞（眞、脂兩見）兩個。其實，這兩個偏旁本來也不應重出，重出是何氏對漢字構形方式判斷失誤造成的，他將兩個會意字看成了形聲字。夲又見於幽部，只是爲了表示皋從夲得聲，而實際上皋不是形聲字，而是從白從夲的會意字。夲只收在宵部就可以了。奞又見於眞部，是因爲何氏將奞看成了與同處於眞部的進、閵、閄等字同聲。實際上奞也是從大從隹的會意字，與另外三個字不同。閄是從門二的會意字，閵是從隹閄省聲的形聲字，進是從辵閵省聲的形聲字，「閄－閵－進」是一個諧聲系列。所以奞字在眞部可以作爲字頭收入，作爲聲旁的話只收在脂部就可以了。

何萱也是按照段玉裁的做法，以聲首統領漢字歸部。他對聲首的歸部與段玉裁並不完全相同，這說明何氏對上古韻部也有與段氏不同的分析和判斷。找出、比較並解釋這種不同，對研究何氏古韻分部有一定意義，所以我們下文將對此進行考察。

何氏、段氏對聲首歸部的不同共有 157 處，但有兩種情況我們可以不列爲考查範圍。第一，《段注》或《韻史》中沒有注音或沒有收的字。比如「惰」字，何氏將其作爲聲首收入歌部中，段氏沒有將它作爲聲首收入，在正文中也沒有注音和指明上古韻部。像這樣的情況共有 8 處（㲉、頁、彪、复、尢、鼻、惰、

邪）。第二，例字作爲聲首，段、何二人歸部不同（包括其中一方未收的情況）；例字作爲韻字，段、何二人歸部相同。比如「豖」字，作爲聲首時段氏收在脂部，何氏沒有收。作爲韻字時，段、何二人都收在脂部。這種情況有 120 處，實際上對分部沒有影響，所以我們也不考查。除了上述兩條，還有 29 處不同，我們作詳細分析，見下表。

表 2-9　段玉裁、何萱聲首歸部比較表〔註4〕

例字	段玉裁歸部		何萱歸部		原　因　分　析
	聲首	韻字	聲首	韻字	
郵	1 之	1 之	17 歌	17 歌	當歸之部。郵字段氏認爲是會意字，同郵，收在之部。何氏是將「郵」與「陲」誤爲一字，認爲郵從垂得聲，收在歌部。何氏誤。
歗	無	2 宵、2 藥	3 幽	2 宵、2 藥	當歸宵部或藥部。這幾例有個共同點：例字作爲韻字歸宵部或藥部，作爲聲首被歸爲幽（尤）部。幽（尤）部主元音爲 i、u 或 ɯ，都是高元音；宵部和藥部的主元音爲 o、e 或 a，相對 i、u 或 ɯ 來說，都是低元音。其中與幽接近的宵或藥爲 e，比 o、a 高，更接近於高元音。段氏不可能有這樣的辨音能力，所以歸部不一致。
敿	無	2 宵、2 藥	3 幽	2 宵、2 藥	
裹	無	2 宵	3 幽	2 宵	
表	無	2 宵	3 幽	無	
焦	3 尤	2 宵	無	2 宵	
樵	3 尤	2 宵	無	2 宵、2 藥	
楙	無	4 侯	3 幽	無	當歸幽部。段氏認爲此字從木矛聲，矛的古音他歸爲尤部，楙歸入侯部。尤、侯兩部相鄰，在段氏看來讀音接近，也無法確定。
音	1 之	4 侯	4 侯	4 侯	當歸侯部。段氏聲首歸之部是爲了強調不要把音與否等同。
宂	3 尤	9 東	9 東	9 東	當歸東部。段氏聲符歸尤部，我們認爲可以結合上例來解釋。上例已說明尤、侯兩部讀音接近，而侯部與東部的主要元音相同，如果再發生陰陽對轉的話，尤與東就會相混。所以段氏將聲首宂字歸在尤部，韻字宂歸在了東部。
孔	無	3 尤	3 幽、4 侯	4 侯、9 東	當歸侯部和東部。孔在三部是何氏本段氏之說。段說「疑孔古音在三部，故吼犼孔以爲聲」，但何氏將吼犼孔均歸入侯部，所以孔也出現在侯部。幽部爲照抄段氏尤部所致，可刪。
轂	3 屋，隸作孰	3 屋	13 文，隸作敦	13 文	當歸文部。段氏誤將轂隸作孰。

〔註4〕　「原因分析」一欄中的歸部及擬音參考鄭張尚芳（2006：253-581）先生的《漢字諧聲聲符分部表》和《古音字表》。

夓	2宵部入聲	3屋	2藥、4屋	4屋	當歸屋部。段氏與宵相配的入聲爲職部，何氏獨立出藥部。何氏歸藥部受到了段氏的影響。
叴	7侵	無	7侵、8談	無	此三字當歸談部。侵部重見是受段氏影響。何萱本人的語音中已沒有閉口韻，他對侵部、談部分別不清。
氿	7侵	7侵	7侵、8談	8談	
甘	8談	7侵	7侵、8談	8談	
陝	無	8談	7侵	7侵	當歸談部。段氏認爲陝字從𠂤夾聲，夾字段氏歸談部，何氏認爲陝字從夾得聲，夾字何氏歸侵部。何氏誤。
开	11耕	14元	無	12眞	开當歸元部。筓當歸眞部。便當歸元部。定當歸耕部。茲當歸元部。這五例涉及到眞、元、耕部的主元音問題。耕部和元部的主元音都是 e，眞部主元音爲 i。
筓	11耕	12眞	無	12眞	段氏認爲开字從二干，作爲聲符歸耕部。耕部和元部只是韻尾的差別，段氏有時分別不清，所以在文中注音時又歸爲元部。並且以开爲聲的字歸部也不一致，有的在元部，有的在眞部，有的在脂部。眞部與耕、元之間可以發生通變。但何氏歸眞部，並不是讀音接近造成的，而是他將开誤作开。段氏認爲筓字從竹开聲，古兮切，古音當在十二部。便字是從人㢟的會意字。定字從宀正聲，正字在他的耕部，定字歸入眞部。這三字歸部不同是因爲耕、元、眞主要元音相同或相近。茲字作爲聲首歸之部是爲了強調不要把兹與茲等同。
便	無	11耕	12眞	12眞	
定	無	12眞	11耕	11耕	
茲	1之	12眞	無	12眞	
竝	10陽	11耕	10陽、11耕	11耕	當歸耕部。段、何二人的古韻分部中，陽、耕爲相鄰韻部，音色接近，他們自己有時也會分辨不清。
㣜	12質	15物	無	15物	當歸月部。段何二人沒有分出月部，月部合在物部中。㣜字作爲聲首被段氏歸在質部，因爲質與物在上古都是高元音，段氏自己也拿捏不定。
叕	6蒸	13文	6蒸、15脂	無	當歸文部。段何二人偏旁歸蒸部。叕字從丞取聲，古音爲文部，韻尾爲-n。蒸部韻尾爲-ŋ，段何二人歸蒸部是沒有將兩種韻尾區分開。叕字又見於何氏脂部，大概是他又以爲叕字以㠯取聲，誤。
萑	17歌	15脂	無	15脂	萑當歸微部、衰當歸歌部、惢當歸歌部、委當歸歌部。此四例涉及到微、歌（元）、支、脂的主元音問題。段、何二人都沒有分出微部，微部包含在他們的脂部中。脂部主元音爲 i，歌部與元部的主元音爲 a、o 或 e，支部主元音爲 e。
衰	15脂	17歌	17歌	17歌	段氏認爲萑字從艸佳聲，佳在脂部，所以將萑也放在聲符的脂部中。作爲聲首，段氏入歌部。萑字上古音爲 kljul，萑字爲 goon，在元部。歌部與元部主元音均爲低元音，段氏在歸納聲首時將萑與萑相混，萑歸歌部誤。衰字段氏兩歸，是因爲
惢	17歌	16支	16支	16支	
委	15脂	16支、17歌合音	15脂、16支	16支	

| | | | | | 脂部與歌部讀音接近，它們之間可以發生通變。惢字段氏認爲從三心，作爲聲首被段氏歸爲歌部，作爲韻字被歸爲支部。何氏都歸爲支部。惢字古音爲ʔslol 或 zlolʔ，主要元音爲 o，與支部主要元音接近，段何二人都辨別不清，所以歸部不統一。委字作爲韻字時段、何二人都歸爲支部，同時段氏認爲委字與歌部字相押是古合韻。作爲聲首段氏歸爲脂部，也是因爲支脂讀音接近造成的。何氏脂支兩歸，是受了段氏的影響，也正說明他對這兩部讀音分別不清。|

　　何萱在對漢字歸部的時候，基本上都是以他的「形聲表」爲原則的。這實際上是對段玉裁提出的「同諧聲者必同部」的具體運用，無疑是推究上古韻部的一個科學角度，而其最後的結論也比較接近眞實，所以我們認爲應對何萱在古韻分部上的成就給予肯定。不過他的歸字也存在缺憾。一方面有些諧聲偏旁的歸屬歷來存在爭議（何萱有些聲符兩收，例如竹聲、孔聲等，暫存疑），那麼以之爲聲符的一系列字在上古的歸部也就存在分歧。另一方面，何萱在每一部的內部按照聲調分類，又使得同一聲符的字散見各處，這一點也正是羅常培先生在其跋文中所說的「應辨正」之處。

（二）對「古異平同入說」的繼承和發展

　　爲了說明何萱的入配陰陽格局，先得從段玉裁的古音學理論說起。〔註 5〕段玉裁除了「同聲同部」說爲世人所推崇外，還有另一重要理論也影響深遠，即「異平同入」說。「異平同入」，就是幾個平聲共有一個入聲。例如，職德既是第一部入聲，又是第二部、第六部的入聲。但是它們的入聲沒有獨立出來，而是固定在第一部內，這就是「異平同入」。段玉裁的「異平同入」與他的合韻說密不可分。段玉裁爲合韻下定義說：「凡與今韻異部者，古本音也。其於古本音有齟齬不合者，古合韻也。本音之謹嚴，如唐宋人守官韻；合韻之通變，如唐宋詩用通韻。」段玉裁對合韻的解釋很清楚，其實就是相當於古人用韻時的通押。但這種通押是有條件的，那就是語音相同或相近。所以說，段氏的古韻十七部不是隨意安排，而是按照語音遠近排列的。他將十七部分爲六大類，也是爲合韻設定的不同層次，他說：「合韻以十七部次弟分爲六類求之，同類爲近，異類爲遠。非同類而次弟相附爲近，次弟相隔爲遠。」這樣，入聲便成爲了幾

〔註 5〕 此節有關段玉裁古音理論的內容多參考陳燕先生（1992）和胡安順先生（2001：119-278），此處一併說明，文中不再一一標注。

個平聲相合韻的樞紐，它有連接陰聲韻、陽聲韻的作用，即後人說的「陰陽對轉」。

《韻史》的古韻次序與段氏分部相同，但其入聲相配規則卻與段氏不同。那麼何氏的入聲是不是也相當於合韻的樞紐呢，如果是的話，說明在何萱看來古音相近的韻部與段氏應有不同。我們先看一下何段兩家對入聲韻部的分派。

表2-10　何段兩家異平同入對照表

段玉裁的異平同入			何萱的異平同入		
陰	入	陽	陰	入	陽
1之	1職	6蒸	1之	1職	6蒸
					9東
2宵			2宵	2藥	
3尤	3屋	9東	3幽	3覺	
4侯			4侯	4屋	
5魚	5藥	10陽	5魚	5鐸	10陽
	7緝	7侵		7緝	7侵
	8盍	8談		8盍	8談
	12質	11耕		12質	11耕
		12真			12真
					13文
15脂	15物	13文	15脂	15物	14元
		14元			
16支	16錫		16支	16錫	
17歌			17歌		

通過比較我們可以發現，何萱雖然繼承了段氏的「異平同入」說，但在入聲的具體分派上還是與段氏有區別的，沒有唯段氏是從。這種差別主要在與 2 宵相配的入聲、與 3 幽相配的入聲、與 9 東相配的入聲和與 13 文相配的入聲上。

段氏的鄰近韻部本身就有音近的特點，第一部與第二部之間似乎不用同入了。實際上一二兩部緊鄰，強調的是舒聲韻與舒聲韻的合韻，而一二兩部的同入，強調的則是舒聲韻與入聲韻的合韻。段氏舉例說：「如太史公自序子羽暴虐，漢行功德，第二部之虐合韻第一部之德，讀如匿。……此其同入之證也。」（《六書音均表三》）第二部本無入聲，但韻文出現了第二部與第一部入聲合韻的情況，段氏就按同入處置。同入，其實就是合韻。所不同的是，

同入指的是入聲韻的合韻。若與平聲韻合韻，就要臨時改變平聲韻的讀音，將「虐」讀爲入聲「匿」。其實，「虐」字不論上古、中古都是入聲字，段氏歸入平聲字是不妥當的。第二部應當有相應的入聲，完全不必異平同入。第一部與第二部同入是不恰當的，它們作爲鄰近韻部就很合適了。何萱對宵部的處置擺脫了段玉裁的束縛，他爲宵部單獨列出了入聲藥部與之相配，比段氏的與一部同入更爲靈活也更符合語音實際。何萱的這種分配方式與王力先生一致。段玉裁尤、侯同配屋部，何萱爲幽（尤）部單獨列出覺部與之相配。這一做法與江有誥、王力先生相同，有一定的進步性。段玉裁眞文分部，分部後文部不再與質部相配而轉入物部。何萱雖然繼承了段氏的眞文分部，卻依然質文相配，說明他認爲眞文之間的語音差別不大。文部主元音爲 ə，物部主元音爲 ɔ，質部主元音爲 e，音值相當接近，何氏一時辨析不清也是可以理解的。東蒸與職同入的問題暫存疑。

綜上所述，何萱對段玉裁的「異平同入」說既有繼承又有改良，雖然他沒有明確提出「合韻」的說法，但他「同入」的「異平」語音也是相近的。他在對古韻的研究中並不盲從他人，所以他的古韻分部也有許多出彩之處。

三、何萱對古聲調的研究

《切韻》一系的韻書都是按照平、上、去、入四聲來編排的。漢字的讀書音有平、上、去、入四聲的分別是從很古就有的，四聲的名稱和四聲類別的確定則是從宋齊時代開始的。根據鄭張尚芳先生（1996：11-12；2003b：224）的看法，古四聲表現爲韻尾的對立，聲調是無關緊要的羨余成分。從韻尾到聲調的發展大致經過四個階段：第一階段只有韻尾對立，沒有聲調（如藏文）。上古漢語中平聲是零韻尾（即沒有韻尾），上聲是個-ʔ尾，去聲是-s 或-h 尾，入聲是-p、-t、-k 尾。第二階段聲調作爲韻尾的伴隨成分出現，仍以韻尾爲主，聲調不是獨立音位。先秦韻文之有辨調傾向也許只因韻尾不同，也許伴隨的不同音高成分也是個音素。第三階段聲調上升爲主要成分，代償消失中的韻尾的辨義功能，部分韻尾或作爲殘餘成分存在，或仍然保持共存狀態（例如現今南方一些方言上聲的喉塞音成分是殘存的不辨義成分，入聲帶塞尾的方言，塞尾仍與短調共同起作用）。第四階段則完全是聲調，韻尾全部消失。第四階段在多數北

方方言中存在（除晉語和江淮話），第三階段的情況在現代吳方言中也還可以看到，漢語聲調變化的第一、二階段的特徵則早已不存在了。（轉引自馬君花 2008：236）

清人對古聲調的研究不可能如今人這般深刻。何氏在《答吳百盉論韻史書》中說：「音之有清濁也，為平聲言之也。陰平為清，陽平為濁，不容淆也。上去二聲，各只一音，無陰陽清濁之可言也。強欲言之，亦姑曰上去相為陰陽而已。舊乃有上濁最濁之說，非自擾歟？唐一行謂上去自為清濁，是也；自為清濁即萱相為陰陽之說也。入聲每字皆含陰陽二聲，視水土之輕重而判。輕則清矣，其出音也送之不足而為陰；重則濁矣，其出音也送之足而為陽。韻史內入聲陰陽併合者此也。舊韻書乃一一劃分，似未識此意。至上去二聲內又判別某為陽，某為陰，則近於罔矣！」

總結上段話，可以得出以下幾方面的內容：

1、何氏把聲調的陰陽又稱作清濁。也就是說，上文中的清濁和陰陽是一個意思。我們知道，古人對音韻學術語的使用是極不統一的。相同的術語可以有不同的內涵，不同的術語可以指相同的內容。比如此處，我們一般用清濁指稱聲母的發音方法，陰陽指聲調的高低。雖然聲調的陰陽與聲母的清濁關係密切，但這兩對術語一般不混。何氏顯然將它們混為一談了。都是指聲調的高低。

2、在《韻史》中列出了五個調類：陰平、陽平、上、去、入。何氏作《韻史》，本是為考古。但在聲調上卻並沒有仿段氏的古無去聲說。這主要是受了他自己語音的影響。平分陰陽在文獻中最早出現於《中原音韻》，中古音的代表《廣韻》沒有分，考古音的話就更不應分了。羅常培先生也指出何氏要考古的話根本就不必拘泥於五聲。（羅常培 2004d：525）

3、平聲的陰陽分得非常清楚，上聲、去聲和入聲的陰陽卻沒有明確表示。也就是說，聲調方面，《韻史》平聲分陰陽，上聲和去聲不分。入聲在說話間也是有陰陽之分的，不過《韻史》合在了一起沒有分開。如果是考古音的話，平聲不分陰陽，甚至不一定四聲俱全；如果是說明時音的話，入聲也應當分陰陽，而現在《韻史》的聲調格局卻是陰平、陽平、上、去、入五聲這樣非今非古的狀況。所以羅先生說他這樣做的結果是「於考古審音兩無所當」！

（羅常培 2004d：525）但是魯國堯和顧黔二位先生卻認爲何氏對聲調的認識，正是基於他自己的方音所致。何萱所說的出音送之足與不足，指的是聲母的送氣與否。今通泰方言陽入逢塞音、塞擦音聲母皆吐氣，陰入則否。（魯國堯 2003a：67）

　　我們認爲，何萱的初衷還是爲了探求古聲調，從這一點來看，他是承認古音有聲調的。清儒對聲調的研究與聲母和韻母都不同。聲母的研究比較欠缺，韻部的研究趨於一致，而聲調的研究則是百家爭鳴，百花齊放。顧炎武的「四聲一貫」說，段玉裁的「古無去聲說」，王念孫、江有誥的「古有四聲」說，孔廣森的「古無入聲」說等等，雖然沒有達成一致意見，但各家卻獨樹一幟，所以何萱也可以亮出自己的觀點。至於爲何只在平聲分陰陽而入聲沒有分，我們同意各家的觀點，是拘泥於舊韻書的傳統。畢竟平分陰陽有跡可尋，而入分陰陽未免過於標新立異了。

　　何萱在說明調類的基礎上還對調值有所描述。他把陰陽清濁並舉，在聲調方面指調值的高低升降。陰和清同爲輕，也就是高調；陽和濁同爲重，也就是低調。他認爲平聲分陰陽，入聲在說話時也分陰陽，上去二聲一爲陰一爲陽，也就是說陰平、陰入和上聲相對於陽平、陽入和去聲的調值要低一些。現代泰興方言聲調的調值爲陰平 21、陽平 45、上聲 213、去聲 44、陰入 4、陽入 5，陰平、上聲、陰入的調值相對於陽平、去聲和陽入就是要低一些。何萱對聲調的描述，受到了自己方音的影響。

第三節　何萱在古音學方面的研究成果和對何萱其人的定位

一、何萱在古音研究方面取得的成果

　　以上就何萱的古音學思想和研究成果作了一番整理，我們認爲主要有以下幾個方面：1、歸納出上古 17 個韻部；2、實踐了段玉裁「同諧聲必同部」的理論，充分肯定諧聲偏旁在古韻分部中的重要作用，其古韻十七部前的「形聲表」相當於十七部的綱領；3、對上古的聲母和聲調展開積極探索。

二、何萱爲審音派古音學家〔註6〕

我們認爲何萱是審音派古音學家，首先要對審音派源流作一個簡要梳理。

（一）審音的概念

最早提出「審音」概念的是清代的江永，他在批評顧炎武《音學五書》時說：「《古音表》分十部，離合處尚有未精；其分配入聲多未當，此亦考古之功多，審音之功淺。」（《古韻標準·例言》）江永的學生戴震在與段玉裁討論古韻分部時說：「僕謂審音本一類，而古人之文偶有相涉有不相涉，不得舍其相涉者，而以不相涉者爲斷；審音非一類，而古人之文偶有相涉，始可以五方之音不同，斷爲合韻。」（《答段若膺論韻書》）江永和戴震提出了「審音」的說法，但「審音」究竟指什麼卻沒有詳述。現代學者對「審音」的定義爲「在處理漢語音韻資料時運用一定的音理知識對音類的分合與音值的擬測加以判定，以得出適合漢語音韻實際的語音系統」（馮蒸 1999：426），實際上，考古與審音一個重材料，一個重分析，在對語料的處理上各有優劣，宜綜合應用。

（二）審音派與考古派的劃分標準

「考古派」和「審音派」是漢語上古音研究的學術派別，王力先生從韻部的角度來劃分，馮蒸先生認爲還可以從聲母角度來劃分。他將系統全面使用《說文》諧聲字資料，並研究複雜諧聲的複聲母結構規律和重視音理推理者歸爲審音派，反之爲考古派。（參馮蒸 2006d：35-37、馮蒸 1999：326-327）何萱利用了《說文》諧聲字，但他主要是應用於韻母的研究，聲母方面沒有突出成果，更沒有複聲母的概念，所以我們對何萱派別歸屬的討論主要考慮韻部方面。王力先生把清代古音學家分爲兩派：考古派和審音派。「考古派專以《詩韻》用韻爲標準，所以入聲不獨立，或不完全獨立；審音派則以語音系統爲標準，所以入聲完全獨立」（王力 1990：616）。王力先生的劃分，既包括研究方法的標準，也包括結論的標準。依此標準，審音派學者的古韻分部中，入聲韻部應當是獨立的。唐作藩先生認爲：「入聲韻配入陰聲韻部，還是獨立出來與陰聲韻、陽聲韻三分，僅僅是兩派在古韻分部上的一種具體表現，而其實質，則是能否運用

〔註6〕 此部分內容的主要參考文獻爲羅常培先生（1994）、耿振生先生（2002）、馮蒸先生（2006d）和李文先生（1999）。此處一併說明，文中不再一一標注出處。

等韻學原理與今音學的知識，對古韻進行等呼即洪細開合的分析，以考察其配合關係，並把古韻看作一個系統，進一步認識和掌握古音體系。」（參唐作藩1994〔註7〕）唐先生的看法點出審音的實質——只要能夠運用等韻學原理分析語音資料，我們就可以認爲他是審音派學者，入聲獨立與否，只是一種表現，不是劃分兩派的根本標準。李文在《審音派界定標準淺析》中指出，考古派和審音派的劃分應當從研究方法的角度考慮，而在結果方面，審音派的古韻系統也有入聲不獨立的情況存在。（參李文　1999：61）所以，審音派包括在古韻分部中考古、審音兩法並用的所有古音學家。我們同意此說，從何萱對古入聲韻部的分派、制定四聲表和四呼表的做法上就可以將他歸入審音派。

（三）審音派古音學家

各家因爲對考古派與審音派的劃分標準有不同認識，所以對古音學家的派別歸屬也不相同。王力先生根據他「陰陽入三分」的標準，將顧炎武、段玉裁、孔廣森、王念孫、嚴可均、朱駿聲、章炳麟歸爲考古派，將戴震和黃侃歸爲審音派，將江有誥歸爲折中派。對江永的歸屬動搖不定，認爲江永「考古、審音並重，不屬於任何一派。」我們上文已說明以研究結果爲標準劃分審音派與考古派的弊端，而應以研究過程是否審音、考古並重爲標準，江永既然考古、審音並重，自然應屬於審音一派。我們下文對清代審音派古音學家作一個簡單梳理，對無爭議的學者歸屬一筆帶過，主要是爲了說明何萱與這些大家在研究方法上有共同點，可以歸入到審音一派中。

1、江永開審音先河

唐作藩先生認爲江永爲審音派，而陳新雄先生嚴格按照王力先生的標準，則把江永劃分出去了。陳先生（陳新雄1995：349）說：「至於江永算不算是審音派的古韻學家，這並不是說他懂得審音，就算是審音派的古音學家，如果他沒有用上這些等韻的條理或陰陽入三聲相配的條理來分析古韻部的話，盡管他懂得審音，甚至審音精到，我們仍舊不能算他是審音派古韻學家。」

「考古」和「審音」這兩個名詞是江永首先提出來的。江氏在《古韻標準·例言》中說：「《古音表》分十部，離合處尚有未精，其分配入聲多未當，

〔註7〕我們沒有《語言研究》1994年增刊的原本，發表於其中的論文出自馮蒸先生所編
　　　的《漢語音韻學文獻大系》（未刊稿），所以沒有頁碼標注。

此亦考古之功多，審音之功淺，每與東原嘆惜之。」江永糾正以往古人只重考古之流弊，開創了審音派審音兼及考古的治學方法。例如他批評顧炎武「考古之功多，審音之功淺」。他身體力行將審音貫穿於研究始終，《四聲切韻表》更是通篇審音。另有《古韻標準》四卷「以考三百篇之古音」《音學辨微》一卷「略舉辨音之方」、「聊為有志審音而不得其門庭者尊夫先路云」注重對《詩經》用韻和先秦其他韻文用韻進行具體分析和歸納，儘量還原古音。有人說他是審音派的開創之人，這種讚譽恰如其分。（黃理紅 2007：31-32）

2、戴震堪稱審音派代表人物

江永之後，戴震將審音充分發揮，對他的派別歸屬，各家均無異議。此處不贅。

3、江有誥為審音派後起之秀

唐作藩先生認為江有誥屬於審音派，陳新雄先生認為不是。陳先生（陳新雄 1995：350-351）說：「至於江有誥，他精於審音，也能瞭解等韻學原理，這都不必懷疑。但他不是審音派的古韻學家，則毫無問題。他的入聲除緝、葉兩部外，都附在陰聲韻部沒有獨立，更沒有運用陰陽入三聲相配的理論來分析上古韻部的結構。……江有誥也沒有充分利用其所知的等韻知識來分析韻部。」他舉了江有誥與王念孫書信往來討論至部分立的例子，認為江有誥沒有將質部獨立，還是從考古方面的考慮。我們認為，江有誥是出色的審音派古音學家，他分出緝、葉本身就與審音密不可分。

4、何萱為審音派傳承者之一

以等韻學的知識分析上古音是清代古音學審音方法的主要特徵，何萱也是這樣，他精於等韻之學從附於古韻十七部之前的四呼表和四聲表就能看出來。四呼表和四聲表的內容相同，只是編排格式上有差別。兩張表都是以他所審定的二十一字母為經，分別以開齊合撮四呼和平（分陰陽）上去入四聲為緯，中間的內容就是聲韻調相拼後的字，無法相拼的就以空心圓表示。何萱的這種做法，具有耿振生先生所說的清代古音學審音方法的主要特徵，所以我們說何萱可以算作是審音派的古音學家。從過程方面講，他把古文獻作為研究的出發點，同時又運用等韻原理，在十七部之前都列有四聲表和四呼表，說明他探求古音的過程中每時每刻都在審音；從成果方面講，他在古韻分部上覺、藥析出，宵、

藥兩兩相配，都得益於他在審音方面的功力。雖然他對上古聲母和聲調的探索有不盡人意之處，但在古韻方面，也是考古與審音之功兼備。並且他不自覺地混入方音也「歪打正著」地爲我們進一步考察《韻史》的時音特色提供了契機（詳後）。（在何萱之後，還有另一位重要的審音派古音學家——黃侃先生，我們認爲黃侃爲民國以來審音派的開創者。黃侃先生屬審音派各家沒有爭議，此處不贅。）

　　以上我們主要從何萱自述以及十七部體例等方面考察何萱對古音研究的狀況，發現他對上古的聲、韻、調都進行了積極探索，尤其是上古韻部方面，他從諧聲偏旁入手還原古音，並對段玉裁的「異平同入」有所發展，使古韻分部更趨合理。聲母方面本於戴震，聲調上受方音影響，雖然與古聲、調有些差別，但我們不能按今天的標準去要求古人。在何萱對古音的探索之路上，一直是考古審音並重的，在對古音學家的派別劃分上，我們認爲何萱也可以歸入審音一派。

第三章 《韻史》自注反切研究

　　《韻史》雖然以古韻十七部的框架來安排結構，但是由於歷史的局限性，作者不可能完全拋開時音去真正展現上古音狀況，上文的研究結果也證實了這一點。《韻史》在體例上就透露出很多近代音色彩。比如在聲調上平分陰陽，分為開齊合撮四呼等等。這就為我們考察時音提供了空間。書中可供我們研究的語音材料，最重要的就是反切。何氏對每一個字都注了反切，雖然他的初衷是想標出這些字的古音，但他的反切用字肯定是以一定語音系統為標準的。下文我們就拋開《韻史》十七部框架的束縛，單純從反切入手，考察他反切的特點、性質以及反切體現出的語音現象。

第一節 《韻史》自注反切概況

　　對於反切，何萱自己有一定看法。在《答吳百盉論韻史書》中，何萱云：「至於反切之法，後世必不能無，而有絕不可解者，則類隔是也。反切以雙聲為用，故曰音和；類隔則不和矣，何反切之有！反切上一字既用一定之母，其下一字縱使本韻本呼無字可用，亦豈無術焉以處此，而強立不甚通之法以惑後人乎？惟字母有定位，故反切有定法。若定位仍可游移，則定法豈為準則？故韻史專用音和也。且所謂字母者，姑借此數十字以定位，非謂此數十字外皆不可為母也。惟字字可為母，故其定位也雖一成而不變，而其出切也自循環而不窮矣。

若兼用類隔，則是借此位之母切彼位之字，其於切本母本位者，何以別乎？故斷不可用也。」

從中我們至少可以得到以下信息：1、何萱認為反切是一種非常重要的注音方式；2、何萱懂得反切上字與被切字之間是雙聲的關係，他極力反對「類隔」切這種說法，認為反切貴在「音和」，如果有類隔就說明反切注音沒有正確標注；3、上文提到了「雙聲」、「字母」、「類隔」、「音和」等，所以上述內容主要是何萱針對反切上字提出的觀點，而他的反切理論與他的字母之說密不可分；4、對反切「循環而不窮」的表述說明他認識到一個字母可以用不同的切上字表示，但這些切上字必須與這個字母讀音一致，不能出現「類隔」的現象。

同時，他又在《韻史》開篇的「切字簡易灋」中說：「若夫切字之法，定在音和，而迁人乃有類隔之說，近世以來復淆以等韻之說，又紛以七音九音之說，夫欲使人真識字而轉岐其途，徑本近也而求諸遠，本易也而求諸難，何異舍康莊大道而欲乘車入鼠穴乎？夫字母猶筏也，人既涉河，則筏無所用；字既得音，則字母無所用。故切字一事，最為淺口〔註1〕，學不過二三日即可了徹。愚此編所定至簡也，至易也，期於得音最真而不多費時日云爾。」

可見，他對類隔切很是反對，認為類隔將本是很簡單的反切弄得很複雜。他反覆提到的「字母」，就是他自己審定的二十一聲母，他試圖用固定的字作為這二十一個聲母的代表字。他按照開合的不同，為二十一個字母定了 162 個反切上字，具體分配見下表：

表 3-1　何萱二十一字母反切表

二十一母	開 口 呼	合 口 呼	齊 齒 呼	撮 口 呼
見	艮改	古廣	几竟	舉眷
起	侃口	曠苦	儉舊	郡去
影	案挨	甕腕	漾隱	羽永
曉	海漢	戶會	向險	許訓
短	帶到	董睹	邸典	釣旳
透	代坦	杜洞	體眺	統窱
乃	奈囊	怒煗	念紐	女嫋
賚	朗老	路磊	亮利	呂戀
照	酌靜	壯腫	軫掌	耆準

〔註1〕原書不清。

助	莇秋	狀蠢	寵齒	仲處
耳	弱日	閏汭	忍攘	汝頓
審	稍訕	爽社	始哂	舜恕
井	宰贊	祖纂	甑紫	俊醉
净	粲采	寸措	此淺	翠線
鼻音我	眼傲	五臥	仰彦	馭願
信	散燥	巽送	想小	敘選
謗	保博	布貝	丙貶	褊口
竝	抱倍	佩普	品避	汴標
命	莫冒	昧慢	面美	沔謬
匪	口口	奉廢	缶范	甫粉
未	口口	味晚	務口	問武

何萱說：「右二十一字母，萱以鄙見竊定者如此，未知是焉否也。萱所纂《韻史》全書十七部即自用其說，不復取從前反切以歸畫一。字雖無盡，約之廿一母則盡而不遺，音雖至賾，馭之以四呼則賾而不可亂。合十七部、廿一母、四呼，而以百六十餘字統之，差覺簡且易矣，而全書之條理亦由此舉矣。」

可見，以上的 162 個字是何萱重新規範的反切上字，他自述《韻史》反切上字不出這些字。通常來說，切上字定被切字的聲母，切下字定韻母和聲調。從上表看，切上字本身按開合的不同分類，其意義在於何萱致力於將切上字的開合也與被切字統一起來。這一點我們可以在他的「切字舉例」中看到。對於「德紅切東」這條反來說，何萱云：「紅字陽平，東字陰平，此等反紐用字皆嫌不審，改為德烘切則審矣；德字開口呼，東字合口呼，此亦不審，改為睹烘切則愈審矣。他皆視此。」他將下字改為烘，是為了與東同聲調，因為在他的語音中平聲分陰陽。他將上字改為睹，是為了與東同呼，這是他對反切的改良。

何萱的觀念中是有四呼概念的，而且事實上在他所處的時代四呼確已產生。但是，何萱對四呼的理解卻存在偏差，他認為一等即開口呼，二等即合口呼，三等即齊齒呼，四等即撮口呼。他直接將四呼等同於四等，所以在上表中有些切上字的呼法在我們看來是有問題的。比如下面這些字〔註2〕：

〔註 2〕上字後的字母 A 表示重紐四等，B 表示重紐三等。

何氏聲母	何氏四呼	中 古 等 呼					
		開 一	開 二	開 三	開 四	合 一	合 三
短	撮				釣旳		
透	撮				窔	統	
乃	撮				嫋		
照	開			酌			
	合			壯			
助	開			秩			
	合			狀			
	齊						寵
耳	合						閏
審	合	爽		社			
謗	合	貝					
	撮			褊A			
竝	撮			汴B 縹A			
命	合		慢				
	撮			沔A 謬			
匪	合						奉廢
	齊						范
未	齊						務

以上這些字是不合從中古到近代語音四呼變化的一般規律或是特殊規律的〔註3〕，我們逐字分析如下〔註4〕：

切上字	上古音	中古音	泰興	使 用 原 因
釣	pleewɢS	teu	/	
旳	pleewɢ	tek	tiɪʔ	以中古四等爲撮口呼
窔	lhɯɯws	theu	/	
嫋	neewʔ	neu	/	
統	thuuŋs	thuoŋ	thɔŋ	定爲撮口呼暫存疑
褊	penʔ	pi n	/	定爲撮口呼暫存疑
汴	brons	byi n	/	定爲撮口呼暫存疑

〔註3〕關於四呼演變規律，主要參考胡安順（2001：157-160）先生的説法。

〔註4〕上古擬音取自鄭張尚芳先生《上古音系》（上海教育出版社，2003年12月）；中古擬音取自潘悟雲先生《廣韻查詢系統》（東方語言學网）；通泰方音取自顧黔先生《通泰方言音韻研究》（南京大學出版社，2001年6月）泰興方言點讀音。

縹	phew?	phiɐu	/	定爲撮口呼暫存疑
酌	pljewɢ	tɕiɐk	/	定爲撮口呼暫存疑
沔	men?	miɐn	/	定爲撮口呼暫存疑
謬	mruɯs	miɐu	/	定爲撮口呼暫存疑
壯	ʔsraŋs	tʂiɐŋ	tsuɑŋ	以方音合口爲合口呼
狀	zraŋs	dʐiɐŋ	tshuɑŋ	
爽	sraŋ?	ʂiɐŋ	shuɑŋ	以方音合口爲合口呼
閏	njuns	n̠ʷin	zə̃ŋ	以中古合口爲合口呼
廢	pads	pʷiɐi	/	
慢	mroons	mɣan	mɛ̃	以中古二等爲合口呼
社	ɦljaa?	dʑia	ɕiɛ	定爲合口呼暫存疑
貝	paads	pɑi	/	定爲合口呼暫存疑
奉	boŋ?	bioŋ	fɔŋ	定爲合口呼暫存疑
秩	l'ig	ɖit	/	定爲開口呼暫存疑
寵	rhoŋ?	ʈhioŋ	/	以中古三等爲齊齒呼
范	bom?	biɐm	fɛ̃	
務	mogs	miu	/	

　　我們看到，雖然何萱自定了四呼標準，但在他的例字中並沒有嚴格執行。有些是按中古等位來定，有些是按中古開合來定，有些是按方音開合來定，有些我們找不到依據暫時存疑。

　　以上是何萱自己對反切的有關論述，他通篇在強調反切上字的用字規范問題，基本上沒有涉及反切下字。我們通過對《韻史》全書反切的統計發現，共有 4829 條反切注音，實際使用 183 個反切上字，659 個反切下字。下文將分別對《韻史》自注反切的上下字展開討論。

一、切上字的特點

　　何萱雖然自定了 162 個反切上字，但我們從他的具體注音中發現他實際使用的反切上字有 183 個。與他自定切上字相比較，多出了 25 個字，有 4 個字沒有用到。多出的字爲：祛、遏、罋、餘、浩、胡、火、的、賭、奈、乃、裏、爪、倡、篡、闓、若、刷、朔、餐、我、變、炳、袍、漫，這些字有的是表 3-1 中反切上字的異體（旳－的、奈－奈、閩－闓），有的是形似（去－祛、甕－罋、睹－賭、粲－餐、丙－炳、抱－袍、慢－漫），其他的是同聲代用。具體情況見

下表〔註5〕：

表 3-2　切上字出切情況統計表

聲母		開		合		齊	撮	
起	原字							去 183
	替字							祛 1
影	原字		挨 98	甕 128				羽 413
	替字		遏 5	甕 106				餘 2
曉	原字		漢 116	戶 489	會 174			
	替字		浩 16	胡 2	火 12			
短	原字				睹 57			旳 20
	替字				賭 5			的 4
透	原字							篠 0
	替字							/
乃	原字		奈 50					嫋 0
	替字		奈 13 乃 12					裹 16
照	原字				腫 30			
	替字				爪 2			
助	原字				蠢 63	寵 340		
	替字				纂 4	倡 5		
耳	原字				閏 8		攘 133	
	替字				閏 4		若 5	
審	原字				爽 74	社 24		
	替字				刷 5	朔 2		
淨	原字		粲 117					
	替字		餐 10					
我	原字							願 0
	替字							我 119
謗	原字					丙 199		褊 22
	替字					炳 4		變 1
竝	原字		抱 92					
	替字		袍 1					
命	原字				慢 112			
	替字				漫 29			
匪	原字				廢 0			
	替字				/			

〔註5〕切上字後的數字表示出切次數，/表示無字。

從表中來看，除了表示「乃」母撮口和「我」母撮口的切上字替字比原字多之外，其餘都是原字多，替字少。也就是說，這些沒有列在何氏自定反切上字中的字，是何氏在注音時不經意地使用。另有篠、嫋、願、廢 4 字沒有被使用，嫋和願分別以裹和我替代，但篠和廢沒有替字。我們本著忠實於材料的做法，也將這些新增用字納入考察範圍。

我們對上述共計 183 個切上字進行分析，發現主要有下面幾個特點：

（一）切上字盡量規避平聲字和入聲字

表 3-3　切上字聲調情況統計表 [註6]

	平	上	去	入	總　計
字　數	6	88	77	12	183
比　例	3.0%	48.1%	42.0%	6.6%	100.0%
字　次	21	11858	7574	409	19862
比　例	0.1%	59.7%	38.1%	2.1%	100.0%

通常，選擇什麼聲調的字作為切上字一般沒有要求，但我們卻發現何萱的切上字以上、去二聲居多，平聲字和入聲字分別只占 3%和 6.6%，有明顯規避平聲和入聲的傾向。平聲字和入聲字以及它們出現次數分別為：餐 10 次、倡 5 次、胡 2 次、袍 1 次、袪 1 次、餘 2 次，的 4 次、遏 5 次、若 5 次、刷 5 次、朔 2 次、博 32 次、旳 20 次、莫 202 次、日 2 次、弱 9 次、秩 22 次、酌 101 次。

其中，6 個平聲字都是我們上文中提到的超出何氏所定的切上字之外的用字，而且使用最多的「餐」字也沒有超過 10 次。12 個入聲字中有 5 個也不在 162 個切上字之內，使用最多的「遏、若」和「刷」字不超過 5 次。也就是說，何萱本不想使用這些字的。剩下的 7 個入聲字是何萱所列出的聲母代表字，7 個字共用了 388 次，占總字數的 3.8%，總字次的 2%，從比例上看，也是很低的。所以說，在切上字的使用上，何萱不用平聲字，入聲字也只用了 7 個，有明顯規避平聲字和入聲字的傾向。

何萱的二十一母沒有使用平聲字，是因為何萱認為平聲分陰陽。他的聲母代表字也避免使用平聲，同樣是這個原因。我們在前文已討論過，何萱將聲調

[註6] 字數表示該類切上字的個數，字次表示以該類切上字出切的次數。下同。

的陰陽和聲母的清濁混在一起，認爲平聲有陰有陽，相應聲母也有清有濁，所以他才會說，如果用平聲標目的話，二十一聲母就要變成四十二個。爲了避免聲母的混亂，他規避了平聲字。至於避免使用入聲字，原因也是如此。何萱沒有明確分陰入和陽入，但他卻說過「入聲每字皆含陰陽二聲」的話，大概入聲分陰陽不如平聲那樣明顯，所以在他的162個切上字中還是會收有7個入聲字。至於去聲字和上聲字，何萱並沒有特別偏好，二者無論是字數還是字次都差不多。陸志韋先生研究《王三》的切上字時發現《王三》切上字有規避去聲字的特點，陸先生沒有明確說明原因，只是推測可能是因爲去聲的調值「哀而遠」，這樣一個「曲折的高升調」與切下字聯說起來不順口。（陸志韋2003b：339-342）現代泰興方言中的去聲調值爲44，是個高平調，大概在當時何萱的方音中，去聲切上字與切下字之間的拼讀並沒有多少不順口之感。

（二）切上字規避二等字和四等字

表3-4　切上字等位情況統計表

	一	二	四	三	總　計
字　數	72	8	9	94	183
比　例	39.3%	4.4%	4.9%	51.4%	100.0%
字　次	7478	324	604	11456	19862
比　例	37.6%	1.6%	3.0%	57.7%	100.0%

我們發現，一等、三等切上字比較多，而且出切較多，而二等和四等切上字本身就很少，出切也相對較少，有規避二等字和四等字的傾向。我們同時也看到，雖然盡量少用，但在他的自定切上字中還是有一部分二等和四等字的。二等和四等切上字分別爲以下幾個（含上文所提到的異體字、同聲代用字、形似字）：慢112次、眼35次、稍102次、朔2次、訕14次、篡4次、爪2次、諍49次、裏16次、念97次、眺217次、體95次、典70次、邸75次、釣10次、旳20次、的4次。何萱所使用的切上字中有二等字和四等字，只是爲了強調這個字爲合口或是撮口，是他將四呼等同於四等的錯誤觀念所致。這一點也是羅常培先生在《韻史》跋文中指出的「應辨正之處」。我們注意到，除去替字，剩下的5個二等字和7個四等字都是何萱特意挑選的，具體拼切情況如下：

切　上　字		被　切　字　的　等　位				與　之　相　拼　的　切　下　字　的　等　位			
		一	二	三	四	一	二	三	四
二等	慢 112	72	15	25		86	19	7	
	眼 35	31	3	1		32	2	1	
	稍 102	4	29	69		49	36	17	
	訕 14		13	1		14			
	諍 49		39	10		31	17	1	
	總計	107	99	106		212	74	26	
四等	念 97	2	6	52	37		5	63	29
	眺 217	2	1	7	207			168	49
	體 95	1		6	88			49	46
	典 70	1		3	66			40	30
	邸 75	1		1	73			21	54
	釣 10				10				10
	昐 20				20			16	4
	總計	7	7	69	501		5	357	222

我們看到，二等切上字與一等切下字相拼的情況較多，但和四等切下字與被切字都了無相涉。四等切上字與三等和四等切下字都能相拼，而且除了「念」字外，四等切上字與被切字的等位趨於一致。

陸志韋先生對切上字為什麼不能多用二等字和四等字的原因作了推測。認為「這兩類字的主元音是比較『緊張』的，是比較不容易在反切中拋棄的；就是說，這樣的切上字聯上切下字，念起來是不大順口的。」（陸志韋 2003b：331-332）陸先生的說法是針對《王三》而言的，他將二等和四等的主元音分別擬作 a 和 ɛ。《韻史》中的切上字也有避開二等字與四等字的趨勢，但我們看出二等切上字與一等切下字、四等切上字與三等切下字相拼的情況較多，很可能在《韻史》中二等主元音與一等接近，四等主元音與三等接近，就此問題我們在韻母系統部分還有詳細論述。

（三）切上字既有陰聲韻字，又有陽聲韻字，二者比較平均。陽聲韻以-n 尾韻字最多，陰聲韻以遇攝字最多。入聲韻很少用

表 3-5　切上字韻母情況統計表

	字　數	比　例	字　次	比　例
山	32	17.5%	2080	10.5%
臻	19	10.4%	1681	8.5%
宕	20	10.9%	3780	19%
通	10	5.5%	1029	5.2%
梗	7	3.8%	658	3.3%
曾	1	0.5%	106	0.5%
江	1	0.5%	2	0%
咸	5	2.7%	585	2.9%
深	1	0.5%	205	1%
遇	31	16.9%	3556	17.9%
蟹	20	10.9%	2292	11.5%
效	16	8.7%	1079	5.4%
止	11	6%	1995	10%
流	5	2.7%	588	3%
果	3	1.6%	202	1%
假	1	0.5%	24	0.1%
總計	183	100%	19862	100%

　　上表中，江攝和假攝字的字數和字次都很少，江攝的「朔」字和假攝的「社」字都在何氏所定的162個切上字之外，我們暫時不考慮。入聲韻字很少用，除了「朔」字外，處在何氏自定切上字之外的還有山攝入聲「遏、刷」，宕攝入聲「若」和梗攝入聲「的」。剩下的切上字爲陽聲韻的有91個字，爲陰聲韻的有86個字，陰、陽聲韻的選擇比較均衡。

　　陽聲韻的-n尾韻字爲49個，-ŋ尾韻字爲36個，-m尾陽聲韻字爲6個。陸志韋先生發現，《王三》中「不規避-ŋ、-k收聲的字。-n、-t字就用得相當少。-m、-p字幾乎絕對不用。收聲的發音部位越靠前，越是不宜用。」（陸志韋2003b：339）我們看到，何氏所選用的切下字-n尾韻字要多於-ŋ尾韻字，而且也用到了-m尾韻字，這與「切上、下字要求協調，聯說起來都要順口的總趨勢」有些不合。現代泰興方言中有前後鼻音不分的現象，-n尾併入-ŋ尾，深攝字舒聲也收後鼻音，與臻、梗、曾相混，咸攝與山攝合流。（顧黔2001：403、483）我們推測，何氏在切上字的選擇上受到了其方音的影響。

　　陰聲韻以遇攝字用的最多，其中模韻系字14個，魚韻系字13個，虞韻系

字 4 個。《王三》中很少用到合口切上字，但是遇攝模韻字用得很多，所以陸先生認為遇攝字的擬音不能是 uo，他暫擬為 o（u）。「主元音是 o（u）的字不但不規避，並且造反切的人，從來就最愛用它。魚比虞更常用作切上字，從此類推，魚是 io，而虞是 iu。」（陸志韋 2003b：336）我們發現，何萱的反切上字中有 79 字為合口，104 字為開口，不但沒有專門規避合口字，還特意按照開合和等位的不同進行選擇。模韻系字何萱全部定為合口呼，魚虞兩韻系字除「務」定為齊齒呼外，其他的字都定在撮口呼，模為一類，魚虞合為一類。何萱是清代人，他的語音中魚虞已不分，已明確說明有撮口呼，模為 u，魚虞合流由 iu 進一步發展為 y，與陸先生所說的「從來就愛用主元音為 o（u）」的說法並不矛盾。另外用得比較多的是止蟹兩攝字。《王三》止攝中之韻系字用得最多，陸志韋先生（2003b：337）說「看來之韻系的元音早已接近單元音 i 了」，也就是說，主元音為 i 的字容易做切上字。我們發現《韻史》止攝反切上字中，脂韻系字 5 個，支韻系字 3 個，之韻系字 2 個，微韻系字 1 個，脂支兩韻系字用得比之韻系字還要多，之韻系也沒有顯示出比微韻系在反切上字的使用上有多大優勢來，大概在何萱語音中脂支之微的主元音都差不多，很可能都為 i 了，詳後。切上字中的蟹攝字也比較多，大概也是因為這一攝的字收音為 i，由於要避開二等和四等，蟹攝字基本上取用的都是一等哈、灰和泰韻系字。與《王三》不同的是，《韻史》不避去聲字，蟹攝中的切上字全部是上、去聲。

二、切下字的特點

何萱沒有自己規定切下字，經我們歸納，何萱共用切下字 659 個。一般來說，切下字與被切字的韻母和聲調一致，在這方面切下字會受到被切字的影響。所以我們觀察切下字的特點從切下字的聲母入手。我們發現，何萱在切下字聲母的選擇上也有一定的傾向性，我們按聲母類別將何萱所用的 659 個切下字進行分類：

表 3-6　切下字聲母情況統計表

	字　數	比　例	字　次	比　例
幫	10	1.5%	374	1.9%
滂	6	0.9%	88	0.4%
並	11	1.7%	288	1.5%

明	21	3.2%	382	1.9%
非	3	0.5%	225	1.1%
敷	4	0.6%	129	0.6%
奉	4	0.6%	196	1.0%
微	5	0.8%	228	1.1%
端	20	3.0%	972	4.9%
透	12	1.8%	350	1.8%
定	21	3.2%	867	4.4%
泥	5	0.8%	171	0.9%
娘	2	0.3%	23	0.1%
來	40	6.1%	1923	9.7%
精	11	1.7%	226	1.1%
清	12	1.8%	429	2.2%
從	10	1.5%	287	1.4%
心	20	3.0%	583	2.9%
邪	5	0.8%	60	0.3%
知	3	0.5%	44	0.2%
徹	3	0.5%	49	0.2%
澄	8	1.2%	141	0.7%
日	9	1.4%	151	0.8%
莊	6	0.9%	57	0.3%
初	4	0.6%	69	0.3%
崇	10	1.5%	130	0.7%
生	12	1.8%	131	0.7%
章	8	1.2%	80	0.4%
昌	4	0.6%	50	0.3%
書	6	0.9%	203	1.0%
禪	6	0.9%	86	0.4%
見	114	17.3%	4464	23.5%
溪	41	6.2%	1358	6.8%
群	20	3.0%	585	2.9%
疑	12	1.8%	125	0.6%
匣	48	7.3%	1128	5.7%
曉	43	6.5%	1112	5.6%
影	34	5.2%	786	4.0%
以	35	5.3%	1110	5.6%
云	11	1.7%	202	1.0%
總計	659	100.0%	19862	100.0%

切下字的聲母涉及到中古後期的四十個聲母，沒有使用船母字和俟母字。從聲母的發音部位和發音方法來看，主要有以下幾個特點：

（一）發音部位方面，切下字的聲母傾向於使用牙喉音字，規避唇音字

我們按照發音部位的不同，將上表簡化爲下表。其中 p 類表示唇音聲母，t 類表示舌音聲母，ts 類表示齒音聲母，k 類表示牙喉音聲母，l 表示來母。

表 3-7　切下字發音部位情況統計表

	字　數	比　例	字　次	比　例
p 類	64	9.7%	1910	9.6%
t 類	74	11.2%	2617	13.2%
ts 類	123	18.7%	2542	12.8%
k 類	358	54.3%	10870	55.7%
l	40	6.1%	1923	9.7%
總計	659	100.0%	19862	100.0%

我們發現，《韻史》反切下字使用 k 類聲母總數比其他幾類聲母的總和還要多。陸志韋（2003b：345）先生認爲，「喉牙聲母容易從切下字中拋棄。」通常來說，切下字負責確定被切字的韻母，下字聲母用什麼，並沒有特別規定，在與切上字的拼合上，當然是零聲母最好。何萱喜歡用 k 類聲母作切下字，在 k 類聲母中使用最多的是見母字。見母切下字有 114 個，出切 4464 次，在數量和比例上都比其他 k 類聲母有明顯優勢。其次爲影、云、以三母字，共有 80 個，占總字數的 12.1%，超過了 p 類和 t 類聲母；出切 2098 次，占總字次的 10.6%，也超過了 p 類聲母。我們認爲何萱在切下字的選擇上側重於 k 類聲母，大概因爲這類聲母發音部位比較靠後，與切上字拼合時容易拋棄，以使拼合更加順口。其中見母字使用最多，這可能跟何萱的選擇習慣有關，也許是受到了傳統韻書的影響，他的韻部名稱也是以見母字命名的。影、云、以三母字的使用也不在少數，也許這三母在何萱的語音中合流爲零聲母了，具體見下文的詳細分析。

另外，切下字使用來母的情況也比較多。來母切下字有 40 個，出切 1923 次，這一個聲母字的使用頻率，幾乎與 p 類 8 個聲母的使用頻率持平，說明何萱對來母字也有一定傾向性。來母爲邊音，陸志韋先生（2003b：345）認爲「邊

音像是一個中間性的音，可以隨意使用，不集中在哪一類的被切字上」。陸先生
說的是《王三》中切下字與切上字的搭配問題，也說明了來母切下字多用的原
因。我們看到何萱在切下字的選擇上反映出對來母字的偏好，原因大概如陸先
生所說，來母字與切上字搭配起來比其他聲母（k 類除外）要順口一些。

　　唇音聲母字用得很少，我們認爲主要是因爲唇音在發音時雙唇閉合或是唇
齒相摩擦，與切上字拼到一起口型的變化太多，影響反切的協調性。切下字規
避唇音字不是何萱一個人的特點，六朝以來就是如此。我們看到陸志韋先生對
《王三》、《經典釋文》中的徐邈音切，呂忱《字林》反切，散見於《方言》、《山
海經》、《上林賦》、《子虛賦》、《穆天子傳》中的郭璞音注進行的研究中，切下
字都有規避唇音聲母字的特點。（參陸志韋 2003b：315-389）

（二）發音方法方面，切下字的聲母傾向於使用不送氣的清塞音字，規避塞擦音字

　　我們按照發音方法的不同，將「切下字聲母情況統計表」簡化爲下表。其
中日母字爲鼻擦音，算在鼻音一類；影母字爲喉塞音，算在不送氣清塞音一類。

表 3-8　切下字發音方法情況統計表

	字　數	比　例	字　次	比　例
不送氣清塞音	181	27.5%	6640	33.4%
送氣清塞音	62	9.4%	1845	9.3%
濁塞音	60	9.1%	1881	9.5%
不送氣清塞擦音	28	4.2%	588	3.0%
送氣清塞擦音	24	3.6%	677	3.4%
濁塞擦音	24	3.6%	613	3.1%
清擦音	81	12.3%	2029	10.2%
濁擦音	59	9.0%	1274	6.4%
鼻音	54	8.2%	1080	5.4%
邊音	40	6.1%	1923	9.7%
半元音	46	7.0%	1312	6.6%
總計	659	100.0%	19862	100.0%

　　切下字的發音方法包含的內容較多，我們分別從送氣與否、清濁、發音方
式的角度來觀察。

表 3-9　切下字發音方法分類統計表

		字　數	比　例	字　次	比　例
發音方式	塞音	303	46.0%	10366	52.2%
	塞擦音	76	11.5%	1878	9.5%
	擦音	140	21.2%	3303	16.6%
	鼻音	54	8.2%	1080	5.4%
	邊音	40	6.1%	1923	9.7%
	半元音	46	7.0%	1312	6.6%
清濁	清音	376	57.1%	11779	59.3%
	濁音	283	42.9%	8083	40.7%
送氣與否	送氣音	86	13.1%	2522	12.7%
	不送氣音	573	86.9%	17340	87.3%

　　從上表來看，切下字多選用不送氣、塞音、清音聲母字。當然，字數的多少與不同發音方法包含的聲母多少有密切關係，比如發音方式一欄中，邊音的字數要少於塞擦音，而實際上邊音只包含一個來母，塞擦音包含非敷奉、精清從、莊初崇、章昌十一個聲母，平均下來每個聲母用不到八次，所以在邊音與塞擦音之間，何萱還是更傾向於使用邊音聲母的。我們具體分析時要結合聲母個數、字數和字次綜合考慮，表格傳達出來的信息只是切下字使用的大致趨勢。

　　發音方法上傾向於使用不送氣清塞音，與第（一）點中的發音部位的特點是相通的，因為喉音見母同時也是不送氣清塞音聲母一類。在不送氣清塞音中，切下字爲見母字的有 114 個，占全部不送氣清塞音的 63%，出切 4464 次，占不送氣清塞音出切總數的 67.2%，除去見母字外，其他的不送氣清塞音聲母在字數和字次上都沒有明顯優勢。切下字規避塞擦音，我們認爲是因爲塞擦音在發音時有「塞」有「擦」，相比塞音和擦音聲母要更複雜一些，在與切上字的拼合上也不協調，所以何萱在選字時本能地避開了這類聲母字。陸志韋（2003b：344）先生在研究《王三》反切下字時也發現規避塞擦音的趨勢，但只強調了送氣音。《韻史》反切下字除送氣清塞擦音外，對不送氣清塞擦音和濁塞擦音都用得比較少。

三、切上字、切下字與被切字的關係

我們考察切上字與被切字的關係，主要集中於兩個方面：一方面要考察切上字的開合等位與被切字的開合等位是否趨同，另一方面要考察切上字的韻母與被切字是否趨同。之所以從這兩方面入手，是因為何萱對他所定的 162 個切上字按照四呼分了類，並且在「切字舉例」中也體現出了切上字要與被切字呼法一致的傾向。同時，除唇音外，他為每一呼所定的切上字都為兩個字，我們發現這兩個字往往一個是開音節，一個是閉音節，我們要考察一下這兩個字在注音時有沒有分類的趨勢。

（一）切上字的開合等次盡量與被切字一致，但並不嚴格

表 3-10　切上字與被切字開合等次搭配表

次　數		被　切　字							
		合				開			
		一	二	三	四	一	二	三	四
切上字	合 一	2330	292	321	3	57	347	44	46
	合 二							4	
	合 三	48	12	2459	214	7	87	648	163
	合 四								
	開 一								
	開 二	68	2	8		39	99	100	
	開 三	52	22	839	5	60	751	5009	1080
	開 四	209	8	89	4	2833	731	246	522

從上表可以看出，切上字與被切字的開合等次搭配，並不像何萱自己所說的那樣整齊，不過大趨勢還是有的。合口一二等被切字，多選用合口一等字作為切上字；合口三四等被切字，多選用合口三等字作為切上字；開口三四等被切字，多選用開口三四等字作為切上字。不同的是開口一二等被切字，多選用開口三四等字作為切上字。

（二）切上字與被切字有以開音節切閉音節，閉音節切開音節的
　　　趨勢

表 3-11　切上字與被切字韻攝搭配表

切上字 \ 被切字	陽聲韻和入聲韻 -ŋ/-k 通	江	宕	梗	曾	-n/-t 臻	山	-m/-p 咸	深	陰聲韻 果	假	遇	蟹	止	效	流
陽聲韻和入聲韻 -ŋ/-k 通	23	2	46	52	53	112	138			43	2	107	125	269	55	2
江						2										
宕	265	52	115	226	111	435	443	403	142	118	11	186	268	443	191	369
梗	8		25	42	18	56	75	6	3	4	4	138	116	117	36	10
曾			2	13			11						24	56		
-n/-t 臻	128	19	267	39	101	12	36	25		52	2	362	222	262	72	82
山	155	17	194	182	67	45	143			112		270	349	213	250	83
-m/-p 咸	41		22	33	38	4	29				3	13	93	144	21	144
深				16	12	5	20			17		50	71	13	1	
陰聲韻 果			49	1		22	23					77	19	3	8	
假	10		13				1									
遇	463	6	161	115	60	714	1075	1		106		38	247	227	292	51
蟹	200	63	312	75	38	81	317	358	1	192		255			196	205
止	198		238	119	22	259	334	313	198	54			1		93	166
效	30	5	248	162	61	50	106	173	36	20		130	36	18		5
流	61		90	17	4	65	86	171	74	3			11		6	

從上表來看，切上字雖然在選用的時候照顧到了開尾韻和閉尾韻，但在切被切字時卻沒有專門以開尾切開尾，以閉尾切閉尾。相反，我們發現切上字如果是陰聲韻，多用來拼陽聲韻字和入聲韻字，如果切上字為陽聲韻或入聲韻，多用來拼陰聲韻字。不管這種搭配是偶然出現還是何萱有意為之，從上表來看，切上字與被切字之間存在著開尾韻和閉尾韻不同切的現象，具體原因待考。

我們考察切下字與被切字的關係，同樣側重於聲母方面，主要觀察切下字的聲母與被切字聲母之間有沒有一致性。

（三）切下字的聲母與被切字聲母沒有刻意追求一致

表 3-12　切下字與被切字聲母搭配表

次　　數		被　切　字　聲　母					
		p 類	t 類	ts 類	k 類	l	總計
切下字聲母	p 類	214	189	378	958	179	1918
	t 類	321	482	473	1078	263	2617
	ts 類	403	408		962	174	1947
	k 類	1694	1599	2924	3833	816	10866
	l	265	414	1057	776	2	2514
	總計	2897	3092	4832	7607	1434	19862

我們看到，不管被切字的聲母爲哪一類，切下字的聲母都是以 k 類爲最多的，再一次說明了切下字多用喉牙音聲母的特點。也說明在何萱的反切中，切下字的聲母沒有刻意地與被切字一致。

上文中我們分析了何萱自注反切上、下字的特點以及與被切字的關係，而切上字與切下字的關係，其實可以通過反切上、下字與被切字的關係體現出來，我們不再專門討論。爲了進一步分析何氏反切中包含的聲母和韻母情況，我們對《韻史》反切體現出的聲、韻、調系統進行具體分析。

第二節　《韻史》自注反切所反映的語音系統

一、聲母系統

（一）反切上字表

【說明】

1、各聲母代表字取反切上字出現頻次最高者〔註7〕，（　）中爲與其相應的中古後期聲母。（　）後面的數字指切上字個數和同音字組組數。

2、切上字後面的數字表示該反切上字在《韻史》中出現的次數。例如：丙199，表示有 199 個同音字組以「丙」爲反切上字。數字後的聲母和反切爲該切上字在《廣韻》中的聲母和反切。

〔註 7〕何萱雖然自己審了二十一個字母，但我們認爲這是他對上古聲母的探索。所以我們不采用他原有字母的名稱，而是根據對反切上字系聯和比較的結果，取切上字出現最多者爲名。

1、丙（幫）：9/512

丙	199	幫	兵永
保	100	幫	博抱
布	79	幫	博故
貝	48	幫	博蓋
博	32	幫	補各
貶	27	幫	方斂
褊	22	幫	方緬
炳	4	幫	兵永
變	1	幫	彼眷

2、品（滂並）：9/881

品	205	滂	丕飲
普	192	滂	滂古
避	127	並	毗義
倍	114	並	薄亥
佩	96	並	蒲昧
抱	92	並	薄浩
汴	35	並	皮變
縹	19	滂	敷沼
袍	1	並	薄褒

3、莫（明）：9/769

莫	202	明	慕各
面	183	明	彌箭
慢	112	明	謨晏
昧	101	明	莫佩
美	99	明	無鄙
冒	32	明	莫報
漫	29	明	莫半
沔	7	明	彌兗

謬	4	明	靡幼

4、甫（非敷奉 [註8]）：5/594

甫	185	非	方矩
范	146	奉	防錽
奉	109	奉	扶隴
缶	91	非	方久
粉	63	非	方吻

5、晚（微）：5/143

晚	65	微	無遠
武	35	微	文甫
味	31	微	無沸
問	7	微	亡運
務	5	微	亡遇

6、帶（端）：10/536

帶	128	端	當蓋
董	92	端	多動
到	75	端	都導
邸	75	端	都禮
典	70	端	多殄
睹	57	端	當古
旳*	20	端	丁歷
釣	10	端	多嘯
賭	5	端	當古
的	4	端	都歷

7、代（透定）：7/1230

代	330	定	徒耐

〔註8〕切上字沒有敷母字，我們通過比較發現，許多中古敷母字以非母或奉母切上字出
切，據此認為敷母與非奉合併。對知、船、俟、從母的處理也同此。

坦	209	透	他但
杜	225	定	徒古
眺	217	透	他弔
體	95	透	他禮
統	88	透	他綜
洞	66	定	徒弄

8、念（泥娘）：10/435

念	97	泥	奴店
紐	81	娘	女久
曩	72	泥	奴朗
煗	60	泥	乃管
奈	50	泥	奴帶
女	17	娘	尼呂
怒	17	泥	乃故
裹	16	泥	奴鳥
奈	13	泥	奴帶
乃	12	泥	奴亥

9、攘（日）：10/329

攘	133	日	人漾
忍	94	日	而軫
汝	42	日	人渚
輭	28	日	而兗
弱	9	日	而灼
閏	8	日	如順
若	5	日	而灼
閏	4	日	如順
汭	4	日	而銳
日	2	日	人質

10、亮（來）：8/1445

亮	511	來	力讓

朗	283	來	盧黨
磊	165	來	落猥
路	119	來	洛故
老	117	來	盧晧
利	116	來	力至
呂	100	來	力舉
戀	34	來	力卷

11、掌（知莊章）：9/988

掌	429	章	諸兩
軫	158	章	章忍
酌	101	章	之若
壯	93	莊	側亮
翥	62	章	章恕
準	60	章	之尹
諍	53	莊	側迸
腫	30	章	之隴
爪	2	莊	側絞

12、齒（徹澄、初崇、昌船）：10/1157

齒	345	昌	昌裏
寵	340	徹	丑隴
茝	163	昌	昌紿
狀	101	崇	鋤亮
處	87	昌	昌與
蠢	63	昌	尺尹
仲	27	澄	直眾
秩	22	澄	直一
倡	5	昌	尺良
篡	4	初	初患

13、始（書禪、生俟）：10/383

始	383	書	詩止

哂	163	書	式忍
稍	102	生	所教
爽	74	生	疎兩
恕	44	書	商署
舜	39	書	舒閏
社	24	禪	常者
訕	14	生	所晏
刷	5	生	所劣
朔	2	生	所角

14、紫（精）：8/670

紫	183	精	將此
甑	106	精	子孕
祖	75	精	則古
宰	71	精	作亥
贊	42	精	則旰
俊	41	精	子峻
醉	27	精	將遂
纂	25	精	作管

15、此（清從）：9/903

此	246	清	雌氏
淺	163	清	七演
粲	117	清	蒼案
翠	96	清	七醉
采	89	清	倉宰
措	88	清	倉故
寸	66	清	倉困
縓	28	清	七絹
餐	10	清	七安

16、想（心邪）：8/905

| 想 | 264 | 心 | 息兩 |

選	163	心	思兗
小	148	心	私兆
散	101	心	蘇旰
敘	85	邪	徐呂
巽	60	心	蘇困
送	43	心	蘇弄
燥	41	心	蘇老

17、几（見）：8/1632

几	342	見	居履
古	304	見	公戶
艮	238	見	古恨
舉	212	見	居許
竟	199	見	居慶
改	133	見	古亥
廣	121	見	古晃
睠	83	見	居倦

18、儉（溪群）：9/1337

儉	301	群	巨險
舊	294	群	巨救
去	183	溪	丘倨
郡	153	群	渠運
苦	127	溪	康杜
口	118	溪	苦后
侃	99	溪	空旱
曠	61	溪	苦謗
祛	1	溪	去魚

19、仰（疑）：8/679

仰	287	疑	魚兩
我	119	疑	五可

傲	91	疑	五到
臥	71	疑	吾貨
馭	60	疑	牛倨
眼	35	疑	五限
五	13	疑	疑古
彥	3	疑	魚變

20、戶（曉匣）：11/1865

戶	489	匣	侯古
向	437	曉	許亮
海	333	曉	呼改
許	231	曉	虛呂
會	174	匣	黃外
漢	116	曉	呼旰
訓	41	曉	許運
浩	16	匣	胡老
險	14	曉	虛檢
火	12	曉	呼果
胡	2	匣	戶吳

21、漾（影云以）：11/2102

漾	560	以	餘亮
羽	413	云	王矩
隱	399	影	於謹
永	179	云	于憬
甕	128	影	烏貢
案	128	影	烏旰
罋	106	影	烏貢
挨	98	影	於改
腕	84	影	烏貫
遏	5	影	烏葛
餘	2	以	以諸

通過系聯和比較，我們得出了何萱自注反切的 21 個聲母，發現與他的二十一字母基本相同。但結果雖然相同，性質卻有差別。何萱的二十一字母是通過中古音上推古音的結果，是他對上古聲母考證所做的努力；而以上 21 個聲母是我們從何萱的反切上字中得出來的，是他自己反切注音反映出的時音聲母。《韻史》反切所體現出的聲母系統已經與中古大不相同，與《中原音韻》聲母（據楊耐思 1981）和通泰方言聲母（據顧黔 2001）卻極爲相似，所以我們可以將這 21 個聲母與中古後期 42 聲母、近代《中原音韻》聲母和現代通泰方言聲母進行比較研究。

（二）中古後期四十二聲母在《韻史》中的演變

爲了說明中古聲母在《韻史》中的演變情況，我們參照馮蒸先生在《漢語音韻學應記誦基礎內容總覽》（《漢字文化》，58 頁，2001 年第 2 期）一文中歸納的《廣韻》38 個聲母，分出輕唇音，得出中古後期 42 個聲母：幫、滂、並、明，非、敷、奉、微，端、透、定、泥，知、徹、澄、娘，精、清、從、心、邪，莊、初、崇、生、俟，章、昌、船、書、禪，見、溪、群、疑、曉、匣、影、云、以，來、日。這些聲母在《韻史》中已經大大簡化、歸併，我們按照丁聲樹、李榮（1984）二位先生對聲母的系組劃分也將《韻史》聲母分爲四系十二組進行討論。

1、幫 系

重唇音幫組的幫、滂、並、明四母和輕唇音非組的非、敷、奉、微四母同屬幫系。兩組中的各韻有不同程度的混注，詳下。

（1）幫 組

表 3-13　幫組聲母自注、混注統計表 [註9]

	幫	滂	並	明
幫	462	15	21	2
滂	10	146	243	1
並	19	168	269	1
明	1	1	3	743

除去與其他類型的混注，幫組聲母出現 2105 次，其中自注爲：幫 462 次；

[註9] 統計表表頭中的橫坐標表示被注字的中古音，縱坐標表示《韻史》反切的中古音，表心爲混注次數，下同。

滂 146 次；並 269；明 743 次。自注占總數的比例分別爲：幫 21.9%；滂 6.9%；並 12.8%；明 35.3%。重唇音間的混注情況爲：幫滂 25 次；幫並 40 次；幫明 3 次；滂並 411 次；滂明 2 次；並明 4 次。混注占總數的比例分別爲：幫滂 1.2%；幫並 1.9%；幫明 0.1%；滂並 19.5%；滂明 0.1%；並明 0.2%。

滂母和並母互注達到了 411 次，在重唇音總數中占 19.5%，比滂母、並母自注次數還要高，說明滂母和並母已經合併。

幫母和並母互注 40 次，在重唇音總數中占 1.96%，相對於幫母 462 次，並母 269 次，其比率分別爲 8.7% 和 14.9%。雖然這些比率看上去很小，但同樣不容忽視。尤其是對於並母來說，14.9% 的比率著實不低。可以說一部分並母字已經和幫母合併。具體來說，幫並混注的 40 例如下：〔註10〕

7265	霸	幫去開麻假二	必駕：	抱	並開 1	薄浩	各	見入開鐸宕一	古落
2189	爆	幫入開鐸宕一	補各：	倍	並開 1	薄亥	鶴	匣入開鐸宕一	下各
3973	雹	並入開覺江二	蒲角：	博	幫開 1	補各	毒	定入合沃通一	徒沃
21853	跋	並入合末山一	蒲撥：	布	幫合 1	博故	拔	並入合末山一	蒲撥
14316	屏	並去開清梗三	防正：	貶	幫開重 3	方斂	挺	定上開青梗四	徒鼎
15495	泌	並入開質臻重四	毗必：	丙	幫開 3	兵永	吉	見入開質臻重四	居質
2186	襮	幫入開鐸宕一	補各：	倍	並開 1	薄亥	鶴	匣入開鐸宕一	下各
5948	暷	幫入合屋通一	博木：	倍	並開 1	薄亥	驚	崇入開覺江二	士角

〔註10〕引用內容依次爲：1-2 項——韻字編號、韻字；3-9 項——韻字的中古聲、調、呼、韻、攝、等、反切；10 項——《韻史》切上字；11-14 項——上字的中古音聲、呼、等、反切；15 項——《韻史》切下字；16-22 項——下字的中古聲、調、呼、韻、攝、等、反切。被注字和反切用字之間以冒號：隔開。韻字編號指韻字在《全字表》中的相對位置，不是絕對數目；韻字、上字、下字的中古音一般指《廣韻》音，被注字後加*表示《廣韻》未收，取《集韻》音；加 g*表示《廣韻》、《集韻》兼收，取《集韻》音；加**表示《廣韻》、《集韻》未收，取《玉篇》音。《韻史》中收字很多，有些是非常見字或者叫「特字」。這些字可能何萱自己也不認識，很容易以「半邊」注音，所以我們不好判斷他的眞實意思表示。而常見字則不同，我們可以分辨何氏是就原字注音還是僅從聲符注音。所以文中例字按照常見字、非常見字分開列舉，中間以空行相隔以示區別。下同。

3305	裒	並平開侯流一	薄侯：博	幫開1	補各	搜	生平開尤流三	所鳩
6275	拚	幫平合模遇一	博孤：佩	並合1	蒲昧	姑	見平合模遇一	古胡
527	邶	並去合灰蟹一	蒲昧：保	幫開1	博抱	岱	定去開咍蟹一	徒耐
13256	牓	幫上開唐宕一	北朗：倍	並開1	薄亥	岡	見平開唐宕一	古郎
14448	泬	幫平開庚梗二	甫盲：抱	並開1	薄浩	耕	見平開耕梗二	古莖
12417	榜	並平開庚梗二	薄庚：保	幫開1	博抱	倉	清平開唐宕一	七岡
12877	鮑	並上開耕梗二	蒲幸：保	幫開1	博抱	朗	來上開唐宕一	盧黨
11436	玤	並上開江江二	步項：保	幫開1	博抱	澒	匣上合東通一	胡孔
22994	癟	並入開屑山四	蒲結：丙	幫開3	兵永	設	書入開薛山三	識列
22605	梐	並去開齊蟹四	蒲計：丙	幫開3	兵永	利	來去開脂止三	力至
2181	暴*	幫入開覺江二	北角：倍	並開1	薄亥	鶴	匣入開鐸宕一	下各
12508	怲*	幫上開庚梗三	補永：倍	並開1	薄亥	郎	來平開唐宕一	魯當
7235	欂*	並入開陌梗三	弼碧：保	幫開1	博抱	各	見入開鐸宕一	古落
2912	臕*	並入開覺江二	弼角：保	幫開1	博抱	鶴	匣入開鐸宕一	下各
13046	騯g*	幫上開唐宕一	補朗：抱	並開1	薄浩	宕	定去開唐宕一	徒浪
2193	鷩g*	幫入開鐸宕一	伯各：倍	並開1	薄亥	鶴	匣入開鐸宕一	下各
15609	猵	幫平開山山二	方閑：避	並開重4	毗義	堅	見平開先山四	古賢
14934	腁	幫平開先山四	布玄：避	並開重4	毗義	堅	見平開先山四	古賢
14935	甂	幫平開先山四	布玄：避	並開重4	毗義	堅	見平開先山四	古賢
25647	罷	並平開支止重三	符羈：丙	幫開3	兵永	黟	影平開齊蟹四	烏奚
22983	蹩	並入開薛山重四	皮列：丙	幫開3	兵永	設	書入開薛山三	識列
24385	痹*	並去開脂止重四	毗至：丙	幫開3	兵永	谿	溪平開齊蟹四	苦奚
25988	岥**	並去開支止重三	被義：丙	幫開3	兵永	駕	見去開麻假二	古訝
1938	瞟	幫上開宵效重四	方小：汴	並開重3	皮變	小	心上開宵效三	私兆
1951	猋	幫平開宵效重四	甫遙：汴	並開重3	皮變	小	心上開宵效三	私兆
15087	矉	幫平開眞臻重四	必鄰：避	並開重4	毗義	鄰	來平開眞臻三	力珍
15516	屁	幫去開脂止重三	兵媚：避	並開重4	毗義	逸	以入開質臻三	夷質
23552	顰	並平開眞臻重四	符眞：布	幫合1	博故	鵗	影平合支止重三	於爲
15496	邲	並入開質臻重四	毗必：丙	幫開3	兵永	吉	見入開質臻重四	居質

15499	柲	並入開質臻重四	毗必：丙	幫開3	兵永	吉	見入開質臻重四	居質
15672	鷵*	並平開眞臻重四	紕民：丙	幫開3	兵永	因	影平開眞臻重四	於眞
15031	覕	幫平開眞臻重四	必鄰：避	並開重4	毗義	因	影平開眞臻重四	於眞

幫並混注涉及通、江、宕、梗、臻、山、遇、假、蟹、止、效、流十二個韻攝。

我們知道，濁音在清化過程中一般要受到聲調的影響，平聲變爲送氣音，仄聲變爲不送氣音。但此處並母的清化卻不是這樣。並母絕大部分不分平仄與滂母合併，都變爲送氣清音。這應是作者方音的體現。但同時在幫並混用中我們也可以看到，並母字仄聲明顯多於平聲，平聲只有榜裒鷵擺四個字，所以我們認爲，《韻史》中除少量仄聲字與平聲榜裒鷵擺四字外，全濁音並母清化後與送氣清音滂母合流。

幫母和滂母的互注也有 25 次，占重唇音總數的 1.2%。相對於幫母 462 次和滂母 146 次自注，比率分別爲 5.4%和 17.1%。具體來說，幫滂混注的 25 例如下：

14005	抨	滂平開耕梗二	普耕：保	幫開1	博抱	耕	見平開耕梗二	古莖
16054	矴	滂入開黠山二	普八：丙	幫開3	兵永	札	莊入開黠山二	側八
16052	叭*	滂入開黠山二	普八：丙	幫開3	兵永	札	莊入開黠山二	側八
798	畐	滂入開職曾三	芳逼：貶	幫開重3	方斂	弋	以入開職曾三	與職
15206	揙	幫平開仙山重四	卑連：品	滂開重3	丕飲	沔	明上開仙山重四	彌兗
7515	蚆	滂平開麻假二	普巴：貝	幫開1	博蓋	姑	見平合模遇一	古胡
3400	橐	滂平開豪效一	普袍：布	幫合1	博故	膠	見平開肴效二	古肴
7500	陠	滂平合模遇一	普胡：貝	幫開1	博蓋	姑	見平合模遇一	古胡
7506	鱄	滂平合模遇一	普胡：貝	幫開1	博蓋	姑	見平合模遇一	古胡
24244	廦	滂入開昔梗三	芳辟：丙	幫開3	兵永	錫	心入開錫梗四	先擊
3976	鞄	滂入開覺江二	匹角：博	幫開1	補各	毒	定入合沃通一	徒沃
16053	𤲒	滂入開黠山二	普八：丙	幫開3	兵永	札	莊入開黠山二	側八
8474	㟰*	幫平開庚梗二	晡橫：普	滂合1	滂古	宏	匣平合耕梗二	戶萌
8475	鞛**	幫平開登曾一	北朋：普	滂合1	滂古	宏	匣平合耕梗二	戶萌

24623	夿	幫去合佳蟹二	方賣：品	滂開重3	丕飲	係	見去開齊蟹四	古詣
23914	䡥	幫上開齊蟹四	補米：品	滂開重3	丕飲	徙	心上開支止三	斯氏
25697	跛*	幫上合戈果一	補火：品	滂開重3	丕飲	赿	澄平開支止三	直離
22032	詍	滂平開脂止重四	匹夷：丙	幫開3	兵永	衣	影平開微止三	於希
18499	袢 g*	滂去合桓山一	普半：布	幫合1	博故	宦	匣去合刪山二	胡慣
21398	弊	幫去開祭蟹重四	必袂：品	滂開重3	丕飲	列	來入開薛山三	良薛
25110	䭶	幫平開支止重三	彼為：品	滂開重3	丕飲	赿	澄平開支止三	直離
25650	帔*	幫去開支止重三	彼義：品	滂開重3	丕飲	加	見平開麻假二	古牙
24621	貏*	幫上開支止重三	補靡：品	滂開重3	丕飲	係	見去開齊蟹四	古詣
1609	犥	滂平開宵效重四	撫招：丙	幫開3	兵永	驕	見平開宵效重三	舉喬
15203	萹 g*	滂上開仙山重四	匹善：丙	幫開3	兵永	沔	明上開仙山重四	彌兗

幫、滂混注在江、梗、曾、山、果、假、蟹、止、效、遇十個韻攝中都有體現。抨、蚍、陠、䡥等字的反切注音與《集韻》相同。萹、䭶、鞄等字聲母為並母，並母已清化入滂母，這幾次混注不存在音變。䫀字的反切注音聲、韻都與《廣韻》不同，但《集韻》有幫母錫韻一讀，與之正合。

明母自注743次，基本保持獨立，與幫、滂、並的混注數量很少，可視為特例。

明、幫混注 3〔註11〕

| 7237 | 佰 | 明入開陌梗二 | 莫白：保 | 幫開1 | 博抱 | 各 | 見入開鐸宕一 | 古落 |

| 14988 | 㮂 | 幫平開先山四 | 布玄：美 | 明開重3 | 無鄙 | 賢 | 匣平開先山四 | 胡田 |
| 15411 | 蔑 | 明入開屑山四 | 莫結：丙 | 幫開3 | 兵永 | 結 | 見入開屑山四 | 古屑 |

佰字音注反切與《集韻》同音。㮂與㝅、鬊、瞑、鬏等字同一小韻，蔑與䁾同一小韻，何氏分別按照諧聲偏旁鬏和必的讀音取音，體現了存古的特點。

明、滂混注 2

| 4792 | 荍* | 滂入合屋通一 | 普木：莫 | 明開1 | 慕各 | 毒 | 定入合沃通一 | 徒沃 |
| 2836 | 皫* | 明去開宵效重四 | 彌笑：品 | 滂開重3 | 丕飲 | 照 | 章去開宵效三 | 之少 |

〔註11〕混注類型後面的數字表示混注次數。下同。

磦與暱、聯、蹺等字放在同一小韻，何氏認爲它們同屬於票聲，按照票取音。

明、並混注 4

7263	拍	明入開陌梗二	莫白：	抱	並開 1	薄浩	各	見入開鐸宕一	古落
18902	蹣	並平合桓山一	薄官：	眛	明合 1	莫佩	環	匣平合刪山二	戶關

11649	龓	並平開江江二	薄江：	莫	明開 1	慕各	夆	匣平開江江二	下江
18903	砰*	並平合桓山一	蒲官：	眛	明合 1	莫佩	環	匣平合刪山二	戶關

拍蹣二字的何氏反切注音與《集韻》相同。龓砰二字音注與《廣韻》、《集韻》均不同，是其方音現象。

馬君花博士在對《資治通鑒》胡三省注中的明幫、明滂、明並混注進行解釋時認爲，這類混注反映了明母的音變現象，是由於明母的「口音化」不夠徹底而引起的。（馬君花 2008：31）我們通過對上述例證的觀察認爲這個說法並不全部適用於此處。龓和砰有這方面的原因，但蹣和拍是何萱從聲符入手注音導致的。蒨爲明母字，白爲並母字。

（2）非　組

表 3-14　非組聲母自注、混注統計表

	非	敷	奉	微
非	95	64	161	1
敷				
奉	72	66	105	
微		1		131

除去與其他類型混注，非組聲母此處共有 693 條例證，其中自注爲：非 95 次；奉 105 次；微 131 次。自注占總數的比例分別爲：非 13.3%；奉 15.2%；微 18.9%。輕唇音間的混注情況爲：非敷 64 次；非奉 233 次；非微 1 次；敷奉 66 次；敷微 1 次。混注占總數的比例分別爲：非敷 9.2%；非奉 33.6%；非微 0.1%；敷奉 9.5%；敷微 0.1%。

輕唇音從重唇音中分化出來之後，非敷最先合流，此項音變可以從北宋後期的開封、洛陽共同語中找到證據。周祖謨（2004a：582-583）先生認爲，

邵雍《皇極經世・聲音唱和圖》中的十二音圖,「若與宋人三十六字母相較,則非敷合而爲一」。而後奉母失去塞音成分變爲濁擦音,濁音清化後與非、敷二母合流。周祖庠先生認爲,在《皇極經世》中非敷奉已經合一。(周祖庠2006:230)

非組聲母中的敷母沒有自注的情況,與非合用64次,與奉合用66次,比例相當。非奉互注233次,遠高於非母和奉母自注的次數,奉母與非母合流了。所以,我們可以認爲非敷奉三母在《韻史》中已合流。

微母基本保持獨立,自注131次,與非、敷各有一次混注:

22454	秛*	敷上合微止三	妃尾:晚	微合3	無遠	卉	曉上合微止三	許偉
9568	琙*	微平合凡咸三	亡凡:缶	非開3	方久	咸	匣平開咸咸二	胡讒

微母音值早在《中原音韻》時已經讀[v]了,在《韻史》中也是獨立的,敷微與非微的混注是方音現象。

(3)幫組與非組聲母的混注

幫非組的混注主要出現在幫非、並非、滂奉和明微之間。具體混注情況爲:幫非6次、幫敷2次、幫奉4次;滂非4次、滂敷1次、滂奉10次;並非10次、並奉7次;明非2次、明微18次

輕重唇音之間互切共有69次,相對於重唇音總數2105次,輕唇音總數693次,比率分別爲3.3%和9.9%,所以輕重唇已分的語音事實不容否認。具體混用情況如下:

幫、非混注6

663	不	非入合物臻三	分勿:保	幫開1	博抱	德	端入開德曾一	多則
3277	鸓	幫平開幽流三	甫休:甫	非合3	方矩	幽	影平開幽流三	於虯
16499	粦	幫平開刪山二	布還:甫	非合3	方矩	雲	云平合文臻三	王分
15644	鸄*	幫平開先山四	卑眠:缶	非開3	方久	年	泥平開先山四	奴顛
10619	砭	幫平開鹽咸重三	府廉:缶	非開3	方久	鹽	以平開鹽咸三	余廉
15833	渆*	幫上開仙山重三	邦免:缶	非開3	方久	演	以上開仙山三	以淺

《韻史》中重唇變輕唇的條件爲東三、鍾、微、虞、廢、文、元、陽、尤、凡十韻系,但也有個別字例外。「不」字爲物韻,但在《韻史》中依然爲幫母字。

常用字在日常交流中使用很頻繁，這類字的讀音要麼最易變，要麼最不易變。「不」字是個常用字，在《韻史》中的讀音體現了存古的色彩。

幫、敷混注 2

6266	甫	敷平合虞遇三	芳無：	貝	幫開 1	博蓋	姑	見平合模遇一	古胡
17108	訜*	敷平合文臻三	敷文：	楄	幫開重4	方緬	雲	云平合文臻三	王分

訜字只出現在正文中，韻目表幫母與文韻的對應位置沒有字。疑訜字應入甫雲切。甫字在《韻史》中是沒有變輕唇的例外。

幫、奉混注 4

811	幅	幫入開職曾三	彼側：	范	奉合 3	防錢	弋	以入開職曾三	與職
3977	鰒	奉入合屋通三	房六：	博	幫開 1	補各	毒	定入合沃通一	徒沃
13409	閍	幫平開庚梗二	甫盲：	奉	奉合 3	扶隴	光	見平合唐宕一	古黃
19272	鈑	幫上合桓山一	博管：	奉	奉合 3	扶隴	綰	影上合刪山二	烏板

幅字另有非母屋韻一讀。《韻史》中屋職二韻的上古來源相同，部分唇音聲母字相混，幅字體現了古讀。閍字的音注與《集韻》同音。鈑字讀音已由中古時的幫母轉化爲奉母，在何萱語音中，大概已讀擦音。

滂、非混注 4

17116	盼 g*	滂平開刪山二	披班：	甫	非合 3	方矩	雲	云平合文臻三	王分
16866	僨	非去合文臻三	方問：	縹	滂開重4	敷沼	運	云去合文臻三	王問
15538	癗**	滂去開脂止重三	匹備：	缶	非開 3	方久	吉	見入開質臻重四	居質
17857	瀌**	滂上開宵效重三	孚表：	甫	非合 3	方矩	跧	莊平合仙山三	莊緣

滂、敷混注 1

18751	汳	敷去合元山三	芳万：	縹	滂開重4	敷沼	萬	微去合元山三	無販

汳字《廣韻》、《集韻》只有敷母的讀音，何氏在汳字下注「俗有汴」，汴字爲並母仙韻字，《韻史》中並母清化爲送氣音滂，仙與元合流，此處的音注何氏是按照汳字俗體汴來取音的。

滂、奉混注 10

5125	菩	奉上開尤流三	房久：	普	滂合1	滂古	取	清上合虞遇三	七庾
5130	附	奉去合虞遇三	符遇：	普	滂合1	滂古	取	清上合虞遇三	七庾

18749	鬮	奉去合元山三	符万：	縹	滂開重4	敷沼	萬	微去合元山三	無販
3681	匐	滂入開德曾一	匹北：	范	奉合3	防鏒	究	見去開尤流三	居祐
21183	曹	奉去合微止三	扶沸：	普	滂合1	滂古	對	端去合灰蟹一	都隊
5640	鉛	奉平開尤流三	縛謀：	普	滂合1	滂古	雛	崇平合虞遇三	仕于
1035	蚨*	奉平開尤流三	房尤：	品	滂開重3	丕飲	怡	以平開之止三	與之
5875	颹**	奉上開尤流三	裴負：	普	滂合1	滂古	聚	從去合虞遇三	才句
25696	庀**	奉平合虞遇三	扶宜：	品	滂開重3	丕飲	趂	澄平開支止三	直離
2671	驫	奉上開陽宕三	毗養：	品	滂開重3	丕飲	矯	見上開宵效重三	居夭

驫字音注與《廣韻》音相比，聲韻均不合，何氏將此字與撊置於同一小韻，按照其共有的聲符剽字取音，此處驫字注音是何氏心目中的古音。匐字《集韻》音另有奉母尤韻一讀，何注與此同音。

並、非混注 10

9563	颿	並平合東通一	薄紅：	缶	非開3	方久	咸	匣平開咸咸二	胡讒
8729	芃	並平合東通一	薄紅：	缶	非開3	方久	林	來平開侵深三	力尋

17277	獖	並上合魂臻一	蒲本：	甫	非合3	方矩	允	以上合諄臻三	余準
9609	莑*	非平合凡咸三	甫凡：	抱	並開1	薄浩	三	心平開談咸一	蘇甘
13047	髣*	非上開陽宕三	甫兩：	抱	並開1	薄浩	宕	定去開唐宕一	徒浪
17956	綷*	並平合戈果一	蒲波：	甫	非合3	方矩	權	群平合仙山重三	巨員
19177	擽*	並平合戈果一	蒲波：	甫	非合3	方矩	權	群平合仙山重三	巨員
15537	鷄	並去開脂止重三	平祕：	缶	非開3	方久	吉	見入開質臻重四	居質
15877	輪*	並上開仙山重四	婢善：	甫	非合3	方矩	沔	明上開仙山重四	彌兗
16141	灡*	並去開脂止重三	平祕：	缶	非開3	方久	吉	見入開質臻重四	居質

莑髣輪的中古音已經變為輕唇，《韻史》中依然保留古讀，為重唇音。芃颿字在《韻史》中按照凡字取音。「有邊讀邊」現象在現代語音很常見。漢字的語

音變化有時不是語音本身的演變造成的，而是受了字形的影響——即所謂的「有邊讀邊」——而變化。這種音變方式竺家寧先生稱爲「受字形影響的類化」。下文中提到的「讀邊」、「有邊讀邊」或「類化」均指此類現象。因爲何萱的本意是想爲漢字標注古音，而他的標音原則是「同聲同部」，所以我們在他「讀邊」時是反映時音還是有意存古要仔細分辨。從何萱本人的意思出發，我們一般將「讀邊」看作是存古，但有些常用字何萱音注與現代泰興方言讀音一致，我們就看作時音。蠡字兩見，但何氏沒做任何說明，此處疑爲衍字。攃字兩見，此處是何氏有意存古，以每字爲其諧聲偏旁，將攃置於他的古音第一部中。同理絭字也注爲甫權切。灑字何氏音注的聲調也與中古音不同，體現了古音色彩。灑屬古音脂部，與脂部相配的入聲韻部爲質部，二者發生對轉即出現陰入混注。獙在《集韻》中已有輕唇讀音，音注與《集韻》相合。

並、奉混注 7

16781	坋	奉去合文臻三	扶問：	佩	並合1	蒲昧	寸	清去合魂臻一	倉困
19271	飯	並上開刪山二	扶板：	奉	奉合3	扶隴	綰	影上合刪山二	烏板
1424	鶝	並入開職曾三	符逼：	范	奉合3	防錢	弋	以入開職曾三	與職
1425	篧	並入開覺江二	蒲角：	范	奉合3	防錢	弋	以入開職曾三	與職
3506	㿟	並平開肴效二	薄交：	范	奉合3	防錢	守	書上開尤流三	書九
4741	𪄳*	並入開職曾三	弼力：	范	奉合3	防錢	菊	見入合屋通三	居六
4737	𪄳**	並入開職曾三	符逼：	范	奉合1	防錢	菊	見入合屋通三	居六

坋字在《韻史》中沒有輕唇化，保留了古讀。鶝篧字《集韻》另有非母屋三，方六切的讀音，《韻史》中屋三與職在唇音條件出現混同，而非敷奉合流，此條混注音與《集韻》音同。㿟字音注與《集韻》同音。𪄳𪄳二字與稄、馥、瘦、趆等字一起，均被注爲范菊切，也是何氏按复取聲，標注古音的反映。飯在何氏語音中已經輕化。

明、非混注 2

17372	蔄	明去開山山二	亡莧：	甫	非合3	方矩	運	云去合文臻三	王問
16578	頯	非上合虞遇三	方矩：	慢	明開2	謨晏	緄	見上合魂臻一	古本

明、微混注 18

6580	母 g* 明平合模遇一	蒙晡：晚	微合3	無遠	餘	以平合魚遇三	以諸
6376	膴 微平合虞遇三	武夫：漫	明合1	莫半	胡	匣平合模遇一	戶吳
17181	悗 明平合桓山一	母官：味	微合3	無沸	本	幫上合魂臻一	布忖
913	悔* 微上合虞遇三	罔甫：莫	明開1	慕各	來	來平開咍蟹一	落哀
21194	昒 微入合物臻三	文弗：慢	明開2	謨晏	對	端去合灰蟹一	都隊
24787	鼢** 微平合文臻三	武分：面	明開重4	彌箭	錫	心入開錫梗四	先擊
12521	莣 微平合陽宕三	武方：莫	明開1	慕各	郎	來平開唐宕一	魯當
18517	轊 微去合元山三	無販：昧	明合1	莫佩	宦	匣去合刪山二	胡慣
10778	菱 明去開嚴咸三	亡劍：務	微合3	亡遇	劍	見去開嚴咸三	居欠
16583	晚* 明上開山山二	武簡：味	微合3	無沸	緄	見上合魂臻一	古本
17182	澠* 明上合魂臻一	母本：味	微合3	無沸	本	幫上合魂臻一	布忖
8593	黴** 明去開蒸曾三	尾孕：務	微合3	亡遇	嬔	曉去開蒸曾三	許應
23013	纖** 明入開屑山四	亡結：務	微合3	亡遇	設	書入開薛山三	識列
10266	爱 微上合凡咸三	亡范：美	明開重3	無鄙	檻	匣上開銜咸二	胡黤
9742	剣 微上合凡咸三	亡范：美	明開重3	無鄙	減	見上開咸咸二	古斬
457	愃 微上合虞遇三	文甫：面	明開重4	彌箭	起	溪上開之止三	墟里

　　明微混注次數比較多，主要是歷史語音的遺留。輕唇音的分化經歷了一個很長的時期。最初只有重唇音幫滂並明，《玉篇》、《切韻》、六朝文獻都沒有分出輕唇音來。顏師古的《漢書注》中幫滂並和非敷奉已基本分立，但明和微尚有多次混用。一直到《五經文字音切》中幫滂並明和非敷奉微才截然分開。明母與其他聲母分化是不同步的。由於鼻音響亮，具有一定的穩定性，因而它較之其他同部位的口音來說，分化時間要晚一些。唇音中非敷奉三個口音分化出來了，但鼻音明母還沒有分化。在中古一些反切資料裡，幫滂並與非敷奉的混切已經很少或者沒有了，但明微兩母的混切還有或較多，就是這個原因。（李無未 2005：72）何萱所處時代輕重唇已完成了分化，《韻史》中的明微混注體現出守舊色彩。

小　結

　　綜上，幫系聲母的特點為：

1、輕唇音已經從重唇音中分化出來，但是還有一些輕重唇混注的現象，是「古無輕唇音」的遺跡，是文獻材料相對保守的體現。

2、濁塞音並母已經清化，清化後絕大部分與滂母合併，讀送氣清音；極少部分與幫合併，讀不送氣清音，讀不送氣清音的原濁音字基本上都是仄聲字。

3、明母獨立，偶有與幫、滂、並混注的現象，這是方言特點。

4、非敷合流，濁塞擦音奉母清化後也與之合流，即非敷奉合一。

5、微母獨立，其與非、敷的混注爲方音現象。

現代泰興方言唇音中有[p]、[p']、[m]、[f]、[v]聲母，據顧黔（2001），它們的來源一般情況爲中古音幫——p，中古滂並——p'，中古明——m，中古非敷奉——f，中古微——v、ø。由於泰興和如皋同屬一個方言片，在沒有泰興方言聲母演變描寫的情況下，我們可以參照如皋方言的變化。鮑明煒、王均（2002：122）二位先生調查的如皋話音系中，零聲母的中古來源中有日、匣、疑、影、云和以，沒有微。《韻史》中微母與上述六個聲母都沒有混注的例子，所以我們認爲在《韻史》時期的泰興語音中微母沒有變爲零聲母。如皋v母的來源除了微之外還有疑影云三母，其中疑母的變化情況爲 ŋ＞ø＞v（鮑明煒、王均2002：119），《韻史》中也沒有這樣的變化，疑母和微母都是各自獨立的。所以，我們將《韻史》幫非組的聲母擬定爲以下5個：丙[p]（幫）〔註12〕、品[p']（滂並）、莫[m]（明）、甫[f]（非敷奉）、晚[v]（微）。

2、見　系

牙音見組中的見、溪、群、疑和喉音曉組中的曉匣、影組中影云以諸母同屬見系。其間的混注紛繁複雜，我們合在一起討論。

（1）見　組

表 3-15　見組聲母自注、混注統計表

	見	溪	群	疑
見	1556	13	13	4
溪	11	440	123	5
群	11	321	399	1
疑	4	5	1	653

〔註12〕小括號中的聲母指《韻史》聲母的主要中古來源，個別字的相混不列在內。下同。

　　見組字與其他類型的混注很突出，我們放在本節最後集中討論，此處先分析見組諸聲母混注的情況。見組字各聲自注總和共計 3558 次，其中見 1556 次、溪 440 次、群 399 次、疑 653 次。自注占總數的比例分別爲：見 43.7%；溪 12.4%；群 11.2%；疑 18.4%。見組字間的混注情況爲：見溪 24 次、見群 24 次、見疑 8 次、溪群 444 次、溪疑 8 次、群疑 2 次。混注占總數的比例分別爲：見溪 0.7%、見群 0.7%、見疑 0.2%、溪群 12.4%、溪疑 0.2%、群疑 0.1%。見組聲母之間除了溪群相混超過 10%，其餘均占很少比例，說明除群母外的其他聲母依然獨立。

　　群母自注 399 次，與溪母互注 444 次，與見母也有 24 次混注，可見，群母已經清化，絕大部分與溪母合流，一小部分與見母合流。見群混用的具體情況如下：

2025	橋 g*	群去開宵效重三	渠廟：几	見開重3	居履	廟	明去開宵效重三	眉召
24494	拐	群上合佳蟹二	求蟹：廣	見合1	古晃	觟	匣上合麻假二	胡瓦
6714	柜	見上合魚遇三	居許：郡	群合3	渠運	許	曉上合魚遇三	虛呂
4923	絇	群平合虞遇三	其俱：竟	見開3	居慶	輸	書平合虞遇三	式朱
12189	洪 g*	見去開江宕二	古巷：舊	群開3	巨救	勇	以上合鍾通三	余隴
118	諆	見平開之止三	居之：儉	群開重3	巨險	基	見平開之止三	居之
16593	瑾	群去開眞臻重三	渠遴：几	見開3	居履	隱	影上開欣臻三	於謹
19780	机	見平開脂止重三	居夷：儉	群開重3	巨險	稀	曉平開微止三	香衣
22338	悸	群上合脂止重四	求癸：舉	見合3	居許	唯	以上合脂止三	以水
21605	蹶	群入合月山三	其月：舉	見合3	居許	髪	非入合月山三	方伐
21607	鱖	群入合月山三	其月：舉	見合3	居許	髪	非入合月山三	方伐
21609	鷢	群入合月山三	其月：舉	見合3	居許	髪	非入合月山三	方伐
15836	檩*	見上開眞臻三	頸忍：舊	群開3	巨救	引	以上開眞臻三	余忍
17672	蕳*	見平開元山三	居言：舊	群開3	巨救	箋	精平開先山四	則前
19887	畿	見平開微止三	居依：儉	群開重3	巨險	黎	來平開齊蟹四	郎奚
1196	誋*	見去開之止三	居吏：儉	群開重3	巨險	記	見去開之止三	居吏
4606	鞠**	群去開欣臻三	巨斤：几	見開重3	居履	育	以入合屋通三	余六
22808	覬*	群去合脂止重四	其季：古	見合1	公戶	對	端去合灰蟹一	都隊
16355	蓳	見上開欣臻三	居隱：舊	群開3	巨救	銀	疑平開眞臻重三	語巾

9644	憅	見平開侵深重三	居吟：	舊	群開3	巨救	錦	見上開侵深重三	居飲
9646	礏*	見上開侵深重三	居飲：	舊	群開3	巨救	錦	見上開侵深重三	居飲
20492	坖	群去開脂止重三	具冀：	竟	見開3	居慶	器	溪去開脂止重三	去冀
9789	麟	群去開侵深重三	巨禁：	几	見開重3	居履	蔭	影去開侵深重三	於禁
9357	齡*	群平開侵深重三	渠金：	几	見開重3	居履	音	影平開侵深重三	於金

　　見、群的混注發生在宕臻山深效遇止蟹諸攝中。但有些字如鼰鷟憅麟柜絇莚瑾諆等字的音注音與《集韻》音相同，說明何氏反切讀音早在《集韻》中已有記錄。

　　見溪的混用有 24 次。在漢語中[k]、[kʻ]、[ŋ]是經常混用的。例如河字是見母，而其聲旁可字卻是溪母。見溪在一定程度上的混用有可能是方音現象。（李無未 2005：39）《韻史》中見溪混用的具體情況如下：

13901	曠	溪去合唐宕一	苦謗：	古	見合1	公戶	曠	溪去合唐宕一	苦謗
19122	埢	見上合仙山重三	居轉：	去	溪合3	丘倨	煩	奉平合元山三	附袁
5527	朐	見平合虞遇三	舉朱：	侃	溪開1	空旱	鉤	見平開侯流一	古侯
704	魐	溪入開職曾三	丘力：	竟	見開3	居慶	力	來入開職曾三	林直
22697	礭	溪去開咍蟹一	苦蓋：	艮	見開1	古恨	泰	透去開泰蟹一	他蓋
24128	毃	溪入開錫梗四	苦擊：	竟	見開3	居慶	益	影入開昔梗三	伊昔
1796	稾	見上開豪效一	古老：	口	溪開1	苦后	翯	端上開豪效一	都晧
3542	梳	見入合屋通三	居六：	侃	溪開1	空旱	早	精上開豪效一	子晧
20993	蒯	見去合皆蟹二	古壞：	苦	溪合1	康杜	邁	明去開夬蟹二	莫話
21453	茍	見入合沒臻一	古忽：	去	溪合3	丘倨	物	明入合物臻三	文弗
21454	趉	見入合物臻三	九物：	去	溪合3	丘倨	物	明入合物臻三	文弗
21619	矕	見入合月山三	居月：	去	溪合3	丘倨	髮	非入合月山三	方伐
25937	𤗻	見去合戈果一	古臥：	曠	溪合1	苦謗	貨	曉去合戈果一	呼臥
13593	誑*	溪平合陽宕三	曲王：	舉	見合3	居許	匡	溪平合陽宕三	去王
13904	蹟*	溪去合唐宕一	苦謗：	古	見合1	公戶	曠	溪去合唐宕一	苦謗
13905	壙*	溪去合唐宕一	苦謗：	古	見合1	公戶	曠	溪去合唐宕一	苦謗
22696	爌*	溪去開泰蟹一	丘蓋：	艮	見開1	古恨	泰	透去開泰蟹一	他蓋
24133	礋*	溪入開麥梗二	克革：	竟	見開3	居慶	益	影入開昔梗三	伊昔

5195	彀*	見去開侯流一	居候：侃	溪開1	空旱	漏	來去開侯流一	盧候
23185	㰟**	見去合祭蟹三	姑衛：去	溪合3	丘倨	髮	非入合月山三	方伐
1640	屬	溪平開宵效重三	丘祅：舉	見合3	居許	宵	心平開宵效三	相邀
2845	趬	溪去開宵效重四	丘召：舉	見合3	居許	竅	溪去開蕭效四	苦弔
18112	褰	溪平開仙山重三	去乾：几	見開重3	居履	淺	清上開仙山三	七演
15415	硈	溪入開黠山二	恪八：几	見開重3	居履	札	莊入開黠山二	側八

見溪混注在宕、梗、果、流、山、通、效、蟹、遇、曾、臻諸攝中都有體現，但我們觀察被注字，發現其中有很多反切注音與《集韻》同音，比如輕趬曠硈褰稾柭呴埳蔽菣瘁等字；還有一些字是明顯「讀邊」使然，比如何氏將彍㰟注爲同音，菣趬注爲同音，是以他的聲符標準爲這些字注的古音。所以見溪混注中除了與《集韻》同音外，基本上是存古。

疑母自注 653 次，但它與見溪群都有混用的現象，具體情況如下：

疑、見混注 8

15082	訡 g*	見去合諄臻三	九峻：仰	疑開3	魚兩	鄰	來平開眞臻三	力珍
19721	阮*	見上合桓山一	古緩：馭	疑合3	牛倨	萬	微去合元山三	無販
20029	鱧	見平開咍蟹一	古哀：傲	疑開1	五到	柴	崇平開佳蟹二	士佳
20817	忦	見入開黠山二	古黠：仰	疑開3	魚兩	介	見去開皆蟹二	古拜
10508	霮*	疑平開談咸一	五甘：艮	見開1	古恨	耽	端平開覃咸一	丁含
16184	輑 g*	疑平合文臻三	虞云：古	見合1	公戶	昏	曉平合魂臻一	呼昆
20903	剴 g*	疑去開咍蟹一	牛代：艮	見開1	古恨	泰	透去開泰蟹一	他蓋
19276	獂	疑平開山山二	五閑：几	見開重3	居履	產	生上開山山二	所簡

疑與見的混注出現在咸山臻蟹諸攝中。

疑、溪混注 8

16524	狠*	溪上開痕臻一	口很：傲	疑開1	五到	齦	溪上開痕臻一	康很
1284	緙	溪入開麥梗二	楷革：傲	疑開1	五到	克	溪入開德曾一	苦得
24472	鞋*	溪平合齊蟹四	傾畦：馭	疑合3	牛倨	攜	匣平合齊蟹四	戶圭
4602	趬	溪去開幽流三	丘謬：仰	疑開3	魚兩	孝	曉去開肴效二	呼教
1659	敖	疑平開肴效二	五交：去	溪合3	丘倨	宵	心平開宵效三	相邀
16517	皚	疑平開咍蟹一	五來：口	溪開1	苦后	很	匣上開痕臻一	胡墾

17136　齫　疑上合文臻三　　　魚粉：苦　溪合1　康杜　本　幫上合魂臻一　　布忖

9672　顅　溪上開侵深重四　　欽錦：仰　疑開3　魚兩　錦　見上開侵深重三　居飲

疑與溪的混注出現在梗蟹流深臻效諸攝中。

疑、群混注2

21240　趷　群入開迄臻三　　　其訖：仰　疑開3　魚兩　汔　曉入開迄臻三　　許訖

19325　言 g*疑去開元山三　　牛堰：舊　群開3　巨救　顯　曉上開先山四　　呼典

趷字《集韻》有疑母迄韻，魚乙切一讀。言字全書兩見，何氏沒做任何說明，此處疑爲衍字。

（2）曉組、影組

曉組包括喉音聲母曉、匣，影組包括喉音聲母影、云、以。曉組和影組各自的自注、混注情況見下表：

表 3-16　曉組聲母自注、混注統計表

	曉	匣
曉	554	571
匣	226	430

曉組聲母的混注非常明顯，匣母已經清化並與曉母混同了。

表 3-17　影組聲母自注、混注統計表

	影	云	以
影	597	91	234
云	177	144	245
以	271	17	261

從表中可以發現影、云、以三母的混注非常頻繁，三母在《韻史》中已合流爲零聲母。王力（1980：130）先生在《漢語史稿》中指出：「雲、餘合流的時期很早，至少在第十世紀就已經完成了。疑母則在十四世紀（《中原音韻》時代）的普通話裏已經消失，和喻母（雲餘）也完全相混了。同時（十四世紀）影母和喻母在北方話裏也只在平聲一類有聲調上的差別，上去兩聲就完全相混了。至於微母，它經過了和喻疑不同的發展過程，也終於和喻疑合流，而成爲 u 類的零聲母了。」《韻史》中微母和疑母均獨立存在，發生合流變爲零聲母的

只在影云以之間。在影母和云以混注的 773 條中，平聲相混 253 條，上聲相混 182 條，去聲相混 162 條，入聲相混 176 條。平聲中的混注最多，上聲中的混注反而沒優勢，說明在《韻史》中的影云以三母已完全合流了。

曉組與影組之間也存在相當一部分混注。見下表：

表 3-18　曉組、影組聲母混注統計表

	曉	匣	影	云	以
曉			5	2	2
匣			1	2	
影	4	3			
云	3	4			
以	3				

除了以母和匣母沒有混注之外，其他幾類聲母都有混注的情況。

匣、云混注 6

1905	皛	匣上開蕭效四	胡了：羽	云合 3	王矩	晈	見上開蕭效四	古了
24275	檄	匣入開錫梗四	胡狄：永	云合 3	于憬	鶪	見入合錫梗四	古闃
6631	雨	云上合虞遇三	王矩：會	匣合 1	黃外	古	見上合模遇一	公戶
13402	㣈	云平合庚梗三	永兵：戶	匣合 1	侯古	光	見平合唐宕一	古黃
21517	矞*	匣上合先山四	胡犬：羽	云合 3	王矩	橘	見入合術臻重四	居聿
17255	䡾	匣上合先山四	胡畎：羽	云合 3	王矩	窘 g*	群上合諄臻三	巨隕

上表中的前四個字都是匣母細音字，在《韻史》反切中已經從匣母中分離出去，讀爲了云母；後三個字體現了一種存古現象。曾運乾發現了「喻三歸匣，喻四歸定」的語音現象，他在《喻母古讀考》一文中指出喻母三等字、四等字在上古的讀音不同：「于母古隸牙音匣母，喻母古隸舌音定母。」（李無未 2005：61-62）泰興方音中的匣喻混讀，可以說是一種古音遺跡。

曉、云混注 5

825	閾	曉入合職曾三	況逼：羽	云合 3	王矩	臧	曉入合職曾三	況逼
21623	㵸	曉入合月山三	許月：羽	云合 3	王矩	髮	非入合月山三	方伐
24796	䨣	曉入合錫梗四	呼臭：永	云合 3	于憬	鶪	見入合錫梗四	古闃
14637	蠑	云平合庚梗三	永兵：許	曉合 3	虛呂	營	以平合清梗三	余傾

| 6417 | 邘 | 云平合虞遇三 | 羽俱：訓 | 曉合3 | 許運 | 居 | 見平合魚遇三 | 九魚 |

闞跂的音注與《集韻》音同。

曉、以混注5

4094	邘*	曉平合虞遇三	匈于：漾	以開3	餘亮	求	群平開尤流三	巨鳩
4102	㰯*	曉平合虞遇三	匈于：漾	以開3	餘亮	求	群平開尤流三	巨鳩
4103	蒋*	曉平合虞遇三	匈于：漾	以開3	餘亮	求	群平開尤流三	巨鳩
6747	懇	以上合魚遇三	余呂：訓	曉合3	許運	舉	見上合魚遇三	居許
2651	歟*	以上開宵效三	以紹：向	曉開3	許亮	矯	見上開宵效重三	居夭

以母和曉母的混注反映出了存古的特點。中古的曉母有多個上古來源，其中之一來自於hl，即以母l帶有冠音h，演變爲中古曉母。（馮蒸2009：65）

影、曉混注9

1086	欥*	曉平開之止三	虛其：隱	影開3	於謹	起	溪上開之止三	墟里
21084	儶	曉去合皆蟹二	火怪：饔	影合1	烏貢	貴	見去合微止三	居胃
24304	餲	曉平合佳蟹二	火媧：饔	影合1	烏貢	茷	見平合皆蟹二	古懷
131	毐	影平開咍蟹一	烏開：向	曉開3	許亮	基	見平開之止三	居之
5689	菋*	影平合灰蟹一	烏回：訓	曉合3	許運	驅	溪平合虞遇三	豈俱
5736	犼*	影上開侯流一	許后：海	曉開1	呼改	斗	端上開侯流一	當口
22495	懝	影上開之止三	於己：向	曉開3	許亮	器	溪去開脂止重三	去冀
19894	咦	曉平開脂止重三	喜夷：隱	影開3	於謹	黎	來平開齊蟹四	郎奚
10457	茵g*	影去開祭蟹重三	於例：向	曉開3	許亮	捷	從入開葉咸三	疾葉

影曉的混注主要發生在止蟹攝和1例流攝字中。咦《集韻》另有以母一讀，懝字《集韻》另有曉母微韻一讀。止攝支之脂微合流，此條音注與《集韻》同音。

影、匣混注4

987	蟢**	匣平開尤流三	胡求：隱	影開3	於謹	淇	群平開之止三	渠之
2781	猷*	匣去開肴效二	後教：饔	影合1	烏貢	豹	幫去開肴效二	北教
8199	嚄	匣入合陌梗二	胡伯：腕	影合1	烏貫	霍	曉入合鐸宕一	虛郭
6909	吤	影去開麻假二	衣嫁：會	匣合1	黃外	固	見去合模遇一	古暮

嘆字《集韻》另有影母鐸韻一讀。

影母、曉母、匣母的混注是因為這三個聲母的發音相近。

（3）見組與曉組、影組聲母的混注

《韻史》中這三組聲母相混的情況非常多，主要集中在見母與曉、匣的混注上，具體情況見下表：

表 3-19　見組、曉組、影組聲母混注統計表

	見	溪	群	疑	曉	匣	影	云	以
見					3	20	7	3	1
溪					4	2	3		
群						5	3		2
疑						2	5	3	
曉	17	12	2	3					
匣	9	2							
影	5	5		2					
云	6	1		1					
以			1						

1）見母與曉匣影云以的混注

見、曉混注 20

15776	䚘	見去合諄臻重四	九峻：許	曉合3	虛呂	匀	以平合諄臻三	羊倫
24008	係	見去開齊蟹四	古詣：向	曉開3	許亮	企	溪去開支止重四	去智

5066	茩	見上開侯流一	古厚：海	曉開1	呼改	斗	端上開侯流一	當口
5336	縠*	見去開侯流一	居候：海	曉開1	呼改	僕	並入合屋通一	蒲木
10363	䶛	見入開盍咸一	古盍：海	曉開1	呼改	沓	定入開合咸一	徒合
10399	夾	見入開狎咸二	古狎：向	曉開3	許亮	甲	見入開狎咸二	古狎
10541	甜*	見去開覃咸一	古暗：海	曉開1	呼改	藍	來平開談咸一	魯甘
12445	笐	見平開唐宕一	古郎：海	曉開1	呼改	郎	來平開唐宕一	魯當
14947	豜	見平開先山四	古賢：向	曉開3	許亮	年	泥平開先山四	奴顛
16415	麇	見平合文臻三	舉云：許	曉合3	虛呂	君	見平合文臻三	舉云
17090	皸	見平合文臻三	舉云：許	曉合3	虛呂	君	見平合文臻三	舉云

17337	靳*	見去開欣臻三	居焮：	向	曉開3	許亮	近	群去開欣臻三	巨靳
19073	屑*	見平合先山四	圭玄：	許	曉合3	虛呂	幡	敷平合元山三	孚袁
23787	薢	見上開佳蟹二	佳買：	漢	曉開1	呼旰	買	明上開佳蟹二	莫蟹
5033	蚼	曉上開侯流一	呼后：	艮	見開1	古恨	口	溪上開侯流一	苦后
5803	齁	曉去開侯流一	呼漏：	艮	見開1	古恨	豆	定去開侯流一	徒候
19518	敦**	見去開寒山一	各汗：	海	曉開1	呼改	旦	端去開寒山一	得按
23182	翅**	曉入合薛山三	許劣：	舉	見合3	居許	髮	非入合月山三	方伐
15047	鈃g*	見平開先山四	經天：	向	曉開3	許亮	鄰	來平開眞臻三	力珍
16171	硍g*	見平開山山二	居閑：	海	曉開1	呼改	垠	疑平開痕臻一	五根

　　見曉的混注出現在流、蟹、咸、山、宕、臻諸攝中。其中菅、譀、厣、筅、詢、薜、係、蚼、齁等字的音注與《集韻》同音。

　　見、匣混注29次，擇要舉例如下：

15	核	匣入開麥梗二	下革：	艮	見開1	古恨	哉	精平開咍蟹一	祖才
6298	瘕	見平開麻假二	古牙：	會	匣合1	黃外	盧	來平合模遇一	落胡
11190	玒	見平合東通一	古紅：	戶	匣合1	侯古	同	定平合東通一	徒紅
21100	憒	見去合灰蟹一	古對：	戶	匣合1	侯古	對	端去合灰蟹一	都隊
3536	薻	匣上開豪效一	胡老：	艮	見開1	古恨	早	精上開豪效一	子晧
8261	軐	匣平合登曾一	胡肱：	古	見合1	公戶	薨	曉平合登曾一	呼肱
11108	矼	匣平開江江二	下江：	艮	見開1	古恨	涇	溪平開江江二	苦江
13381	趪	匣平合唐宕一	胡光：	古	見合1	公戶	霜	生平開陽宕三	色莊
16529	掍	匣上合魂臻一	胡本：	古	見合1	公戶	本	幫上合魂臻一	布忖
21779	姡	匣入合末山一	戶括：	古	見合1	公戶	拔	並入合末山一	蒲撥
16548	袞	見上合魂臻一	古本：	戶	匣合1	侯古	本	幫上合魂臻一	布忖
8851	械	匣平開咸咸二	胡讒：	几	見開重3	居履	乡	生平開銜咸二	所銜

　　見匣的混注出現在假通蟹梗效曾咸江宕臻山諸韻攝中，但我們發現所舉例字中，玒憒薻軐械矼掍姡袞等字的音注與《集韻》同音，瘕字《集韻》有匣母麻二韻的讀音，《韻史》中麻二與模相混。核字《集韻》有見母咍韻讀音，音注與《集韻》同音。趪字《集韻》有見母唐韻一讀。其切下字霜在《韻史》中已

失去 i 介音，與唐韻相混，此條注音與《集韻》音同。

見、影混注 12

18017	斡	影入合末山一	烏括：古	見合1	公戶	版	幫上開刪山二	布綰
24084	搞	見入開麥梗二	古核：案	影開1	烏旰	策	初入開麥梗二	楚革

6217	厹	見平合模遇一	古胡：腕	影合1	烏貫	都	端平合模遇一	當孤
21063	旡	見去開微止三	居豙：甕	影合1	烏貢	貴	見去合微止三	居胃
23927	娃	影平合齊蟹四	烏攜：舉	見合3	居許	縈	日上合支止三	如累
24936	渦	影平合戈果一	烏禾：古	見合1	公戶	科	溪平合戈果一	苦禾
20972	燴	影去合泰蟹一	烏外：古	見合1	公戶	快	溪去合夬蟹二	苦夬
24446	桂*	影平合佳蟹二	烏蝸：舉	見合3	居許	奎	溪平合齊蟹四	苦圭
980	熙*	見平開之止三	居之：隱	影開3	於謹	淇	群平開之止三	渠之
24632	湹	影去開先山四	於甸：舉	見合3	居許	恚	影去合支止重四	於避
20060	莙	見平合諄臻重三	居筠：甕	影合1	烏貢	歸	見平合微止三	舉韋
25883	顤	影平開支止重三	於離：竟	見開3	居慶	哆	昌上開支止三	尺氏

　　見影混的例子發生在止、臻、遇、梗、山、蟹、果幾個韻攝當中，但實際上有些字與《廣韻》不同，卻與《集韻》音同，這些字相當於無音變。縓字兩見，此處或體作緩，義爲「牛藻」，何氏按緩字取音。厹《集韻》另有影母麻二韻一讀，何萱認爲麻二與模在上古音中混同，所以麻二與模在《韻史》中的混注相當頻繁，是一種古音體現。搞斡娃渦燴諸字的音注讀音與《集韻》相同，湹《集韻》有見母齊韻一讀，義爲「水名」，何氏注爲舉恚切是保留了古讀。

見、云混注 9

7412	戄	見入合藥宕三	居縛：永	云合3	于憬	縛	奉入合藥宕三	符钁
18661	悁	見平合先山四	古玄：羽	云合3	王矩	萬	微去合元山三	無販
21596	蚗	見入合屑山四	古穴：羽	云合3	王矩	缺	溪入合屑山四	苦穴
1670	敫g*	見平開蕭效四	堅堯：羽	云合3	王矩	宵	心平開宵效四	相邀
19618	觸	云入合藥宕三	王縛：几	見開重3	居履	晏	影去開刪山二	烏澗
6706	鄅	云上合虞遇三	王矩：眷	見合重3	居倦	許	曉上合魚遇三	虛呂

25113　鄔　云平合支止三　　蓮支：眷　見合重3　居倦　義　曉平開支止重三　許羈

21511　趫　見入合術臻重四　居聿：羽　云合3　王矩　橘　見入合術臻重四　居聿

　　　見、云相混出現在宕、山、臻、效、遇、止諸攝中。但玃鯛鄔鄔等字的音注讀音與《集韻》相同，趫蚙二字在《集韻》中的聲母分別爲以母和影母，《韻史》中影云以合流，此二條相當於無音變。

見、以混注1

18526　覡　以去開宵效三　　戈照：几　見開重3　居履　晏　影去開刪山二　烏澗

2）溪母與曉匣影云的混注

溪、曉混注16

8799　慊　溪上開添咸四　　苦簟：向　曉開3　許亮　廉　來平開鹽咸三　力鹽

5196　佝　曉去開侯流一　　呼漏：侃　溪開1　空旱　漏　來去開侯流一　盧候

21719　盍 g*　溪入開曷山一　　丘葛：漢　曉開1　呼旰　達　透入開曷山一　他達

14122　硻　溪平開耕梗二　　口莖：向　曉開3　許亮　情　從平開清梗三　疾盈

9123　嗛　溪上開添咸四　　苦簟：向　曉開3　許亮　泛　敷去合凡咸三　孚梵

8915　謙　溪去開嚴咸三　　丘釅：海　曉開1　呼改　覃　定平開覃咸一　徒含

9051　顑　溪上開覃咸一　　苦感：海　曉開1　呼改　禫　定上開覃咸一　徒感

9321　𠮿　溪入開合咸一　　口荅：海　曉開1　呼改　荅　端入開合咸一　都合

25398　哦　溪平開歌果一　　苦何：海　曉開1　呼改　歌　見平開歌果一　古俄

7376　霩　曉入合鐸宕一　　虛郭：曠　溪合1　苦謗　郭　見入合鐸宕一　古博

19341　悁*　溪去開先山四　　輕甸：向　曉開3　許亮　淺　清上開仙山三　七演

10633　欦*　曉平開嚴咸三　　虛嚴：口　溪開1　苦后　膽　端上開談咸一　都敢

5462　頊**`　溪入合燭通三　　虛玉：訓　曉合3　許運　曲　溪入合燭通三　丘玉

20549　頪　溪去開齊蟹四　　苦計：向　曉開3　許亮　器　溪去開脂止重三　去冀

24634　熭**`　溪去開齊蟹四　　虛計：許　曉合3　虛呂　恚　影去合支止重四　於避

25990　擨　曉平開支止重三　　許羈：去　溪合3　丘倨　嘒　曉平合支止重四　許規

　　　溪、曉混注出現在通、梗、宕、咸、山、果、蟹、止、流諸攝中，但其中顑、哦、佝、霩、擨等字的注音與《集韻》同音。𠮿在《集韻》中爲匣母字，

匣母在《韻史》中清化爲曉母。慊爲匣母添韻，崰爲匣母青韻，頮爲匣母齊韻，《韻史》中添鹽合併、青清合併、齊支合併，此三條音注的讀音也與《集韻》相同。

溪、匣混注 4

8189	擴	匣去合唐宕一	乎曠：曠	溪合 1	苦謗	霍	曉入合鐸宕一	虛郭

18220	鞧	匣上合先山四	胡畎：去	溪合 3	丘倨	返	非上合元山三	府遠
2201	㱿	溪入開覺江二	苦角：戶	匣合 1	侯古	濯	澄入開覺江二	直角
22774	璯	溪去合夬蟹二	苦夬：戶	匣合 1	侯古	快	溪去合夬蟹二	苦夬

擴字的音注讀音與《集韻》相同。㱿璯二字在《集韻》中分別爲匣母鐸韻和匣母泰韻，宕攝入聲在《韻史》中合併，蟹攝合口泰韻與夬韻也合併了，此二條音注與《集韻》音相合。

溪、影混注 8

348	巳 g*	溪上開之止三	口巳：隱	影開 3	於謹	起	溪上開之止三	墟里
24824	疴	溪去開麻假二	枯駕：案	影開 1	烏旰	多	端平開歌果一	得何
6206	侉	影去開歌果一	安賀：曠	溪合 1	苦謗	姑	見平合模遇一	古胡
5523	慪*	影平開侯流一	烏侯：侃	溪開 1	空旱	鉤	見平開侯流一	古侯
10791	厴	溪入開盍咸一	苦盍：挨	影開 1	於改	沓	定入開合咸一	徒合
13559	䍩**	溪平開陽宕三	口羊：隱	影開 3	於謹	良	來平開陽宕三	呂張
23541	畫	溪平合齊蟹四	苦圭：饔	影合 1	烏貢	碑	幫平開支止重三	彼爲
16660	頵	影平合諄臻重三	於倫：去	溪合 3	丘倨	允	以上合諄臻三	余準

厴疴音注讀音與《集韻》相同，侉、頵二字在《集韻》中分別有群母諄韻、溪母麻二韻枯瓜切的讀音，《韻史》中群母清化爲溪母，麻二與模相混，此二條音注與《集韻》音也相同。

溪、云混注 1

12007	悟	溪平合東通三	去宮：羽	云合 3	王矩	充	昌平合東通三	昌終

悟字在《集韻》中有影母一讀，《韻史》中影云合流，此條音注讀音在《集韻》中可以找到根據。

3）群母與曉匣影以的混注

群、曉混注 2

19508　趝*　群平開元山三　　渠言：海　曉開 1　呼改　旦　端去開寒山一　得按

18251　夐　群去合仙山重三　渠卷：許　曉合 3　虛呂　返　非上合元山三　府遠

　　　夐《集韻》有曉母元韻一讀，音注讀音與《集韻》相同。趝字與郹、峀、埤等字在同一小韻中，何氏認為這些字有相同的聲符旱，此處所注為他心目中的古音。

群、匣混注 5

20207　頁　匣入開屑山四　　胡結：倹　群開重 3　巨險　禮　來上開齊蟹四　盧啓

4618　洷**　匣入開職曾三　戶式：倹　群開重 3　巨險　育　以入合屋通三　余六

7299　梀　匣入開麥梗二　　下革：舊　群開 3　巨救　略　來入開藥宕三　離灼

9527　輱　匣平開咸咸二　　胡讒：舊　群開 3　巨救　緘　見平開咸咸二　古咸

8986　豏　匣上開添咸四　　胡忝：舊　群開 3　巨救　檢　見上開鹽咸重三　居奄

　　　豏輱二字《集韻》有溪母一讀，《韻史》中群母清化為溪母，此二條音注與《集韻》音同。匣群混注中切下字緘本身為見母開口二等韻字，何氏將它與三等聲母群母相拼，說明群母的性質已發生了變化。

群、影混注 3

10432　瘱　影去開齊蟹四　　於計：舊　群開 3　巨救　葉　以入開葉咸三　與涉

25351　陭　影去開支止重三　於義：倹　群開重 3　巨險　駕　見去開麻假二　古訝

25888　挨　影上開佳蟹二　　烏蟹：倹　群開重 3　巨險　姼　昌上開支止三　尺氏

　　　瘱字全書兩見，何氏沒有作任何說明，此處疑為瘱字的訛誤。瘱在《集韻》中為溪母帖韻字，《韻史》中葉帖合流，此條音注與《集韻》音相同。

群、以混注 3

25639　鵸　群平開支止重三　渠羈：漾　以開 3　餘亮　加　見平開麻假二　古牙

3613　櫌　以去開尤流三　　余救：倹　群開重 3　巨險　究　見去開尤流三　居祐

2644　誂*　以上開宵效三　　以紹：倹　群開重 3　巨險　杪　明上開宵效重四　亡沼

鵠字音注與《集韻》同音。

4）疑母與曉匣影云的混注

疑、曉混注 3

8872	麠	疑平開咸咸二	五咸：	向	曉開3	許亮	碞	疑平開咸咸二	五咸
23034	譽	疑入開鎋山二	五鎋：	向	曉開3	許亮	夏	見入開黠山二	吉黠
25713	艤*	疑平開支止重三	魚羈：	許	曉合3	虛呂	嬀	見平合支止重三	居爲

麠、譽二字音注與《集韻》音同。艤字讀音大概是何氏「有邊讀邊」造成的。

疑、匣混注 2

| 9556 | 嶮 | 匣上開覃咸一 | 胡感： | 仰 | 疑開3 | 魚兩 | 咸 | 匣平開咸咸二 | 胡讒 |
| 17056 | 䖊 | 匣平開山山二 | 戶閒： | 仰 | 疑開3 | 魚兩 | 勤 | 群平開欣臻三 | 巨斤 |

䖊字《集韻》有疑母眞韻一讀，《韻史》中眞欣相混，此例音注音與《集韻》相同。

疑、影混注 7

25178	瓦	疑上合麻假二	五寡：	甕	影合1	烏貢	果	見上合戈果一	古火
25805	邷	疑上合麻假二	五寡：	甕	影合1	烏貢	果	見上合戈果一	古火
25230	厄	影入開麥梗二	於革：	五	疑合1	疑古	果	見上合戈果一	古火
1024	犐**	影平合鍾通三	魚容：	仰	疑開3	魚兩	怡	以平開之止三	與之
1025	鮛**	影上合微止三	於鬼：	仰	疑開3	魚兩	怡	以平開之止三	與之
1026	魓**	影平開尤流三	魚丘：	仰	疑開3	魚兩	怡	以平開之止三	與之
25858	暎*	影上合戈果一	鄔果：	五	疑合1	疑古	果	見上合戈果一	古火

厄字的音注讀音與《集韻》相同。犐鮛魓暎在《集韻》或《玉篇》中已經變讀爲零聲母，何氏的注音相對保守。

疑、云混注 4

7026	語	疑去合魚遇三	牛倨：	永	云合3	于憬	據	見去合魚遇三	居御
8219	䢕	云入合藥宕三	王縛：	我	疑開1	五可	縛	奉入合藥宕三	符钁

8220	矆	云入合藥宕三	王縛：我	疑開 1	五可　縛	奉入合藥宕三	符钁
8221	籰	云入合藥宕三	王縛：我	疑開 1	五可　縛	奉入合藥宕三	符钁

戄矆籰這三個字在《韻史》中的位置有誤。音讀表中疑母的位置無字，但影母有字，此三字的反切應爲永縛。影云在《韻史》中合流，此處即不存在音變。

瓦、邸、語三字在何氏語音中已變爲零聲母，與其韻母有關。舌根鼻音 ŋ 的發音部位距離 a、i、y 較遠，容易消失或者發生音變。

可見，上述牙、喉音的相混例中，有很大一部分原因是存古的反映，有一部分音注讀音在《集韻》中可以找到根據，眞正體現音變的並不多。李新魁（1993a：1-20）先生在《上古「曉匣」歸「見溪群」說》中指出：「在漢語的諧聲系統中，今音念曉系的字，大部分從見系的聲旁得聲。反之，今音念見系的字，也多從曉系的聲旁得聲。」朱聲琦先生不同意李先生的看法，他認爲喉牙音的混注原因爲「牙喉聲轉」。所謂「牙喉聲轉」，指的是喉音影、曉、匣與牙音見、溪、群、疑之間的互轉。朱聲琦（1998b：138-142）先生認爲，「上古喉音和牙音都獨立存在。影、曉、匣和見、溪、群、疑之間的互轉，這是喉牙音中最常見、最重要並貫通古今的語音現象。上古漢語中，由於喉音和牙音發音部位靠近，而且關係極爲密切，因而常常互諧。」我們認爲《韻史》中見系聲母的混注是古音喉牙聲轉的遺跡。

（4）見系聲母與幫、端、知系聲母的混注

見系聲母與唇音和舌齒音之間有多次混注。與唇音的混注共計 24 次，主要集中於與明母的混注。具體例證如下：

溪、明混注 2

16436	斆*	明平開肴效二	謨交：去	溪合 3	丘倨　雲	云平合文臻三	王分
17074	峀*	明平開肴效二	謨交：去	溪合 3	丘倨　勲	曉平合文臻三	許云

曉、明混注 4

19189	瞙**	明平開宵效三	無昭：海	曉開 1	呼改　坦	透上開寒山一	他但
3715	勖*	曉入合屋通三	許六：莫	明開 1	慕各　瘦	生去開尤流三	所祐
12522	統	曉平合唐宕一	呼光：莫	明開 1	慕各　郎	來平開唐宕一	魯當
12523	帿	曉平合唐宕一	呼光：莫	明開 1	慕各　郎	來平開唐宕一	魯當

疑、明混注 1

10705	圅	明上開添咸四	明忝：仰	疑開 3	魚兩	掩	影上開鹽咸重三	衣儉

匣、明混注 3

11630	跭	匣平開江江二	下江：莫	明開 1	慕各	尨	明平開江江二	莫江
11631	䂫	匣平開江江二	下江：莫	明開 1	慕各	尨	明平開江江二	莫江
11632	夅*	匣平開江江二	胡江：莫	明開 1	慕各	尨	明平開江江二	莫江

影、明混注 1

2129	玅*	影平開宵效重三	於喬：沔	明開重 4	彌兗	肖	心去開宵效三	私妙

見組聲母與明母的混注，根據馬君花（2008：63）博士的說法，是因爲明母有鼻音和唇音兩種音質造成的。「諧聲字中，明母與曉、匣常常交叉。如每悔、亡荒、毛耗等。這些字在諧聲時代都讀明母[m-]，後來讀曉母的，是由明母[m-]變爲曉母[h-]的。這是因爲明母[m-]這個音素其音值可以一分爲二：一是唇音「音質」，一是從鼻孔送氣的鼻音「音質」。在歷史音變中，這種由兩個音質構成的音素，容易消失掉其中的一個音質。原因是，一個音素發音整個過程中某個發音部位動作弱化。明母就是這種情況。如果明母的唇音質消弱，剩下的從鼻孔出去的送氣音質，就近於從喉送氣的曉匣；如果明母的鼻音質消失，就成了幫滂並。即：m=pŋ/bŋ-＞ŋ-＞ɦ/h-（唇音質弱化消失而變爲喉音）；m=pŋ/bŋ-＞p/b-（鼻音質弱化消失而變爲唇塞音塞擦音）。（著者按：[p/b]代表[m]所包含的唇音質，[ŋ]代表[m]所包含的鼻音質。）」

見系聲母與舌齒音的混注情況見下頁表。

見系聲母與舌齒音的混注共計 127 次，主要集中於曉、匣、以、來、心、邪諸母。

見母與定、泥、邪、章、昌的混注

24342	祾	見上合支止重三	過委：軫	章開 3	章忍	雞	見平開齊蟹四	古奚
8619	玪	見平開咸咸二	古咸：掌	章開 3	諸兩	音	影平開侵深重三	於金
19195	頙*	見平開尤流三	居尤：代	定開 1	徒耐	罕	曉上開寒山一	呼旱
5229	穀	見去開侯流一	古候：柰	泥開 1	奴帶	豆	定去開侯流一	徒候

5338　鼓　見上合模遇一　公戶：酌　章開3　之若　僕　並入合屋通一　蒲木

328　祀*　邪上開之止三　象齒：竟　見開3　居慶　喜　曉上開之止三　虛里

13507　闐*　見平合唐宕一　姑黃：齒　昌開3　昌里　香　曉平開陽宕三　許良

19457　傢*　見平開麻假二　居牙：處　昌合3　昌與　返　非上合元山三　府遠

10047　趄**　見入開洽咸二　古洽：齒　昌開3　昌里　壓　影入開狎咸二　烏甲

24630　瓗**　邪去合支止三　似睡：舉　見合3　居許　恚　影去合支止重四　於避

殼袱的音注讀音與《集韻》相同。

表 3-20　見系聲母與舌齒音聲母混注統計表

	見	溪	群	疑	曉	匣	以	云	端	透	定	娘	來	徹	澄	精	清	從	心	邪	莊	初	崇	生	章	昌	書	禪
見									4											2								
溪							1		2		1													1	1			
群											1	2														1		
疑									1	1	1								1									
曉										1	3		2	1			1	1	3					2	1			
匣											1		4	1			1	1						1				
影									1			1							3	1			1					
云									1	1					2				3	1					1		1	1
以											2				4				1						1			
端				1																								
定	1			1	2	2																						
泥	1			1																								
娘				1																								
來				1	1	3																						
徹		1		1							2																	
澄				1			1																					
精			1																									
清		1		1																								
心		1	1	5	2																							
邪				2																								
章	3		2		3	2																						
昌	3	1																										
生																												
書		3	2	1	3	2																						

溪母與端、徹、澄、清、章、昌、書的混注

23429	腯	端入合没臻一	當沒：苦	溪合1	康杜	骨	見入合没臻一	古忽
21455	蚗	章入合薛山三	職悅：去	溪合3	丘倨	物	明入合物臻三	文弗
13839	蝪*	書平開陽宕三	尸羊：口	溪開1	苦后	宕	定去開唐宕一	徒浪
8584	孔*	溪上合東通一	苦動：寵	徹合3	丑隴	嬹	曉去開蒸曾三	許應
1977	鑿	溪去開蕭效四	苦弔：粲	清開1	蒼案	到	端去開豪效一	都導
4416	瓵*	溪上開豪效一	苦浩：茝	昌開1	昌紿	牡	明上開侯流一	莫厚
4035	敂*	溪平開尤流三	口周：始	書開3	詩止	鳩	見平開尤流三	居求
4037	倃*	溪平開尤流三	口周：始	書開3	詩止	鳩	見平開尤流三	居求
4038	崒*	溪平開尤流三	口周：始	書開3	詩止	鳩	見平開尤流三	居求
9575	瀓**	澄平開蒸曾三	直陵：口	溪開1	苦后	三	心平開談咸一	蘇甘

　　腯字音注與《集韻》音同。蚗字《集韻》有溪母迄韻，《韻史》中物迄合流，此例與《集韻》同音。

群母與定、精、心、章、昌、書的混注

8621	鉆	群平開鹽咸重三	巨淹：掌	章開3	諸兩	音	影平開侵深重三	於金
3998	挢*	定上開蕭效四	徒了：儉	群開重3	巨險	休	曉平開尤流三	許尤
17034	觤**	群入開藥宕三	其虐：紫	精開3	將此	巾	見平開眞臻重三	居銀
13686	穀	群平開支止重四	巨支：散	心開1	蘇旱	朗	來上開唐宕一	盧黨
19816	鮨	群平開脂止重三	渠脂：掌	章開3	諸兩	稀	曉平開微止三	香衣
15123	恖	群平合清梗三	渠營：恕	書合3	商署	勻	以平合諄臻三	羊倫
23683	芪	群平開支止重四	巨支：哂	書開3	式忍	奚	匣平開齊蟹四	胡雞
22043	謘	昌平開脂止三	處脂：儉	群開重3	巨險	黎	來平開齊蟹四	郎奚

　　鉆、恖二字音注與《廣韻》還有韻母上差別。《集韻》中另有知母侵韻、禪母諄韻一讀。《韻史》中知章合流，禪母清化爲書母，此二例音注與《集韻》同音。鮨芪謘三字在《集韻》中分別另有章母脂韻、禪母支韻、群母脂韻一讀，《韻史》中支脂微與開口齊韻合併，此三例音注在《集韻》中已有體現。

疑母與心、書、娘、徹、初的混注

10049	哈	疑入開合咸一	五合：始	書開3	詩止	壓	影入開狎咸二	烏甲

8782	嬐	疑上開鹽咸重三	魚檢：	小	心開3	私兆	謙	溪平開添咸四	苦兼
790	暱	娘入開質臻三	尼質：	仰	疑開3	魚兩	弋	以入開職曾三	與職
9957	褹	徹入開緝深重三	丑入：	仰	疑開3	魚兩	及	群入開緝深重三	其立
9024	醶	初上開銜咸二	初檻：	仰	疑開3	魚兩	檢	見上開鹽咸重三	居奄

嬐醶二字《集韻》有心母添韻和疑母嚴韻一讀。《韻史》中嚴鹽合流，此二例音注讀音與《集韻》相同。

見組聲母與章組字的混注，我們可以從古章組字的讀音上找根據。章組字與端組、見組、幫母、以組、來母和泥母都有諧聲例證，而與見組相諧的章組字爲*kj-。

曉組與端組和知系聲母的混注

6898	樗	徹平合魚遇三	丑居：	會	匣合1	黃外	固	見去合模遇一	古暮
22393	脄	曉上合灰蟹一	呼罪：	董	端合1	多動	偉	云上合微止三	于鬼
17409	灘	曉去開寒山一	呼旰：	代	定開1	徒耐	丹	端平開寒山一	都寒
3457	故	曉上開豪效一	呼晧：	念	泥開4	奴店	九	見上開尤流三	舉有
151	欬	曉平開之止三	許其：	寵	徹合3	丑隴	熙	曉平開之止三	許其
7353	抹	曉入開麥梗二	呼麥：	淺	清開3	七演	略	來入開藥宕三	離灼
17710	轟	曉平開山山二	許閒：	始	書開3	詩止	箋	精平開先山四	則前
21439	泧	曉入合末山一	呼括：	哂	書開3	式忍	戛	見入開黠山二	吉黠
24145	轚	透去開齊蟹四	他計：	向	曉開3	許亮	益	影入開昔梗三	伊昔
4634	儥	徹入合屋通三	丑六：	向	曉開3	許亮	育	以入合屋通三	余六
11013	渫	崇入開洽咸二	士洽：	向	曉開3	許亮	捷	從入開葉咸三	疾葉
13270	銜	崇平開庚梗二	助庚：	海	曉開1	呼改	郎	來平開唐宕一	魯當
14902	藚	生平開臻臻三	所臻：	向	曉開3	許亮	堅	見平開先山四	古賢
9330	榙	匣入開合咸一	侯閣：	代	定開1	徒耐	荅	端入開合咸一	都合
16246	屍	定平合魂臻一	徒渾：	戶	匣合1	侯古	醇	禪平合諄臻三	常倫
25317	齜	初上開眞臻三	初謹：	會	匣合1	黃外	課	溪去合戈果一	苦臥
10078	佮*	匣去合泰蟹一	黃外：	代	定開1	徒耐	荅	端入開合咸一	都合

2970	斠*	匣入開覺江二	轄覺：掌	章開3	諸兩	約	影入開藥宕三	於略
2971	黙*	匣入開覺江二	轄覺：掌	章開3	諸兩	約	影入開藥宕三	於略
2973	均*	匣入開覺江二	轄覺：掌	章開3	諸兩	約	影入開藥宕三	於略
4793	趏*	從上開豪效一	在早：戶	匣合1	侯古	棐	明入合屋通一	莫蔔
21004	瓌*	書平合灰蟹一	始回：戶	匣合1	侯古	快	溪去合夬蟹二	苦夬
11099	骹**	從入開葉咸三	慈葉：向	曉開3	許亮	緁	清入開緝深三	七入
21541	疝	曉入合物臻三	許勿：仲	澄合3	直衆	橘	見入合術臻重四	居聿
25116	墮*	定上合戈果一	杜果：許	曉合3	虛呂	嫣	見平合支止重三	居爲
20557	轊	清去合祭蟹三	此芮：向	曉開3	許亮	器	溪去開脂止重三	去冀
23746	孈	曉去合支止重四	呼恚：恕	書合3	商署	規	見平合支止重四	居隋

脂儰字音注與《集韻》音相同。灟疝轊轊衒墮字在《集韻》分別另有透母、徹母、書母仙韻、匣母、匣母庚韻、透母合韻一讀。《韻史》中定母清化爲透母，澄母清化爲徹母，仙韻與先韻合流，匣母清化爲曉母，梗曾二攝合流，此六例音注與《集韻》同音。

659	寠*	曉去開麻假二	虛訝：散	心開1	蘇旱	克	溪入開德曾一	苦得
4194	烋	曉平開幽流三	香幽：選	心合3	蘇管	幽	影平開幽流三	於蚪
4196	飍	曉平開幽流三	香幽：選	心合3	蘇管	幽	影平開幽流三	於蚪
16147	殈	曉入合錫梗四	呼臭：敘	邪合3	徐呂	鴥	以入合術臻三	餘律
3619	璓	心去開尤流三	息救：向	曉開3	許亮	究	見去開尤流三	居祐
6750	寫	心上開麻假三	悉姐：訓	曉合3	許運	舉	見上合魚遇三	居許
13722	毸*	心平合脂止三	宣佳：戶	匣合1	侯古	廣	見上合唐宕一	古晃
23932	嶲 g*	心上合支止三	選委：許	曉合3	虛呂	蘂	日上合支止三	如累
4195	颮**	曉平開幽流三	香幽：選	心合3	蘇管	幽	影平開幽流三	於蚪
25382	觿	曉平合支止重四	許規：選	心合3	蘇管	杝	以去開支止三	以豉
18313	趨	曉上合仙山重三	香兗：敘	邪合3	徐呂	返	非上合元山三	府遠

璓字音注與《集韻》同音。觿字《集韻》另有心母脂韻一讀。《韻史》脂支合流，此例音注與《集韻》同音。

在上述曉匣與心邪的混注中，除寠字外（疑此例字形本身有誤），都發生在三等，黃易青先生認爲體現出上古喉牙音向齒頭音轉化的歷史音變。諧聲時代

的曉母受[i]的影響，發音部位由口腔後部移向舌尖，而變成舌尖前音心母。諧聲中見母與心母相諧，是通過曉匣的橋梁作用實現的。邪母與曉匣的互諧，是因爲邪母的上古來源有一部分是喉牙音。（參黃易青 2004：20-27）

影組與端組、知組的混注

2240	趯	透入開錫梗四	他歷：	隱	影開3	於謹	謔	曉入開藥宕三	虛約
21116	丿	以去開祭蟹三	餘制：	洞	定合1	徒弄	對	端去合灰蟹一	都隊
10320	桋	以上開鹽咸三	以冉：	代	定開1	徒耐	濫	來去開談咸一	盧瞰
9164	眷	以入開緝深三	羊入：	紐	娘開3	女久	立	來入開緝深三	力入
14708	浧	以上開清梗三	以整：	寵	徹合3	丑隴	挺	定上開青梗四	徒鼎
3134	鋚	定平開蕭效四	徒聊：	漾	以開3	餘亮	求	群平開尤流三	巨鳩
15178	傲*	澄去開眞臻三	直刃：	漾	以開3	餘亮	領	來上開清梗三	良郢
25685	䶗*	澄平開支止三	陳知：	漾	以開3	餘亮	趍	澄平開支止三	直離
25687	趍**	澄平開支止三	直知：	漾	以開3	餘亮	趍	澄平開支止三	直離
24586	弿	娘去合支止三	女恚：	甕	影合1	烏貢	傫*	來上合灰蟹一	魯猥
8679	驔 g*	定平開覃咸一	徒南：	漾	以開3	餘亮	林	來平開侵深三	力尋
25898	杝	以上開支止三	移爾：	寵	徹合3	丑隴	掎	見上開支止重三	居綺
21546	硉	云入合術臻三	于筆：	仲	澄合3	直衆	橘	見入合術臻重四	居聿
9895	伋	澄入開緝深三	直立：	漾	以開3	餘亮	及	群入開緝深重三	其立
22131	讉*	透平合灰蟹一	通回：	羽	云合3	王矩	葵	群平合脂止重四	渠隹
22345	鱊*	定上合戈果一	杜果：	羽	云合3	王矩	揆	群上合脂止重四	求癸

　　趯弿眷浧杝等字與《集韻》讀音相同。伋字《集韻》另有影母，《韻史》中影以合流，何氏音注與《集韻》同音。

　　中古的澄母源於定母三等，透母又是定母的清音，以母與定澄透的混注表明其間有上古淵源。以母字在上古是*l-，以母塞化爲*l'-，是定母*d-的來源之一；*hl'-是透母的來源之一。以母與澄母相諧是因爲以母前帶有 r 冠音。r 有使後面的聲母捲舌化的作用。*rl-是澄母的來源之一。影組與端、知組的混注，尤其是以母與定澄的混注，是古音的遺留。

影組與精組聲母的混注

16678	苺 g*	心上合諄臻三	聳尹：	羽	云合3	王矩	窘 g*	群上合諄臻三	巨隕

15926	枸	精去開眞臻三	即刃：	羽	云合3	王矩	呴	生入合術臻三	所律

351	攺*	邪上開之止三	象齒：	隱	影開3	於謹	起	溪上開之止三	墟里
12733	餳	邪平開清梗三	徐盈：	隱	影開3	於謹	良	來平開陽宕三	呂張
21092	鐇	邪去合祭蟹三	祥歲：	甕	影合1	烏貢	貴	見去合微止三	居胃
19136	腄*	邪平合仙山三	旬宣：	羽	云合3	王矩	煩	奉平合元山三	附袁
23930	䡥	心上合支止三	息委：	永	云合3	于憬	蘂	日上合支止三	如累
25906	膸*	心上合支止三	選委：	永	云合3	于憬	䏮	溪上開齊蟹四	康禮
9413	綅	心平開侵深三	息林：	漾	以開3	餘亮	林	來平開侵深三	力尋
22687	瓗	以去合支止三	以睡：	選	心合3	蘇管	萃	從去合脂止三	秦醉
3670	㝹	以去開尤流三	余救：	想	心開3	息兩	究	見去開尤流三	居祐

　　枸綅二字何氏音注與《集韻》同音。鐇字《集韻》另有影母祭韻，《韻史》中影云以合流，祭微混同，此例音注與《集韻》同音。

　　以母與心、邪混注也同樣要從上古以母音值考慮。以母帶有 s 冠音 *sl-為心母的來源之一，以母帶有 j 墊音 *lj-為邪母來源之一。

影組與莊組、章組的混注

18438	瑈*	莊平開尤流三	甾尤：	甕	影合1	烏貢	宦	匣去合刪山二	胡慣
13953	鍚	以平開陽宕三	與章：	始	書開3	詩止	向	曉去開陽宕三	許亮
2511	妁	章入開藥宕三	之若：	羽	云合3	王矩	宵	心平開宵效三	相邀
25907	觢	書上開麻假三	書冶：	永	云合3	于憬	䏮	溪上開齊蟹四	康禮
25908	葰	禪上合支止三	時髓：	永	云合3	于憬	䏮	溪上開齊蟹四	康禮
3149	圏	章上合仙山三	旨兗：	漾	以開3	餘亮	求	群平開尤流三	巨鳩
3842	鬻	以入合屋通三	余六：	掌	章開3	諸兩	育	以入合屋通三	余六
23438	崒**	生入合没臻一	索沒：	甕	影合1	烏貢	骨	見入合没臻一	古忽
9930	紿**	以入合術臻三	之聿：	掌	章開3	諸兩	立	來入開緝深三	力入
25119	䕯	以平合支止三	悅吹：	舜	書合3	舒閏	嬀	見平合支止重三	居為

　　鬻字音注與《集韻》同音。妁字《集韻》另有影母蕭韻一讀，《韻史》中影云以合流，宵蕭合流，此條音注在《集韻》中早有體現。

　　以、書兩母的關係反映了這些字有 *hlj-的來源。以、章兩母的關係反映了

*ʔlj-的來源。

來母與牙喉音的混注

9681	臉	來上開咸咸二	力減：几	見開重3	居履	丳	日上開鹽咸三	而琰
11767	虹	來平合東通一	盧紅：戶	匣合1	侯古	同	定平合東通一	徒紅
24894	杝	以平開支止三	弋支：朗	來開1	盧黨	河	匣平開歌果一	胡歌
4539	飂*	來去開蕭效四	力弔：去	溪合3	丘倨	幼	影去開幽流三	伊謬
17244	稐	來上合諄臻三	力準：去	溪合3	丘倨	允	以上合諄臻三	余準
7762	蠚	以入開藥宕三	以灼：磊	來合1	落猥	古	見上合模遇一	公戶
1319	勩	來入開職曾三	林直：竟	見開3	居慶	力	來入開職曾三	林直
9503	癊	曉平開添咸四	許兼：利	來開3	力至	嫌	匣平開添咸四	戶兼
4765	壆*	來入合屋通一	盧谷：浩	匣開1	胡老	篤	端入合沃通一	多毒
4766	燠*	來入合屋通一	盧谷：浩	匣開1	胡老	篤	端入合沃通一	多毒
13400	統*	來平開尤流三	力求：戶	匣合1	侯古	光	見平合唐宕一	古黃
21365	頛	來上合灰蟹一	落猥：仰	疑開3	魚兩	列	來入開薛山三	良薛
7126	輅	來去合模遇一	洛故：海	曉開1	呼改	各	見入開鐸宕一	古落
5163	婁*	來去合虞遇三	龍遇：郡	群合3	渠運	庾	以上合虞遇三	以主
9697	羷	來上開鹽咸三	良冉：向	曉開3	許亮	檢	見上開鹽咸重三	居奄
20603	劦	匣入開帖咸四	胡頰：亮	來開3	力讓	器	溪去開脂止重三	去冀
8947	䏖	以平開侵深三	餘針：利	來開3	力至	錦	見上開侵深重三	居飲
977	扢*	來入合沒臻一	勒沒：儉	群開重3	巨險	怡	以平開之止三	與之
4477	坑	來去開尤流三	力救：几	見開重3	居履	宙	澄去開尤流三	直祐
5902	轆	來平開侯流一	落侯：眷	見合重3	居倦	具	群去合虞遇三	其遇

羷虹䏖勩坑轆臉字音注讀音與《集韻》相同。稐癊杝在《集韻》中分別有群母諄韻、來母鹽韻、來母支韻一讀，《韻史》中群母已清化為溪母，鹽韻與添韻合流，從古音的角度何氏也把支歌同部，此三條音注與《集韻》同音。

上古來母為*r-，它與見系聲母的諧聲關係，是因為見系聲母為來母的來源之一。來母與塞音相諧，是因為來母有這樣的演變軌跡：*C·r->*r->l-。以母字在上古的擬音為*l-，以來的混注體現出古音遺跡。

來母字與唇音的混注也可以用上古來母前有塞音成分進行解釋。來母與唇音的混注例證共 5 條，茲列於此，以供參考。

3630	奀	滂去開肴效二	匹兒：	亮	來開3	力讓	究	見去開尤流三	居祐
6015	頪*	滂平開侯流一	普溝：	磊	來合1	落猥	卜	幫入合屋通一	博木
16985	錀	敷平合文臻三	撫文：	路	來合1	洛故	醇	禪平合諄臻三	常倫
17597	彎	來平合桓山一	落官：	昩	明合1	莫佩	環	匣平合刪山二	戶關
8592	蠡	來平合灰蟹一	魯回：	避	並開重4	毗義	嬰	曉去開蒸曾三	許應

朱聲琦先生（《百音之極，必歸喉牙》2000：83-90）認爲遠古先人最初只會發喉牙音，隨著人類不斷進化，發音的生理機制不斷完善，發音和辨音能力的不斷提高，人類的發音逐漸由易趨難，由簡單到複雜，會發其他音了。隨著喉牙音，產生了唇音，其後有舌音，其後有齒音。在漢語傳統的喉、牙、唇、舌、齒五音中，齒音出現最晚。魏晉以降，在五音之後，又產生了舌上音知系、正齒音照系。到清代，又產生了舌面音 j、q、x。j、q、x 是現代漢語中最年輕的聲母。許多字後來的聲母，尤其是不少舌音和齒音的聲母，都是從喉牙音分化而來的。《韻史》中見組聲母與其他聲母的混注，除一些字音在《集韻》中已存在外，其餘基本上都可以在古音來源上得到解釋，這也反映出《韻史》的存古色彩比較濃厚。

小　結

綜上，見系聲母的特點爲：

1、濁塞音群母已經清化，基本上與溪母合流讀送氣清音。少數群母字與見母合流，以及見溪的混注是一種方音現象。

2、疑母獨立，其與見溪群的混注是古音的遺跡。

3、匣母清化，與曉母合流。影云以合流。

4、見、曉組的混注是上古音遺跡。

現代泰興方言中的舌根音有 k、kʻ、ŋ、x，零聲母 Ø。疑母在通泰地區消變最快，今讀多種多樣，有 ŋn̩lvØ 等，其中以零聲母最多。顧黔先生所舉泰興的例字如下（顧黔 2001：65）：

	額	仰	玩	疑	我
泰興	ŋ	n	v	Ø	ŋ

這些字在《韻史》中都是疑母字。影、云、以三母在通泰方言中已合流爲零聲母，但與疑母存在對立和合流兩種情況。合流之後的讀音要麼爲 ŋ，要麼爲 ∅。一般疑母、影母讀 ŋ 或 ∅，喻母（云以）爲 ∅，至於哪些影母字讀 ŋ，哪些讀 ∅ 等，各地不一致（顧黔 2001：66）。《韻史》中何萱特別強調疑母爲鼻音，與影、云、以保持對立。江淮方言尤其是通泰地區，見曉組的腭化正在進行之中，有許多字口語讀 k-組，而書面語則讀 tɕ-組。k-、tɕ-兩組在各地的分布又有不同，總的情況是，東部 k-組占優勢，中西部的如皋、泰興、興化開口、齊齒兼具，而到西部泰州，卻只有齊齒 tɕ-組一音了（顧黔 2001：63）。這個現象與整個漢語方言的大趨勢是一致的，東南地區方言比較保守，存留古音成份較多，北方方言則相反，大部分地區除梗攝外一般都讀 tɕ-組。對於牙喉音混注的解釋，我們借鑒朱聲琦先生的「喉牙聲轉」說，沒有采用腭化的理論，是因爲《韻史》中見曉組字沒有呈現出腭化規律，依然爲一套聲母。文獻材料相對於實際語音來說更保守，更具存古性。所以我們將《韻史》中的牙喉音聲母擬爲以下 5 個：几[k]（見）、傔[kʻ]（溪群）、仰[ŋ]（疑）、戶[x]（曉匣）、漾[∅]（影云以）。

3、端 系

端系包括端組聲母端、透、定，泥組聲母泥、娘、來，精組聲母精、清、從、心、邪。各組的自注和混注情況詳後。

（1）端 組

表 3-21　端組聲母自注、混注統計表

	端	透	定
端	503	10	16
透	6	199	385
定	3	208	391

除去與其他類型混注，端組聲母共出現 1721 次，其中自注爲：端 503 次；透 199 次，定 391 次。自注占總數的比例分別爲 29.2%，11.6%，22.7%；混注爲：端透 16 次，端定 19 次，透定 593 次。混注占總數的比例分別爲：端透 0.9%，端定 1.1%，透定 34.5%。

定母字很明顯已經清化了，清化後的去向絕大部分讀爲送氣音透母，一小

部分讀爲端母，具體與端混注的例子如下：

定、端混注 19

16208	啍	定平合魂臻一	徒渾：董	端合 1	多動	昏	曉平合魂臻一	呼昆
18458	段	定去合桓山一	徒玩：賭	端合 1	當古	宦	匣去合刪山二	胡慣
25188	垜	定上合戈果一	徒果：董	端合 1	多動	瑣	心上合戈果一	蘇果
8931	彤 g*	端平開寒山一	多寒：代	定開 1	徒耐	㺝	溪平開咸咸二	苦咸
5834	揯	端上合桓山一	都管：代	定開 1	徒耐	漏	來去開侯流一	盧候
5211	郖	定去開侯流一	徒候：帶	端開 1	當蓋	豆	定去開侯流一	徒候
16754	鐓	定去合灰蟹一	徒對：董	端合 1	多動	寸	清去合魂臻一	倉困
18461	⿰舟段	定去合桓山一	徒玩：賭	端合 1	當古	宦	匣去合刪山二	胡慣
19590	椴	定去合桓山一	徒玩：睹	端合 1	當古	宦	匣去合刪山二	胡慣
20077	⿸广隹	定平合灰蟹一	杜回：董	端合 1	多動	歸	見平合微止三	舉韋
20427	陮	定上合灰蟹一	徒猥：董	端合 1	多動	偉	云上合微止三	于鬼
23568	趧	定平開齊蟹四	杜奚：典	端開 4	多殄	谿	溪平開齊蟹四	苦奚
25823	⿰禾瓦	定上合戈果一	徒果：董	端合 1	多動	瑣	心上合戈果一	蘇果
25825	⿰禾垂	定上合戈果一	徒果：董	端合 1	多動	瑣	心上合戈果一	蘇果
11449	曈*	端上合東通一	都動：杜	定合 1	徒古	滃	影上合東通一	烏孔
8405	⿰登攵*	定去開登曾一	唐亘：到	端開 1	都導	增	精平開登曾一	作滕
24337	猑*	定平合模遇一	同都：典	端開 4	多殄	谿	溪平開齊蟹四	苦奚
25948	⿰禾朵*	定去合戈果一	徒臥：董	端合 1	多動	課	溪去合戈果一	苦臥
19529	荁 g*	定去開寒山一	徒案：帶	端開 1	當蓋	炭	透去開寒山一	他旦

定端混注出現在通、曾、山、深、蟹、遇、果、流諸攝中。其中，揯郖鐓段⿸广隹陮趧垜⿱⺮隋諸字《韻史》音與《集韻》音相同，可以視爲同音。鮑明煒、王均二位先生對如皋方言中端定混注的解釋是受官話的影響。（鮑明煒、王均 2002：120）

端、透混注 16

14351	奠	端去開青梗四	丁定：眺	透開 4	他弔	敬	見去開庚梗三	居慶
16800	殿	端去開先山四	都甸：體	透開 4	他禮	近	群去開欣臻三	巨靳

| 25142 | 哆 | 端上開歌果一 | 丁可：坦 | 透開1 | 他但 | 可 | 溪上開歌果一 | 枯我 |

8009	洖	透入開鐸宕一	他各：帶	端開1	當蓋	各	見入開鐸宕一	古落
8547	轂*	透去開登曾一	台隥：到	端開1	都導	亙	見去開登曾一	古鄧
9243	跕	端入開帖咸四	丁愜：眺	透開4	他弔	攝	書入開葉咸三	書涉
10071	搭	透入開盍咸一	吐盍：帶	端開1	當蓋	帀	精入開合咸一	子答
12845	攮	透上開唐宕一	他朗：帶	端開1	當蓋	朗	來上開唐宕一	盧黨
14352	屢	端上開青梗四	都挺：眺	透開4	他弔	敬	見去開庚梗三	居慶
14788	籵*	端去開青梗四	丁定：眺	透開4	他弔	敬	見去開庚梗三	居慶
16617	琠	透上開先山四	他典：邸	端開4	都禮	謹	見上開欣臻三	居隱
19651	牫*	透去開先山四	他甸：邸	端開4	都禮	片	滂去開先山四	普麵
24713	稦*	透入開錫梗四	他歷：典	端開4	多殄	益	影入開昔梗三	伊昔
25824	睽*	透上合戈果一	吐火：董	端合1	多動	璅	心上合戈果一	蘇果
13850	檔 g*	透去開唐宕一	他浪：帶	端開1	當蓋	宕	定去開唐宕一	徒浪
13853	簹 g*	透去開唐宕一	他浪：帶	端開1	當蓋	宕	定去開唐宕一	徒浪

端透混注發生在宕、梗、曾、咸、山、果諸攝中。其中洖跕搭攮琠的音注讀音與《集韻》音相同，奠、屢二字《集韻》有定母一讀，《韻史》中定母已清化爲透母，此二條音注也與《集韻》相同。

端組聲母中的定母已經清化，絕大部分與透母合流，少數與端相混。

（2）泥　組

表 3-22　泥組聲母自注、混注統計表

	泥	娘	來
泥	203	122	
娘	46	48	
來			1411

除去其他類型的混注，泥組聲母有 1830 次。來母沒有與泥、娘有混注，明顯獨立。泥娘兩母混注 168 次，其中娘母的混注次數甚至遠遠大於其自注數目，泥娘已經合流。

泥、娘混注 168 次，擇要舉例如下：

3450	紐	娘上開尤流三	女久：念	泥開4	奴店	九	見上開尤流三	舉有

2322	惄	泥入開錫梗四	奴歷：女	娘合3	尼呂	激	匣入開錫梗四	胡狄
13933	纕	娘去開陽宕三	女亮：念	泥開4	奴店	向	曉去開陽宕三	許亮
7556	㜅*	娘平開麻假二	女加：煖	泥合1	乃管	胡	匣平合模遇一	戶吳
11820	鸁	娘平開江江二	女江：怒	泥合1	乃故	農	泥平合冬通一	奴冬
23365	豽*	娘入合黠山二	女滑：煖	泥合1	乃管	拔	並入合末山一	蒲撥
4642	朒*	娘入合屋通三	女六：念	泥開4	奴店	菊	見入合屋通三	居六
23036	湁*	娘入開洽咸二	昵洽：念	泥開4	奴店	夾	見入開黠山二	吉黠
1927	嬈	泥上開蕭效四	奴鳥：女	娘合3	尼呂	皎	見上開蕭效四	古了
2782	奻	娘去開肴效二	奴教：煖	泥合1	乃管	豹	幫去開肴效二	北教
24291	羘	娘平開佳蟹二	妳佳：囊	泥開1	奴朗	厓	疑平開佳蟹二	五佳
6544	帤	娘平合魚遇三	女余：乃	泥開1	奴亥	餘	以平合魚遇三	以諸
1360	鰳	娘入開職曾三	女力：念	泥開4	奴店	力	來入開職曾三	林直
1355	暱*	娘入開質臻三	尼質：念	泥開4	奴店	力	來入開職曾三	林直
20586	膩	娘去開脂止三	女利：念	泥開4	奴店	利	來去開脂止三	力至

　　泥娘的混注除深攝和果攝外，在其他十四個韻攝中都有體現。

　　關於泥母和娘母是否有別，李榮先生和邵榮芬先生的觀點不同。李榮（1956：156）先生說：「無論就《切韻》系統或者方言演變說，娘母都是沒有地位的。」邵榮芬先生認為，之所以找不到泥娘的區別，是因為我們在現代方言調查上的力度還不夠，還需要進一步深入。「而且即使泥、娘的區分在現代方言裏確實已經消失，恐怕也不能否定它們在中古的存在。因為歷史上的某些語言差別在後來的方言裏找不到相應的反映，是完全可能的。（邵榮芬 1982：39）」從對《切韻》反切上字的系聯上可以看出泥娘有別（參邵榮芬 1982：33）。《韻史》中的泥娘相混，有時會出現娘母與四等韻切下字相拼的情況，是因為《韻史》中的四等韻已產生了 i 介音；泥母與二三等切下字相拼，是因為娘母已併入泥母的緣故。

　　（3）精　組

表 3-23　精組聲母自注、混注統計表

	精	清	從	心	邪
精	522	7	24	3	1
清	24	446	380	4	5
從			0		
心	1	4	1	643	145
邪		2		42	36

　　除去與其他類型的混注，精組聲母共有 2290 次，其中自注爲：精 522 次，清 446 次，從母無自注例，心 643 次，邪 36 次。自注占總數的比例分別爲：精 22.8%、清 19.5%、心 28.1%、邪 1.6%。從母和邪母已不能保持獨立了。混注情況爲：精清 31 次，精從 24 次，精心 4 次，精邪 1 次，清從 380 次，清心 8 次，清邪 7 次，從心 1 次，心邪 187 次。清從的混注占總數的 16.6%，清從已經不分，反映的是全濁音的清化，從母清化後與精有少數相混，絕大部分併入清母。心邪的混注次數也比較多，占總數的 8.2%，即使不足 10%，我們從邪母自注以及與其他聲母的混注上也能看出，邪母已經清化了，而且清化後主要與心母合流。

　　精、清混注 31 次，擇要舉例如下：

2171	鑿	精入開鐸宕一	則落：粲	清開 1	蒼案	鶴	匣入開鐸宕一	下各
25853	鉏	精上合麻假二	儭瓦：措	清合 1	倉故	瑣	心上合戈果一	蘇果
3241	遒	精平開尤流三	即由：此	清開 3	雌氏	由	以平開尤流三	以周
14965	蕭	精上開仙山三	即淺：此	清開 3	雌氏	賢	匣平開先山四	胡田
8711	鱘	精平開侵深三	鋤針：此	清開 3	雌氏	林	來平開侵深三	力尋
3884	欰	精入合屋通三	子六：此	清開 3	雌氏	菊	見入合屋通三	居六
11077	腱*	精入開葉咸三	即涉：此	清開 3	雌氏	葉	以入開葉咸三	與涉
3362	棶*	精平開豪效一	臧曹：粲	清開 1	蒼案	陶	定平開豪效一	徒刀
5259	冣	精去合泰蟹一	祖外：寸	清合 1	倉困	趙	滂去合虞遇三	芳遇
16564	蓴	精上合魂臻一	茲損：措	清合 1	倉故	緄	見上合魂臻一	古本
23777	惢	精平合支止三	姊規：線	清合 3	七絹	攜	匣平合齊蟹四	戶圭
6455	瀘	清平合魚遇三	七余：醉	精合 3	將遂	虛	溪平合魚遇三	去魚
24212	趚	清入開昔梗三	七迹：甋	精開 3	子孕	錫	心入開錫梗四	先擊

7836	趣 g*精上合魚遇三	在呂：	翠	清合3	七醉	許	曉上合魚遇三	虛呂
8651	駸 清平開侵深三	七林：	紫	精開3	將此	音	影平開侵深重三	於金

精、清混注出現在除江、果、曾之外的其他韻攝中。其中最後一個趣字音注與《集韻》同音。遒鱛欨取薈惢等字在《集韻》中另有從母一讀，從母在《韻史》中已清化爲清母，何氏音注也相當於與《集韻》同音。

精、從混注24次，擇要舉例如下：

2979	嚼 從入開藥宕三	在爵：	紫	精開3	將此	約	影入開藥宕三	於略
14721	穽 從上開清梗三	疾郢：	紫	精開3	將此	挺	定上開青梗四	徒鼎
5572	齱 從平開侯流一	鉏鉤：	宰	精開1	作亥	鉤	見平開侯流一	古侯
15159	劗* 從平開先山四	才先：	紫	精開3	將此	演	以上開仙山三	以淺
11913	瞛* 從平合鍾通三	將容：	紫	精開3	將此	邕	影平合鍾通三	於容
10490	偞 從入開葉咸三	疾葉：	紫	精開3	將此	葉	以入開葉咸三	與涉
1696	鐎 從平開宵效三	昨焦：	俊	精合3	子峻	宵	心平開宵效三	相邀
22302	鱺 從去開齊蟹四	在詣：	甑	精開3	子孕	禮	來上開齊蟹四	盧啟
8242	鼜* 從平開登曾一	慈陵：	贊	精開1	則旰	登	端平開登曾一	都滕
15475	抑 從入開質臻三	秦悉：	紫	精開3	將此	逸	以入開質臻三	夷質
19829	穦 從平開脂止三	疾資：	甑	精開3	子孕	衣	影平開微止三	於希

精、從的混注出現在除江、遇、果、假、深之外的其他韻攝中。就以上例字來說，嚼劗偞鐎的音注讀音與《集韻》是相同的，穦字《集韻》有精母脂韻一讀，《韻史》中止攝的支脂之微已合流，此例也是同音例。

精、心混注4

12225	葼 精上合東通一	作孔：	想	心開3	息兩	勇	以上合鍾通三	余隴
8774	霙* 心平開鹽咸三	思廉：	紫	精開3	將此	兼	見平開添咸四	古甜
17032	栖 心平開齊蟹四	先稽：	紫	精開3	將此	巾	見平開眞臻重三	居銀
17031	狝* 心平開先山四	蕭前：	紫	精開3	將此	巾	見平開眞臻重三	居銀

葼字音注讀音與《集韻》相同。

精母與心母和從母的混注反映出《韻史》存古的特征。中古精母的來源很多，ʔs 和 ʔz 就是其中的兩個，即心母 s 與從母 z 帶喉冠音 ʔ，演化爲精母。

精、邪混注 1

| 10093 | 薝 | 邪入開緝深三 | 似入：宰 | 精開1 | 作亥 | 荅 | 端入開合咸一 | 都合 |

清、心混注 8

5420	數	心入合屋通一	桑谷：寸	清合1	倉困	卜	幫入合屋通一	博木
15861	栒*	心上合諄臻三	聳尹：翠	清合3	七醉	筍	心上合諄臻三	思尹
5425	諫	清入合燭通三	七玉：送	心合1	蘇弄	卜	幫入合屋通一	博木

9787	鏒*	清去開覃咸一	七紺：燥	心開1	蘇老	禫	定上開覃咸一	徒感
18981	籛**	清平開仙山三	七然：想	心開3	息兩	遷	清平開仙山三	七然
5795	積	心上合虞遇三	相庾：翠	清合3	七醉	庾	以上合虞遇三	以主
25008	莝	心平合戈果一	蘇禾：措	清合1	倉故	禾	匣平合戈果一	戶戈
9393	鈂*	清去開侵深三	七鳩：小	心開3	私兆	金	見平開侵深重三	居吟

諫莝音注與《集韻》同音。

清、邪混注 7

17225	盠	邪去開眞臻三	徐刃：此	清開3	雌氏	隱	影上開欣臻三	於謹
4512	軸	邪去開尤流三	似祐：此	清開3	雌氏	究	見去開尤流三	居祐
19144	亘	邪平合仙山三	似宣：翠	清合3	七醉	煩	奉平合元山三	附袁
22674	鱩	邪去合祭蟹三	祥歲：線	清合3	七絹	遂	邪去合脂止三	徐醉
22675	幰*	邪去合祭蟹三	旋芮：線	清合3	七絹	遂	邪去合脂止三	徐醉
16463	遁g*	清平合諄臻三	七倫：敘	邪合3	徐呂	雲	云平合文臻三	王分
19484	烇**	清上合仙山三	七選：敘	邪合3	徐呂	返	非上合元山三	府遠

盠軸在《集韻》中另有從母讀音，從在《韻史》中清化爲清母，盠字韻母眞在《韻史》中也與欣合流，此二條音注讀音與《集韻》相同。

從、心混注 1

| 8848 | 燂 | 從平開鹽咸三 | 昨鹽：小 | 心開3 | 私兆 | 廉 | 來平開鹽咸三 | 力鹽 |

《韻史》中端系各組內部的混注，有一些音注與《集韻》同音，這些例子可以不作音變現象考慮，部分例子帶有古音特點，其餘爲個別字的音變。

（4）端泥精三組聲母的混注

1）端組與泥組的混注

端、泥混注 1

25460	腪	端平開寒山一	都寒：曩	泥開 1	奴朗	河	匣平開歌果一	胡歌

腪字全書兩見，何氏在此處有按語「此葢虋膜之俗字耳，在此非也，當附十四部虋膜下」，說明此處不當有腪字。

透、來混注 1

6242	桴	來平合模遇一	落胡：統	透合 1	他綜	姑	見平合模遇一	古胡

桴字《集韻》中有透母一讀，即何氏所注的統姑切的讀音在《集韻》里早有體現。

定、泥混注 3

17303	焫	泥去合灰蟹一	奴對：杜	定合 1	徒古	困	溪去合魂臻一	苦悶
18796	虌**	泥平開寒山一	那干：代	定開 1	徒耐	闌	來平開寒山一	落干
24555	脮*	泥上合灰蟹一	弩罪：杜	定合 1	徒古	磊	來上合灰蟹一	落猥

定泥混注反映出存古的特征。中古泥母的來源之一爲 nd，即定母 d 帶有 n-冠音演化爲泥母。

定、來混注 8

9340	翊	定入開合咸一	達合：老	來開 1	盧晧	荅	端入開合咸一	都合
21939	斻*	來平開尤流三	力求：洞	定合 1	徒弄	骨	見入合沒臻一	古忽
2583	髎*	定平開蕭效四	田聊：呂	來合 3	力舉	翹	群平開宵效重四	渠遙
4115	瘳*	定平開蕭效四	田聊：亮	來開 3	力讓	由	以平開尤流三	以周
4120	蓼*	定平開蕭效四	田聊：亮	來開 3	力讓	由	以平開尤流三	以周
8521	滕	定平開登曾一	徒登：老	來開 1	盧晧	鄙	滂上開登曾一	普等
22402	遾*	定入開錫梗四	亭歷：路	來合 1	洛故	偉	云上合微止三	于鬼
2584	膫 g*	定平開蕭效四	田聊：呂	來合 3	力舉	翹	群平開宵效重四	渠遙

2）端組與精組的混注

透、清混注 1

9246 聾 清入開緝深三 七入：眺 透開4 他弔 攝 書入開葉咸三 書涉

聾字《集韻》有透母帖韻一讀。《韻史》中葉帖合流，此條音注與《集韻》同音。

透、心混注 3

4481 綉 心去開尤流三 息救：體 透開4 他禮 究 見去開尤流三 居祐

10464 屧 心入開帖咸四 蘇協：眺 透開4 他弔 葉 以入開葉咸三 與涉

10468 蜨 心入開帖咸四 蘇協：眺 透開4 他弔 葉 以入開葉咸三 與涉

綉字《集韻》有透母侯韻一讀。《韻史》中尤侯合流，此條音注連同屧字音注，都與《集韻》同音。

定、邪混注 2

8929 蟫* 邪平開侵深三 徐心：代 定開1 徒耐 廲 溪平開咸咸二 苦咸

17369 猒* 定去開痕臻一 徒困：敘 邪合3 徐呂 運 云去合文臻三 王問

3）泥組與精組的混注

泥、精混注 2

2625 鱙 精上開豪效一 子晧：曩 泥開1 奴朗 杲 見上開豪效一 古老

11810 襛** 精平合鍾通三 足龍：怒 泥合1 乃故 農 泥平合冬通一 奴冬

鱙字兩見，何氏沒有任何解釋，此處疑爲衍字。襛注爲怒農切，是一種「讀邊」現象。

來、精混注 1

23297 � 來入開薛山三 良薛：贊 精開1 則旰 達 透入開曷山一 他達

剉字音注讀音與《集韻》相同。

來、清混注 1

2763 襙** 清去開豪效一 千到：朗 來開1 盧黨 到 端去開豪效一 都導

襙字所在的「朗到切」小韻在《韻史》中的位置緊挨「粲到切」小韻，粲爲清母字，疑襙字應歸入粲到切中。《韻史》收字甚多，類似於這類由於兩個小

韻緊鄰而造成訛誤是個很正常的現象。具體的校改詳《全字表》。

端系各組的混注經過分析，大部分是與《集韻》同音的，個別字的讀音在《韻史》中發生了變化，是冷字的特殊讀法，不會對聲母的劃分產生影響。

小　結

綜上，《韻史》中的端系有如下特點：

1、全濁塞音定母清化，絕大部分讀為送氣清音透母，一小部分受官話的影響讀不送氣清音端母。

2、泥娘合流，來母獨立。

3、全濁音從母、邪母已清化，從母絕大多數歸入清母，少數歸精母。邪母清化後主要與心母相混。

通泰方言端組的演變一般是端－t，透定－t'，但在通泰方言的腹地，於蟹攝開口四等、止攝前發生腭化，變 ts、ts'或 tɕ、tɕ'，與精組、見組合流。顧黔先生所舉的 17 個字——低底抵帝、梯體替剃、題提嗁弟第地、妻雞飢——在泰興城鄉讀音不同。泰興城讀 tɕ-組聲母，北新鄉讀 ts-組聲母。（顧黔 2001：38）如皋西鄉話也是 tɕ-組聲母。鮑明煒、王均二位先生對如皋話的研究結論與此有異。在他們如皋話 tɕ-組和 ts-組聲母的來源中，是沒有中古端組和泥組字的。我們檢索顧先生的例字在《韻史》中的讀音，發現全部都是端組字，這些字在《韻史》中也沒有表現出腭化。所以，我們將《韻史》端系聲母擬定為以下 7 個：帶[t]（端）、代[t']（透定）、念[n]（泥娘）、亮[l]（來）、紫[ts]（精）、此[ts']（清從）、想[s]（心邪）。

4、知　系

知系包括知組聲母知、徹、澄；章組聲母章、昌、船、書、禪；莊組聲母莊、初、崇、生、俟；日組聲母：日。各組的自注和混注情況詳後。

（1）知　組

表 3-24　知組聲母自注、混注統計表

	知	徹	澄
知			
徹		82	99
澄	1	9	6

以上知組聲母內部混注情況來看，知母沒有自注例，可見其在《韻史》中沒有取得獨立地位，具體混注詳後。徹母自注 82 次，全濁音澄母自注 6 次，徹澄混注 108 次，可見澄母已經清化，單就知組來說清化後與徹母合流，是否還有其他去向待定。澄母與知母有一次混注：

知、澄混注 1

21531　絀　知入合術臻三　　竹律：仲　澄合 3　　直衆　橘　見入合術臻重四　居聿

絀字在《集韻》中有徹母術韻一讀，《韻史》中徹澄相混，此條音注讀音與《集韻》相同。

從知組聲母自注、混注統計表中可以看出澄母已經清化，同時《韻史》中知母字出現 286 次，徹母字出現 249 次，澄母字出現 358 次，知組聲母內部只是涉及到一小部分，可見知母和徹母在《韻史》中也不是獨立存在的。

（2）莊　組

表 3-25　莊組聲母自注、混注統計表

	莊	初	崇	生	俟
莊	34		2		
初		3	1		
崇	2	23	6		
生		1		101	
俟					

俟母在莊組中一次也沒有出現過，據語音演變的一般情況來說，俟母已經清化，俟母清化後與生母合流。對於俟母的討論同樣要在混注中展開。崇母自注 6 次，有 24 次與初母混，4 次與莊母混。混注是自注的 4.7 倍，說明崇母已經清化了。清化後單從莊組內部來看絕大多數與初母合流，讀送氣清音，少數與莊母合流。生母和莊母基本不與本組其他聲母相混，但是否保持獨立還要看與其他組聲母的混注情況。

崇、莊混注 4

1541　撡　莊平開肴效二　　側交：狀　崇開 3　鋤亮　交　見平開肴效二　古肴

6343　租　莊平開麻假二　　側加：狀　崇開 3　鋤亮　盧　來平合模遇一　落胡

2636　儌　崇上開肴效二　　士絞：壯　莊開 3　側亮　絞　見上開肴效二　古巧

7171　齰　崇入開陌梗二　　鋤陌：諍　莊開2　側迸　各　見入開鐸宕一　古落

　　以上四條音注在《集韻》中都能找到根據。儳、齰另有莊母一讀，操另有初母一讀，粗另有崇母麻韻一讀。《韻史》中崇母清化爲初母，麻韻與模韻混併，陌二與鐸合流。需要注意的是粗字何氏音注並不是從時音出發，而是從聲符入手爲粗加注古讀。

生、初混注 1

19551　鏟*　初入開麥梗二　　測革：稍　生開2　所教　旦　端去開寒山一　得按

　　鏟字在何氏語音中已讀爲生母寒韻字。

（3）章　組

表 3-26　章組聲母自注、混注統計表

	章	昌	船	書	禪
章	426	2	1		7
昌	3	113	14	1	2
船					
書	1	2	4	181	214
禪					

　　從表中可以發現，禪母和船母沒有自注的情況，這兩母已經不再獨立了。船母與昌母混注 14 次，與書母混注 4 次，與章母混注 1 次，說明船母清化後主要與昌母合流，個別與書章相混。禪母與書母混注 214 次，可以認爲禪母清化後主要與書合流。另外也與章和昌存在零星混注現象。

船、書混注 4

5497　贖　船入合燭通三　　神蜀：恕　書合3　商署　曲　溪入合燭通三　丘玉
8962　葚　船上開侵深三　　食荏：始　書開3　詩止　錦　見上開侵深重三　居飲
21340　撲　船入開薛山三　　食列：哂　書開3　式忍　列　來入開薛山三　良薛
18716　揣 g*船去合仙山三　　船釧：恕　書合3　商署　萬　微去合元山三　無販

　　撲字音注讀音與《集韻》相同。葚字《集韻》另有禪母一讀，《韻史》禪母清化後與書母合流，此條音注也與《集韻》同音。

船、章混注 1

21320　旃*　船入開薛山三　　食列：掌　章開3　諸兩　設　書入開薛山三　識列

禪、章混注 7

1592	招	禪平開宵效三	市昭：掌	章開 3	諸兩	囂	曉平開宵效重三	許嬌
3644	詶	禪去開尤流三	承呪：掌	章開 3	諸兩	宙	澄去開尤流三	直祐
6132	襡	禪入合燭通三	市玉：翥	章合 3	章恕	曲	溪入合燭通三	丘玉
14830	茝	禪平開眞臻三	植鄰：酌	章開 3	之若	鏗	溪平開耕梗二	口莖
17696	儃	禪平開仙山三	市連：掌	章開 3	諸兩	遷	清平開仙山三	七然
17823	㪍	禪去合仙山三	時釧：翥	章合 3	章恕	幡	敷平合元山三	孚袁
24612	㴑	禪去開支止三	是義：軫	章開 3	章忍	係	見去開齊蟹四	古詣

招詶襡茝㪍等字的音注讀音與《集韻》相同。其中㪍字的韻母何氏注音與《廣韻》、《集韻》都不同，但《韻史》中仙元已合流。

禪、昌混注 2

12769	償	禪平開陽宕三	市羊：齒	昌開 3	昌里	良	來平開陽宕三	呂張

19708	捘	禪去合仙山三	時釧：處	昌合 3	昌與	萬	微去合元山三	無販

捘字《集韻》有船母仙韻一讀，《韻史》中船母清化後與昌相混，仙韻與元相混，此例音注讀音與《集韻》相同。

我們可以判斷船、禪清化，但對於章、昌和書母的情況還要結合其他混注例綜合考慮。畢竟章組內部聲母自注、混注次數有限。

（4）日　組

日組只包括日母一個聲母，我們將日母與其他聲母的混注一併放在此處討論。

表 3-27　日組與其他聲母混注統計表

	日	知	徹	書	奉	見	透	泥	娘	心
日	318	1	1	2	1	1	1	3	2	1
泥	5									
娘	2									
心	1									
章	3									

日母自注 318 次，與其他聲母混注共計 24 次，主要集中於泥母和娘母。混注與自注比為 7.5%，不足 10%，日母在《韻史》中是一個獨立的聲母。具體混

注情況如下：

日組、知組混注 2

15357　遷　知入開質臻三　　陟栗：若　日開 3　　而灼　瑟　生入開櫛臻三　　所櫛

9661　鍖　徹上開侵深三　　丑甚：攘　日開 3　　人漾　錦　見上開侵深重三　居飲

　　　遷在《集韻》中與《韻史》音義全同，可以認爲是同音字。鍖是個有問題的字，全書兩見，釋義基本相同，何萱也沒有注明有異讀，此處出現的鍖字很可能是個衍字。

日組、章組混注 5

17339　脤　日去開眞臻三　　而振：掌　章開 3　　諸兩　近　群去開欣臻三　　巨靳

13138　饟　書去開陽宕三　　式亮：忍　日開 3　　而軫　漾　以去開陽宕三　　餘亮

15576　虪**　書平開眞臻三　舒仁：弱　日開 3　　而灼　臣　禪平開眞臻三　　植鄰

8753　黏　日平開鹽咸三　　汝鹽：掌　章開 3　　諸兩　謙　溪平開添咸四　　苦兼

9258　讘　日入開葉咸三　　而涉：掌　章開 3　　諸兩　帖　透入開帖咸四　　他協

　　　饟黏讘《集韻》音與之相同。

日組、非組混注 1

5106　軵 g*奉去合虞遇三　　符遇：閏　日合 3　　如順　剖　滂上合虞遇三　　芳武

　　　軵字何注閏剖切，與《廣韻》、《集韻》、《玉篇》均不合，大概是其方音如此。

日組、見組混注 1

10285　燂　見平開談咸一　　古三：攘　日開 3　　人漾　諂　徹上開鹽咸三　　丑琰

　　　燂的《集韻》音與《韻史》音義皆同，都有日母一讀。可以看作同音。

日組、端組混注 1

9515　徎*　透平開青梗四　　湯丁：攘　日開 3　　人漾　廉　來平開鹽咸三　　力鹽

　　　徎字何氏按照冉取音的。冉字爲日母鹽韻字，與音注同音。

日組、泥組混注 12

9516　妠　泥平開歌果一　　諾何：攘　日開 3　　人漾　廉　來平開鹽咸三　　力鹽

18289　婑　泥去合魂臻一　　奴困：汝　日合 3　　人渚　返　非上合元山三　　府遠

17760	嘫	娘平開山山二	女閑：攘	日開3	人漾	連	來平開仙山三	力延	
22867	抐	娘去合支止三	女恚：閏	日合3	如順	對	端去合灰蟹一	都隊	
1054	疓	日上開咍蟹一	如亥：曩	泥開1	奴朗	改	見上開咍蟹一	古亥	
1275	髻	日入開鎋山二	而轄：曩	泥開1	奴朗	克	溪入開德曾一	苦得	
3454	粈	日上開尤流三	人九：念	泥開4	奴店	九	見上開尤流三	舉有	
4483	嗕	日入合燭通三	而蜀：念	泥開4	奴店	究	見去開尤流三	居祐	
7807	歃	日上合魚遇三	人渚：乃	泥開1	奴亥	許	曉上合魚遇三	虛呂	
6121	媷	日入合燭通三	而蜀：女	娘合3	尼呂	局	群入合燭通三	渠玉	
9249	喦	日入開葉咸三	而涉：紐	娘開3	女久	帖	透入開帖咸四	他協	
17216	忈**	泥上開先山四	奴典：攘	日開3	人漾	謹	見上開欣臻三	居隱	

娵疓嘫抐媷喦在《集韻》中與《韻史》音義全同，可以認爲是同音字。

日組、精組混注 2

12771	纕	心平開陽宕三	息良：忈	日開3	而軫	良	來平開陽宕三	呂張	
13528	儴	日平開陽宕三	汝陽：小	心開3	私兆	姜	見平開陽宕三	居良	

纕儴《集韻》音與之相同。

從以上混注情況來看，除去非音變例，日母與泥母和娘母的混注最多，與這三母音色有關。《切韻》泥母[n]、娘母[nn]、日母[nʑ]，在《韻史》中泥娘混併，娘母失去鼻音音色而併入泥母；同樣，日母的部分字在失去其濁擦音成分後變得像娘母，隨後又失去其鼻音音色而變得像泥母。《韻史》中部分泥母字、娘母字和日母字讀音混淆，在音切上就表現爲泥娘日互切。

（5）知莊章三組聲母的混注

知莊章三組聲母內部的混注只占其各自出現總數的一小部分，這三組聲母大部分存在於混注之中，呈現出合流之勢。

表3-28　知組、莊組、章組聲母混注統計表

	知	徹	澄	莊	初	崇	生	俟	章	昌	船	書	禪
徹				1	34	27	1	7	1	48	19	2	5
澄				1	10	7				5	8		
莊	68	1							32	1			1
崇		18	31							13	1		

生	2	1						4	48	31
章	207	3	7	147	1	5	1			
昌	2	125	199	3	89	90	11			
書	1						177			
禪							23			

1）知組與莊組的混注

知組和莊組的混注情況爲：知莊 68 次，知生 2 次，徹莊 2 次，徹初 34 次，徹崇 45 次，徹生 2 次，徹俟 7 次，澄莊 1 次，澄初 10 次，澄崇 38 次。我們已分析過澄母已清化，清化後主要與徹母合併；崇母已清化，清化後主要與初母合併。俟母沒有自注例，從上表中發現俟母與清音徹母相混，我們認爲俟母也已經清化了，由於其用例太少，7 次與徹母混注，暫且認爲俟母清化後在《韻史》中的去向是與徹母合流。這樣說來，實際上知莊二組的混注只在知徹莊初生五母之間。上表中，知莊混注次數最多，例證如下：

知、莊混注 68 次，擇要舉例如下：

2208	卓	知入開覺江二	竹角：莊	莊開3	側亮	濯	澄入開覺江二	直角
2010	罩	知去開肴效二	都教：莊	莊開3	側亮	豹	幫去開肴效二	北教
20082	追	知平合脂止三	陟佳：莊	莊開3	側亮	歸	見平合微止三	舉韋

655	梣*	知入開麥梗二	陟革：諍	莊開2	側迸	克	溪入開德曾一	苦得
24957	箬	知平合麻假二	陟瓜：莊	莊開3	側亮	科	溪平合戈果一	苦禾
21826	窋	知入合黠山二	丁滑：莊	莊開3	側亮	拔	並入合末山一	蒲撥
24567	瘖	知去合佳蟹二	竹賣：諍	莊開2	側迸	懈	見去開佳蟹二	古隘
16935	迍	知平合諄臻三	陟倫：莊	莊開3	側亮	坤	溪平合魂臻一	苦昆

知、莊混注出現在梗、江、臻、山、假、效、蟹、止諸韻攝中。

知、生混注 2

14859	塡	知平開眞臻三	陟鄰：稍	生開2	所教	仁	日平開眞臻三	如鄰
15219	昳	知入開鎋山二	陟轄：朔	生開2	所角	殉	邪去合諄臻三	辭閏

塡字兩見，昳字三見，何氏此處的音注與《廣韻》、《集韻》都不同，大概其方音如此。

徹、崇混注 45 次，擇要舉例如下：

584	事	崇去開之止三	鉏吏：	寵	徹合3	丑隴	記	見去開之止三	居吏
19993	儕	崇平開皆蟹二	士皆：	寵	徹合3	丑隴	諧	匣平開皆蟹二	戶皆
18927	潺	崇平開山山二	士山：	寵	徹合3	丑隴	顔	疑平開刪山二	五姦

6670	趠	徹入開陌梗二	丑格：	狀	崇開3	鋤亮	古	見上合模遇一	公戶
7495	疨	徹平開麻假二	敕加：	狀	崇開3	鋤亮	姑	見平合模遇一	古胡
2220	逴	徹入開覺江二	敕角：	狀	崇開3	鋤亮	卓	知入開覺江二	竹角
1547	嘮	徹平開肴效二	敕交：	狀	崇開3	鋤亮	交	見平開肴效二	古肴
1378	崱	崇入開職曾三	士力：	寵	徹合3	丑隴	力	來入開職曾三	林直
16940	椿	徹平合諄臻三	丑倫：	狀	崇開3	鋤亮	坤	溪平合魂臻一	苦昆

徹、崇混注出現在梗、江、山、曾、臻、假、效、蟹、止等韻攝中。

初、徹混注 34 次，擇要舉例如下：

18096	㦷	初上開刪山二	初板：	寵	徹合3	丑隴	柬	見上開山山二	古限
6101	珿	初入合屋通三	初六：	寵	徹合3	丑隴	蔟	清入合屋通一	千木
5891	敠	初去合虞遇三	芻注：	寵	徹合3	丑隴	遇	疑去合虞遇三	牛具
1379	㨖*	初入開職曾三	察色：	寵	徹合3	丑隴	力	來入開職曾三	林直
15274	櫬	初去開臻臻三	初覲：	寵	徹合3	丑隴	進	精去開眞臻三	即刃
943	厜	初平開之止三	楚持：	寵	徹合3	丑隴	熙	曉平開之止三	許其

初徹混注出現在山、通、遇、曾、臻、止諸韻攝中。除了通攝，其餘出現的範圍與崇徹相混出現的範圍重合。徹母與初母和崇母混注的次數相當，範圍大致相同，我們認爲徹初崇三母合流。

徹、莊混注 2

24839	蔕	徹平開麻假二	敕加：	諍	莊開2	側迸	多	端平開歌果一	得何
15743	榛g*	莊平開眞臻三	緇詵：	寵	徹合3	丑隴	隣	來平開眞臻三	力珍

蔕字《集韻》另有知母一讀，《韻史》中知莊合併，此例不存在音變。

從莊組自注的情況來看，生母基本保持獨立。從知莊章三組的混注表來看，生母主要是與章組的書母相混，與莊組的徹母只有兩次相混。

徹、生混注 2

1381	擾*	生入合屋通三	所六：	籠	徹合 3	丑隴	力	來入開職曾三	林直
15565	狪*	徹平開眞臻三	癡鄰：	稍	生開 2	所教	鏗	溪平開耕梗二	口莖

此兩例何氏按照聲符取音。擾與㴊爲同一小韻，以畟取音。畟字爲初母職韻字，上文我們已說明初徹相混，此字音注與《集韻》同音。狪字與珅、柛等字同一小韻，何氏認爲它們都是從申得聲，所以注爲同音。申爲書母眞韻字，從統計表中來看生書的混注很明顯，此例音注也與《集韻》同音，即不看作音變例。

徹、俟混注 7

379	俟	俟上開之止三	牀史：	籠	徹合 3	丑隴	起	溪上開之止三	墟里
377	竢	俟上開之止三	牀史：	籠	徹合 3	丑隴	起	溪上開之止三	墟里
378	騃	俟上開之止三	牀史：	籠	徹合 3	丑隴	起	溪上開之止三	墟里
380	騃	俟上開之止三	牀史：	籠	徹合 3	丑隴	起	溪上開之止三	墟里
382	涘	俟上開之止三	牀史：	籠	徹合 3	丑隴	起	溪上開之止三	墟里
1102	㥇*	俟上開之止三	牀史：	籠	徹合 3	丑隴	起	溪上開之止三	墟里
1103	㟎*	俟上開之止三	牀史：	籠	徹合 3	丑隴	起	溪上開之止三	墟里

俟母字全書共出現八次，除一次與心母混注外，其餘七次均與徹母相混。徹俟的混注只出現在止攝中，而且被注字全部是以矣爲聲符的一系列字。

澄母與莊組的混注集中於崇母和初母，而澄母已清化爲徹母，崇母已清化爲初母，澄崇的混注也就相當於徹初相混。

澄、崇混注 38 次，擇要舉例如下：

7911	蛇	澄去開麻假二	除駕：	狀	崇開 3	鋤亮	固	見去合模遇一	古暮
2213	濯	澄入開覺江二	直角：	狀	崇開 3	鋤亮	卓	知入開覺江二	竹角
2788	蟬	澄去開肴效二	直教：	狀	崇開 3	鋤亮	豹	幫去開肴效二	北教
74	豺	崇平開皆蟹二	士皆：	秩	澄開 3	直一	來	來平開咍蟹一	落哀
20147	頠	澄平合脂止三	直追：	狀	崇開 3	鋤亮	回	匣平合灰蟹一	戶恢
21532	齜	崇入開質臻三	仕叱：	仲	澄合 3	直衆	橘	見入合術臻重四	居聿

澄崇混注出現在假、江、效、蟹、臻、止諸韻攝中，與徹崇混注的範圍重合。濯字的音注讀音與《集韻》相同。

澄、初混注 10

23288	剎	初入開鎋山二	初鎋：秩	澄開3	直一	達	透入開曷山一	他達
23525	叉	初平開佳蟹二	楚佳：秩	澄開3	直一	街	見平開佳蟹二	古膎
23527	杈	初平開麻假二	初牙：秩	澄開3	直一	街	見平開佳蟹二	古膎
22135	甄	初平開佳蟹二	楚佳：秩	澄開3	直一	哀	影平開咍蟹一	烏開
23289	莉	初入開鎋山二	初鎋：秩	澄開3	直一	達	透入開曷山一	他達
24281	頖	初平開佳蟹二	楚佳：秩	澄開3	直一	街	見平開佳蟹二	古膎
24283	靫	初平開佳蟹二	楚佳：秩	澄開3	直一	街	見平開佳蟹二	古膎
24287	扠	初平開麻假二	初牙：秩	澄開3	直一	街	見平開佳蟹二	古膎
24288	艾	初平開佳蟹二	楚佳：秩	澄開3	直一	街	見平開佳蟹二	古膎
24285	釵*	初平開佳蟹二	初佳：秩	澄開3	直一	街	見平開佳蟹二	古膎

初澄混注出現在蟹假山攝中。

從混注表中看，徹澄兩母與章組的昌母混注多次，這實際體現的是澄母清化與徹母一起與昌母混同。澄母與初母的混同，說明《韻史》中初徹昌三母已無法分辨清楚，趨於合流了。

澄、莊混注 1

20026	齜	莊平開支止三	側宜：秩	澄開3	直一	皑	疑平開咍蟹一	五來

齜字《集韻》有崇母佳韻一讀。崇澄混注等同於初徹混注，《韻史》初徹相混，開口一二等佳咍相混，此條音注與《集韻》音是相一致的。

知組與莊組出現了多次混注，其中知莊、徹初相混為主流。全濁音澄、崇清化後主要與同組送氣清音徹、初合流，所以澄初、崇徹之間的混注也相當於初徹相混。

2）知組和章組的混注

章組聲母中船母已清化，清化後主要與昌母合併，有個別船書、船章相混的例子，但這些例證也基本能在《集韻》中找到根據。禪母也已經清化，清化後主要與書母相混。所以知組與章組的混注相當於知、徹、章、昌、書五母的

混注。其中知章混注最爲突出。

知、章混注 207 次，擇要舉例如下：

3835	竹	知入合屋通三	張六：	掌	章開3	諸兩	育	以入合屋通三	余六
1595	朝	知平開宵效三	陟遙：	掌	章開3	諸兩	嚻	曉平開宵效重三	許嬌
5925	諑	知入開覺江二	竹角：	酌	章開3	之若	僕	並入合屋通一	蒲木
13942	脹	知去開陽宕三	知亮：	軫	章開3	章忍	向	曉去開陽宕三	許亮

8411	窀	知平開耕梗二	中莖：	酌	章開3	之若	登	端平開登曾一	都縢
7908	觟*	知去開麻假二	陟嫁：	腫	章合3	之隴	固	見去合模遇一	古暮
5284	嚼	知去開尤流三	陟救：	掌	章開3	諸兩	遇	疑去合虞遇三	牛具
18918	亶	知平開山山二	陟山：	掌	章開3	諸兩	山	生平開山山二	所開
10706	抌*	知上開侵深三	陟甚：	掌	章開3	諸兩	沈	書上開侵深三	式荏
11055	楍	知入開葉咸三	陟葉：	掌	章開3	諸兩	捷	從入開葉咸三	疾葉
369	徵	知上開之止三	陟里：	軫	章開3	章忍	起	溪上開之止三	墟里
7815	竚*	知上合魚遇三	展呂：	準	章合3	之尹	許	曉上合魚遇三	虛呂
745	陟	知入開職曾三	竹力：	軫	章開3	章忍	弋	以入開職曾三	與職
22553	瘵**	知去開祭蟹三	豬例：	掌	章開3	諸兩	器	溪去開脂止重三	去冀
23133	遹	知入合術臻三	竹律：	翥	章合3	章恕	橘	見入合術臻重四	居聿

知章之間的混注除了果攝之外在其他韻攝中均有體現，足見知章已合流。

知、昌混注 2

3216	禂 g*	知平合虞遇三	追輸：	齒	昌開3	昌里	由	以平開尤流三	以周
7330	箸 g*	知入開藥宕三	陟略：	倡	昌開3	尺良	略	來入開藥宕三	離灼

知、書混注 1

784	稙	知入開職曾三	竹力：	哂	書開3	式忍	力	來入開職曾三	林直

稙字《集韻》另有禪母一讀，禪母在《韻史》中已經清化爲書母，此處的音注音與《集韻》相同。

徹、昌混注 173 次，擇要舉例如下：

3850	苖	徹入合屋通三	丑六：	齒	昌開3	昌里	菊	見入合屋通三	居六

1601	超	徹平開宵效三	敕宵：	齒	昌開 3	昌里	驕	見平開宵效重三	舉喬
9799	覘**	徹去開侵深重三	丑蔭：	齒	昌開 3	昌里	禁	見去開侵深重三	居蔭
13945	眺	徹去開陽宕三	丑亮：	齒	昌開 3	昌里	向	曉去開陽宕三	許亮
8056	佊	徹入開陌梗二	丑格：	茝	昌開 1	昌給	各	見入開鐸宕一	古落
25847	髺	徹上合麻假二	丑寡：	蠢	昌合 3	尺尹	果	見上合戈果一	古火
11283	惷	徹平開江江二	丑江：	齒	昌開 3	昌里	邕	影平合鍾通三	於容
18713	鶨	徹去合仙山三	丑戀：	處	昌合 3	昌與	萬	微去合元山三	無販
11067	箑	徹入開葉咸三	丑輒：	齒	昌開 3	昌里	葉	以入開葉咸三	與涉
6431	樗*	徹平合魚遇三	抽居：	蠢	昌合 3	尺尹	居	見平合魚遇三	九魚
14497	秤*	昌平開蒸曾三	蚩承：	寵	徹合 3	丑隴	荊	見平開庚梗三	舉卿
15212	疢	徹去開眞臻三	丑刃：	茝	昌開 1	昌給	慎	禪去開眞臻三	時刃
946	㺿*	昌平開之止三	充之：	寵	徹合 3	丑隴	熙	曉平開之止三	許其
4146	醔**	徹平開尤流三	丑鳩：	齒	昌開 3	昌里	由	以平開尤流三	以周
20638	瘛	昌去開祭蟹三	尺制：	寵	徹合 3	丑隴	器	溪去開脂止重三	去冀

徹昌的混注也出現在除果攝之外的所有韻攝中。徹昌也已合流。

徹、船混注 19

750	食	船入開職曾三	乘力：	寵	徹合 3	丑隴	力	來入開職曾三	林直
20632	示	船去開脂止三	神至：	寵	徹合 3	丑隴	器	溪去開脂止重三	去冀
21336	舌	船入開薛山三	食列：	寵	徹合 3	丑隴	設	書入開薛山三	識列
8326	繩	船平開蒸曾三	食陵：	寵	徹合 3	丑隴	陵	來平開蒸曾三	力膺
751	蝕*	船入開職曾三	實職：	寵	徹合 3	丑隴	力	來入開職曾三	林直
8318	椉	船平開蒸曾三	食陵：	寵	徹合 3	丑隴	陵	來平開蒸曾三	力膺
8321	鱦	船平開蒸曾三	食陵：	寵	徹合 3	丑隴	陵	來平開蒸曾三	力膺
8327	塍	船平開蒸曾三	食陵：	寵	徹合 3	丑隴	陵	來平開蒸曾三	力膺
8392	賸	船去開蒸曾三	實證：	寵	徹合 3	丑隴	孕	曉去開蒸曾三	許應
8499	憴	船平開蒸曾三	食陵：	寵	徹合 3	丑隴	陵	來平開蒸曾三	力膺
8500	譝	船平開蒸曾三	食陵：	寵	徹合 3	丑隴	陵	來平開蒸曾三	力膺

8501	鱦	船平開蒸曾三	食陵：	寵	徹合3	丑隴	陵	來平開蒸曾三	力膺
8504	澠	船平開蒸曾三	食陵：	寵	徹合3	丑隴	陵	來平開蒸曾三	力膺
8505	漅*	船平開蒸曾三	神陵：	寵	徹合3	丑隴	陵	來平開蒸曾三	力膺
16360	脣	船平合諄臻三	食倫：	寵	徹合3	丑隴	勤	群平開欣臻三	巨斤
22960	舌	船入開薛山三	食列：	寵	徹合3	丑隴	設	書入開薛山三	識列
24039	諡	船去開脂止三	神至：	寵	徹合3	丑隴	係	見去開齊蟹四	古詣
8391	桑 g*	船去開蒸曾三	石證：	寵	徹合3	丑隴	嬹	曉去開蒸曾三	許應
23878	舓	船上開支止三	神帋：	寵	徹合3	丑隴	弭	明上開支止重四	綿婢

　　徹船混注出現在山臻曾止攝中。船母已經清化與昌母合流，徹船相混相當於徹昌的混注。

徹、章混注 4

8168	瓵	徹入開昔梗三	丑亦：	軫	章開3	章忍	略	來入開藥宕三	離灼
20626	墆	徹去開脂止三	丑利：	掌	章開3	諸兩	器	溪去開脂止重三	去冀
22556	懘	徹去開祭蟹三	丑例：	掌	章開3	諸兩	器	溪去開脂止重三	去冀
19936	茬	章平開脂止三	旨夷：	寵	徹合3	丑隴	祁	群平開脂止重三	渠脂

　　瓵墆懘三字全書兩見，但何氏並沒有專門標注爲異讀字，而且釋義基本相同，此處很可能爲衍字，暫存疑。茬字《集韻》另有澄母一讀，《韻史》中澄母已清化與徹母合流，此例音注讀音與《集韻》相同。

徹、書混注 2

| 23880 | 豕 g* | 書上開支止三 | 賞是： | 寵 | 徹合3 | 丑隴 | 弭 | 明上開支止重四 | 綿婢 |
| 25640 | 詑* | 書平開支止三 | 商支： | 寵 | 徹合3 | 丑隴 | 加 | 見平開麻假二 | 古牙 |

徹、禪混注 5

16359	晨	禪平開眞臻三	植鄰：	寵	徹合3	丑隴	勤	群平開欣臻三	巨斤
16361	脤	禪平合諄臻三	常倫：	寵	徹合3	丑隴	勤	群平開欣臻三	巨斤
17047	絾*	禪平開眞臻三	丞眞：	寵	徹合3	丑隴	勤	群平開欣臻三	巨斤
22296	銂*	禪上開脂止三	善旨：	寵	徹合3	丑隴	啓	溪上開齊蟹四	康禮
20640	嚳	禪去開祭蟹三	時制：	寵	徹合3	丑隴	器	溪去開脂止重三	去冀

　　禪母在《韻史》中清化爲書母，徹禪混注與徹書混注相當，音變條件爲臻

攝和蟹止攝。

澄母已清化爲徹母，它與昌母混注多次，可以看作徹昌相混。

澄、昌混注 204 次，擇要舉例如下：

7180	宅	澄入開陌梗二	場伯：莚	昌開 1	昌紿	各	見入開鐸宕一	古落
6550	除	澄平合魚遇三	直魚：蠱	昌合 3	尺尹	餘	以平合魚遇三	以諸
2036	召	澄去開宵效三	直照：齒	昌開 3	昌里	廟	明去開宵效重三	眉召
21529	出	昌入合術臻三	赤律：仲	澄合 3	直衆	橘	見入合術臻重四	居聿

13792	疭	澄上開陽宕三	直兩：齒	昌開 3	昌里	网	來上開陽宕三	良獎
6557	蹉	澄平開麻假二	宅加：蠱	昌合 3	尺尹	餘	以平合魚遇三	以諸
5350	濁	澄入開覺江二	直角：莚	昌開 1	昌紿	僕	並入合屋通一	蒲木
4148	菗	澄平開尤流三	直由：齒	昌開 3	昌里	由	以平開尤流三	以周
18284	隊	澄上合仙山三	持兗：處	昌合 3	昌與	返	非上合元山三	府遠
10781	趻	澄去開侵深三	直禁：齒	昌開 3	昌里	鴆	澄去開侵深三	直禁
3848	軸	澄入合屋通三	直六：齒	昌開 3	昌里	菊	見入合屋通三	居六
25960	硾	澄去合支止三	馳偽：蠱	昌合 3	尺尹	課	溪去合戈果一	苦臥
311	茝	昌上開咍蟹一	昌紿：秩	澄開 3	直一	海	曉上開咍蟹一	呼改
10615	詽	澄平開鹽咸三	直廉：齒	昌開 3	昌里	拑	群平開鹽咸重三	巨淹

除曾果兩攝外，其他的韻攝均有昌澄混注例。

澄、船混注 8

| 21544 | 術 | 船入合術臻三 | 食聿：仲 | 澄合 3 | 直衆 | 橘 | 見入合術臻重四 | 居聿 |
| 21545 | 述 | 船入合術臻三 | 食聿：仲 | 澄合 3 | 直衆 | 橘 | 見入合術臻重四 | 居聿 |

21536	秫	船入合術臻三	食聿：仲	澄合 3	直衆	橘	見入合術臻重四	居聿
21538	鉥*	船入合術臻三	食律：仲	澄合 3	直衆	橘	見入合術臻重四	居聿
21540	沭	船入合術臻三	食聿：仲	澄合 3	直衆	橘	見入合術臻重四	居聿
21547	驈	船入合術臻三	食聿：仲	澄合 3	直衆	橘	見入合術臻重四	居聿
23140	瀃*	船入合術臻三	食聿：仲	澄合 3	直衆	橘	見入合術臻重四	居聿
23135	絉**	船入合術臻三	食聿：仲	澄合 3	直衆	橘	見入合術臻重四	居聿

船母清化爲昌母，澄母清化爲初母，澄船混注與初昌混注相當。

澄、章混注 7

3041	礀*	澄入開陌梗二	直格：軫	章開3	章忍	略	來入開藥宕三	離灼
1597	鼂	澄平開宵效三	直遙：掌	章開3	諸兩	嚻	曉平開宵效重三	許嬌
6759	椆	澄平開尤流三	直由：掌	章開3	諸兩	休	曉平開尤流三	許尤
6761	眝	澄上合魚遇三	直呂：準	章合3	之尹	許	曉上合魚遇三	虛呂
8169	羜	澄上合魚遇三	直呂：準	章合3	之尹	許	曉上合魚遇三	虛呂
16313	趁	澄平開眞臻三	直珍：掌	章開3	諸兩	欣	曉平開欣臻三	許斤
18278	縛*	澄上合仙山三	柱兗：奲	章合3	章恕	返	非上合元山三	府遠

椆羜趁的音注讀音與《集韻》相同。眝《集韻》有知母一讀，知章在《韻史》中也是合流的。

知組和章組知章、徹昌合流爲主流。章組的船母清化後主要與昌母合併，禪母清化後主要與書母合併，澄昌、徹船的混注相當於徹昌混注，而書母基本保持著獨立。

3）章組和莊組的混注

從統計表來看，章組和莊組的混注也很多見，主要爲莊章相混，初崇與昌船相混，生母和書禪相混。但因莊組的崇母清化，章組的船禪清化，實際上章莊相混主要存在於莊章、初昌、生書之間。

莊、章混注 179 次，擇要舉例如下：

5345	捉	莊入開覺江二	側角：酌	章開3	之若	僕	並入合屋通一	蒲木
12562	莊	莊平開陽宕三	側羊：腫	章合3	之隴	汪	影平合唐宕一	烏光
13988	爭	莊平開耕梗二	側莖：酌	章開3	之若	笙	生平開庚梗二	所庚
6244	樝	莊平開麻假二	側加：腫	章合3	之隴	姑	見平合模遇一	古胡
3647	甃	莊去開尤流三	側救：掌	章開3	諸兩	宙	澄去開尤流三	直祐
10936	譗	莊入開洽咸二	側洽：掌	章開3	諸兩	狎	匣入開狎咸二	胡甲
19988	齋	莊平開皆蟹二	側皆：掌	章開3	諸兩	皆	見平開皆蟹二	古諧
6756	岨	莊上合魚遇三	側呂：準	章合3	之尹	許	曉上合魚遇三	虛呂
736	陒	莊入開職曾三	阻力：軫	章開3	章忍	弋	以入開職曾三	與職

18474	惴	章去合支止三	之睡：壯	莊開3	側亮	宦	匣去合刪山二	胡慣
15140	稹	章上開眞臻三	章忍：爪	莊開2	側絞	腎	禪上開眞臻三	時忍
21426	鎃*	莊入開黠山二	側八：掌	章開3	諸兩	戛	見入開黠山二	吉黠
4662	碱 g*	莊入合屋通三	側六：掌	章開3	諸兩	育	以入合屋通三	余六
9086	譖	莊去開侵深三	莊蔭：掌	章開3	諸兩	蔭	影去開侵深重三	於禁

除效攝和假攝外，其他韻攝里均有章莊的混注存在。章莊已經合流了。

初、昌混注 89 次，擇要舉例如下：

13803	剩	初上開陽宕三	初兩：齒	昌開3	昌里	网	來上開陽宕三	良獎
13998	琤	初平開耕梗二	楚耕：茝	昌開1	昌紿	耕	見平開耕梗二	古莖
25848	嘬*	初上合麻假二	楚瓦：蠡	昌合3	尺尹	果	見上合戈果一	古火
5348	婇	初入開覺江二	測角：茝	昌開1	昌紿	僕	並入合屋通一	蒲木
5764	鞦	初上開尤流三	初九：茝	昌開1	昌紿	斗	端上開侯流一	當口
19712	毅*	初去合元山三	芻萬：處	昌合3	昌與	萬	微去合元山三	無販
5930	琭	初入合屋通三	初六：茝	昌開1	昌紿	僕	並入合屋通一	蒲木
9035	釅	初上開咸咸二	初減：齒	昌開3	昌里	減	見上開咸咸二	古斬
2346	趠*	初平開肴效二	初交：茝	昌開1	昌紿	刀	端平開豪效一	都牢
24851	嵯*	初平開佳蟹二	初佳：茝	昌開1	昌紿	多	端平開歌果一	得何
7821	滻	初上合魚遇三	創舉：蠡	昌合3	尺尹	許	曉上合魚遇三	虛呂
24852	縒	初平開支止三	楚宜：茝	昌開1	昌紿	多	端平開歌果一	得何
8638	墋	初平開侵深三	楚簪：齒	昌開3	昌里	金	見平開侵深重三	居吟

除臻、果、曾攝之外的其他韻攝均存在初昌混注。初母與昌母也已合流。

崇、昌混注 103 次，擇要舉例如下：

7061	乍	崇去開麻假三	鋤駕：蠡	昌合3	尺尹	據	見去合魚遇三	居御
3306	愁	崇平開尤流三	士尤：茝	昌開1	昌紿	牟	明平開尤流三	莫浮
11425	崇	崇平合東通三	鋤弓：處	昌合3	昌與	戎	日平合東通三	如融
8697	岑	崇平開侵深三	鋤針：齒	昌開3	昌里	琴	群平開侵深重三	巨金
6558	鉏	崇平合魚遇三	士魚：蠡	昌合3	尺尹	餘	以平合魚遇三	以諸
12603	牀	崇平開陽宕三	士莊：蠡	昌合3	尺尹	防	奉平合陽宕三	符方

24668	積*	崇入開麥梗二	士革：茝	昌開 1	昌紿	隔	見入開麥梗二	古核
5937	嶌	崇入開覺江二	士角：茝	昌開 1	昌紿	僕	並入合屋通一	蒲木
19709	撰	崇去合仙山三	士戀：處	昌合 3	昌與	萬	微去合元山三	無販
9553	讖	崇平開咸咸二	士咸：齒	昌開 3	昌里	咸	匣平開咸咸二	胡讒
2378	巢	崇平開肴效二	鉏交：茝	昌開 1	昌紿	毛	明平開豪效一	莫袍
24897	葦	崇平開佳蟹二	士佳：茝	昌開 1	昌紿	羅	來平開歌果一	魯何
17159	睶*	昌上合諄臻三	尺尹：狀	崇開 3	鋤亮	緄	見上合魂臻一	古本
22418	犨*	昌平合脂止三	川隹：狀	崇開 3	鋤亮	偉	云上合微止三	于鬼

崇昌混注出現在果、臻攝之外的其他韻攝。

崇、船混注 1

16765	盾	船上合諄臻三	食尹：狀	崇開 3	鋤亮	困	溪去合魂臻一	苦悶

崇已清化爲初母，船已清化爲昌母，崇昌、崇船的混注與初昌的混注相當。

生、書混注 225 次，擇要舉例如下：

14293	省	生上開庚梗二	所景：始	書開 3	詩止	挺	定上開青梗四	徒鼎
17639	山	生平開山山二	所閒：始	書開 3	詩止	菅	見平開刪山二	古顏
6253	奢	書平開麻假三	式車：刷	生合 3	所劣	姑	見平合模遇一	古胡
399	史	生上開之止三	踈士：哂	書開 3	式忍	喜	曉上開之止三	虛里
21164	蛻	書去合祭蟹三	舒芮：爽	生開 3	疎兩	對	端去合灰蟹一	都隊
8537	洗*	生上開蒸曾三	色拯：始	書開 3	詩止	拯	章上開蒸曾三	蒸上
7402	觀	書入開藥宕三	書藥：刷	生合 3	所劣	霍	曉入合鐸宕一	虛郭
4685	摵	生入合屋通三	所六：始	書開 3	詩止	育	以入合屋通三	余六
8862	彡	生平開銜咸二	所銜：始	書開 3	詩止	緘	見平開咸咸二	古咸
6440	疋	生平合魚遇三	所菹：舜	書合 3	舒閏	居	見平合魚遇三	九魚
9941	翜**	生入開緝深三	色立：始	書開 3	詩止	立	來入開緝深三	力入
17310	橓*	書去合諄臻三	輸閏：爽	生開 3	疎兩	寸	清去合魂臻一	倉困

書生相混出現在除江、效、果、流攝之外的其他韻攝中。書生已經合流了。

生、禪混注 54 次，擇要舉例如下：

6671	社	禪上開麻假三	常者：刷	生合3	所劣	古	見上合模遇一	公戶
20149	誰	禪平合脂止三	視隹：爽	生開3	疎兩	回	匣平合灰蟹一	戶恢

13740	縿*	生上開陽宕三	所兩：社	禪開3	常者	廣	見上合唐宕一	古晃
8070	鉎	禪入開昔梗三	常隻：稍	生開2	所教	各	見入開鐸宕一	古落
11727	𧤛**	生平開江江二	色江：社	禪開3	常者	工	見平合東通一	古紅
24675	遉**	禪入開職曾三	時職：稍	生開2	所教	隔	見入開麥梗二	古核
16996	鐓*	禪平合諄臻三	殊倫：爽	生開3	疎兩	蒐	匣平合魂臻一	戶昆

生禪混注出現在宕、梗、假、江、曾、臻、止諸韻攝中。禪母清化爲書母，生禪相混與生書混注相當。

生母除了與書、禪相混之處，與昌母另有 11 次混注，例證如下：

10165	籛	生平開銜咸二	所銜：齒	昌開3	昌里	巖	疑平開銜咸二	五銜
10405	届	生入開狎咸二	所甲：齒	昌開3	昌里	甲	見入開狎咸二	古狎
10937	唼	生入開洽咸二	山洽：齒	昌開3	昌里	甲	見入開狎咸二	古狎
10957	趃	生入開狎咸二	所甲：齒	昌開3	昌里	甲	見入開狎咸二	古狎
10958	颯	生入開狎咸二	所甲：齒	昌開3	昌里	甲	見入開狎咸二	古狎
10959	啑	生入開狎咸二	所甲：齒	昌開3	昌里	甲	見入開狎咸二	古狎
10960	𤲃	生入開狎咸二	所甲：齒	昌開3	昌里	甲	見入開狎咸二	古狎
10961	㰻	生入開洽咸二	山洽：齒	昌開3	昌里	甲	見入開狎咸二	古狎
10962	㴸	生入開狎咸二	所甲：齒	昌開3	昌里	甲	見入開狎咸二	古狎
10963	澁*	生入開洽咸二	色洽：齒	昌開3	昌里	甲	見入開狎咸二	古狎
24962	榱	生平合脂止三	所追：蠢	昌合3	尺尹	戈	見平合戈果一	古禾

榱字《集韻》另有初母支韻一讀。除了榱字，其他相混例均出現於咸攝，咸攝個別字在《韻史》中已由生母轉讀爲昌母。

船、生混注 4

16769	順	船去合諄臻三	食閏：爽	生開3	疎兩	寸	清去合魂臻一	倉困

16278	漘	船平合諄臻三	食倫：爽	生開3	疎兩	蒐	匣平合魂臻一	戶昆
16994	蒣	船平合諄臻三	食倫：爽	生開3	疎兩	蒐	匣平合魂臻一	戶昆

16995 橉* 船平合諄臻三　　船倫：爽　　生開 3　疎兩 冤　　匣平合魂臻一　　戶昆

船母與生母的混注發生在臻攝中。

崇、章混注 5

4850 嫋 崇平合虞遇三　　仕于：酌　　章開 3　之若 鉤　　見平開侯流一　　古侯

4851 齫 崇入開覺江二　　士角：酌　　章開 3　之若 鉤　　見平開侯流一　　古侯

13992 莘 崇平開耕梗二　　士耕：酌　　章開 3　之若 笙　　生平開庚梗二　　所庚

16047 汌 崇入開鎋山二　　查鎋：掌　　章開 3　諸兩 八　　幫入開黠山二　　博拔

18276 僎 崇上合仙山三　　士免：羴　　章合 3　章恕 返　　非上合元山三　　府遠

莘字音注與《集韻》同音，嫋齫二字《集韻》有莊母尤韻一讀。《韻史》中莊章合一，尤侯合一，此二例音注與《集韻》同音。

初、章混注 1

13989 錚 初平開耕梗二　　楚耕：酌　　章開 3　之若 笙　　生平開庚梗二　　所庚

錚字《集韻》有莊母一讀，何氏音注在《集韻》中已有體現。

生、章混注 1

8620 檆 生平開咸咸二　　所咸：掌　　章開 3　諸兩 音　　影平開侵深重三　　於金

檆字音注韻母與《廣韻》也不相同，《集韻》另有精母侵韻一讀。《韻史》中精母與章母在一定條件下存在混注，詳後。

莊、昌混注 4

6781 齟 莊平合魚遇三　　側魚：蠢　　昌合 3　尺尹 許　　曉上合魚遇三　　虛呂

10940 霅* 莊入開洽咸二　　側洽：齒　　昌合 3　昌里 甲　　見入開狎咸二　　古狎

13446 糚* 莊平開陽宕三　　側羊：蠢　　昌合 3　尺尹 防　　奉平合陽宕三　　符方

16936 媋* 昌平合諄臻三　　樞倫：壯　　莊開 3　側亮 坤　　溪平合魂臻一　　苦昆

章莊兩組的混注主要體現在章莊合流，昌初合流，書生合流上，崇母清化後主要與初母合流，船母清化後主要與昌母合流，禪母清化後主要與書母合流，崇昌、崇船、生禪的混注與昌初、書生的混注相當。生昌、生船、章崇、章初、章生、莊昌的混注大概是作者的方音體現。

知莊章三組在《韻史》中已經合流了，其中各組中全濁音已經清化，清化後基本上與同部位的送氣清音相混，具體來說就是澄徹相混，崇初相混，船昌

相混，禪書相混。俟母例證太少，七次與徹母相混。中古知莊章三組聲母在《韻史》中合流爲一組聲母。

4）知莊章三組的合流

中古音系的知徹澄、莊初崇生俟、章昌禪書船三組聲母在《韻史》中已經合流爲一個聲母組。王力先生說：「首先是章昌船書禪併入了莊初崇山（即守溫三十六字母的照穿牀審），後來知徹澄由破裂音變爲破裂摩擦之後，也併入莊初崇。莊初崇山的原音是 ʧ、ʧʼ、ʤ、ʃ，最後失去了濁音，同時舌尖移向硬齶，成爲 tʂ、tʂʼ、ʂ。……這一過程大約在十五世紀以後才算完成，因爲在《中原音韻》裏，這一類字還有大部分沒有變成捲舌音。」（王力 1980：116）

周祖庠（2006：233-237）先生對這三組的演化做了詳細說明：

知組：

首先

	受章組影響	進入齒音	受莊組影響	變舌葉塞擦音
知[ȶ]	——〉	tɕ	——〉	ʧ
徹[ȶʼ]	——〉	tɕʼ	——〉	ʧʼ
澄[ȡ]	——〉	dʑ	——〉	ʤ

然後

	清化		
澄[ʤ]	——〉	知 ʧ	（仄聲）
	——〉	徹 ʧʼ	（平聲）

最後

知、澄仄[ʧ]	——〉	zh[tʂ]與莊章合	與莊組一部分和章組合流
徹、澄平[ʧʼ]	——〉	ch[tʂʼ]與莊章合	

莊組：

首先

	清化		
崇[ʤ]	——〉	莊[ʧ]	（仄聲）
	——〉	初[ʧʼ]	（平聲）
俟[ʒ]	——〉	生[ʃ]	

然後

莊、崇仄[ʧ]	——〉	zh[tʂ]	與知章合	與知章組或精組合流
	——〉	z[ts]		
初、崇平[ʧʻ]	——〉	ch[tʂʻ]	與知章合	
	——〉	c[tsʻ]		
生、俟[ʃ]	——〉	sh[ʂ]	與章合	
	——〉	s[s]		

章組：

首先

受莊組影響

章[tɕ]	——〉	[ʧ]
昌[tɕʻ]	——〉	[ʧʻ]
船[dʑ]	——〉	[ʤ]
書[ɕ]	——〉	[ʃ]
常[ʑ]	——〉	[ʒ]

然後

船[ʤ]	仄聲	——〉	書[ʃ]
	平聲	——〉	書[ʃ]
		——〉	昌[ʧʻ]
常[ʒ]	仄聲	——〉	書[ʃ]
	平聲	——〉	書[ʃ]
		——〉	昌[ʧʻ]

最後

章[ʧ]	——〉	zh[tʂ]與知莊合	與莊組一部分 及知組合流
昌、船和常的部分平聲[ʧʻ]	——〉	ch[tʂʻ]與知莊合	
書、船和常的仄聲和部分平聲[ʃ]	——〉	sh[ʂ]與莊合	

　　周先生沒有明確說變化的先後過程，但在246、252頁的「附錄一」和「附錄二」中明確指出傳統「莊章合一」、「知照合一」的說法是有問題的。

　　馮蒸先生指出：研究表明，知照組在後期合流的具體過程是：首先是知、徹、澄三母的二等字與莊、初、崇三母合流，知、徹、澄三母的三等字與章、昌、船合流，然後才是莊、初、崇、生（包括知二、徹二、澄二）同章、昌、船、書、禪（包括知三、徹三、澄三）合流。（馮蒸1999：394）「《切韻》的知莊章三組聲母在《中原音韻》中到底合為一組還是兩組音類，音韻學界對此歷

來有不同看法。……我們認爲在《中原音韻》中這三組聲母無疑分爲兩組，其具體的分合和分布情形蔣希文先生的《從現代方言論中古知莊章三組聲母在〈中原音韻〉里的讀音》表述得最爲清楚，蔣先生說：『在《中原音韻》各個韻部里，一般，知二組和莊組併爲一類，知三組和章組併爲一類。但在東鍾部知莊章三組併爲一類，支思部莊章兩組併爲一類。』陸志韋先生則從韻母的角度指出一組跟 i 相拼，另一組則反之。我覺得蔣先生概括的這一基本事實是無可否認的。視爲一組的意見恐怕主要是沒處理好在東鍾、支思兩個韻部當中知、莊、章三組的相混問題。正如寧繼福先生在評論羅常培先生的看法時所指出的：『羅常培先生所以認爲章莊混同，大概有兩個原因：第一，只看到莊知章三組字在東鍾支思等少數韻中合併，而忽視了它們在大多數韻中的不同音。第二，沒有離析出知組字的中古等第來，這足以混淆莊初生與章昌書的疆界。』」（馮蒸 1994b：27-28）我們上文的分析結果認爲《韻史》中知莊章三組合爲一組聲母，沒有按照知組的等第來分，下文我們將按照知組等第分類，對知莊章三組重新審視，以判斷此三組聲母在《韻史》中分爲幾組聲母。主要是考察以下兩個方面：1. 與莊組和章組相混的知組聲母是否有等第的區別，即是否存在知二莊相混、知三章相混的分組趨勢；2. 止蟹兩攝開口三等精、知、莊、章、日母字（大致相當於《中原音韻》的支思部）中聲母的混注情況，主要觀察知組聲母是否與莊章兩組聲母相混。

　　我們先分析第一個問題。知二、知三、莊、章各組的混注情況見下表：

表 3-29　知二、知三、莊組、章組聲母混注統計表

	知二	徹二	澄二	知三	徹三	澄三	莊	初	崇	生	俟	章	昌	船	書	禪
徹二								17								
澄二								7								
徹三							1	14	27	1	7	1	48	19	2	5
澄三									1				4	8		
莊	51	1		17												
崇		12	25		6	6										
生	1			1	1											
章	44		1	163	3	6										
昌		16	36	2	109	160										
書				1												

知二與莊的混注共計 114 次，分布於梗、假、江、山、效、蟹諸攝；知三與章的混注共計 531 次，分布於宕、梗、流、山、深、通、咸、效、蟹、遇、曾、臻、止諸攝；知二與章的混注共計 97 次，分布於梗、假、江、咸、止攝；知三與莊的混注共計 82 次，分布於山、通、蟹、遇、曾、臻、止攝（山、通、遇攝字很少）。從數量上來看，知三章的混注明顯高於其他組，知二莊雖然比知三莊、知二章的混注要多，但優勢並不是很明顯。從混注範圍上來看，知二莊、知三章的混注要比另外兩個類型的混注範圍廣。《韻史》中也存在知二莊、知三章分組的趨勢，但從知二章、知三莊混注的情況來看，知二、知三、章、莊之間的界線已經模糊不清了。

第二個問題主要是觀察止蟹兩攝開口三等知、莊、章、日母字聲母的混注情況，與《中原音韻》支思部知莊章三組聲母混注情況作個對比。《中原音韻》支思部莊章合流，不含知母，《韻史》的混注情況與此不同。《韻史》中沒有形成支思韻，我們選止蟹兩攝開口三等字為考察對象，主要是因為[ɿ]韻母來源於此。另外，此處討論知莊章三組聲母的分合，我們暫時不考慮精、日母字。具體情況見下表：

表 3-30　止蟹兩攝開口三等知莊章組聲母混注統計表

	知三	徹三	澄三	莊	初	崇	生	俟	章	昌	船	書	禪
徹二										1		1	
徹三			22	50		3	8		7	1	24	3	1	2
章	23	2		19					90				1
昌		7	3	1					3				
書							29			1		33	37

此類何氏音注的反切上字中沒有涉及到莊組字。知組自注 72 次，章組自注 165 次，知組與莊組混注 18 次，知組與章組混注 68 次，莊組與章組混注 49 次。與《中原音韻》不同，《韻史》止蟹兩攝開口三等中知莊章組也是混同的。

綜上，雖然在《韻史》中知二莊、知三章分別混用有跡可循，但這二組之間的混注數量多，範圍廣，所以我們認為知莊章三組聲母在《韻史》中合流為一組聲母。

（6）知莊章三組與精組聲母的混注

端系的精組字與知系的關係相當密切，《韻史》中有多處混注。

1）精組與莊組的混注

精組三等與莊組三等的混注 15

19089	栓	生平合仙山三	山員：翠	清合3	七醉	幡	敷平合元山三	孚袁
22408	嶉	精上合脂止三	遵誄：壯	莊開3	側亮	偉	云上合微止三	于鬼
22409	膵	精上合脂止三	遵誄：壯	莊開3	側亮	偉	云上合微止三	于鬼
11072	霎	生入開葉咸三	山輒：紫	精開3	將此	葉	以入開葉咸三	與涉
5179	蔏	生上合魚遇三	疏舉：選	心合3	蘇管	庾	以上合虞遇三	以主
1132	硋*	俟上開之止三	牀史：想	心開3	息兩	起	溪上開之止三	墟里
5769	貗	崇上合虞遇三	鶵禹：寸	清合1	倉困	剖	滂上合虞遇三	芳武
6563	詛	崇平合魚遇三	士魚：翠	清合3	七醉	餘	以平合魚遇三	以諸
15849	盭	崇上開真臻三	鉏紉：此	清開3	雌氏	引	以上開真臻三	余忍
22412	趡	清上合脂止三	千水：壯	莊開3	側亮	偉	云上合微止三	于鬼
22414	濢	清上合脂止三	千水：壯	莊開3	側亮	偉	云上合微止三	于鬼
17029	殑	生平開蒸曾三	山矜：紫	精開3	將此	巾	見平開真臻重三	居銀
16106	諲	初入開質臻三	初栗：此	清開3	雌氏	吉	見入開質臻重四	居質
9671	顉*	崇上開侵深三	士痒：此	清開3	雌氏	錦	見上開侵深重三	居飮
9432	稡	崇平開侵深重三	鉏針：此	清開3	雌氏	林	來平開侵深三	力尋

　　盭字《集韻》另有從母一讀，《韻史》中從母清化與清合流，此條音注與《集韻》同音。

　　栓蔏字音注與《集韻》同音。

精組三等與莊組二等的混注 4

8508	噌	初平開耕梗二	楚耕：淺	清開3	七演	陵	來平開蒸曾三	力膺
12698	鎗	初平開庚梗二	楚庚：此	清開3	雌氏	香	曉平開陽宕三	許良
14375	濪	初去開庚梗二	楚敬：淺	清開3	七演	敬	見去開庚梗三	居慶
426	認	生平開佳蟹二	山佳：想	心開3	息兩	起	溪上開之止三	墟里

　　鎗字音注與《集韻》同音，噌、認二字《集韻》另有從母蒸韻、心母之韻一讀。《韻史》中從母清化與清母合流，此二例與《集韻》音同。

精組一等與莊組二等的混注 15

25975	誜	生去合麻假二	所化：巽	心合1	蘇困	課	溪去合戈果一	苦臥
13235	傖	崇平開庚梗二	助庚：粲	清開1	蒼案	岡	見平開唐宕一	古郎
13236	嗆*	崇平開庚梗二	鋤庚：粲	清開1	蒼案	岡	見平開唐宕一	古郎
24853	槎	崇平開麻假二	鉏加：粲	清開1	蒼案	多	端平開歌果一	得何
7199	笮	莊入開陌梗二	側伯：宰	精開1	作亥	各	見入開鐸宕一	古落
7211	矠	初入開麥梗二	楚革：采	清開1	倉宰	各	見入開鐸宕一	古落
7212	簎	初入開陌梗二	測戟：采	清開1	倉宰	各	見入開鐸宕一	古落
25300	瘥	初去開佳蟹二	楚懈：餐	清開1	七安	賀	匣去開歌果一	胡箇
25855	硴	初上合麻假二	叉瓦：措	清合1	倉故	瑣	心上合戈果一	蘇果
25856	溠*	初上合麻假二	楚瓦：措	清合1	倉故	瑣	心上合戈果一	蘇果
11845	饞	崇平開江江二	士江：寸	清合1	倉困	同	定平合東通一	徒紅
24907	羡*	崇上開麻假二	仕下：粲	清開1	蒼案	河	匣平開歌果一	胡歌
869	漇*	生平開佳蟹二	所佳：散	心開1	蘇旱	哉	精平開咍蟹一	祖才
25428	裟	生平開麻假二	所加：散	心開1	蘇旱	多	端平開歌果一	得何
6350	廧g*	崇平開麻假二	鋤加：寸	清合1	倉困	盧	來平合模遇一	落胡

硴傖槎的音注讀音與《集韻》同音。

精組一等與莊組三等的混注 14

24911	嵯	初平開支止三	楚直：粲	清開1	蒼案	河	匣平開歌果一	胡歌
22416	璀	清上合灰蟹一	七罪：狀	崇開3	鋤亮	偉	云上合微止三	于鬼
24969	衰	生平合脂止三	所追：巽	心合1	蘇困	戈	見平合戈果一	古禾
313	莘	莊上開之止三	阻史：贊	精開1	則旰	乃	泥上開咍蟹一	奴亥
8239	澮	莊平開眞臻三	側詵：贊	精開1	則旰	登	端平開登曾一	都縢
25501	顡	初去合脂止三	楚愧：餐	清開1	七安	河	匣平開歌果一	胡歌
22195	趡	清平合灰蟹一	倉回：狀	崇開3	鋤亮	歸	見平合微止三	舉韋
22196	催	清平合灰蟹一	倉回：狀	崇開3	鋤亮	歸	見平合微止三	舉韋
22197	膗	清平合灰蟹一	倉回：狀	崇開3	鋤亮	歸	見平合微止三	舉韋

22415	皠	清上合灰蟹一	七罪：狀	崇開3	鋤亮	偉	云上合微止三	于鬼
22417	鏪	清上合灰蟹一	七罪：狀	崇開3	鋤亮	偉	云上合微止三	于鬼
1469	槮	生平合虞遇三	山剟：散	心開1	蘇旱	刀	端平開豪效一	都牢
24970	痿	生平合脂止三	所追：巽	心合1	蘇困	戈	見平合戈果一	古禾
25561	猿*	生平合脂止三	雙佳：措	清合1	倉故	戈	見平合戈果一	古禾

莘潧衰痕等字何氏反切注音與《集韻》音相同。嵯薐二字《集韻》有清母戈韻、從母戈韻一讀。《韻史》中歌戈存在著個別混注情況，但主流還是分立的。此二例可認為無音變現象。

精組四等與莊組二等的混注 1

| 2538 | 颼 | 生平開肴效二 | 所交：選 | 心合3 | 蘇管 | 蔘 | 影平開蕭效四 | 於堯 |

此例的聲韻均不一致。《集韻》中另有心母宵韻一讀，《韻史》中蕭宵合流，音注讀音與《集韻》相合。

精組四等與莊組三等的混注 3

20298	厷	莊上開之止三	阻史：甌	精開3	子孕	禮	來上開齊蟹四	盧啟
15402	刾	初入開質臻三	初栗：此	清開3	雌氏	結	見入開屑山四	古屑
14394	蜻*	初去開清梗三	息正：想	心開3	息兩	定	定去開青梗四	徒徑

厷字《集韻》另有精母之韻一讀。《韻史》中蟹攝開口齊韻與止攝開口合流，音注的讀音與《集韻》音同。

精組一等與「莊一」〔註13〕的混注 7

23477	稡	精入合沒臻一	臧沒：爽	生開3	疎兩	忽	曉入合沒臻一	呼骨
5243	鏉	心去開侯流一	蘇奏：稍	生開2	所教	豆	定去開侯流一	徒候
5944	殐	心入合屋通一	桑谷：稍	生開2	所教	僕	並入合屋通一	蒲木
22238	雄*	心平合灰蟹一	穌回：爽	生開3	疎兩	回	匣平合灰蟹一	戶恢
5242	潄*	心去開侯流一	先奏：稍	生開2	所教	豆	定去開侯流一	徒候
25553	髿	心平合戈果一	蘇禾：爽	生開3	疎兩	戈	見平合戈果一	古禾
11844	鍐**	莊平合東通一	葅聾：寸	清合1	倉困	同	定平合東通一	徒紅

〔註13〕中古莊組聲母與二三等韻相拼，但何氏反切中存在莊組聲母與一等韻組合為被注字注音的現象。像這種聲韻等位不合的情況我們加雙引號「」標示。下同。

「精二」與莊組二等的混注 10

| 19596 | 灒* | 生去合刪山二 | 數患： | 祖 | 精合1 | 則古 | 宦 | 匣去合刪山二 | 胡慣 |

19596　灒*　生去合刪山二　　數患：　祖　精合1　則古　宦　匣去合刪山二　　胡慣

18483　鏦　初平開江江二　　楚江：　措　清合1　倉故　宦　匣去合刪山二　　胡慣

22792　嘬　初去合夬蟹二　　楚夬：　措　清合1　倉故　快　溪去合夬蟹二　　苦夬

22793　嘬　初去合夬蟹二　　楚夬：　措　清合1　倉故　快　溪去合夬蟹二　　苦夬

22796　鱻　初去合夬蟹二　　楚夬：　措　清合1　倉故　快　溪去合夬蟹二　　苦夬

10964　趁　崇入開洽咸二　　士洽：　此　清開3　雌氏　甲　見入開狎咸二　　古狎

10965　驔　崇入開洽咸二　　士洽：　此　清開3　雌氏　甲　見入開狎咸二　　古狎

10966　腤　崇入開洽咸二　　士洽：　此　清開3　雌氏　甲　見入開狎咸二　　古狎

10967　煠　崇入開洽咸二　　士洽：　此　清開3　雌氏　甲　見入開狎咸二　　古狎

19259　霅*　生上開刪山二　　數版：　送　心合1　蘇弄　版　幫上開刪山二　　布綰

「精二」與莊組三等的混注 1

21025　薿　初入開職曾三　　初力：　措　清合1　倉故　快　溪去合夬蟹二　　苦夬

　　　薿字在《集韻》中另有清母泰韻一讀。《韻史》中蟹攝合口泰韻與二等夬合流，此條音注與《集韻》同音。

表 3-31　精組與莊組混注情況統計表

	莊二	莊三	「莊一」
精一	15 梗蟹假江	14 臻蟹遇止	7 臻通流蟹果
精三	4 蟹梗	15 止深咸臻遇山	
精四	1 效	3 止臻梗	
「精二」	10 山蟹咸江	1 曾	

　　從表格中看，莊組三等與精母聲母相拼從數量上和範圍上要比莊組二等更有優勢。同時莊組和精組字分別可以和一等、二等韻母相拼合，說明這兩組聲母的性質已經發生了變化。

2）精組與章組的混注

精組三等與章組三等的混注 14

7819　觛　精上開麻假三　　茲野：　準　章合3　之尹　許　曉上合魚遇三　　虛呂

9847　蘞*　精平開鹽咸三　　將廉：　掌　章開3　諸兩　泛　敷去合凡咸三　　孚梵

11889	樅**	精平合鍾通三	咨容：掌	章開3	諸兩	匈	曉平合鍾通三	許容
23875	批	精上開支止三	將此：軫	章開3	章忍	徙	心上開支止三	斯氏
9196	戢	昌入開緝深三	昌汁：紫	精開3	將此	立	來入開緝深三	力入
2377	稵	精去開尤流三	即就：齒	昌開3	昌里	究	見去開尤流三	居祐
23876	此	清上開支止三	雌氏：軫	章開3	章忍	徙	心上開支止三	斯氏
9208	謵	昌入開葉咸三	叱涉：此	清開3	雌氏	立	來入開緝深三	力入
17930	鷁	昌平合仙山三	昌緣：翠	清合3	七醉	煩	奉平合元山三	附袁
10780	酖	從平開侵深三	昨淫：掌	章開3	諸兩	鴆	澄去開侵深三	直禁
4496	鮮	精入合術臻三	子聿：恕	書合3	商署	橘	見入合術臻重四	居聿
9971	鏊	章入開緝深三	之入：小	心開3	私兆	及	群入開緝深重三	其立

餌字《集韻》另有莊母麻韻一讀。因為何萱重在展現文字的古音古義，假攝與遇攝在《韻史》中有多次混注，這是《韻史》這部書存古的表現。就稵鷁二字在《集韻》中分別有知母去聲、澄母、從母一讀。澄在《韻史》中已清化為初母，而初與昌也已合流，從母也清化為清母，元仙合流，此三條音注與《集韻》同音。批此二字的音注讀音也能在《集韻》中找到根據。

精組一等與章組的混注 1

| 5484 | 楝 | 清入合屋通一 | 千木：處 | 昌合3 | 昌與 | 曲 | 溪入合燭通三 | 丘玉 |

楝字《集韻》另載徹母入聲燭韻一讀，《韻史》中昌徹不分，此例音注合於《集韻》。

「精二」與「章二」的混注 3

10755	覽	精去開咸咸二	子鑑：掌	章開3	諸兩	鑑	見去開銜咸二	格懺
10589	魘**	清平開耕梗二	七萌：齒	昌開3	昌里	嚴	疑平開銜咸二	五銜
10971	逢*	船入開洽咸二	實洽：此	清開3	雌氏	甲	見入開狎咸二	古狎

覽字反切注音與《集韻》音同。

精組一等與「章一」的混注 4

8453	彭*	清平開登曾一	七曾：苣	昌開1	昌給	恆	匣平開登曾一	胡登
5090	鯫	從上開侯流一	仕垢：苣	昌開1	昌給	斗	端上開侯流一	當口
8055	莋	從入開鐸宕一	在各：苣	昌開1	昌給	各	見入開鐸宕一	古落

8451　甑*　從平開登曾一　　租棱：苣　昌開1　昌紿　恆　匣平開登曾一　胡登

甑字《集韻》中另有崇母一讀，崇母在《韻史》中清化為初母，初昌不分，此條音注與《集韻》同音。

精組三等與「章一」的混注 1

2377　澡　精上開宵效三　　子小：苣　昌開1　昌紿　毛　明平開豪效一　莫袍

澡字《集韻》中另有崇母肴韻一讀。《韻史》中崇母清化為初母，初昌不分，同時肴豪合流，此條音注與《集韻》音同。

精組三等與「章二」的混注 1

18479　瀐　心去合仙山三　　息絹：社　禪開3　常者　宦　匣去合刪山二　胡慣

精組三等與「章四」的混注 1

20295　芺　邪上開脂止三　　徐姊：哂　書開3　式忍　禮　來上開齊蟹四　盧啟

芺字《集韻》另有書母脂韻一讀。脂齊開口在《韻史》中混注，此例音注與《集韻》同音。

表 3-32　精組與章組混注情況統計表

	「章一」	「章二」	章三	「章四」
精一	4 曾流宕		1 通	
「精二」		3 咸梗		
精三	1 效	1 山	14 假咸通止深流臻山	1 止

從表中看，精章的混注與精莊的混注不同。與莊組混注的精組字各等兼具，與章混注的精組字集中在三等，數量多且範圍廣。同樣，章組字的性質也發生了變化，不再是三等韻母專屬，可以和一、二、四等韻相拼合。

　　3）精組與知組的混注

精組一等與知組二等的混注 3

13241　瞠　徹平開庚梗二　　丑庚：粲　清開1　蒼案　岡　見平開唐宕一　古郎

18939　矬　從平合戈果一　　昨禾：寵　徹合3　丑隴　顏　疑平開刪山二　五姦

3340　鷯　知平開肴效二　　陟交：宰　精開1　作亥　皋　見平開豪效一　古勞

　　楚字《集韻》有桓韻讀音，《韻史》中雖然刪桓在一定條件下合流，但此例依然有聲母上的變化。我們認為這是何氏方音特點。

精組三等與知組三等的混注 5

14368　靘　從去開清梗三　　疾政：寵　徹合 3　　丑隴　敬　見去開庚梗三　　居慶

22101　瓷　從平開脂止三　　疾資：寵　徹合 3　　丑隴　祁　群平開脂止重三　渠脂

15273　親　清去開眞臻三　　七遴：寵　徹合 3　　丑隴　進　精去開眞臻三　　即刃

16096　沘　精入開質臻三　　資悉：寵　徹合 3　　丑隴　吉　見入開質臻重四　居質

16095　鳺　清去開脂止三　　七四：寵　徹合 3　　丑隴　吉　見入開質臻重四　居質

　　親字《集韻》有初母一讀。《韻史》中初徹不分，此例音注與《集韻》音同。

精組一等與「知一」的混注 1

4309　疢＊＊ 澄平開豪效一　　直高：槑　清開 1　蒼案　陶　定平開豪效一　　徒刀

　　疢字全書兩見，何氏沒有標注為多音字，釋義完全相同，此處疑為衍字。

表 3-33　精組與知組混注情況統計表

	「知一」	知二	知三
精一	1 效		3 效梗果
精三			5 臻梗止

　　精組與知組的混注數量不多，主要集中在三等字上。

　　鮑明煒、王均先生發現如皋方言中知莊章不分，與精組洪音合流，綜合以上論述我們看到，除去有些與《集韻》同音的例字，精組與知莊章組的混注多有條件地發生在三等，範圍不大，數量不多，所以這種混併並不徹底，是何氏方音所致。整體觀察《韻史》，部分混注不影響精組的獨立性。

　　馬君花博士在對胡三省《資治通鑑音注》音系的考察中發現，胡注中同樣存在知莊章三組聲母與精組聲母的混注現象，並認為這種現象是吳語的特徵。《韻史》作者何萱生活地區為江蘇泰興，屬通泰方言區，而通泰地區的地理位置比較特殊，處在江淮方言東翼，位於江淮方言與吳語的交匯處，方言性質介於二者之間（顧黔 2001：4），《韻史》中精組與知莊章組的相混體現出何氏語音中吳語的色彩。

（7）知莊章三組與端組聲母的混注

1）端組與知組的混注

端組一等與知組二等混注 7

5993	豛	知入開覺江二	竹角：董	端合1	多動	讀	定入合屋通一	徒谷
6307	鄘	澄平開麻假二	宅加：統	透合1	他綜	盧	來平合模遇一	落胡
12453	瑝	澄平開庚梗二	直庚：坦	透開1	他但	郎	來平開唐宕一	魯當
7149	埞	徹入開陌梗二	丑格：代	定開1	徒耐	各	見入開鐸宕一	古落
8023	檡	澄入開陌梗二	場伯：代	定開1	徒耐	各	見入開鐸宕一	古落
12281	幢*	澄去開江江二	文降：杜	定合1	徒古	貢	見去合東通一	古送

豛檡二字的音注音與《集韻》相同。

端組一等與知組三等混注 2

21119	懟	澄去合脂止三	直類：洞	定合1	徒弄	對	端去合灰蟹一	都隊
3737	燽	澄平開尤流三	直由：代	定開1	徒耐	誥	見去開豪效一	古到

懟字何氏音注與《集韻》同音。

端組四等與知組三等混注 5

20237	阺	澄平開脂止三	直尼：典	端開4	多殄	禮	來上開齊蟹四	盧啟
15378	鉄	知入開質臻三	陟栗：體	透開3	他禮	結	見入開屑山四	古屑
15984	蛭	知入開質臻三	陟栗：體	透開3	他禮	結	見入開屑山四	古屑
23170	皴	徹入合薛山三	丑悅：統	透合1	他綜	決	見入合屑山四	古穴
24743	禠	透入合錫梗四	丑歷：寵	徹合3	丑隴	益	影入開昔梗三	伊昔

阺字音注讀音與《集韻》相同。鉄蛭字《集韻》另有澄母屑韻一讀，《韻史》中澄母清化爲徹母。徹母與透母相混是一種古音遺跡。

「端三」與知組三等的混注 2

4104	啁*	知入開藥宕三	陟略：體	透開3	他禮	求	群平開尤流三	巨鳩
3626	笿 g*	徹平開尤流三	丑鳩：體	透開3	他禮	究	見去開尤流三	居祐

端組一等與「知一」的混注 1

5443	斣	端去開侯流一	都豆：寵	徹合3	丑隴	族	清入合屋通一	千木

斣字《集韻》另有昌母燭韻一讀。《韻史》中昌徹合流，屋燭合流，此條音注與《集韻》同音。

端組四等與「知四」的混注 1

15983 峌* 澄入開屑山四 徒結：體 透開 3 他禮 結 見入開屑山四 古屑

表 3-34 端組與知組混注情況統計表

	「知一」	知二	知三	「知四」
端一	1 流	7 江假梗	2 止流	
「端三」			2 宕流	
端四			5 止臻山梗	1 山

《韻史》中的端知不分是存古的語音現象。中古端母爲 t，徹母爲 t‘，定母爲 d，t（三等）和 rt、nt 可以演變爲知母，t‘（三等）與 rt‘可以演變爲徹母，d（三等）和 rd 可以演變爲澄母。（參鄭張尚芳 2003b：226-227）

2）端組與章組的混注

端組四等與章組的混注 4

4015 碉**端平開蕭效四 都聊：掌 章開 3 諸兩 休 曉平開尤流三 許尤

1867 絩 透去開蕭效四 他弔：齒 昌開 3 昌里 杪 明上開宵效重四 亡沼

2315 彴 禪入開藥宕三 市若：統 透合 1 他綜 激 匣入開錫梗四 胡狄

24409 題* 禪平開支止三 常支：眺 透開 4 他弔 奚 匣平開齊蟹四 胡雞

絩彴二字《集韻》分別另有澄母宵韻上聲、定母錫韻一讀。《韻史》中澄母清化爲徹母，昌徹合流，定母清化爲透母，此二條音注與《集韻》同音。

端組一等與「章一」的混注 3

5339 豛 端入合屋通一 丁木：酌 章開 3 之若 僕 並入合屋通一 蒲木

5341 豰* 端入合屋通一 都木：酌 章開 3 之若 僕 並入合屋通一 蒲木

5347 㲉 端入合屋通一 丁木：酌 章開 3 之若 僕 並入合屋通一 蒲木

端組一等與章組的混注 9

6650 陼 章上合魚遇三 章与：董 端合 1 多動 古 見上合模遇一 公戶

10621 瓭 端上開覃咸一 都感：齒 昌開 3 昌里 忱 禪平開侵深三 氏任

16209	犉	禪平合諄臻三	常倫：董	端合1	多動	昏	曉平合魂臻一	呼昆
25133	觰	昌上開麻假三	昌者：帶	端開1	當蓋	可	溪上開歌果一	枯我
17694	驙	定平開寒山一	徒干：掌	章開3	諸兩	邅	清平開仙山三	七然
10180	菼	定平開談咸一	徒甘：齒	昌開3	昌里	瞻	章平開鹽咸三	職廉
5285	偳	端平開侯流一	當侯：始	書開3	詩止	晝	知去開尤流三	陟救
17770	嬗	透平開寒山一	他干：始	書開3	詩止	連	來平開仙山三	力延
11790	㣚*	章平合鍾通三	諸容：杜	定合1	徒古	農	泥平合冬通一	奴多

　　陼觰，炕驙菼偳《集韻》另有澄母侵韻平聲、知母平聲、徹母鹽韻、禪母去聲虞韻一讀，《韻史》中澄母清化為徹母，昌徹合流，知章合流，禪母清化為書母，虞韻與尤韻在一定條件下相混，何氏音注與《集韻》同音。嬗字兩見，其中一次何氏注「別有嬋」。嬋字的《廣韻》音為禪母仙韻，禪母清化為書母，與何氏音注同音。

「端三」與章組的混注 7

7817	袗	端上合魚遇三	丁呂：準	章合3	之尹	許	曉上合魚遇三	虛呂
7818	紵	端上合魚遇三	丁呂：準	章合3	之尹	許	曉上合魚遇三	虛呂
6769	貯	端上合魚遇三	丁呂：蠢	昌合3	尺尹	許	曉上合魚遇三	虛呂
2578	弨*	昌平開宵效三	蚩招：統	透合1	他綜	姚	以平開宵效三	餘昭
10463	䶕	書入開葉咸三	書涉：眺	透開4	他弔	葉	以入開葉咸三	與涉
10604	䌍g*	章平開鹽咸三	之廉：眺	透開4	他弔	瞻	章平開鹽咸三	職廉
24720	蔏	書平開陽宕三	舒羊：眺	透開4	他弔	益	影入開昔梗三	伊昔

　　袗紵貯三字音注讀音與《集韻》相同。

「端三」與「章四」的混注 1

| 10016 | 詀** | 透入開葉咸三 | 吐涉：齒 | 昌開3 | 昌里 | 帖 | 透入開帖咸四 | 他協 |

「端二」與章組的混注 3

18042	椯	禪平合仙山三	市緣：睹	端合1	當古	版	幫上開刪山二	布綰
17544	鬊	章平合仙山三	職緣：杜	定合1	徒古	環	匣平合刪山二	戶關
17543	剸	禪平合諄臻三	常倫：杜	定合1	徒古	環	匣平合刪山二	戶關

　　剸字《集韻》另有定母桓韻一讀，《韻史》中合口刪韻與桓韻合流。此條音注與《集韻》音同。

端組四等與「章四」的混注 1

22291　莀*　端上開齊蟹四　　典禮：掌　章開 3　諸兩　啓　溪上開齊蟹四　　康禮

端組四等與「章二」的混注 1

14647　掟　定去開青梗四　　徒徑：酌　章開 3　之若　耿　見上開耕梗二　　古幸

　　掟字《集韻》中的注音爲知母庚二韻，張梗切。《韻史》知章合流，庚二與耕合流，此例可不作音變例。

端組一等與「章二」的混注 1

9738　唚*　定上開覃咸一　　徒感：齒　昌開 3　昌里　減　見上開咸咸二　　古斬

表 3-35　端組與章組混注情況統計表

	「章一」	「章二」	章	「章四」
端一	3 通	1 咸	9 遇咸臻假山流通	
「端二」			3 山臻	
「端三」			7 遇鹽效咸宕	1 咸
端四		1 梗	4 效宕止	1 梗

　　中古章母的來源之一爲 tj，昌母來源之一爲 t'j，禪母的來源之一爲 dj（參鄭張尚芳 2003b：226-227），端組聲母與章組聲母的混注反映出古音遺跡。

　　3）端組與莊組的混注

　　僅此一例，爲定崇混注。

7494　侘　定入開鐸宕一　　徒落：狀　崇開 3　鋤亮　姑　見平合模遇一　　古胡

　　侘字音注讀音可以在《集韻》中找到根據。《集韻》中侘字另有徹母麻二韻一讀。《韻史》中崇母清化爲初母，徹初合流，麻二與模韻在一定條件下混注，此條音注可以不作爲音變現象考慮。

　　在《韻史》中端組與莊組不相混，與知組和章組的混注也是個別現象。有些例字讀音與《集韻》相同，有些是存古，端組與知莊章三組獨立成兩類聲母。

表 3-36　端組與知莊章組混注情況統計表

	與知組混	與章組混	與莊組混
端組	18	30	1
音變條件	止臻山梗流江假宕	遇咸臻假山流通鹽效宕止梗	宕

　　從統計表中來看，端組與知組、莊組、章組的混注不太一樣：端章混注比

較多，端莊基本不混。我們認爲個別的混注有保留古讀的特點。

小　結

與音類相應，關於《中原音韻》知莊章三組聲母音值的構擬也存在一套和兩套之爭。具體爭論見下表：

表 3-37　《中原音韻》知莊章三組聲母音值比較表

聲母組數	擬音	拼　合　條　件	代　表　人　物
一組	[tʃ]	知二莊不與 i 相拼， 知三章與 i 相拼， 在支思部中無對立。	羅常培（2004a：85-110） 楊耐思（1981：24） 董同龢（2004：61）
	[tʂ]	可以與 i 相拼。	李新魁（1983：63）
二組	[tʂ]	知二莊不能與 i 相拼。	陸志韋（2003a：289-290）
	[tɕ]	知三章可以與 i 相拼。	
	[tʂ]	不與 i 相拼。	寧繼福（1985：213-215）
	[tʃ]	與 i 相拼	

從上表中可以看出，各家爭論的焦點爲卷舌聲母能否與 i 介音或 i 韻母相拼上。《韻史》中的知莊章三組聲母合流爲一組，我們將音值構擬爲[tʃ]。

《韻史》中的日母字主要來自中古的日母，同時也混入了知、徹、書、奉、見、透、泥、娘、心、章等母字。日母的這種複雜的音變現象，與古日母的性質有關。金有景（1984：358）先生列出了漢語方言中日母的各個讀音的演化情況：

他認爲上古音中的日母爲[n̠]，泥母三等字（娘母）爲[ni]。證據爲善無畏

（724 年）以前，都用日母字來對譯梵文 ñ。到了不空（771 年）時期，娘母字變讀爲[n̠]，日母經歷[n̠ → n̠j → n̠ʑ]的演變後讀爲[n̠ʑ]。證據是不空譯音中以娘母字來對譯梵文 ñ。（參金有景 1984：352）

《韻史》中日母與泥母和娘母的混注最爲突出，是因爲日母、泥母和娘母處在演變過程中造成的混同。當日母演變成[n̠ʑ]時，與禪母讀音相近，只多了一個鼻擦音[n̠]，所以會出現日禪相混。禪母在《韻史》中清化爲書母，日書混注體現了日禪不分的遺跡。

顧黔先生（2001：61）指出，古日母在通泰各地的變化最爲紛繁，一般是 z/ʐ，有 tʂ-組者爲 ʐ，只有 ts-組者爲 z-。泰興有 ʐ 無 tʂ，顧先生以此爲線索找到了泰興鄉村地區存在 tʂ、tʂʻ、ʂ 的證據。她列舉了幾個古日母字在現代泰興方言中的讀音情況：

	如	肉	然	熱	日	人
泰興	l/ʐ ʐ̯	ʐ	Ø	Ø	Ø	ʐ

檢索這些字在《韻史》中的讀音，我們發現這些字全是日母，沒有又讀，也沒有和其他聲相混。

鮑明煒、王均（2002：122）二位先生認爲，如皋[Ø]的來源之一爲中古的日母，例字爲兒、二、餌。這些字在《韻史》中同樣是日母字，沒有變爲影母。

知系聲母與端系中精組、端組有個別混注現象，有些是與《集韻》同音，有些是作者方言現象，有些是體現出了古音遺跡。這類混注數量有限，不影響知系與端組和精組分別獨立的結論。

綜上，我們將知系聲母在《韻史》中作如下構擬：掌[tʃ]（知莊章）、齒[tʃʻ]（徹澄、初崇俟、昌船）、始[ʃ]（生、書禪）、攘[ʎʒ]（日）。

（三）《韻史》自注反切的聲母表

通過上文的分析，結合「反切上字表」，我們認爲《韻史》反切所體現出的聲母爲 21 個，具體類別和擬音見下表：

表 3-38　《韻史》反切聲母表

丙[p]	品[pʻ]	莫[m]	甫[f]	晚[v]
帶[t]	代[tʻ]	念[n]		亮[l]
紫[ts]	此[tsʻ]		想[s]	

掌[tʃ]	齒[tʃ']			始[ʃ]	攘[ʌ]
几[k]	儉[k']	仰[ŋ]		戶[x]	
漾[ø]					

通過對反切的研究得出的《韻史》聲母表，與我們在「何萱對古聲母的研究」那一部分中得出的何氏上古聲母完全相同，造成這種現象的原因恐怕還要歸因於何氏對上古聲母的探索沒有像上古韻部那樣找到一個好的方法和切入點（他對古韻的研究牢牢把握住「同諧聲者必同部」的原則），使得他的上古聲母與他在反切注音時所使用的音系聲母相同。我們在上文的分析中也發現了許多存古現象，但並不影響我們得出的聲母格局。這二十一個聲母的特點與性質我們集中於「音系性質」一節討論，此處不贅。

二、韻母系統

（一）反切下字表

說　明

1、通過對反切下字的系聯和比較，我們發現切下字可以分為 20 部，不同於中古韻部，與上古韻部接近，又具有近代音特點。基於上述考慮，根據系聯和比較的結果，我們將何萱「總目」中的韻部名稱作為《韻史》反切下字體現出的韻部的名稱。

2、韻類按照開合洪細分別，開口（合口）洪音大致相當中古開口（合口）一二等，開口（合口）細音大致相當中古開口（合口）三四等。後面的數字指切下字個數和同音字組組數。

3、切下字後面的數字表示該反切下字在《韻史》中出現的次數。數字後的音韻地位和反切為該切下字在《廣韻》（加*號者為《集韻》）中的音韻地位和反切。

1、江　部

（合口洪音）：16/551

工	109	東合一通	古紅
同	92	東合一通	徒紅
貢	72	東合一通	古送
農	58	多合一通	奴多

滃	43	東合一通	烏孔
桶	27	東合一通	他孔
孔	27	東合一通	康董
翁	26	東合一通	烏紅
控	21	江開二江	苦江
夅	15	江開二江	下江
澒	13	東合一通	胡孔
尨	13	江開二江	莫江
江	11	江開二江	古雙
棟	10	東合一通	多貢
絳	9	江開二江	古巷
巷	5	江開二江	胡絳

（合口細音 1）：9/319

邕	75	鍾合三通	於容
勇	63	鍾合三通	余隴
容	50	鍾合三通	餘封
從	44	鍾合三通	疾容
胷	27	鍾合三通	許容
寵	26	鍾合三通	丑隴
誦	17	鍾合三通	似用
用	16	鍾合三通	余頌
從	1	鍾合三通	疾容

（合口細音 2）：8/107

娍	31	東合三通	息弓
崇	21	東合三通	鋤弓
戎	19	東合三通	如融
充	17	東合三通	昌終
眾	11	東合三通	之仲
仲	5	東合三通	直眾

穹	2	東合三通	去宮
雄	1	東合三通	羽弓

2、岡　部

（開口洪音）：8/500

郎	130	唐開一宕	魯當
朗	113	唐開一宕	盧黨
宕	80	唐開一宕	徒浪
岡	67	唐開一宕	古郎
倉	59	唐開一宕	七岡
唐	32	唐開一宕	徒郎
黨	11	唐開一宕	多朗
抗	8	唐開一宕	苦浪

（開口細音）：11/498

香	123	陽開三宕	許良
兩	97	陽開三宕	良獎
良	82	陽開三宕	呂張
向	67	陽開三宕	許亮
防	55	陽合三宕	符方
陽	29	陽開三宕	與章
姜	17	陽開三宕	居良
漾	11	陽開三宕	餘亮
響	11	陽開三宕	許兩
牀	4	陽開三宕	士莊
景	2	陽開三宕	居良

（合口洪音）：13/199

光	48	唐合一宕	古黃
廣	35	唐合一宕	古晃
曠	33	唐合一宕	苦謗
況	16	陽合三宕	許訪

兄	15	庚合三梗	許榮
霜	10	陽開三宕	色莊
晃	10	唐合一宕	胡廣
汪	9	唐合一宕	烏光
旺	6	陽合三宕	于放
王	6	陽合三宕	雨方
狂	5	陽合三宕	巨王
壯	4	陽開三宕	側亮
匡	2	陽合三宕	去王

3、耕 部

（開口洪音）：22/273

耕	51	耕開二梗	古莖
登	34	登開一曾	都縢
恆	29	登開一曾	胡登
鏗	27	耕開二梗	口莖
亙	25	登開一曾	古鄧
莖	16	耕開二梗	戶耕
諍	14	耕開二梗	側迸
耿	13	耕開二梗	古幸
增	11	登開一曾	作縢
笙	9	庚開二梗	所庚
崩	8	登開一曾	普等
斒	7	諄合重三臻	於倫
吞	6	痕開一臻	吐根
鄧	5	登開一曾	徒亙
枀	3	耕開二梗	胡耿
縢	3	登開一曾	徒登
堋	3	登開一曾	方隥
娙	2	耕開二梗	五莖

鋥	2	庚開二梗	除更
轟	2	耕開二梗	呼宏
瓗	2	東合三通	莫鳳
矰*	1	登開一曾	子等

（開口細音）：18/643

亭	98	青開四梗	特丁
挺	88	青開四梗	徒鼎
青	79	青開四梗	倉經
敬	66	庚開三梗	居慶
情	63	清開三梗	疾盈
警	49	庚開三梗	居影
陵	36	蒸開三曾	力膺
荊	29	庚開三梗	舉卿
引	29	眞開三臻	余忍
孁	28	蒸開三曾	許應
兢	21	蒸開三曾	居陵
定	16	青開四梗	徒徑
凭	15	蒸開三曾	扶冰
拯	11	蒸開三曾	蒸上
領	8	清開三梗	良郢
孕	3	蒸開三曾	以證
薑	3	欣開三臻	居隱
膺	1	蒸開三曾	於陵

（合口洪音）：4/50

宏	24	耕合二梗	戶萌
朋	12	登開一曾	步崩
肱	10	登合一曾	古弘
薨	4	登合一曾	呼肱

（合口細音）：11/84

悅	16	陽合三宕	許昉

扃	15	青合四梗	古螢
熒	11	青合四梗	戶扃
竝	11	青開四梗	蒲迥
營	7	清合三梗	余傾
縈	7	清合三梗	於營
並	6	青開四梗	蒲迥
詗	5	清合三梗	休正
永	4	庚合三梗	于憬
榮	1	庚合三梗	爲命
穎	1	清合三梗	餘傾

4、臤 部

（開口洪音）：8/36

很	11	痕開一臻	胡墾
根	7	痕開一臻	古痕
齦	5	痕開一臻	康很
垠	4	痕開一臻	五根
恩	3	痕開一臻	烏痕
恨	3	痕開一臻	胡艮
艮	2	痕開一臻	胡艮
痕	1	痕開一臻	戶恩

（開口細音）：21/570

謹	78	欣開三臻	居隱
民	76	眞開重四臻	彌鄰
近	63	欣開三臻	巨靳
進	51	眞開三臻	即刃
因	50	眞開重四臻	於眞
勤	45	欣開三臻	巨斤
欣	42	欣開三臻	許斤
鄰	26	眞開三臻	力珍

巾	23	眞開重三臻	居銀
信	16	眞開三臻	息晉
銀	15	眞開重三臻	語巾
隣	14	眞開三臻	力珍
辛	14	眞開三臻	息鄰
隱	13	欣開三臻	於謹
仁	13	眞開三臻	如鄰
靳	10	欣開三臻	居焮
稹	5	眞開三臻	章忍
愼	5	眞開三臻	時刃
腎	4	眞開三臻	時忍
臣	4	眞開三臻	植鄰
鎭	3	眞開三臻	陟刃

（合口洪音）：8/324

坤	66	魂合一臻	苦昆
緄	50	魂合一臻	古本
醇	47	諄合三臻	常倫
寸	43	魂合一臻	倉困
昏	36	魂合一臻	呼昆
本	35	魂合一臻	布忖
蒐	32	魂合一臻	戶昆
困	15	魂合一臻	苦悶

（合口細音）：18/308

允	65	諄合三臻	余準
雲	57	文合三臻	王分
君	35	文合三臻	舉云
運	30	文合三臻	王問
窘	24	諄合三臻	巨隕
羣	22	文合三臻	渠云

訓	17	文合三臻	許運
勳	15	文合三臻	許云
勻	12	諄合三臻	羊倫
均	10	諄合重四臻	居勻
旬	5	諄合三臻	詳遵
詢	5	諄合三臻	相倫
筍	3	諄合三臻	思尹
殉	2	諄合三臻	辭閏
埼	2	諄合三臻	爲贇
昀	2	諄合重四臻	九峻
瞚	1	諄合三臻	舒閏
徇	1	諄合三臻	辭閏

5、干　部

（開口洪音1）：9/248

旦	103	寒開一山	得按
丹	35	寒開一山	都寒
坦	34	寒開一山	他但
闌	26	寒開一山	落干
炭	14	寒開一山	他旦
殘	13	寒開一山	昨干
餐	10	寒開一山	七安
罕	7	寒開一山	呼旱
罕	6	寒開一山	呼旱

（開口洪音2）：9/121

諫	31	刪開二山	古晏
柬	25	山開二山	古限
顏	17	刪開二山	五姦
產	17	山開二山	所簡
山	11	山開二山	所閒

晏	8	刪開二山	烏澗
菅	5	刪開二山	古顏
閑	4	山開二山	戶閒
蕑	3	山開二山	古閑

（開口細音）：16/616

淺	123	仙開三山	七演
片	68	先開四山	普麵
連	65	仙開三山	力延
遷	54	仙開三山	七然
堅	47	先開四山	古賢
顯	39	先開四山	呼典
年	35	先開四山	奴顛
演	34	仙開三山	以淺
賢	29	先開四山	胡田
箋	28	先開四山	則前
千	27	先開四山	蒼先
甸	18	先開四山	堂練
線	17	仙開三山	私箭
延	16	仙開三山	以然
箭	9	仙開三山	子賤
翦	7	仙開三山	即淺

（合口洪音）：8/425

宦	105	刪合二山	胡慣
版	81	刪開二山	布綰
環	81	刪合二山	戶關
蠻	56	刪合二山	莫還
關	55	刪合二山	古還
慢	22	刪開二山	謨晏
彎	15	刪合二山	烏關
綰	10	刪合二山	烏板

（合口細音）：16/598

萬	151	元合三山	無販
返	121	元合三山	府遠
煩	110	元合三山	附袁
幡	97	元合三山	孚袁
權	37	仙合重三山	巨員
沔	17	仙開重四山	彌兖
瓣	13	先開四山	匹見
跧	10	仙合三山	莊緣
鉉	7	先合四山	胡畎
選	7	仙合三山	思兖
眷	7	仙合重三山	居倦
淵	6	先合四山	烏玄
邊	5	先開四山	布玄
狷	5	先合四山	崇玄
茲	3	先合四山	胡涓
眩	2	先合四山	黃練

6、金　部

（開口細音）：14/305

林	70	侵開三深	力尋
錦	62	侵開重三深	居飲
金	44	侵開重三深	居吟
音	43	侵開重三深	於金
蔭	24	侵開重三深	於禁
琴	20	侵開重三深	巨金
禁	17	侵開重三深	居蔭
忱	10	侵開三深	氏任
沈	4	侵開三深	式荏
枕	3	侵開三深	章荏
鈂	2	侵開三深	直深

黕*	2	侵開三深	知鵀
鵀	2	侵開三深	直禁
品	2	侵開重三深	丕飲

7、甘 部

（開口洪音 1）：16/343

禫	53	覃開一咸	徒感
膽	52	談開一咸	都敢
三	45	談開一咸	蘇甘
藍	27	談開一咸	魯甘
覃	26	覃開一咸	徒含
撢	19	覃開一咸	他紺
談	18	談開一咸	徒甘
濫	17	談開一咸	盧甘
耽	16	覃開一咸	丁含
濫	16	談開一咸	盧瞰
紺	15	覃開一咸	古暗
甘	10	談開一咸	古三
覽	9	談開一咸	盧敢
闇	8	覃開一咸	烏紺
感	7	覃開一咸	古禫
驂	5	覃開一咸	倉含

（開口洪音 2）：12/135

巖	21	銜開二咸	五銜
鑑	20	銜開二咸	格懺
咸	19	咸開二咸	胡讒
減	19	咸開二咸	古斬
緘	18	咸開二咸	古咸
嵒	10	咸開二咸	五咸
芟	8	銜開二咸	所銜
巉	6	銜開二咸	鋤銜

彡	5	銜開二咸	所銜
摻	4	咸開二咸	所斬
陷	3	咸開二咸	戶韽
鹽	2	銜開二咸	古銜

（開口細音）：20/388

廉	41	鹽開三咸	力鹽
檢	36	鹽開重三咸	居奄
謙	33	添開四咸	苦兼
冄	32	鹽開三咸	而琰
兼	31	添開四咸	古甜
念	29	添開四咸	奴店
嫌	27	添開四咸	戶兼
掩	22	鹽開重三咸	衣儉
諂	22	鹽開三咸	丑琰
劍	17	嚴開三咸	居欠
拑	17	鹽開重三咸	巨淹
瞻	14	鹽開三咸	職廉
範	14	凡合三咸	防錟
坫	11	添開四咸	都念
檻	11	銜開二咸	胡黤
泛	10	凡合三咸	孚梵
鹽	7	鹽開三咸	余廉
嗛	6	添開四咸	苦簟
欠	5	嚴開三咸	去劍
淹	3	鹽開重三咸	央炎

8、幾 部

（開口細音）：30/1843

器	236	脂開重三止	去冀
禮	120	齊開四蟹	盧啓
記	115	之開三止	居吏

起	109	之開三止	壚里
怡	99	之開三止	與之
利	95	脂開三止	力至
稀	91	微開三止	香衣
奚	88	齊開四蟹	胡雞
係	84	齊開四蟹	古詣
黎	69	齊開四蟹	郎奚
基	65	之開三止	居之
衣	65	微開三止	於希
祁	61	脂開重三止	渠脂
徙	58	支開三止	斯氏
雞	58	齊開四蟹	古奚
喜	56	之開三止	虛里
啓	51	齊開四蟹	康禮
熙	45	之開三止	許其
弭	44	支開重四止	綿婢
谿	44	齊開四蟹	苦奚
趍	41	支開三止	直離
淇	27	之開三止	渠之
姼	25	支開三止	尺氏
提	25	齊開四蟹	杜奚
契	19	齊開四蟹	苦計
掎	17	支開重三止	居綺
異	14	之開三止	羊吏
匜	10	支開三止	弋支
企	8	支開重四止	去智
齊	4	齊開四蟹	徂奚
駕	21	麻開二假	古訝
刿	6	支開三止	充豉

（合口細音）：48/981

對	165	灰合一蟹	都隊
歸	93	微合三止	舉韋
偉	89	微合三止	于鬼
回	82	灰合一蟹	戶恢
貴	52	微合三止	居胃
萃	49	脂合三止	秦醉
黳	44	齊開四蟹	烏奚
卉	41	微合三止	許偉
磊	37	灰合一蟹	落猥
遂	35	脂合三止	徐醉
嬀	28	支合重三止	居為
奎	19	齊合四蟹	苦圭
規	18	支合重四止	居隋
蕤	17	脂合三止	儒隹
恚	15	支合重四止	於避
雷	15	灰合一蟹	魯回
加	15	麻開二假	古牙
碑	14	支開重三止	彼為
揆	12	脂合重四止	求癸
蘂	11	支合三止	如累
膗	10	灰合一蟹	乃回
夥	10	齊開四蟹	康禮
唯	8	脂合三止	以水
維	8	脂合三止	以追
葵	8	脂合重四止	渠隹
戲	8	支開重三止	許羈
攜	8	齊合四蟹	戶圭
雖	7	脂合三止	息遺

詭	7	支合重三止	過委
𡔷	6	脂合三止	雖遂
傫	6	灰合一蟹	魯猥
眭	5	脂合重四止	香季
徽	5	微合三止	許歸
悔	5	灰合一蟹	呼罪
黿	4	佳合二蟹	烏媧
𩥚	3	支合重三止	于嬀
瘑	3	支合三止	羊捶
攌*	3	皆合二蟹	枯懷
洈	3	脂合三止	榮美
桵	2	脂合三止	儒隹
桂	2	齊合四蟹	古惠
隨	2	支合三止	羊捶
觬	2	支合重三止	於爲
貤	1	支開三止	以豉
葳	1	微合三止	於非
危	1	支開重三止	魚爲
萎	1	支合重三止	於僞
莊	1	皆合二蟹	古懷

9、該 部

（開口洪音）：29/512

帶	83	泰開一蟹	當蓋
岱	53	咍開一蟹	徒耐
來	48	咍開一蟹	落哀
哉	46	咍開一蟹	祖才
乃	39	咍開一蟹	奴亥
介	30	皆開二蟹	古拜
材	26	咍開一蟹	昨哉

泰	24	泰開一蟹	他蓋
薶	21	皆開二蟹	胡介
該	15	咍開一蟹	古哀
街	15	佳開二蟹	古膎
懈	11	佳開二蟹	古隘
戴	10	咍開一蟹	都代
厓	10	佳開二蟹	五佳
鞵	8	佳開二蟹	戶佳
曬	8	佳開二蟹	所賣
嬾	8	寒開一山	落旱
海	7	咍開一蟹	呼改
柴	7	佳開二蟹	士佳
儕	6	皆開二蟹	士皆
齋	6	皆開二蟹	側皆
皆	6	皆開二蟹	古諧
皚	6	咍開一蟹	五來
改	5	咍開一蟹	古亥
愷	5	咍開一蟹	苦亥
哀	3	咍開一蟹	烏開
諧	3	皆開二蟹	戶皆
叉	2	佳開二蟹	楚佳
開	1	咍開一蟹	苦哀

（合口洪音）：14/183

快	84	夬合二蟹	苦夬
膗	19	皆合二蟹	仕懷
蟹*	18	佳開二蟹	下買
買	15	佳開二蟹	莫蟹
邁	9	夬開二蟹	莫話
卦	9	夬合二蟹	古賣
派	7	佳開二蟹	匹卦

誨	6	灰合一蟹	荒內
懷	4	皆合二蟹	戶乖
怪	3	皆合二蟹	古壞
悝	3	灰合一蟹	苦回
觟	3	麻合二假	胡瓦
𦫵	2	佳合二蟹	乖買
夆	1	皆合二蟹	古壞

10、鳩 部

（開口洪音）：40/1188

由	146	尤開三流	以周
究	96	尤開三流	居祐
豆	82	侯開一流	徒候
鳩	77	尤開三流	居求
九	75	尤開三流	舉有
求	64	尤開三流	巨鳩
休	60	尤開三流	許尤
鉤	54	侯開一流	古侯
斗	53	侯開一流	當口
守	50	尤開三流	書九
甌	37	侯開一流	烏侯
庨	37	侯開一流	戶鉤
口	36	侯開一流	苦后
樓	35	侯開一流	落侯
晝	29	尤開三流	陟救
漏	27	侯開一流	盧候
宙	24	尤開三流	直祐
愁	21	尤開三流	士尤
遇	19	虞合三遇	牛具
裒	18	侯開一流	薄侯

幽	17	幽開三流	於虯
主	15	虞合三遇	之庾
幼	13	幽開三流	伊謬
耦	13	侯開一流	五口
雛	12	虞合三遇	仕于
赳	11	幽開三流	居黝
瘦	10	尤開三流	所祐
茂	9	侯開一流	莫候
牡	8	侯開一流	莫厚
朻	7	幽開三流	居虯
醅	7	尤開三流	匹尤
黝	6	幽開三流	於糾
繆	4	幽開三流	力幽
趨	4	虞合三遇	七逾
虯	3	幽開三流	渠幽
搜	3	尤開三流	所鳩
叜	2	侯開一流	蘇后
培	2	灰合一蟹	薄回
謬	1	幽開三流	靡幼
牟	1	尤開三流	莫浮

11、姑　部

（合口洪音）：9/628

固	158	模合一遇	古暮
古	117	模合一遇	公戶
姑	113	模合一遇	古胡
盧	93	模合一遇	落胡
都	56	模合一遇	當孤
胡	32	模合一遇	戶吳
土	24	模合一遇	他魯

| 徒 | 18 | 模合一遇 | 同都 |
| 路 | 17 | 模合一遇 | 洛故 |

（合口細音）：24/822

餘	114	魚合三遇	以諸
許	107	魚合三遇	虛呂
據	88	魚合三遇	居御
居	86	魚合三遇	九魚
舉	82	魚合三遇	居許
渠	41	魚合三遇	強魚
虛	40	魚合三遇	去魚
儒	37	虞合三遇	人朱
廚	33	虞合三遇	直誅
輸	33	虞合三遇	式朱
豫	24	魚合三遇	羊洳
受	16	虞合三遇	市朱
庾	16	虞合三遇	以主
榆	16	虞合三遇	羊朱
取	14	虞合三遇	七庾
剖	14	虞合三遇	芳武
驅	14	虞合三遇	豈俱
具	12	虞合三遇	其遇
趨	8	虞合三遇	芳遇
需	8	虞合三遇	相俞
煦	7	虞合三遇	況羽
聚	6	虞合三遇	才句
屢	4	虞合三遇	九遇
樞	2	虞合三遇	昌朱

12、高　部

（開口洪音）：33/689

| 到 | 54 | 豪開一效 | 都導 |

早	47	豪開一效	子晧
豹	47	肴開二效	北教
豪	45	豪開一效	胡刀
誥	43	豪開一效	古到
陶	43	豪開一效	徒刀
皋	42	豪開一效	古勞
考	34	豪開一效	苦浩
刀	30	豪開一效	都牢
杲	26	豪開一效	古老
交	24	肴開二效	古肴
毛	21	豪開一效	莫袍
曑	19	豪開一效	都晧
袍	19	豪開一效	薄褒
苞	18	肴開二效	布交
攪	17	肴開二效	古巧
導	16	豪開一效	徒到
滔	15	豪開一效	土刀
高	14	豪開一效	古勞
鐃	14	肴開二效	女交
孝	14	肴開二效	呼教
敲	14	肴開二效	口交
膠	14	肴開二效	古肴
爻	11	肴開二效	胡茅
顟	9	肴開二效	力嘲
撓	9	肴開二效	奴巧
絞	6	肴開二效	古巧
爪	5	肴開二效	側絞
皃	5	肴開二效	莫教
燥	4	豪開一效	蘇老
庖	4	肴開二效	薄交

麭	3	肴開二效	匹兒
教	3	肴開二效	古孝

（開口細音）：16/544

宵	84	宵開三效	相邀
肖	72	宵開三效	私妙
晈	60	蕭開四效	古了
翹	51	宵開重四效	渠遙
矯	43	宵開重三效	居夭
驕	40	宵開重三效	舉喬
杪	34	宵開重四效	亡沼
小	30	宵開三效	私兆
葽	30	蕭開四效	於堯
喬	19	宵開重三效	巨嬌
姚	19	宵開三效	餘昭
囂	16	宵開重三效	許嬌
廟	14	宵開重三效	眉召
照	13	宵開三效	之少
苗	10	宵開重三效	武瀌
竅	9	蕭開四效	苦弔

13、柯　部

（開口洪音）：8/271

河	82	歌開一果	胡歌
多	63	歌開一果	得何
可	56	歌開一果	枯我
羅	33	歌開一果	魯何
賀	12	歌開一果	胡箇
佐*	11	歌開一果	子賀
歌	7	歌開一果	古俄
我	7	歌開一果	五可

（合口洪音）：8/379

瑣	84	戈合一果	蘇果
禾	74	戈合一果	戶戈
課	64	戈合一果	苦臥
果	63	戈合一果	古火
戈	45	戈合一果	古禾
科	39	戈合一果	苦禾
摩	7	戈合一果	莫婆
貨	3	戈合一果	呼臥

14、縠 部

（合口洪音）：6/249

卜	138	屋合一通	博木
篤	52	沃合一通	冬毒
讀	32	屋合一通	徒谷
毒	15	沃合一通	徒沃
槳	7	屋合一通	莫蔔
哭	5	屋合一通	空谷

（合口細音）：9/362

菊	157	屋合三通	居六
曲	101	燭合三通	丘玉
育	80	屋合三通	余六
縟	12	燭合三通	而蜀
蔟	7	屋合一通	千木
旭	2	燭合三通	許玉
亍	1	燭合三通	丑玉
局	1	燭合三通	渠玉
賣	1	屋合三通	余六

15、各 部

（開口洪音）：9/489

各	269	鐸開一宕	古落

僕	66	屋合一通	蒲木
鶴	53	鐸開一宕	下各
濯	32	覺開二江	直角
鷟	29	覺開二江	士角
搉	17	覺開二江	苦角
卓	12	覺開二江	竹角
落	9	鐸開一宕	盧各
託	2	鐸開一宕	他各

（開口細音）：4/187

略	105	藥開三宕	離灼
約	46	藥開三宕	於略
謔	28	藥開三宕	虛約
若	8	藥開三宕	而灼

（合口洪音）：2/18

縛	17	藥合三宕	符钁
戄	1	藥合三宕	居縛

（合口細音）：2/48

郭	27	鐸合一宕	古博
霍	21	鐸合一宕	虛郭

16、隔　部

（開口洪音）：7/177

策	49	麥開二梗	楚革
克	45	德開一曾	苦得
德	32	德開一曾	多則
隔	27	麥開二梗	古核
眽	11	麥開二梗	莫獲
則	7	德開一曾	子德
劃	6	麥開二梗	呼麥

（開口細音）：6/423

力	149	職開三曾	林直

益	99	昔開三梗	伊昔
錫	79	錫開四梗	先擊
弋	58	職開三曾	與職
激	22	錫開四梗	胡狄
檄	16	錫開四梗	胡狄

（合口洪音）：2/25

馘	14	麥合二梗	古獲
惑	11	德合一曾	胡國

（合口細音）：4/51

臧	24	職合三曾	況逼
鶪	13	錫合四梗	古闃
役	12	昔合三梗	營隻
闃	2	職合三曾	況逼

17、吉　部

（開口細音）：6/255

吉	135	質開重四臻	居質
瑟	45	櫛開三臻	所櫛
逸	38	質開三臻	夷質
汔	19	迄開三臻	許訖
弼	10	質開重三臻	房密
質	8	質開三臻	之日

（合口洪音）：2/143

骨	91	沒合一臻	古忽
忽	52	沒合一臻	呼骨

（合口細音）：8/181

橘	89	術合重四臻	居聿
物	58	物合三臻	文弗
律	13	術合三臻	呂䘏
鴥	7	術合三臻	餘律
勿	5	物合三臻	文弗

恤	5	術合三臻	辛聿
弗	3	物合三臻	分勿
响	1	術合三臻	所律

18、葛 部

（開口洪音1）：2/121

達	109	曷開一山	他達
紮	12	曷開一山	桑割

（開口洪音2）：4/83

戛	33	黠開二山	吉黠
札	18	黠開二山	側八
察	17	黠開二山	初八
八	15	黠開二山	博拔

（開口細音）：4/285

設	98	薛開三山	識列
列	96	薛開三山	良薛
結	79	屑開四山	古屑
鐵	12	屑開四山	他結

（合口洪音）：2/159

拔	130	末合一山	蒲撥
括	29	末合一山	古活

（合口細音）：7/173

髮	101	月合三山	方伐
缺	34	屑合四山	苦穴
叒*	13	薛合三山	龍輟
決	9	屑合四山	古穴
韢	7	月合三山	望發
韣	7	月合三山	望發
穴	2	屑合四山	胡決

19、忌 部

（開口細音）：4/149

立	91	緝開三深	力入
及	53	緝開重三深	其立
褁	4	緝開三深	七入
褔	1	緝開三深	初戢

20、頰　部

（開口洪音1）：4/207

荅	83	合開一咸	都合
臘	62	盍開一咸	盧盍
沓	54	合開一咸	徒合
帀	8	合開一咸	子答

（開口洪音2）：4/125

甲	65	狎開二咸	古狎
壓	30	狎開二咸	烏甲
狎	23	狎開二咸	胡甲
洽	7	洽開二咸	侯夾

（開口細音）：4/251

葉	91	葉開三咸	與涉
捷	79	葉開三咸	疾葉
帖	64	帖開四咸	他協
攝	17	葉開三咸	書涉

我們根據系聯和比較的結果得出《韻史》韻部二十個，與中古音不同，與近代音《中原音韻》韻部有相似性，與上古韻部有許多重合之處，可以與中古、近代、上古和通泰方言作比較研究。下文我們分部討論。

（二）中古十六攝在《韻史》中的變化

中古十六攝在《韻史》中同時存在同攝和異攝音變。同攝音變指的是同一韻攝內諸韻的音變現象，通常有三、四等韻的合流、重韻的合流等；異攝音變指的是不同韻攝之間的音變現象。從中古下衍的話，以《四聲等子》、《切韻指掌圖》等宋元等韻圖而論，其江宕同圖、梗曾同圖、果假同圖即是這種異攝音變的表現；上推的話，以諧聲字和押韻材料來看，通江同部、梗宕同部，也是

異攝音變的表現。我們研究《韻史》的韻母系統，也是以十六攝為單位考察韻母的音變現象。通過反切比較，我們發現，《韻史》反切所反映的韻部有一個很明顯的特點——存古。比如，中古江攝字注同通攝字，假攝字注同遇攝字等等。之所以出現這種情況，是因為何萱注音的出發點就是考求古音，原則是「同聲同部」。所以他所注出來的音基本上就是參照漢字的聲符來注的、他心目中的古音。但由於時代所限，他的注音不能真正反映古音，有些是對古音的誤解，有些又揉入了時音和方音，所以我們從反切考證出的二十韻部與他自述的十七部不統一，除了存古，還有其他特點：第一、攝與攝之間的分合變化因為韻尾的不同而不同。第二、陰聲韻、陽聲韻和入聲韻攝都出現異攝韻的合流，攝的總量相比中古要少。第三、攝內各韻變化明顯。同攝同開合而又同等位的韻母不分，一、二等韻合流，三、四等韻合流，不區分重紐韻，韻母的數量少於中古。第四、陽聲韻、陰聲韻、入聲韻之間有混注的現象，但基本上還保持著-m、-n、-ŋ 和-p、-t、-k 三分的格局等等。《韻史》韻類與中古音相比要明顯簡化。具體情況見下文的分部論述。〔註14〕

1、舒聲韻部

中古的十六攝舒聲在《韻史》中的注音情況見下表：

表3-39　十六攝舒聲本攝、他攝韻相注統計表

	通	江	止	遇	蟹	臻	山	效	果	假	宕	梗	曾	流	深	咸
通	850	54	1		2							1	1	1	1	
江	4	68									1					
止	4		1154	5	535	6	7	1	22	11				86		
遇	8	1	1	1174	12			6	2	251	1			38		
蟹			565	5	1029	3	3			25		1	2	4		
臻	1		14	3	12	1039	118					84	5		1	1
山		1	6		21	50	1906	3	5	1		4		3	1	3

〔註14〕我們下文考證的目的是要從這些跟中古音不相應的注音中來看何氏注音的性質。為了論述的方便，我們依然以中古音為參照，但因為基本上是存古，所以我們不使用在考察聲母和聲調時的「自注」、「混注」的說法，而是把反切比較中與中古音相同的注音稱作「本攝注」或「本韻注」，不同的注音稱作「他攝注」或「他韻注」。而實際上這些「本注」或「他注」，並不是何萱有意為之，他只是在標注他心目中上古音的讀法，與中古音無關。

效			4				1209	1	1	1		22		2
果		119	2	27	1	4	1	415	79					
假		34		4			1							
宕		2	1				2		973	214	1	2		
梗	4	3		1	36	24			18	642	13			1
曾	11			1	3				28	218		3		
流	3	7	11	106	1	1	3	87			888			
深	16				1					3	273	11		
咸	2	1		1			2		1		1	2	1		2	849

從表中來看，《韻史》中的舒聲他攝注明顯。深咸兩攝基本保持獨立，江通二攝、臻山二攝、宕梗曾三攝之間多次相注，假攝沒有本攝相注例，止蟹兩攝相注幾乎占到各自本攝相注的一半，遇攝和效攝與流攝之間也有大量相注。同時陰聲韻和陽聲韻之間也相互爲注。我們下文分別對陽聲韻、陰聲韻、陰聲韻與陽聲韻之間的關係展開討論。

（1）同尾陽聲韻

在《韻史》中同攝的陽聲韻和同尾陽聲韻都大量相注，說明在中古同一攝中的各韻在《韻史》中不分，異攝之間的韻尾也不像中古那樣界線分明，部分中古韻攝在《韻史》中可以合併。他攝注的討論，我們分置於各部之中，具體來說，通攝與江、梗、曾攝相注在東部討論，江攝與宕攝相注在陽部討論，梗攝與曾、宕攝相注在耕部討論，臻山兩攝相注在寒部討論，深咸兩攝相注在談部討論。

1）江 部

何氏的江部主要來自中古的通攝和江攝，包括東一、東三、冬、鍾、江五韻（舉平以賅上、去，下同），除江韻外，其餘四韻爲合口。這五韻系在《韻史》中的注音情況見下表：

表 3-40 通攝、江攝舒聲韻相注統計表

	東一	冬	鍾	江	東三
東一	346	36		37	
冬	34	19	2	3	
鍾	6	1	304	12	1
江	3		1		
東三	1		1	2	98

　　從表中可以看出，東三獨自成一類，東一與冬、江不分，部分江韻字在《韻史》中讀同鍾韻，但鍾韻自注 304 次，鍾江相注只有 13 次，本韻注與他韻注的比率爲 4.3%，江鍾之間還是有差別的。我們具體來看通攝內部不同韻系相注的情況。

①東一、冬無別

　　東一自注 346 次，冬自注 19 次，東一與冬互注 70 次，東一與冬已經混同了。東一與冬都是一等韻，也就是說東一和冬的主元音也變得相同了。

　　東一、冬相注 70 次，擇要舉例如下：

11450	統	透去合冬通一	他綜：杜	定合1	徒古	潨	影上合東通一	烏孔
11573	宋	心去合冬通一	蘇統：選	心合3	蘇管	貢	見去合東通一	古送
11159	宗	精平合冬通一	作冬：祖	精合1	則古	工	見平合東通一	古紅
11847	嵸	從平合冬通一	藏宗：寸	清合1	倉困	同	定平合東通一	徒紅
11714	佟	定平合冬通一	徒冬：杜	定合1	徒古	工	見平合東通一	古紅
11706	鶇	端平合冬通一	都宗：睹	端合1	當古	工	見平合東通一	古紅
12101	鸏	明上合冬通一	莫湩：莫	明開1	慕各	孔	溪上合東通一	康董
11215	農	泥平合冬通一	奴冬：煗	泥合1	乃管	同	定平合東通一	徒紅
11800	藭	定平合東通一	徒紅：杜	定合1	徒古	農	泥平合冬通一	奴冬
11815	齈	泥去合東通一	奴凍：怒	泥合1	乃故	農	泥平合冬通一	奴冬

　　被切字統、宋、宗比較常見，它們在上古都是終部字，中古爲冬韻字，切下字潨、貢、工在上古爲東部字，中古爲東韻字。本來它們的上古韻部是不同的，但是這些字都在何氏的第九部東部中，也就是說，他認爲這些字上古同屬一部。從「通攝、江攝舒聲統計表」來看，何萱注音的結果還是有不同韻系分組趨勢的。所以，我們認爲，他注音時東一、冬不分，是他根本分辨不清楚而不是覺得沒有必要分。也就是說，在他的語音中東一、冬已無分別。早期通泰方言中「統、宋、貢、宗、工」的讀音分別爲「t'ɔŋ、sɔŋ、kɔŋ、tsɔŋ、kɔŋ」（顧黔 2001：374-383），韻母都相同，所以他在注音時也帶上了方音色彩。

②東三、鍾相注

　　東三自注 98 次，鍾自注 304 次，東三和鍾相注 2 次，例證如下：

東三、鍾混注 2

11354 種　澄平合東通三　直弓：齒　昌開 3　昌里　容　以平合鍾通三　餘封

種字在《集韻》中有鍾韻讀音。

12344 神**澄上合鍾通三　直勇：處　昌合 3　昌與　衆　章去合東通三　之仲

種字以重爲聲符，重爲鍾韻字，何氏是按照「半邊」來注音了。在何萱的反切注音中，有很多是這種情況，其中多數是非常見字也有少數常見字，這是因爲他從諧聲偏旁出發爲漢字注音所致。由於何氏著書的目的是存古讀，釋古義，這時他的注音是他心目中的古音。

③一三等韻之間相注

東一冬、東三相注 1

12341 啌*　匣去合東通一　胡貢：訓　曉合 3　許運　仲　澄去合東通三　直衆

東一冬、鍾混注 9

11348 瓏　來平合東通一　盧紅：亮　來開 3　力讓　容　以平合鍾通三　餘封

11349 瀧　來平合東通一　盧紅：亮　來開 3　力讓　容　以平合鍾通三　餘封
11976 龓　來平合東通一　盧紅：亮　來開 3　力讓　容　以平合鍾通三　餘封
11981 豅*　來平合東通一　盧東：亮　來開 3　力讓　容　以平合鍾通三　餘封
12208 浵*　明去合東通一　蒙弄：掌　章開 3　諸兩　勇　以上合鍾通三　余隴

啌字如果按「半邊」來看的話，注音正合。瓏字比較常見，何氏也是按照半邊來注，而且以下三個非常見字注音與瓏相同，說明他是從聲旁出發在注古音。浵字有問題，很可能是涿的訛誤。涿字《廣韻》未收，《集韻》展勇切，與《韻史》反切是一致的。

12225 蓯　精上合東通一　作孔：想　心開 3　息兩　勇　以上合鍾通三　余隴
11344 獽　泥平合冬通一　奴冬：紐　娘開 3　女久　从　從平合鍾通三　疾容

獽字《集韻》中有娘母鍾韻，尼容切的讀音。

11790 僮*　章平合鍾通三　諸容：杜　定合 1　徒古　農　泥平合冬通一　奴冬

僮字如果按「半邊」來看的話，童中古音爲定母東一韻，徒紅切，《韻史》東一冬合流，等同於自注。

11810 襛** 娘平合鍾通三　　尼龍：怒　泥合1　乃故　農　泥平合冬通一　奴冬

東三、鍾相注只有 2 次，一、三等之間相注共有 10 次，與一等自注、三等自注相比比率尚低，說明何氏在注音時避免了不同等位韻字之間相注。中古通攝在《韻史》中表現出來的現象與上古、中古、近代的讀音都不同。從上古韻部來看，中古東一源於上古東部和談部，冬源於終（冬）部，東一與冬在上古不同部；從中古來看，《廣韻》獨用同用四聲配合表中東獨用，冬鍾同用，說明冬鍾讀音接近；從近代來看，不論是《蒙古字韻》還是《中原音韻》，東一與冬合流，東三與鍾合流。東一與冬不分，東三、鍾分別獨立爲《韻史》特點。

④通攝與江攝的合流

中古江攝與通攝分別劃然，近代江攝與宕攝合流，但在《韻史》中江攝與通攝關係密切，何萱的第九部中包含很多中古江攝字。江攝舒聲自注 68 次，通江兩攝舒聲相注達 58 次，江攝舒聲與通攝舒聲在《韻史》中合爲一部。在他韻注的這些用例中，江與東一相注 40 次，與冬相注 3 次，與東三相注 2 次，與鍾相注 13 次。具體例證見下：

江、東一相注 40 次，擇要舉例如下：

12065 港　見上開江江二　　古項：艮　見開1　古恨　澒　匣上合東通一　胡孔
11432 項　匣上開江江二　　胡講：漢　曉開1　呼旰　孔　溪上合東通一　康董

12096 倣　明上開江江二　　武項：莫　明開1　慕各　孔　溪上合東通一　康董
11833 驪　來平開江江二　　呂江：磊　來合1　落猥　同　定平合東通一　徒紅
11845 饗　崇平開江江二　　士江：寸　清合1　倉困　同　定平合東通一　徒紅
12068 憃　影上開江江二　　烏項：挨　影開1　於改　孔　溪上合東通一　康董
11718 潼　知平開江江二　　都江：壯　莊開3　側亮　翁　影平合東通一　烏紅
12074 捇*　曉上開江江二　　虎項：漢　曉開1　呼旰　孔　溪上合東通一　康董
12095 硄*　並上開江江二　　部項：倍　並開1　薄亥　澒　匣上合東通一　胡孔
11835 龐*　澄平開江江二　　傳江：狀　崇開3　鋤亮　同　定平合東通一　徒紅
12154 傁*　初上開江江二　　初講：狀　崇開3　鋤亮　桶　透上合東通一　他孔
11727 蠩**　生平開江江二　　色江：社　禪開3　常者　工　見平合東通一　古紅
11640 龐**　並平合東通一　　步紅：倍　並開1　薄亥　尨　明平開江江二　莫江

11607 幪** 見平合東通一　　古紅：艮　見開1　古恨　涳　溪平開江江二　　苦江

11537 瀑g* 明去合東通一　　蒙弄：莫　明開1　慕各　絳　見去開江江二　　古巷

　　江與東一相注時聲母為唇音並、明，舌音來、知、澄，齒音初、崇、生，牙音見，喉音影、曉、匣母。

江、冬相注 3

11813 矓　娘平開江江二　　女江：怒　泥合1　乃故　農　泥平合冬通一　　奴冬

11814 矓　娘平開江江二　　女江：怒　泥合1　乃故　農　泥平合冬通一　　奴冬

11820 鸆　娘平開江江二　　女江：怒　泥合1　乃故　農　泥平合冬通一　　奴冬

　　矓字何氏注音與《集韻》相同。

江、東三相注 2

12029 稯　初平開江江二　　楚江：處　昌合3　昌與　娍　心平合東通三　　息弓

12051 潀　崇去開江江二　　士絳：處　昌合3　昌與　戎　日平合東通三　　如融

　　江與東三相注的兩例都是齒音字。稯、潀二字在《集韻》中分別另有鍾韻、和東三韻的讀音，《韻史》東三與鍾合流，何氏音注與《集韻》是相同的。

江、鍾相注 13

11360 撞　澄平開江江二　　宅江：齒　昌開3　昌里　容　以平合鍾通三　　餘封

12189 洪 g*見去開江江二　　古巷：舊　群開3　巨救　勇　以上合鍾通三　　余隴

11283 憃　徹平開江江二　　丑江：齒　昌開3　昌里　邕　影平合鍾通三　　於容

11285 覭　徹平開江江二　　丑江：齒　昌開3　昌里　邕　影平合鍾通三　　於容

11892 褈　徹平開江江二　　丑江：齒　昌開3　昌里　邕　影平合鍾通三　　於容

11893 褈　徹平開江江二　　丑江：齒　昌開3　昌里　邕　影平合鍾通三　　於容

11894 稀　徹平開江江二　　丑江：齒　昌開3　昌里　邕　影平合鍾通三　　於容

11968 鬞　娘平開江江二　　女江：紐　娘開3　女久　容　以平合鍾通三　　餘封

11873 跫　溪平開江江二　　苦江：舊　群開3　巨救　邕　影平合鍾通三　　於容

11621 雍　影平合鍾通三　　於容：挨　影開1　於改　江　見平開江江二　　古雙

11279 囪　初平開江江二　　楚江：齒　昌開3　昌里　邕　影平合鍾通三　　於容

11891 摐　初平開江江二　　楚江：齒　昌開3　昌里　邕　影平合鍾通三　　於容

11287 戇*　澄去開江江二　　文降：齒　昌開3　昌里　邕　影平合鍾通三　　於容

　　慁、摐、戇、戅的何氏注音與《集韻》相同。江鍾混注主要發生在舌齒音徹、澄、娘和初母。另外還有二個牙喉音字。

　　以上這些他攝注中，無論是被注字還是切下字，都在何萱的第九部中，它們與通攝本攝注中的字共同組成了江部。江韻中古時爲開口二等韻，在注音上，江韻的曉匣母字都是與東一相注的，只有兩個見母字與鍾三相注。如此看來，江韻的喉牙音字並沒有與三等韻相混，說明其前沒有[i]介音。江與多相注時僅限曨曚矓三個字。在與鍾相注的 12 條中，鍾韻字的聲母爲影母〔註15〕和以母。這與鍾與東一相注的情形相似，鍾韻[i]介音失掉後，有了與開口度大一些的江韻字讀音接近的條件。從數量上來看，江與東一相注占到了 75.4%，聲母涉及並、澄、崇、初、生、曉、匣、影、見母港字和明母尨字。範圍如此之大，說明江攝與通攝在《韻史》中同歸一部，但在注音上部分與東一同音，部分與鍾同音。從表現古韻的角度來看，何氏的處理具有一定的合理性。江韻字與東、鍾、多韻字有相同的上古來源：上古東部到中古分化爲東一、江、鍾，上古終部到中古分化爲多、江、東三。在《廣韻》中，東多鍾江四韻相連，讀音十分接近。而《韻史》中江通兩攝也有如此多的他攝相注，這種情形與後來江攝轉而讀音與宕攝相近大不同，說明何萱的反切注音不是想表現時音，而是想表現古音。

⑤通攝、江攝與他攝相注

通、梗相注 1

12233 屋** 溪上合庚梗三　　苦永：去　溪合3　　丘倨　稂*　日上合鍾通三　　乳勇

　　屋字也在何氏的第九部中，由中古梗攝進入到何氏東部。上古蒸部分化出中古蒸、登、耕、東四韻，耕和東有相同的上古來源。

江、宕相注 1

11625 幫　幫平開唐宕一　　博旁：保　幫開1　　博抱　涳　溪平開江江二　　苦江

　　《廣韻》唐韻的主元音是[ɑ]，江韻的主元音是[ɔ]。江韻是中古二等韻。二等介音-r-有使其後主要元音前化或低化的作用（許寶華、潘悟雲 1994：119-135）。在音變過程中，[ɔ]低化爲[ɑ]，原本是兩個不同的韻由於發生了音變

――――――――――――――――

〔註15〕影母也有次濁音性質。詳聲調部分。

而混同爲一了。在宋元等韻圖《四聲等子》、《切韻指掌圖》中，江攝附於宕攝圖，表明它們讀音接近，正與當時北方韻書中合江韻於陽唐韻的做法相合（李新魁 1986：241）。《韻史》江宕二攝相注是孤例，江攝大部分與通攝相注，這是存古的表現。中古江宕二攝在現代泰興方言中也合流了，此處的相注例，折射出何氏實際語音狀況。但就材料本身來說，僅此一例，無法體現江宕合流這項音變。而此例中的被切字和切下字都歸在何氏第九部，所以犟字注音爲何萱認爲的古音，歸江部。

　　以上諸例都歸在《韻史》的第九部中，而且何萱基本上是按照諧聲偏旁注音的，其音値當爲他心目中的古音。

小　結

　　從何萱的反切注音來看，《韻史》江部主要包括中古的通攝與江攝中的東一、東三、冬、鍾、江五韻系。其中東一與冬不分，鍾、東三各自獨立，江韻部分與東一合流，部分與鍾合流。鍾和東三也有與東一冬相注的情況。說明這幾韻的主要元音相同，在何萱的語音中，三等在一定條件下會丢失介音，與一等混同。《廣韻》中原本不同的東一、東三、冬、鍾、江五韻在《韻史》中變成了主要元音相同、介音不同的三個韻母。分別爲[oŋ]（東一、冬、江）、[ioŋ]（鍾、江）和[yoŋ]（東三），我們將該部稱爲江部。顧炎武、江永、段玉裁、戴震在作上古韻部分類時，都是將中古的東、冬、鍾、江歸爲一部，沒有分化出冬部（或稱終部、中部），何萱的做法也是如此，代表了部分清代古音學家的觀點。但從何萱所注的反切中，我們也看到了東一與冬不分的現象，這是受到了方音的影響造成的。由於何萱對諧聲偏旁的利用，他將通、江、梗、曾攝的一些字注爲同音，而這些字在我們今天看來正是上古東部字。何萱對上古韻部的認識與我們的看法具有一致性。

2）岡　部

　　岡部字主要來自中古宕攝和梗攝庚韻字。我們先分析宕攝字。從反切下字表可以看出，中古宕攝諸韻在陽部中分爲三類。

　　中古的宕攝包括陽、唐兩韻系，各分開合。具體相注情況見下表：

表 3-41　宕攝舒聲韻相注統計表

次　　數		開		合	
		陽	唐	陽	唐
開	陽	388	1	3	12
	唐	11	349	1	2
合	陽	5		42	36
	唐	35	2	35	51

　　《廣韻》宕攝唐韻一等[ɑ]，陽韻三等[ia]，二者介音和主元音都不同。宕攝二韻在《韻史》中出現了不分的現象。陽自注 438 次，唐自注 404 次，陽唐相注 131 次，說明陽韻與唐韻的主要元音已經相同了。陽唐兩韻在中古各分開合，在《韻史》中基本上也是開合分用。但在陽韻和唐韻內部也存在開合互注的現象。陽韻有 8 次互注，唐韻有 4 次互注。

陽韻開合互注 8

12604	房	奉平合陽宕三	符方：奉	奉合3	扶隴	牀	崇平開陽宕三	士莊
12605	防	奉平合陽宕三	符方：奉	奉合3	扶隴	牀	崇平開陽宕三	士莊
13067	牀	崇平開陽宕三	士莊：蠢	昌合3	尺尹	防	奉平合陽宕三	符方

12607	魴	奉平合陽宕三	符方：奉	奉合3	扶隴	牀	崇平開陽宕三	士莊
13445	牀*	崇平開陽宕三	仕莊：蠢	昌合3	尺尹	防	奉平合陽宕三	符方
13446	䉬*	莊平開陽宕三	側羊：蠢	昌合3	尺尹	防	奉平合陽宕三	符方
13449	𡾋*	微平開陽宕三	武方：味	微合3	無沸	防	奉平合陽宕三	符方
13833	舫*	敷上開陽宕三	撫兩：甫	非合3	方矩	怳	曉上合陽宕三	許昉

　　以上八個字，有 4 個被注字爲脣音字，4 個切下字爲脣音字。脣音的開合問題各家看法不一。一種觀點認爲脣音字分開合，比如高本漢、王力、葛毅卿等學者；一種則認爲脣音字不分開合，比如王靜如、陸志韋、董同龢、李榮、邵榮芬等先生，其論據爲 1.脣音字可以作開口字的反切下字；2.脣音字也可以作合口字的反切下字；3.開口字可以作脣音字的反切下字；4.合口字也可以作脣音字的反切下字；5.同一脣音字既可以作開口字的反切下字，又可以作合口字的反切下字。我們也認爲脣音字不分開合，以上幾例所反映出的兩種情況，與第 1、3、4 條論據相應。

唐韻開合互注 4

13388	甌	溪平開唐宕一	苦岡：苦	溪合1	康杜	光	見平合唐宕一	古黃
13913	滂*	並平開唐宕一	蒲光：蠢	昌合3	尺尹	曠	溪去合唐宕一	苦謗
12522	絖	曉平合唐宕一	呼光：莫	明開1	慕各	郎	來平開唐宕一	魯當
12523	恍	曉平合唐宕一	呼光：莫	明開1	慕各	郎	來平開唐宕一	魯當

　　滂字音注除了韻母開合不同外，聲母、聲調也與《廣韻》音不同。《集韻》和《玉篇》都沒有昌母的讀音，疑《韻史》音注聲母有誤。書中助母和匣母之間沒有其他聲母，很容易在滂字頭下漏注反切，使得滂字誤入助母中。像這種漏注反切的情形書中有多處，詳見《全字表》「備注」欄。我們認為此字應歸入何氏所定的謗母而不是助母。《玉篇》滂字補曠切，聲、韻、調均與《韻史》注音相合。絖恍二字在《集韻》中有謨郎切的讀音，開合相注的只有甌字，應是在何氏看來甌已讀為合口。

陽唐之間的開合相注 48

　　同時我們也注意到陽唐之間也有不少開合相注的情況，例證如下：

陽開、唐合 35

12564	霜	生平開陽宕三	色莊：社	禪開3	常者	光	見平合唐宕一	古黃
13406	孀	生平開陽宕三	色莊：社	禪開3	常者	光	見平合唐宕一	古黃
12892	爽	生上開陽宕三	疏兩：社	禪開3	常者	廣	見上合唐宕一	古晃
13066	壯	莊去開陽宕三	側亮：腫	章合3	之隴	曠	溪去合唐宕一	苦謗
12562	莊	莊平開陽宕三	側羊：腫	章合3	之隴	汪	影平合唐宕一	烏光
12560	妝	莊平開陽宕三	側羊：腫	章合3	之隴	汪	影平合唐宕一	烏光
12561	裝	莊平開陽宕三	側羊：腫	章合3	之隴	汪	影平合唐宕一	烏光
13067	狀	崇去開陽宕三	鋤亮：纂	初合2	初患	曠	溪去合唐宕一	苦謗
12563	創	初平開陽宕三	初良：蠢	昌合3	尺尹	汪	影平合唐宕一	烏光
13069	愴	初去開陽宕三	初亮：纂	初合2	初患	曠	溪去合唐宕一	苦謗
13068	刱	初去開陽宕三	初亮：纂	初合2	初患	曠	溪去合唐宕一	苦謗
13070	滄	初去開陽宕三	初亮：纂	初合2	初患	曠	溪去合唐宕一	苦謗
12565	鷞	生平開陽宕三	色莊：社	禪開3	常者	光	見平合唐宕一	古黃

13407	驦	生平開陽宕三	色莊：社	禪開 3	常者	光	見平合唐宕一	古黃
13734	塽	生上開陽宕三	疎兩：社	禪開 3	常者	廣	見上合唐宕一	古晃
13735	縔	生上開陽宕三	疎兩：社	禪開 3	常者	廣	見上合唐宕一	古晃
13405	妝	莊平開陽宕三	側羊：腫	章合 3	之隴	光	見平合唐宕一	古黃
13911	泚	莊去開陽宕三	側亮：腫	章合 3	之隴	曠	溪去合唐宕一	苦謗
13737	穄*	生上開陽宕三	所兩：社	禪開 3	常者	廣	見上合唐宕一	古晃
13738	籛*	生上開陽宕三	所兩：社	禪開 3	常者	廣	見上合唐宕一	古晃
13739	爽*	生上開陽宕三	所兩：社	禪開 3	常者	廣	見上合唐宕一	古晃
13740	縔*	生上開陽宕三	所兩：社	禪開 3	常者	廣	見上合唐宕一	古晃
13085	謹*	微去開陽宕三	無放：味	微合 3	無沸	曠	溪去合唐宕一	苦謗
13914	誙*	微去開陽宕三	無放：味	微合 3	無沸	曠	溪去合唐宕一	苦謗
13747	潤*	微上開陽宕三	文紡：味	微合 3	無沸	廣	見上合唐宕一	古晃
13912	湫*	崇去開陽宕三	助亮：蠡	昌合 3	尺尹	曠	溪去合唐宕一	苦謗
13410	笏*	非平開陽宕三	分房：奉	奉合 3	扶隴	光	見平合唐宕一	古黃
13413	齜*	非平開陽宕三	分房：奉	奉合 3	扶隴	光	見平合唐宕一	古黃
13733	愯*	生上開陽宕三	所兩：社	禪開 3	常者	廣	見上合唐宕一	古晃
13404	梉*	莊平開陽宕三	側羊：腫	章合 3	之隴	光	見平合唐宕一	古黃
13909	粧*	莊去開陽宕三	側亮：腫	章合 3	之隴	曠	溪去合唐宕一	苦謗
13408	繻**	生平開陽宕三	色莊：社	禪開 3	常者	光	見平合唐宕一	古黃
13915	呔**	微去開陽宕三	武放：味	微合 3	無沸	曠	溪去合唐宕一	苦謗
13732	怇**	章上開陽宕三	之爽：腫	章合 3	之隴	晃	匣上合唐宕一	胡廣
13910	厴**	莊去開陽宕三	仄亮：腫	章合 3	之隴	曠	溪去合唐宕一	苦謗

陽合、唐開 1

| 12521 | 莣 | 微平合陽宕三 | 武方：莫 | 明開 1 | 慕各 | 郎 | 來平開唐宕一 | 魯當 |

唐合、陽開 12

13374	胱	見平合唐宕一	古黃：古	見合 1	公戶	霜	生平開陽宕三	色莊
13057	曠	溪去合唐宕一	苦謗：苦	溪合 1	康杜	壯	莊去開陽宕三	側亮
13375	姯	見平合唐宕一	古黃：古	見合 1	公戶	霜	生平開陽宕三	色莊

13376	珖	見平合唐宕一	姑黃：古	見合1	公戶	霜	生平開陽宕三	色莊
13379	茪	見平合唐宕一	古黃：古	見合1	公戶	霜	生平開陽宕三	色莊
13380	僙	見平合唐宕一	古黃：古	見合1	公戶	霜	生平開陽宕三	色莊
13381	趪	匣平合唐宕一	胡光：古	見合1	公戶	霜	生平開陽宕三	色莊
13382	韅	見平合唐宕一	古黃：古	見合1	公戶	霜	生平開陽宕三	色莊
13383	驦	見平合唐宕一	古黃：古	見合1	公戶	霜	生平開陽宕三	色莊
13507	誆*	見平合唐宕一	姑黃：齒	昌開3	昌里	香	曉平開陽宕三	許良
13060	纊	溪去合唐宕一	苦謗：苦	溪合1	康杜	壯	莊去開陽宕三	側亮
13061	壙	溪去合唐宕一	苦謗：苦	溪合1	康杜	壯	莊去開陽宕三	側亮

以上相注發生的聲母條件是莊組、脣音非母和微母，牙音見母。另有一個曉母香字。我們認爲陽唐兩韻開合相混是因爲何萱所注爲他心目中的古音所致。唐韻無論開合，陽韻無論開合，在上古同屬陽部。以上諸例同在《韻史》的第十部，何萱在注音時並沒有特別強調開合分用，他只是在爲這些字注上古音。我們也看到，開合互注雖然存在，但畢竟是少數，何萱在注音時還是有意無意將開合分用，這也透露出時音的特徵。中古宕攝字的開合口在《韻史》中基本上還是分得很清楚的。我們先分析開口呼的情況。

①開口陽、唐之間相注

開口中，陽韻自注 388 次，唐韻自注 349 次，陽唐相注 12 次，他韻注與本韻注相比，比率分別爲 3.1%和 3.4%，比例較低。我們認爲，開口呼中的陽、唐注音不同。

陽、唐相注 12

13204	慯	書平開陽宕三	式羊：稍	生開2	所教	岡	見平開唐宕一	古郎
13885	卬	疑上開陽宕三	魚兩：我	疑開1	五可	宕	定去開唐宕一	徒浪
12397	獎	從平開陽宕三	在良：采	清開1	倉宰	朗	來上開唐宕一	盧黨
13059	懬	溪上開唐宕一	苦朗：苦	溪合1	康杜	壯	莊去開陽宕三	側亮
13201	鬔*	非上開陽宕三	甫兩：抱	並開1	薄浩	宕	定去開唐宕一	徒浪
13207	蠰*	書平開陽宕三	尸羊：口	溪開1	苦后	宕	定去開唐宕一	徒浪
13839	卬	疑去開陽宕三	魚向：我	疑開1	五可	宕	定去開唐宕一	徒浪

12871	枊	疑去開陽宕三	魚向：我	疑開 1	五可	宕	定去開唐宕一	徒浪
13886	胦	影平開陽宕三	於良：案	影開 1	烏旰	岡	見平開唐宕一	古郎
13023	鼁*	影平開陽宕三	於良：案	影開 1	烏旰	岡	見平開唐宕一	古郎
13047	鉠	影平開陽宕三	於良：案	影開 1	烏旰	岡	見平開唐宕一	古郎
13626	坱	影上開陽宕三	於兩：案	影開 1	烏旰	朗	來上開唐宕一	盧黨

聲母爲溪、從、非、書、疑、影。疑母和影母韻字占了一半以上。

綜上，從擬音來看，開口呼中的陽唐還存在等位的對立，陽韻三等，唐韻一等。

②合口陽、唐無別

合口的情況與開口不同。陽韻自注 42 次，唐韻自注 51 次，總數爲 93 次。唐陽相注 71 次，比例高達 77.2%，在合口中陽唐沒有刻意分開，我們認爲是何氏語音中已經不分了。這 71 例列舉如下：

陽、唐相注 71 次，擇要舉例如下：

12611	肓	曉平合唐宕一	呼光：味	微合 3	無沸	防	奉平合陽宕三	符方
12568	妨	敷平合陽宕三	敷方：奉	奉合 3	扶隴	光	見平合唐宕一	古黃
13077	妄	微去合陽宕三	巫放：味	微合 3	無沸	曠	溪去合唐宕一	苦謗
12578	堭	匣平合唐宕一	胡光：戶	匣合 1	侯古	防	奉平合陽宕三	符方
13828	汪	影上合唐宕一	烏晃：羽	云合 3	王矩	怳	曉上合陽宕三	許昉
12566	匚	非平合陽宕三	府良：奉	奉合 3	扶隴	光	見平合唐宕一	古黃
12571	肪	奉平合陽宕三	符方：奉	奉合 3	扶隴	光	見平合唐宕一	古黃
13717	櫎**	見上合陽宕三	居往：古	見合 1	公戶	晃	匣上合唐宕一	胡廣

合口呼中的陽唐相混例，除了見母櫎字和曉母肓字外，聲母基本都是唇音。而合口呼中陽韻自注的 42 條中，只有 4 條爲唇音字，在何萱語音中，陽韻合口唇音聲母字讀同唐韻。由於合口呼中陽唐兩韻相注的比例非常高，我們認爲合口呼中陽唐合一。

③宕攝與他攝相注

宕、曾相注 1

12524	鱨	明去開登曾一	武亙：莫	明開 1	慕各	郎	來平開唐宕一	魯當

鱛字何萱注爲莫郎切，實際上注的是鯪字。鯪，段玉裁的說解爲「从魚亢聲。武登切。古音當在十部。讀如茫。音轉入蒸登部，而字形亦改爲鱛矣。」何萱的處理與段氏相同，認爲此字古音在十部，從而直接以莫郎切明確下來。

宕、梗相注 231

宕攝與梗攝的相注多達 231 次，並且梗攝的庚、耕、清、青四韻都涉及到了。以庚韻最多，具體情況見下表：

表 3-42　宕攝、梗攝舒聲韻相注統計表

次　　數		開				合		
		庚二	庚三	耕	清	陽	庚二	庚三	青
開	唐	92	21	14			4		
	陽	1	45	2	1		2		
合	唐	1					6	1	1
	陽		1				12	10	
	庚三					17			

宕、梗的相注，基本上是開口注開口，合口注合口。開合相注共有 8 次，例證爲：

| 13377 | 咣** | 見平合庚梗二 | 古橫：古 | 見合1 | 公戶 | 霜 | 生平開陽宕三 | 色莊 |

13409	閗	幫平開庚梗二	甫盲：奉	奉合3	扶隴	光	見平合唐宕一	古黃
13629	翁	影上合庚梗二	烏猛：案	影開1	烏旰	朗	來上開唐宕一	盧黨
13630	泂	影上合庚梗二	烏猛：案	影開1	烏旰	朗	來上開唐宕一	盧黨
13631	澋	匣上合庚梗二	乎礐：海	曉開1	呼改	朗	來上開唐宕一	盧黨
13632	撔*	匣上合庚梗二	胡猛：海	曉開1	呼改	朗	來上開唐宕一	盧黨
13378	髍*	見平合庚梗二	姑橫：古	見合1	公戶	霜	生平開陽宕三	色莊
13964	褋**	云去開庚梗三	于命：羽	云合3	王矩	況	曉去合陽宕三	許訪

以上幾例何萱基本按聲符注音。閗以方爲聲，方爲中古合口陽韻字，《韻史》合口陽唐不分，所以何氏以光爲切下字。與之類似的還有咣、髍二字。景字條下何氏注曰：「古音在十部，讀如姜。」澋、撔都以景爲聲，所以何萱都以朗字爲切下字。開合相注的 8 例除了唇音聲母外，還有見、匣、云、影等母，何萱基本上不顧及聲母，而是單純強調韻部來注音的。

唐與庚二相注 98 次，（不包括開合混）擇要舉例如下：

13212	哼*	曉平開庚梗二	虛庚：海	曉開1	呼改	岡	見平開唐宕一	古郎
13062	橫	匣去合庚梗二	戶孟：戶	匣合1	侯古	曠	溪去合唐宕一	苦謗
12417	榜	並平開庚梗二	薄庚：保	幫開1	博抱	倉	清平開唐宕一	七岡
12358	羹	見平開庚梗二	古行：改	見開1	古亥	倉	清平開唐宕一	七岡
13707	蜢	明上開庚梗二	莫杏：莫	明開1	慕各	朗	來上開唐宕一	盧黨
12545	觵	見平合庚梗二	古橫：古	見合1	公戶	汪	影平合唐宕一	烏光
12886	礦	見上合庚梗二	古猛：古	見合1	公戶	晃	匣上合唐宕一	胡廣
13229	䝙	知平開庚梗二	竹盲：酌	章開3	之若	倉	清平開唐宕一	七岡
12378	阬	溪平開庚梗二	客庚：口	溪開1	苦后	岡	見平開唐宕一	古郎
12843	荇	匣上開庚梗二	何梗：海	曉開1	呼改	朗	來上開唐宕一	盧黨
12888	獷	見上合庚梗二	古猛：古	見合1	公戶	晃	匣上合唐宕一	胡廣
13403	訇	曉平合庚梗二	虎橫：戶	匣合1	侯古	光	見平合唐宕一	古黃
13701	偋	幫上開庚梗二	布梗：保	幫開1	博抱	朗	來上開唐宕一	盧黨
13241	瞠	徹平開庚梗二	丑庚：粲	清開1	蒼案	岡	見平開唐宕一	古郎
12453	棠	澄平開庚梗二	直庚：坦	透開1	他但	郎	來平開唐宕一	魯當
13270	衡	崇平開庚梗二	助庚：海	曉開1	呼改	郎	來平開唐宕一	魯當
12887	磺*	見上合庚梗二	古猛：古	見合1	公戶	晃	匣上合唐宕一	胡廣
12464	㹞*	娘平開庚梗二	尼庚：奈	泥開1	奴帶	唐	定平開唐宕一	徒郎
13258	棖*	滂平開庚梗二	披庚：倍	並開1	薄亥	岡	見平開唐宕一	古郎

以上這些梗攝字，都以宕攝字來注，是何萱有意爲之。他認爲這些字爲古音陽部字，而上例中的被切字與切下字也都是在他的第十部中。比如常見字中的橫，在泰興方音裡讀音爲 ɔŋ，與宕攝字本不同主元音，但何氏還是以宕攝曠字來注音可以證明他在注古音。今天我們看來，中古唐與庚二有相同的上古來源——唐、陽、庚二和庚三同來源於上古的陽部。何萱的看法與我們今天的觀點是相同的。

以上 98 例中，有 6 例是合口庚二韻與唐相混例，聲母爲見、匣和曉母。

唐、耕相注（不包括開合混）14

13246	浜	幫平開耕梗二	布耕：保	幫開1	博抱	倉	清平開唐宕一	七岡
12515	氓	明平開耕梗二	莫耕：莫	明開1	慕各	郎	來平開唐宕一	魯當
12530	萌	明平開耕梗二	莫耕：莫	明開1	慕各	郎	來平開唐宕一	魯當
13889	鞕	疑去開耕梗二	五爭：我	疑開1	五可	宕	定去開唐宕一	徒浪
13247	垹	幫平開耕梗二	布耕：保	幫開1	博抱	倉	清平開唐宕一	七岡
12877	鮊	並上開耕梗二	蒲幸：保	幫開1	博抱	朗	來上開唐宕一	盧黨
13370	瞒	明平開耕梗二	莫耕：莫	明開1	慕各	郎	來平開唐宕一	魯當
12541	矊	明上開耕梗二	武幸：莫	明開1	慕各	郎	來平開唐宕一	魯當
12882	黽	明上開耕梗二	武幸：莫	明開1	慕各	朗	來上開唐宕一	盧黨
12514	甿	明平開耕梗二	莫耕：莫	明開1	慕各	郎	來平開唐宕一	魯當
12518	蝱	明平開耕梗二	武庚：莫	明開1	慕各	郎	來平開唐宕一	魯當
13333	殸*	澄平開耕梗二	除耕：茝	昌開1	昌給	郎	來平開唐宕一	魯當
13369	橗*	明平開耕梗二	謨耕：莫	明開1	慕各	郎	來平開唐宕一	魯當
13846	𪗪**	匣去開耕梗二	胡硬：海	曉開1	呼改	宕	定去開唐宕一	徒浪

　　除了上個小標題中所舉的庚二韻字，梗攝中的部分耕韻字也被何氏歸入到了上古陽部中，並且以反切的形式落實了下來。中古的庚二與耕都有部分字來源於上古的陽部。王力先生和鄭張尚芳先生都認爲由上古陽部變爲中古耕韻爲不規則變化或是例外。從何萱的歸類來看，他根據諧聲偏旁劃分的第十部中也包含了中古的耕韻字，是尊重語音事實的表現。

唐、庚三相注 22

13035	柄	幫去開庚梗三	陂病：保	幫開1	博抱	宕	定去開唐宕一	徒浪
12873	丙	幫上開庚梗三	兵永：保	幫開1	博抱	朗	來上開唐宕一	盧黨
13048	病	並去開庚梗三	皮命：抱	並開1	薄浩	宕	定去開唐宕一	徒浪
12879	皿	明上開庚梗三	武永：莫	明開1	慕各	朗	來上開唐宕一	盧黨
12414	兵*	幫平開庚梗三	晡明：保	幫開1	博抱	倉	清平開唐宕一	七岡
12874	炳*	幫上開庚梗三	兵永：保	幫開1	博抱	朗	來上開唐宕一	盧黨
13365	明*	明平開庚梗三	眉兵：莫	明開1	慕各	郎	來平開唐宕一	魯當

13402	揘	云平合庚梗三	永兵：戶	匣合1	侯古	光	見平合唐宕一	古黃
13039	窉	幫去開庚梗三	陂病：保	幫開1	博抱	宕	定去開唐宕一	徒浪
12875	邴	幫上開庚梗三	兵永：保	幫開1	博抱	朗	來上開唐宕一	盧黨
13364	鵬	明平開庚梗三	武兵：莫	明開1	慕各	郎	來平開唐宕一	魯當
12533	盆	明上開庚梗三	武永：莫	明開1	慕各	郎	來平開唐宕一	魯當
12508	怲*	幫上開庚梗三	補永：倍	並開1	薄亥	郎	來平開唐宕一	魯當
13692	鈵*	幫上開庚梗三	補永：保	幫開1	博抱	朗	來上開唐宕一	盧黨
13694	抦*	幫上開庚梗三	補永：保	幫開1	博抱	朗	來上開唐宕一	盧黨
13695	眪*	幫上開庚梗三	補永：保	幫開1	博抱	朗	來上開唐宕一	盧黨
13697	苪*	幫上開庚梗三	補永：保	幫開1	博抱	朗	來上開唐宕一	盧黨
13699	蛃*	幫上開庚梗三	補永：保	幫開1	博抱	朗	來上開唐宕一	盧黨
12527	䏖*	明平開庚梗三	眉兵：莫	明開1	慕各	郎	來平開唐宕一	魯當
12528	盟*	明平開庚梗三	眉兵：莫	明開1	慕各	郎	來平開唐宕一	魯當
13373	鼆*	明上開庚梗三	眉永：莫	明開1	慕各	郎	來平開唐宕一	魯當
13200	暎*	影平開庚梗三	於驚：案	影開1	烏旰	岡	見平開唐宕一	古郎

上例中的柄、丙、病、兵在泰興方言中的韻母都是 iŋ，而其切下字朗、倉的韻母为 ɑŋ，二者主元音不同，可見何萱是在考古。與唐相混的庚三韻字除了暎與揘字為喉音外，其餘都是唇音字。也就是說，梗攝的庚三部分唇牙喉音，即重紐 B 類被何氏歸入了他的第十部中。

唐、青相注 1

| 12546 | 駫 | 見平合青梗四 | 古螢：古 | 見合1 | 公戶 | 汪 | 影平合唐宕一 | 烏光 |

青韻與唐韻的《廣韻》音相差較遠，此處的青唐相注，我們認為是何氏按照聲符所注的古音。光字唐韻，《韻史》注音與之相應。

陽、庚三相注 72 次，擇要舉例如下：

12808	兄	曉平合庚梗三	許榮：許	曉合3	虛呂	匡	溪平合陽宕三	去王
12646	英	影平開庚梗三	於驚：隱	影開3	於謹	香	曉平開陽宕三	許良
12980	永	云上合庚梗三	于憬：羽	云合3	王矩	怳	曉上合陽宕三	許昉
13776	影	影上開庚梗三	於丙：隱	影開3	於謹	兩	來上開陽宕三	良獎
12793	迎	疑平開庚梗三	語京：彥	疑開重3	魚變	良	來平開陽宕三	呂張

12617	京	見平開庚梗三	舉卿：几	見開重 3	居履	香	曉平開陽宕三	許良
12631	慶	溪去開庚梗三	丘敬：舊	群開 3	巨救	香	曉平開陽宕三	許良

13605	蚟	溪平合陽宕三	去王：郡	群合 3	渠運	兄	曉平合庚梗三	許榮
12984	怳	曉上合陽宕三	許昉：許	曉合 3	虛呂	永	云上合庚梗三	于憬
13089	倞	群去開庚梗三	渠敬：舊	群開 3	巨救	向	曉去開陽宕三	許亮

《廣韻》中陽的主元音爲 ɑ，庚的主元音爲 a，本不相同。何萱將上述例字以及切下字全部收入他的第十部，是因爲他認爲這些字的古音同爲一部。

陽、庚二相注 13

12595	橫	匣平合庚梗二	戶盲：戶	匣合 1	侯古	防	奉平合陽宕三	符方

12582	喤	匣平合庚梗二	戶盲：戶	匣合 1	侯古	防	奉平合陽宕三	符方
12583	鍠	匣平合庚梗二	戶盲：戶	匣合 1	侯古	防	奉平合陽宕三	符方
12584	瑝	匣平合庚梗二	戶盲：戶	匣合 1	侯古	防	奉平合陽宕三	符方
12601	潢	匣平合庚梗二	戶盲：戶	匣合 1	侯古	防	奉平合陽宕三	符方
13418	禈	匣平合庚梗二	戶盲：戶	匣合 1	侯古	防	奉平合陽宕三	符方
13426	鐄	匣平合庚梗二	戶盲：戶	匣合 1	侯古	防	奉平合陽宕三	符方
13427	鷬	匣平合庚梗二	戶盲：戶	匣合 1	侯古	防	奉平合陽宕三	符方
13428	鐄	匣平合庚梗二	戶盲：戶	匣合 1	侯古	防	奉平合陽宕三	符方
13429	襀	匣平合庚梗二	戶盲：戶	匣合 1	侯古	防	奉平合陽宕三	符方
13438	黌	匣平合庚梗二	戶盲：戶	匣合 1	侯古	防	奉平合陽宕三	符方
13439	甂	匣平合庚梗二	戶盲：戶	匣合 1	侯古	防	奉平合陽宕三	符方
12698	鎗	初平開庚梗二	楚庚：此	清開 3	雌氏	香	曉平開陽宕三	許良

鎗字《集韻》讀音與《韻史》正合，可以不看成音變。

梗攝合口二等庚韻見母字在如皋方言中與宕攝陽韻、合口唐韻合流，匣母字與通攝合口合流。以上例證中，與陽唐相混的合口庚二韻字，聲母多數爲匣母，只有兩例是見母。這兩例可以在現代相近方言中找到證據，其他混用與現代通泰地區宕梗攝相關韻系合流的條件不符，這也更進一步說明，何萱所注韻部爲上古韻部，只是偶爾帶有一些方音色彩。上古的陽部包括唐、庚二、陽、

庚三，這里中古的庚二韻字都被注爲宕攝字，是何萱所注的古音。

陽、耕相注 2

13494	搗*	知平開耕梗二	中莖：	軫	章開3	章忍	香	曉平開陽宕三	許良
13506	敱*	澄平開耕梗二	除耕：	齒	昌開3	昌里	香	曉平開陽宕三	許良

搗敱二字不太常見，何氏按照諧聲偏旁取聲。

陽、清相注 1

12733	餳	邪平開清梗三	徐盈：	隱	影開2	於謹	良	來平開陽宕三	呂張

餳字何氏也是根據聲符來注音的。

梗攝庚二、耕合流，庚三、清、青合流。在宕梗相混例中，宕攝的唐韻與庚二類相注 118 次，與庚三類相注 23 次；陽韻與庚二類相注 17 次，與庚三類相注 74 次。中古梗宕二攝的主要元音相差很遠，兩攝之間相注是因爲何萱想表現古音而不是時音。我們知道，上古陽部到中古分化出唐、庚二、陽、庚三，王力先生（1980：92-93）說：「在西漢（公元前二世紀至公元前一世紀初期），陽部韻基本上和先秦一致；到了東漢（公元一世紀至二世紀），『英』『兄』『明』『京』『行』『兵』等字由陽部轉入了耕部，和『生』『平』等字合成庚韻，而這個韻在東漢又和耕清青相通。從此以後，陽唐是一類，經常同用。庚耕清青是一類，也經常同用。」王力先生所舉以上例字，在何氏音注中都被歸到了他的陽部中。並且，上文中的例字，均在何萱的第十部，他的反切注音與《韻史》的十七部體例是相應的。段玉裁只將陽唐歸爲一部，何萱的做法沒有完全照搬段氏，而是與孔廣森、江有誥的做法相似，除陽唐外還包括庚韻和部分耕韻字。可見《韻史》韻系反映了上古音的特點。

小　結

《韻史》中的岡部主要包括中古的宕攝韻字和梗攝部分字。雖然這些例字在同一大類中，但也有一定的分組趨勢。開口呼中陽韻與唐韻各自獨立；合口呼中陽韻與唐韻混併。梗攝中入陽部的字主要爲庚二、庚三和部分耕韻字。其中庚二、庚三的牙喉音字多與陽韻合流，脣音字多與唐韻合流。所以，岡部中包含三個韻母：[aŋ]（唐韻開口，部分耕，部分庚二、庚三脣音）、[iaŋ]（陽韻開口，部分庚二、庚三牙喉音開口）、[uaŋ]（陽唐合口，部分庚二、庚三合口）。

3）耕　部

耕部字主要包括《廣韻》梗攝字和曾攝字。這兩攝韻字在《韻史》中經過合流分化後有分成四類韻母的趨勢。由於中古梗攝舒聲所轄韻種類繁多，我們先分析梗攝內部各韻在《韻史》中的情況。

中古的梗攝主要包括庚、耕、清、青四韻，各分開合。具體自注互注情況見下表：

表 3-43　梗攝舒聲韻相注統計表

次　數		開					合				
		庚二	庚三	耕	清	青	庚二	庚三	耕	清	青
開	庚二			11							
	庚三	1	3		54	76					
	耕	26		69	1	1		1			
	清			1	62						
	青	9	22	2	120	113		2		3	11
合	庚三									1	1
	耕	2	6								
	清				2		1	3	1		12
	青			3	3		3			16	1

從表中來看，各韻的開合口基本上還是保持獨立的。韻內的開合相注只有青韻和耕韻。青韻互注 14 次，耕韻互注 7 次。耕韻的互注例中，聲母爲並、滂、明、影母。

青韻開合互注 14

14319　炯　見上合青梗四　　古迥：眷　見合重3　居倦　竝　並上開青梗四　　蒲迥

14325　巊　溪上合青梗四　　口迥：去　溪合3　丘倦　竝　並上開青梗四　　蒲迥

14326　褧　溪上合青梗四　　口迥：去　溪合3　丘倦　竝　並上開青梗四　　蒲迥

14331　迥　匣上合青梗四　　戶頂：許　曉合3　虛呂　竝　並上開青梗四　　蒲迥

14332　泂　匣上合青梗四　　戶頂：許　曉合3　虛呂　竝　並上開青梗四　　蒲迥

14756　迶　匣上合青梗四　　戶頂：許　曉合3　虛呂　並　並上開青梗四　　蒲迥

14632　覮　滂平開青梗四　　普丁：羽　云合3　王矩　熒　匣平合青梗四　　戶扃

14330　巊*　影上合青梗四　　烏迥：羽　云合3　王矩　竝　並上開青梗四　　蒲迥

14624	鑋*	溪平開青梗四	苦丁：去	溪合3	丘倨	扃	見平合青梗四	古螢
14629	蠳**	曉平開青梗四	呼靈：許	曉合3	虛呂	扃	見平合青梗四	古螢
14317	熲	見上合青梗四	古迥：眷	見合重3	居倦	竝	並上開青梗四	蒲迥
14750	駧	見上合青梗四	古迥：眷	見合重3	居倦	並	並上開青梗四	蒲迥
14751	蝙	見上合青梗四	古迥：眷	見合重3	居倦	並	並上開青梗四	蒲迥
14753	熒*	見上合青梗四	畎迥：眷	見合重3	居倦	並	並上開青梗四	蒲迥

覮字的聲母也與何氏反切注音不同，但《集韻》的注音已經爲維傾切了，聲母爲以母。云以兩母在《韻史》中合流，實際上此例可以看作同音相注。其他開合不分的情況發生在聲母爲牙喉音見、溪、影、曉、匣的條件之下。

除了青韻內部，其他各韻之間也有開合的相注。開口庚二與合口耕相注的2 例，被注字的中古聲母爲脣音。清開與青合的相注有個特點，切下字爲扃。中古的見母合口扃字，在《韻史》中已經轉變爲開口了。清合與青開的相注，切下字同爲並。「並」字在《韻史》中是被看成合口來使用的。

綜上，梗攝諸韻雖然有少數開合相注例，但數量不多並都可以解釋，所以梗攝還存在開合對立。從數量上來看，開口呼的字要多於合口，但無論是開口呼還是合口呼，庚耕清青都是糾纏不清的，梗攝內部舒聲主要有以下變化：三四等韻合流，包括重紐三四等的合流和純四等青與庚三、清的混同。二等重韻合流，指庚二與耕混同。另外就是二三等、二四等的相注。具體變化詳後。

①庚三、清、青無別

廣韻庚三/清是一對重紐韻，庚三是 B 類，清是 A 類。〔註16〕

庚三、清相注 58 次，部分例證見下：

14371	盛	禪去開清梗三	承正：始	書開3	詩止	敬	見去開庚梗三	居慶
14382	倩	清去開清梗三	七政：淺	清開3	七演	敬	見去開庚梗三	居慶
14368	靚	從去開清梗三	疾政：寵	徹合3	丑隴	敬	見去開庚梗三	居慶

〔註16〕傳統重紐八韻系中沒有庚三/清韻系。已故音韻學家葛毅卿專門研究了《切韻》庚三歸清這個問題，日本學者佐佐木猛也對此進行了研究。認爲庚三與庚二主要元音不同，庚三應當歸入清韻。鄭張尚芳先生認爲庚三來自上古音的三等乙類，即「庚三、清」相當於三四等合韻，庚三相當於清韻重紐三等，由於-r-介音的作用使元音低化而趨同庚二。見《語言文字詞典》——「漢語音韻學」卷——〔《切韻》音庚三歸清說〕。學苑出版社，1999，p.380-381。

14370	聖	書去開清梗三	式正：始	書開3	詩止	敬	見去開庚梗三	居慶
14031	輕	溪平開清梗三	去盈：舊	群開3	巨救	荊	見平開庚梗三	舉卿
14397	聘	滂去開清梗三	匹正：避	並開重4	毗義	敬	見去開庚梗三	居慶
14255	郢	以上開清梗三	以整：漾	以開3	餘亮	警	見上開庚梗三	居影
14093	并	幫平開清梗三	府盈：貶	幫開重3	方斂	荊	見平開庚梗三	舉卿

14814	詺	明去開清梗三	彌正：面	明開重4	彌箭	敬	見去開庚梗三	居慶
14072	頳	徹平開清梗三	丑貞：寵	徹合3	丑隴	荊	見平開庚梗三	舉卿
14799	鋥	澄去開清梗三	直正：寵	徹合3	丑隴	敬	見去開庚梗三	居慶
14248	痙	群上開清梗三	巨郢：舊	群開3	巨救	警	見上開庚梗三	居影
14411	詗	曉去合清梗三	休正：許	曉合3	虛呂	榮	云去合庚梗三	為命
14732	憬	心上開清梗三	息井：想	心開3	息兩	警	見上開庚梗三	居影
14661	癭	影上開清梗三	於郢：漾	以開3	餘亮	警	見上開庚梗三	居影
14637	蠑	云平合庚梗三	永兵：許	曉合3	虛呂	營	以平合清梗三	余傾
14727	姃*	疑上開清梗三	研領：仰	疑開3	魚兩	警	見上開庚梗三	居影
14399	偋	並去開清梗三	防正：避	並開重4	毗義	敬	見去開庚梗三	居慶

　　清和庚三相混發生在重唇音、牙喉音疑、溪、群、影、曉、云、以，舌齒音徹、澄、清、從、心、書、禪諸母中。範圍很廣，基本相當於無條件相混。

　　青、清相注 218 次，部分例證見下

14125	亭	定平開青梗四	特丁：眺	透開4	他弔	情	從平開清梗三	疾盈
14119	型	匣平開青梗四	戶經：向	曉開3	許亮	情	從平開清梗三	疾盈
14207	傾	溪平合清梗三	去營：去	溪合3	丘倨	扃	見平合青梗四	古螢
14166	情	從平開清梗三	疾盈：淺	清開3	七演	亭	定平開青梗四	特丁
14077	晶	精平開清梗三	子盈：紫	精開3	將此	青	清平開青梗四	倉經
14076	聲	書平開清梗三	書盈：始	書開3	詩止	青	清平開青梗四	倉經
14300	請	清上開清梗三	七靜：淺	清開3	七演	挺	定上開青梗四	徒鼎
14389	姓	心去開清梗三	息正：想	心開3	息兩	定	定去開青梗四	徒徑
14065	正	章平開清梗三	諸盈：掌	章開3	諸兩	青	清平開青梗四	倉經
14058	貞	知平開清梗三	陟盈：掌	章開3	諸兩	青	清平開青梗四	倉經

14186	名	明平開清梗三	武并：面	明開重4	彌箭	亭	定平開青梗四	特丁
14245	頸	見上開清梗三	居郢：几	見開重3	居履	挺	定上開青梗四	徒鼎
14312	餅	幫上開清梗三	必郢：貶	幫開重3	方斂	挺	定上開青梗四	徒鼎

14145	靐	來平開青梗四	郎丁：亮	來開3	力讓	情	從平開清梗三	疾盈
14124	蛵	曉平開青梗四	呼刑：向	曉開3	許亮	情	從平開清梗三	疾盈
14219	熒	群平合清梗三	渠營：去	溪合3	丘倨	熒	匣平合青梗四	戶扃
14223	營	以平合清梗三	余傾：羽	云合3	王矩	熒	匣平合青梗四	戶扃
14627	褮	影平合清梗三	於營：羽	云合3	王矩	扃	見平合青梗四	古螢
14585	城	禪平開清梗三	是征：始	書開3	詩止	亭	定平開青梗四	特丁
14706	悜	徹上開清梗三	丑郢：寵	徹合3	丑隴	挺	定上開青梗四	徒鼎
14709	逞	澄上開清梗三	丈井：寵	徹合3	丑隴	挺	定上開青梗四	徒鼎
14103	鯁	群平開清梗三	巨成：舊	群開3	巨救	亭	定平開青梗四	特丁
14394	蛸*	生去開清梗三	息正：想	心開3	息兩	定	定去開青梗四	徒徑
14471	纓*	影平開清梗三	伊盈：漾	以開3	餘亮	青	清平開青梗四	倉經
14316	屏	並去開清梗三	防正：貶	幫開重3	方斂	挺	定上開青梗四	徒鼎

　　青、清的相注除了半齒音日母，其他發音部位的聲母均有涉及。純四等韻與重紐三等韻A類字相注，說明純四等已經產生i介音，因而與三等韻的A類變得音近或音同了。

　　青、庚三相注104次，擇要舉例如下：

14022	荊	見平開庚梗三	舉卿：几	見開重3	居履	青	清平開青梗四	倉經
14199	鳴	明平開庚梗三	武兵：面	明開重4	彌箭	亭	定平開青梗四	特丁
14310	秉*	幫上開庚梗三	補永：貶	幫開重3	方斂	挺	定上開青梗四	徒鼎
14346	脛	匣去開青梗四	胡定：向	曉開3	許亮	敬	見去開庚梗三	居慶
14347	錠	端去開青梗四	丁定：邸	端開4	都禮	敬	見去開庚梗三	居慶

14690	梃*	定上開青梗四	待鼎：眺	透開4	他弔	警	見上開庚梗三	居影
14794	聲	泥平開青梗四	奴丁：念	泥開4	奴店	敬	見去開庚梗三	居慶
14811	碃*	清去開青梗四	千定：淺	清開3	七演	敬	見去開庚梗三	居慶

14046	縱	透平開青梗四	他丁：眺	透開4	他弔	荊	見平開庚梗三	舉卿
14250	縈*	溪上開青梗四	棄挺：舊	群開3	巨救	警	見上開庚梗三	居影
14036	馨	曉平開青梗四	呼刑：向	曉開3	許亮	荊	見平開庚梗三	舉卿
14730	醒	心上開青梗四	蘇挺：想	心開3	息兩	警	見上開庚梗三	居影
14726	醒**	疑上開青梗四	五鼎：仰	疑開3	魚兩	警	見上開庚梗三	居影
14662	巊	影上開青梗四	烟涬：漾	以開3	餘亮	警	見上開庚梗三	居影
14102	檠g*	群平開庚梗三	渠京：舊	群開3	巨救	亭	定平開青梗四	特丁
14599	蛢	並平開庚梗三	符兵：避	並開重4	毗義	亭	定平開青梗四	特丁
14815	瞴	明去開青梗四	莫定：面	明開重4	彌箭	敬	見去開庚梗三	居慶

純四等韻與重紐三等韻 B 類字也混了。A、B 類的互注，A 和 B 分別與青的互注，說明梗攝重紐的特徵已經失去了。中古梗攝中的庚三、清與青在《韻史》中已無法分清了。

②庚二、耕無別

耕、庚二相注 39

13969	耕	見平開耕梗二	古莖：改	見開1	古亥	笙	生平開庚梗二	所庚
13999	生	生平開庚梗二	所庚：稍	生開2	所教	耕	見平開耕梗二	古莖
14649	盯	知上開庚梗二	張梗：酌	章開3	之若	耿	見上開耕梗二	古幸
13988	爭	莊平開耕梗二	側莖：酌	章開3	之若	笙	生平開庚梗二	所庚
14334	諍	莊去開耕梗二	側迸：酌	章開3	之若	鋥	澄去開庚梗二	除更
8474	玤*	幫平開庚梗二	晡橫：普	滂合1	滂古	宏	匣平合耕梗二	戶萌
8476	棚*	並平開庚梗二	蒲庚：普	滂合1	滂古	宏	匣平合耕梗二	戶萌
14774	甏*	並去開庚梗二	蒲孟：抱	並開1	薄浩	諍	莊去開耕梗二	側迸
14459	騂*	澄平開庚梗二	除庚：茝	昌開1	昌紿	莖	匣平開耕梗二	戶耕
14768	鋥	澄去開庚梗二	除更：茝	昌開1	昌紿	諍	莊去開耕梗二	側迸
13992	崢	崇平開耕梗二	士耕：酌	章開3	之若	笙	生平開庚梗二	所庚
13989	錚	初平開耕梗二	楚耕：酌	章開3	之若	笙	生平開庚梗二	所庚
14413	耕**	見平開耕梗二	古莖：改	見開1	古亥	笙	生平開庚梗二	所庚
14455	檸	娘平開庚梗二	乃庚：曩	泥開1	奴朗	莖	匣平開耕梗二	戶耕

14646	檸	娘上開庚梗二	拏梗：曩	泥開1	奴朗	耿	見上開耕梗二	古幸
14447	祊*	滂平開庚梗二	披庚：抱	並開1	薄浩	耕	見平開耕梗二	古莖
14449	怦	滂平開庚梗二	撫庚：抱	並開1	薄浩	耕	見平開耕梗二	古莖
14642	損*	溪上開庚梗二	苦杏：侃	溪開1	空旱	耿	見上開耕梗二	古幸
14763	諱*	曉去開庚梗二	亨孟：海	曉開1	呼改	諍	莊去開耕梗二	側迸
14765	嚇*	曉去開庚梗二	亨孟：海	曉開1	呼改	諍	莊去開耕梗二	側迸
14644	䁯*	影上開庚梗二	於杏：案	影開1	烏旰	耿	見上開耕梗二	古幸
14767	諍**	知去開耕梗二	陟迸：酌	章開3	之若	鋥	澄去開庚梗二	除更

耕韻與庚二韻是梗攝二等韻，原本主元音不同，二者相互注音，說明它們在《韻史》中不分。

③二等與三四等相注

除了三四等合流，二等重韻合流這兩大類之外，二等與三等、四等之間也有部分相注。但數量比較少，一共有17條。分別列舉如下：

庚二、庚三相注1

| 14375 | 瀞 | 初去開庚梗二 | 楚敬：淺 | 清開3 | 七演 | 敬 | 見去開庚梗三 | 居慶 |

庚二、清相注1

| 14636 | 鑅* | 匣平合庚梗二 | 胡盲：許 | 曉合3 | 虛呂 | 營 | 以平合清梗三 | 余傾 |

耕二、清相注3

14122	峥	溪平開耕梗二	口莖：向	曉開3	許亮	情	從平開清梗三	疾盈
14233	嶸	匣平合耕梗二	戶萌：許	曉合3	虛呂	營	以平合清梗三	余傾
13977	䁝	影平開清梗三	於盈：案	影開1	烏旰	耕	見平開耕梗二	古莖

瀞䁝峥字的音注讀音與《集韻》中的讀音相同。鑅嶸的何氏注音相同，他是從諧聲的角度加注的古音。榮字為上古耕部字，耕部分化出中古的青、耕、庚三和清韻，何氏基本不考慮被注字的中古音是什麼，單純從他所認定的諧聲偏旁來注音，所注為他心目中的古音。以上幾例除瀞字外都是開口二等喉牙音字。二等韻的喉牙音開口字產生[i]介音是近代漢語韻母的一項重要的音變。我們認為二等韻開口牙喉音在《韻史》中並沒有與三等韻合併，所以，從他的反切注音來看，近代音的特點並不明顯。

青、庚二相注 9

| 14293 | 省 | 生上開庚梗二 | 所景： | 始 | 書開 3 | 詩止 | 挺 | 定上開青梗四 | 徒鼎 |

14578	捏	澄平開庚梗二	直庚：	寵	徹合 3	丑隴	亭	定平開青梗四	特丁
14295	媘	生上開庚梗二	所景：	始	書開 3	詩止	挺	定上開青梗四	徒鼎
14297	眚	生上開庚梗二	所景：	始	書開 3	詩止	挺	定上開青梗四	徒鼎
14716	瘖	生上開庚梗二	所景：	始	書開 3	詩止	挺	定上開青梗四	徒鼎
14717	覲	生上開庚梗二	所景：	始	書開 3	詩止	挺	定上開青梗四	徒鼎
14718	甊	生上開庚梗二	所景：	始	書開 3	詩止	挺	定上開青梗四	徒鼎
14719	都	生上開庚梗二	所景：	始	書開 3	詩止	挺	定上開青梗四	徒鼎
14720	闇	生上開庚梗二	所景：	始	書開 3	詩止	挺	定上開青梗四	徒鼎

以上這些例字除捏之外，都是以省為聲符的字，所以何氏貫徹他的「同聲必同部」原則，將這些字都注為始挺切。省字中古為庚三韻字，何氏庚三與青不分，所以他以挺作為切下字。捏字的聲旁呈同樣也為庚三韻字，何氏以亭為切下字，說明其庚三與青不分。

青、耕相注 3

14598	騂*	滂平開耕梗二	披耕：	避	並開重 4	毗義	亭	定平開青梗四	特丁
14700	鐥	娘平開耕梗二	女耕：	念	泥開 4	奴店	挺	定上開青梗四	徒鼎
14647	掟	定去開青梗四	徒徑：	酌	章開 3	之若	耿	見上開耕梗二	古幸

此三例何氏按聲符注音。平為庚三韻字，寧、定均為青韻字。這三字都在何氏的第十一部中，我們也發現同部中的二等重韻、三四等韻合流的趨勢，只有掟字比較特殊，我們當作特字看待。

④**梗攝與曾攝的合流**

曾攝本攝注音情況見下表：

表 3-44 曾攝舒聲韻相注統計表

次 數		開		合
		蒸	登	登
開	蒸	106		
	登	1	102	2
合	登			7

曾攝舒聲基本上是蒸登分立的，其互注有 1 例：

8445　崚　來平開蒸曾三　　力膺：老　來開 1　盧晧　恆　匣平開登曾一　　胡登

崚《集韻》讀音與《韻史》反切所注相同，可以認爲是同音字。這樣的話蒸登二韻就一次互注也沒有了。二韻如此分明地分爲兩類，主要差別在介音上。蒸韻的 i 介音保存完好，蒸、登二韻洪細有別。

我們再來分析梗曾二攝的相注。

梗攝自注 643 次，曾攝自注 218 次，梗曾相注 41 次，比例分別爲 6.4%和 18.8%。雖然曾梗的相注與梗攝自注比不到 10%，主要是因爲曾攝字總量並不多，而且從曾攝自身來看已經超過了 10%，所以我們認爲梗曾二攝合流爲一部。

曾攝與梗攝的相注情況見下表：

表 3-45　梗攝、曾攝舒聲韻相注統計表

次　數		開			合		
		登	蒸	庚二	耕	庚二	耕
開	登			4	5	1	20
	蒸				2		
	庚三		1				
	青	1					
合	登				3	1	2
	耕	11					

《中原音韻》中梗曾攝諸韻合流爲一個韻部，現代通泰方言中也不分，《韻史》中也是如此。從上表來看，曾攝一等與梗攝二等重韻庚二、耕爲同一類，曾攝三等與梗攝三四等合流爲同一類。

梗、曾攝的相注主要體現在登韻與耕韻的相注上。登與耕相注 31 次，開口呼相注 5 次，合口呼相注 2 次，開合相注 24 次。

登、耕相注 31 次

8272　宏　匣平合耕梗二　　戶萌：戶　匣合 1　侯古　朋　並平開登曾一　　步崩

8273　朋　並平開登曾一　　步崩：普　滂合 1　滂古　宏　匣平合耕梗二　　戶萌

8278　棚　並平開登曾一　　步崩：普　滂合 1　滂古　宏　匣平合耕梗二　　戶萌

8274　鵬　並平開登曾一　　步崩：普　滂合 1　滂古　宏　匣平合耕梗二　　戶萌

8262	泓	影平合耕梗二	烏宏：腕	影合1	烏貫	肱	見平合登曾一	古弘
8267	宖	匣平合耕梗二	戶萌：戶	匣合1	侯古	朋	並平開登曾一	步崩
8269	紘	匣平合耕梗二	戶萌：戶	匣合1	侯古	朋	並平開登曾一	步崩
8270	峹	匣平合耕梗二	戶萌：戶	匣合1	侯古	朋	並平開登曾一	步崩
8271	閎	匣平合耕梗二	戶萌：戶	匣合1	侯古	朋	並平開登曾一	步崩
8464	竤	匣平合耕梗二	戶萌：戶	匣合1	侯古	朋	並平開登曾一	步崩
8465	吰	匣平合耕梗二	戶萌：戶	匣合1	侯古	朋	並平開登曾一	步崩
8466	耾	匣平合耕梗二	戶萌：戶	匣合1	侯古	朋	並平開登曾一	步崩
8469	浤	匣平合耕梗二	戶萌：戶	匣合1	侯古	朋	並平開登曾一	步崩
8265	繃	幫平開耕梗二	北萌：布	幫合1	博故	肱	見平合登曾一	古弘
8411	箏	知平開耕梗二	中莖：酌	章開3	之若	登	端平開登曾一	都縢
8412	諍	知平開耕梗二	中莖：酌	章開3	之若	登	端平開登曾一	都縢
8450	峥	澄平開耕梗二	宅耕：苣	昌開1	昌給	恆	匣平開登曾一	胡登
8452	鎗	崇平開耕梗二	士耕：苣	昌開1	昌給	恆	匣平開登曾一	胡登
8276	倗	並平開登曾一	步崩：普	滂合1	滂古	宏	匣平合耕梗二	戶萌
8471	鬅	並平開登曾一	步崩：普	滂合1	滂古	宏	匣平合耕梗二	戶萌
8287	瞢	明平開登曾一	武登：慢	明開2	謨晏	宏	匣平合耕梗二	戶萌
8481	艗	明平開登曾一	武登：慢	明開2	謨晏	宏	匣平合耕梗二	戶萌
8485	夢	明平開登曾一	武登：慢	明開2	謨晏	宏	匣平合耕梗二	戶萌
8473	踊*	並平開登曾一	蒲登：普	滂合1	滂古	宏	匣平合耕梗二	戶萌
8457	吰*	影平合耕梗二	烏宏：腕	影合1	烏貫	肱	見平合登曾一	古弘
8467	峵*	匣平合耕梗二	呼萌：戶	匣合1	侯古	朋	並平開登曾一	步崩
8430	硼*	滂平開耕梗二	披耕：抱	並開1	薄浩	登	端平開登曾一	都縢
8463	瀰*	幫平開耕梗二	必耕：布	幫合1	博故	肱	見平合登曾一	古弘
8462	嬶*	幫平開耕梗二	悲萌：布	幫合1	博故	肱	見平合登曾一	古弘
8475	霦**	幫平開登曾一	北朋：普	滂合1	滂古	宏	匣平合耕梗二	戶萌
8477	蝴**	並平開登曾一	步登：普	滂合1	滂古	宏	匣平合耕梗二	戶萌

上文中的常見字宏和朋在泰興話中的韻母都是 ɔŋ，中古不同攝的兩個字在何萱的語音中沒有分別。

登、庚二相注 6

| 8429 | 硼* | 滂平開庚梗二 | 披庚： | 抱 | 並開 1 | 薄浩 | 登 | 端平開登曾一 | 都縢 |

8456	罦	見平合庚梗二	古橫：	古	見合 1	公戶	薨	曉平合登曾一	呼肱
8574	窞*	影去合庚梗二	烏橫：	腕	影合 1	烏貫	珊	非去開登曾一	方隥
8563	轐	知去開庚梗二	豬孟：	酌	章開 3	之若	亙	見去開登曾一	古鄧
8564	幀	知去開庚梗二	豬孟：	酌	章開 3	之若	亙	見去開登曾一	古鄧
8524	瞢	明上開庚梗二	莫杏：	莫	明開 1	慕各	鄌	滂上開登曾一	普等

　　耕和庚二已經合流了，登與庚二主元音也是相同的，相混的聲母條件為見、影、滂和知母。

登、青相注 1

| 14477 | 灯 | 端平開登曾一 | 都縢： | 邸 | 端開 4 | 都禮 | 青 | 清平開青梗四 | 倉經 |

　　灯字的《集韻》音與《韻史》音注相同。
　　蒸韻與梗攝庚三、耕韻也有三次相注。

蒸、庚三相注 1

| 14497 | 秤* | 昌平開蒸曾三 | 蚩承： | 寵 | 徹合 3 | 丑隴 | 荊 | 見平開庚梗三 | 舉卿 |

　　秤讀庚韻大概是何氏的方音，曾、梗三等韻合流。

蒸、耕相注 2

| 8325 | 橙 | 澄平開耕梗二 | 宅耕： | 寵 | 徹合 3 | 丑隴 | 陵 | 來平開蒸曾三 | 力膺 |
| 8508 | 噌 | 初平開耕梗二 | 楚耕： | 淺 | 清開 3 | 七演 | 陵 | 來平開蒸曾三 | 力膺 |

　　以上兩個字的《集韻》音與《韻史》音注相同。

　　⑤**梗攝、曾攝與他攝相注**

曾、通相注 12

| 8260 | 弓 | 見平合東通三 | 居戎： | 古 | 見合 1 | 公戶 | 薨 | 曉平合登曾一 | 呼肱 |

8367	珊	幫去開登曾一	方隥：	布	幫合 1	博故	懞	明去合東通三	莫鳳
8421	罾	心平合東通一	蘇公：	散	心開 1	蘇旱	登	端平開登曾一	都縢
8436	驣	定平合東通一	徒紅：	代	定開 1	徒耐	恆	匣平開登曾一	胡登

8596	焢	溪去合東通三	去仲：穹	溪合3	去宮	嫗	曉去開蒸曾三	許應
8571	懵	明去合東通三	莫鳳：莫	明開1	慕各	亙	見去開登曾一	古鄧
8369	甍	明去合東通三	莫鳳：慢	明開2	謨晏	珊	幫去開登曾一	方隥
8348	鄸*	奉平合東通三	符風：范	奉合3	防鋄	凭	並平開蒸曾三	扶冰
8594	挎*	溪去合東通三	去仲：穹	溪合3	去宮	嫗	曉去開蒸曾三	許應
8595	恐*	溪去合東通三	去仲：穹	溪合3	去宮	嫗	曉去開蒸曾三	許應
8598	涽*	溪去合東通三	去仲：穹	溪合3	去宮	嫗	曉去開蒸曾三	許應
8584	孔*	溪上合東通一	苦動：寵	徹合3	丑隴	嫗	曉去開蒸曾三	許應

　　通曾舒聲相注的情況也比較多，涵蓋了唇音明母、奉母，舌音定母，齒音心母和牙音見母、溪母。這些被注字和切下字，何萱都歸在他的古音第六部中，我們現在來看，東登蒸同源於上古蒸部，何萱將它們的相注也是因爲存古所致。

梗、通相注 4

8288	夢	明平合東通三	莫中：慢	明開2	謨晏	宏	匣平合耕梗二	戶萌
8289	夣	明平合東通一	莫紅：慢	明開2	謨晏	宏	匣平合耕梗二	戶萌
8483	鄸	明去合東通三	莫鳳：慢	明開2	謨晏	宏	匣平合耕梗二	戶萌
8484	夥	明平合東通三	莫中：慢	明開2	謨晏	宏	匣平合耕梗二	戶萌

梗、宕相注 1

| 8478 | 蕄 | 明平開唐宕一 | 莫郎：慢 | 明開2 | 謨晏 | 宏 | 匣平合耕梗二 | 戶萌 |

　　陸志韋（2003a：293-294）先生認爲在《中原音韻》裏，登庚耕的喉牙音合口字變到東鍾韻裏去了：「庚耕登的合口跟東鍾韻通押。這樣的字《中原音韻》兩韻部都收，可是兩方面的字不全同。」《中原音韻》中，庚青部的「崩繃烹棚鵬甍盲甏萌迸猛艋蜢孟肱觥薨轟宏絋橫嶸弘兄」等字都歸在東鍾韻裏，東鍾韻的「瘆」歸在庚青部裏（寧繼福 1985：12-16、122）。上例中的夢夣鄸夥《廣韻》爲通攝字，而《韻史》歸在了梗攝。這些字全爲明母字，並且切下字爲同一個宏字。宏字在《中原音韻》中被歸入到了東鍾韻里，何氏在這裏卻特別強調宏字屬耕韻，包括以宏爲切下字的四例，是他有意在注古音所致。上古蒸部分化出中古蒸登耕東四韻，耕和東有相同的上古來源。蕄字上古爲陽部字，中古是唐韻字，何萱依然按慢宏切來注音，是他心目中認爲該字古音與夢等字同音。

小 結

《韻史》的耕部主要爲梗攝韻字和曾攝字，少量通攝字和一例宕攝字，從分析例字可以看出，雖然何萱所注爲古音，但在反切用字上還是有一定傾向性的。在他的反切中，庚三、清、青、蒸不分，庚二、耕、登不分，這一特點帶有時音色彩，而且與通泰方言也是一致的。從何氏的收字來看，耕部中部分字屬於他的第十一部耕部，部分字屬於他的第六部蒸部；從反切上來看，耕部字包含四個韻母，分別爲[əŋ]（庚二、耕、登開口），[iˀŋ]（庚三、清、青、蒸開口），[uˀŋ]（庚二、耕、登合口），[yˀŋ]（庚三、清、青、蒸合口）〔註17〕。也就是說，何萱認爲上古分耕部和蒸部，但他在注音上不知道二者有何不同。這種情況與他的古韻支、脂、之三分，注音卻不分的情況相似，詳後。

4）臸 部

臸部主要來自《廣韻》臻攝。從「反切下字表」來看，臸部韻母可以按照開合洪細的不同分爲四類。中古臻攝諸韻在《韻史》中的注音情況見下表：

表 3-46　臻攝舒聲韻相注統計表

次　數		開						合				
		眞	眞B	眞A	臻	欣	痕	諄	諄B	諄A	文	魂
開	眞	105	17	41	3	2		1				
	眞B		2		5	12						
	眞A	35	3	14	15							
	臻											
	欣	68	42	9		57		5	1		3	2
	痕	1				30						

〔註17〕馮蒸（1997d：233）先生說：「我們根據漢語音節構造的某些特性，認爲臻攝開口與合口不同主元音，或者說此攝原來的開口主元音在與合口 u 介音結合時，被合口介音所吞沒，即：臻攝開口主元音是 ə，合口主元音是 u。」現代泰興方言中[iən]中的[ə]不明顯，只表示一個動程（顧黔 2001：27）。參考以上意見，我們將庚青部主元音擬爲 ə、i、u、y，在開口三等、合口一等、合口三等中的 ə 表示一個動程，以上標的形式標注。下文眞文部、侵尋部、緝入部有關韻母的構擬也從此。

次　數		開						合				
		真	真B	真A	臻	欣	痕	諄	諄B	諄A	文	魂
合	諄	5	2					73	3	7	32	27
	諄B											
	諄A							12				
	文						1	18	4		137	2
	魂						1	52			4	186

從表中來看，開口自注共計 461 次，合口自注共計 557 次，開合口互注為 21 次，絕對數量少，所占比例低，開合口基本上不混。

真、諄相注 8

16693　碩　云上開真臻三　　于敏：羽　云合3　　王矩　窘 g*群上合諄臻三　　巨隕

15082　呁 g*見去合諄臻三　　九峻：仰　疑開3　　魚兩　鄰　來平開真臻三　　力珍

15858　笋　清上開真臻三　　士忍：翠　清合3　　七醉　筍　心上合諄臻三　　思尹

16686　賱　云上開真臻三　　于敏：羽　云合3　　王矩　窘 g*群上合諄臻三　　巨隕

16689　隕　云上開真臻三　　于敏：羽　云合3　　王矩　窘 g*群上合諄臻三　　巨隕

17256　荺**以上開真臻三　　移軫：羽　云合3　　王矩　窘 g*群上合諄臻三　　巨隕

15786　珉*　明平開真臻重三　　眉貧：謬　明開3　　靡幼　匀　以平合諄臻三　　羊倫

16283　誾　疑平開真臻重三　　語巾：臥　疑合1　　吾貨　醇　禪平合諄臻三　　常倫

真諄、寒桓、歌戈三對韻系在《切韻》音系中是典型的開合對立韻，這三對韻系在分別獨立成韻之前，其合口韻母並非不存在，只不過是開合同韻，而不是開合分韻而已（馮蒸 1997b：266）。使人們清楚地看到從真寒歌韻里分出諄桓戈是孫愐《唐韻》以後的事，現行《廣韻》的真軫震三韻還殘餘著幾個沒有分淨的合口字，從反切下字看，應該併入諄準稕三韻里，如真韻的磨困贇笋，軫韻的窘隕，震韻的呁等都算是諄韻。

以上這些例字可以看作是「沒有分淨的合口字」，而這些在《韻史》中已經為諄韻字了。窘字《廣韻》也是真韻，我們將窘的音韻地位直接按照《集韻》音定為準韻，是因為我們認為諄韻已經從真韻中分離出來了，真韻只有開口，「真韻合口」我們直接定義為諄韻。笋賱隕碩誾諸字，《集韻》有諄韻讀音，《韻史》的注音與《集韻》相同。

　　另外還有諄欣、文欣、魂欣、文痕、魂痕的開合相注，我們將在下文分類列舉，此處不再一一舉例。上古文部分化出中古的痕、先、魂、山、欣、文、眞、諄、臻諸韻，這些韻系的混用是上古音的反映。說明何萱的意識中也認爲這些韻系中的字上古同部。

　　①**眞、諄、臻、文、欣不分**

　　臻攝中的重紐韻爲眞韻和諄韻，它們各自都失去了重紐三四等的區別特徵。具體表現爲重紐兩類的互注和重紐與各自舌齒音的互注。

眞 A、眞 B 相注 3

15028	汃	幫平開眞臻重三	府巾：丙	幫開 3	兵永	因	影平開眞臻重四	於眞
15036	矜 g*	群平開眞臻重三	渠巾：舊	群開 3	巨救	民	明平開眞臻重四	彌鄰
15675	瑉	幫平開眞臻重三	府巾：丙	幫開 3	兵永	因	影平開眞臻重四	於眞

　　眞 A、眞的舌齒音字相注 76，我們擇要舉例如下：

15021	親	清平開眞臻三	七人：此	清開 3	雌氏	因	影平開眞臻重四	於眞
15026	薪	心平開眞臻三	息鄰：小	心開 3	私兆	因	影平開眞臻重四	於眞
15002	臻	莊平開眞臻三	側詵：掌	章開 3	諸兩	因	影平開眞臻重四	於眞
14995	因	影平開眞臻重四	於眞：漾	以開 3	餘亮	辛	心平開眞臻三	息鄰
15096	民	明平開眞臻重四	彌鄰：美	明開重 3	無鄙	鄰	來平開眞臻三	力珍

15019	璘	精平開眞臻三	將鄰：紫	精開 3	將此	因	影平開眞臻重四	於眞
15688	㻞*	來平開眞臻三	離珍：亮	來開 3	力讓	民	明平開眞臻重四	彌鄰
15244	螼	溪去開眞臻重四	去刃：舊	群開 3	巨救	信	心去開眞臻三	息晉
15306	儐	幫去開眞臻重四	必刃：丙	幫開 3	兵永	信	心去開眞臻三	息晉
15086	嬪	並平開眞臻重四	符眞：避	並開重 4	毗義	鄰	來平開眞臻三	力珍
15169	緊	見上開眞臻重四	居忍：几	見開重 3	居履	引	以上開眞臻三	余忍
15307	木	滂去開眞臻重四	匹刃：避	奉開重 4	毗義	進	精去開眞臻三	即刃

　　眞 A 可以與眞韻的精、清、莊、來、心、以母字相注。

眞 B、眞的舌齒音字相注 17

15081	㹊	疑平開眞臻重三	語巾：仰	疑開 3	魚兩	鄰	來平開眞臻三	力珍
15085	誾	疑平開眞臻重三	語巾：仰	疑開 3	魚兩	鄰	來平開眞臻三	力珍

15282	猌	疑去開眞臻重三	魚覲：仰	疑開3	魚兩	信	心去開眞臻三	息晉
15834	㹞	溪上開眞臻重三	弃忍：舊	群開3	巨救	引	以上開眞臻三	余忍
15851	齴	疑上開眞臻重三	宜引：仰	疑開3	魚兩	引	以上開眞臻三	余忍
15283	憖	疑去開眞臻重三	魚覲：仰	疑開3	魚兩	信	心去開眞臻三	息晉
15191	胝	明上開眞臻重三	眉殞：美	明開重3	無鄙	引	以上開眞臻三	余忍
15192	愍	明上開眞臻重三	眉殞：美	明開重3	無鄙	引	以上開眞臻三	余忍
15101	罠	明平開眞臻重三	武巾：美	明開重3	無鄙	鄰	來平開眞臻三	力珍
15102	珉	明平開眞臻重三	武巾：美	明開重3	無鄙	鄰	來平開眞臻三	力珍
15751	頤	明平開眞臻重三	武巾：美	明開重3	無鄙	隣	來平開眞臻三	力珍
15754	鈱	明平開眞臻重三	武巾：美	明開重3	無鄙	隣	來平開眞臻三	力珍
15758	暋	明平開眞臻重三	武巾：美	明開重3	無鄙	隣	來平開眞臻三	力珍
15760	瞀*	明平開眞臻重三	眉貧：美	明開重3	無鄙	隣	來平開眞臻三	力珍
15757	岷**	明平開眞臻重三	莫斌：美	明開重3	無鄙	隣	來平開眞臻三	力珍
15105	玟g*	明平開眞臻重三	眉貧：美	明開重3	無鄙	鄰	來平開眞臻三	力珍
15753	趻g*	明平開眞臻重三	眉貧：美	明開重3	無鄙	隣	來平開眞臻三	力珍

眞 B 也可以和眞韻的來、心、以母相注。

　　眞韻的 A、B 兩類相注，而且眞 A 和眞 B 分別與眞韻的舌齒音相注，說明眞韻的重紐韻特征已經不存在了。

諄 A、諄的舌齒音的相注 19

15106	均	見平合諄臻重四	居勻：舉	見合3	居許	洵	心平合諄臻三	相倫
15107	鈞	見平合諄臻重四	居勻：舉	見合3	居許	洵	心平合諄臻三	相倫
15111	恂	心平合諄臻三	相倫：敘	邪合3	徐呂	均	見平合諄臻重四	居勻
15113	洵	邪平合諄臻三	詳遵：敘	邪合3	徐呂	均	見平合諄臻重四	居勻
15108	袀	見平合諄臻重四	居勻：舉	見合3	居許	洵	心平合諄臻三	相倫
15763	沟	見平合諄臻重四	居勻：舉	見合3	居許	洵	心平合諄臻三	相倫
15776	韵	見去合諄臻重四	九峻：許	曉合3	虛呂	勻	以平合諄臻三	羊倫
15925	呁	見去合諄臻重四	九峻：舉	見合3	居許	徇	邪去合諄臻三	辭閏
15109	姁g*	見平合諄臻重四	規倫：舉	見合3	居許	洵	心平合諄臻三	相倫
15114	郇	心平合諄臻三	相倫：敘	邪合3	徐呂	均	見平合諄臻重四	居勻

15115	珣	心平合諄臻三	相倫：	敘	邪合3	徐呂	均	見平合諄臻重四	居勻
15764	詢	心平合諄臻三	相倫：	敘	邪合3	徐呂	均	見平合諄臻重四	居勻
15765	敏	心平合諄臻三	相倫：	敘	邪合3	徐呂	均	見平合諄臻重四	居勻
15766	峋	心平合諄臻三	相倫：	敘	邪合3	徐呂	均	見平合諄臻重四	居勻
15309	徇	邪去合諄臻三	辭閏：	敘	邪合3	徐呂	呁	見去合諄臻重四	九峻
15310	侚	邪去合諄臻三	辭閏：	敘	邪合3	徐呂	呁	見去合諄臻重四	九峻
15118	恂*	邪平合諄臻三	松倫：	敘	邪合3	徐呂	均	見平合諄臻重四	居勻
15119	楯*	心平合諄臻三	須倫：	敘	邪合3	徐呂	均	見平合諄臻重四	居勻
15768	枸*	心平合諄臻三	須倫：	敘	邪合3	徐呂	均	見平合諄臻重四	居勻

諄A可以和諄韻的心母、邪母相注。

諄B、諄的舌齒音相注3

16660	頵	影平合諄臻重三	於倫：	去	溪合3	丘倨	允	以上合諄臻三	余準
16667	箘	溪平合諄臻重三	去倫：	去	溪合3	丘倨	允	以上合諄臻三	余準
17248	麇	溪上合諄臻重三	丘尹：	去	溪合3	丘倨	允	以上合諄臻三	余準

諄沒有A、B兩類相混的情況，但從諄A、諄B都能與諄的舌齒音相注來推斷，諄韻的重紐區別也消失了。

臻攝內部三等韻除了眞諄之外，還有臻、文、欣三韻，這幾個三等韻在《韻史》中表現出了合流的傾向。

眞韻自注217次，諄韻自注95次，眞、諄相注8次，眞韻和諄韻在《韻史》中還有開合的對立。相注的情況詳上文。

眞、臻相注23

15659	莘	生平開臻臻三	所臻：	始	書開3	詩止	因	影平開眞臻重四	於眞
15665	阠	生平開臻臻三	所臻：	始	書開3	詩止	因	影平開眞臻重四	於眞
15274	櫬	初去開臻臻三	初覲：	寵	徹合3	丑隴	進	精去開眞臻三	即刃
15912	襯	初去開臻臻三	初覲：	寵	徹合3	丑隴	進	精去開眞臻三	即刃
15913	疢	初去開臻臻三	初覲：	寵	徹合3	丑隴	進	精去開眞臻三	即刃
16326	莘	生平開臻臻三	所臻：	始	書開3	詩止	巾	見平開眞臻重三	居銀
16327	侁	生平開臻臻三	所臻：	始	書開3	詩止	巾	見平開眞臻重三	居銀

16328	詵	生平開臻臻三	所臻：始	書開3	詩止	巾	見平開眞臻重三	居銀
16329	姺	生平開臻臻三	所臻：始	書開3	詩止	巾	見平開眞臻重三	居銀
16331	駪	生平開臻臻三	所臻：始	書開3	詩止	巾	見平開眞臻重三	居銀
15009	扟	生平開臻臻三	所臻：始	書開3	詩止	因	影平開眞臻重四	於眞
15010	痒	生平開臻臻三	所臻：始	書開3	詩止	因	影平開眞臻重四	於眞
15013	甡	生平開臻臻三	所臻：始	書開3	詩止	因	影平開眞臻重四	於眞
15014	屾	生平開臻臻三	所臻：始	書開3	詩止	因	影平開眞臻重四	於眞
15015	燊	生平開臻臻三	所臻：始	書開3	詩止	因	影平開眞臻重四	於眞
15663	籹	生平開臻臻三	所臻：始	書開3	詩止	因	影平開眞臻重四	於眞
15664	籸	生平開臻臻三	所臻：始	書開3	詩止	因	影平開眞臻重四	於眞
15657	辬	生平開臻臻三	所臻：始	書開3	詩止	因	影平開眞臻重四	於眞
15658	姅	生平開臻臻三	所臻：始	書開3	詩止	因	影平開眞臻重四	於眞
15660	鮮	生平開臻臻三	所臻：始	書開3	詩止	因	影平開眞臻重四	於眞
15661	樺	生平開臻臻三	所臻：始	書開3	詩止	因	影平開眞臻重四	於眞
15655	榛*	莊平開臻臻三	緇詵：掌	章開3	諸兩	因	影平開眞臻重四	於眞
15662	檏*	生平開臻臻三	疏臻：始	書開3	詩止	因	影平開眞臻重四	於眞

　　《韻史》中臻韻字本身很少，23次全部與眞韻相注。關於臻眞兩韻系，邵榮芬先生認爲：「《王三》、《廣韻》臻韻系都只限於莊組聲母平入聲字。這些字和眞韻系的莊組字出現的機會也是互補的。」所以，臻眞兩韻系和嚴凡兩韻系一樣，「是在一定聲母條件下的異調異讀，……臻韻系併入眞韻系。」《韻史》臻眞合併。臻韻同時與眞A、眞B和眞相混，再一次說明眞韻已無重紐差別。

　　欣韻自注57次，與眞相混133次，眞欣兩韻在《韻史》中無疑已經混同。

　　眞、欣相注133次，擇要舉例如下：

16813	刃	日去開眞臻三	而振：攘	日開3	人漾	近	群去開欣臻三	巨靳
16358	紉	娘平開眞臻三	女鄰：紐	娘開3	女久	勤	群平開欣臻三	巨斤
16318	脣	章平開眞臻三	職鄰：掌	章開3	諸兩	欣	曉平開欣臻三	許斤
16344	勤	群平開欣臻三	巨斤：舊	群開3	巨救	銀	疑平開眞臻重三	語巾
16307	忻	曉平開欣臻三	許斤：向	曉開3	許亮	巾	見平開眞臻重三	居銀
16369	銀	疑平開眞臻重三	語巾：仰	疑開3	魚兩	勤	群平開欣臻三	巨斤
16291	巾	見平開眞臻重三	居銀：几	見開重3	居履	欣	曉平開欣臻三	許斤

16385	貧	並平開眞臻重三	符巾：避	並開重4	毗義	勤	群平開欣臻三	巨斤
16313	趁	澄平開眞臻三	直珍：掌	章開3	諸兩	欣	曉平開欣臻三	許斤

17219	鋠	禪上開眞臻三	時忍：始	書開3	詩止	謹	見上開欣臻三	居隱
16316	駗	來平開眞臻三	力珍：掌	章開3	諸兩	欣	曉平開欣臻三	許斤
17348	𩢲	生去開眞臻三	所進：始	書開3	詩止	近	群去開欣臻三	巨靳
17225	潯	邪去開眞臻三	徐刃：此	清開3	雌氏	隱	影上開欣臻三	於謹
16831	｜	心去開眞臻三	息晉：想	心開3	息兩	近	群去開欣臻三	巨靳
15843	觡	莊上開欣臻三	仄謹：掌	章開3	諸兩	引	以上開眞臻三	余忍
16634	辰	知上開眞臻三	珍忍：掌	章開3	諸兩	謹	見上開欣臻三	居隱
17190	嘽**	溪去開眞臻三	丘引：舊	群開3	巨救	謹	見上開欣臻三	居隱
16788	覲	群去開眞臻重三	渠遴：舊	群開3	巨救	靳	見去開欣臻三	居焮
16599	螼	溪上開眞臻重三	弃忍：舊	群開3	巨救	謹	見上開欣臻三	居隱
16796	釁	曉去開眞臻重三	許覲：向	曉開3	許亮	近	群去開欣臻三	巨靳
16336	彪	幫平開眞臻重三	府巾：丙	幫開3	兵永	欣	曉平開欣臻三	許斤
16299	垔	影平開眞臻重四	於眞：漾	以開3	餘亮	欣	曉平開欣臻三	許斤
17231	瘽*	明上開眞臻三	美隕：美	明開重3	無鄙	謹	見上開欣臻三	居隱
17229	砏*	滂上開眞臻三	匹忍：避	並開重4	毗義	隱	影上開欣臻三	於謹
16355	蓳	見上開欣臻三	居隱：舊	群開3	巨救	銀	疑平開眞臻重三	語巾
17010	欣**	溪平開欣臻三	去斤：舊	群開3	巨救	巾	見平開眞臻重三	居銀
17230	簡	明上開眞臻重三	眉殞：美	明開重3	無鄙	謹	見上開欣臻三	居隱
17063	暋**	明平開眞臻重四	彌民：美	明開重3	無鄙	勤	群平開欣臻三	巨斤

欣韻既與眞 A 相注，也與眞 B 相注，還與眞的舌齒音相注。聲母遍及唇舌齒牙喉五音，說明《韻史》中二者主元音是完全相同的。

諄韻自注 95 次，文韻自注 135 次，諄文相注 54 次，自注相注比率分別爲56.8%和 40%，說明諄文兩韻的主要元音也是相同的。

諄、文相注 54 次，擇要舉例如下：

16731	扮	非上合文臻三	方吻：甫	非合3	方矩	允	以上合諄臻三	余準
16729	忿	敷上合文臻三	敷粉：甫	非合3	方矩	允	以上合諄臻三	余準
16735	吻	微上合文臻三	武粉：武	微合3	文甫	允	以上合諄臻三	余準

16724	幡	奉上合文臻三	房吻：	甫	非合3	方矩	允	以上合諄臻三	余準
16985	錀	敷平合文臻三	撫文：	路	來合1	洛故	醇	禪平合諄臻三	常倫
16456	瞤	日平合諄臻三	如勻：	汝	日合3	人渚	羣	群平合文臻三	渠云
17073	峮	溪平合諄臻三	去倫：	去	溪合3	丘倨	勲	曉平合文臻三	許云
16669	趜	溪上合文臻三	丘粉：	去	溪合3	丘倨	允	以上合諄臻三	余準
17105	榐	邪平合諄臻三	詳遵：	敘	邪合3	徐呂	雲	云平合文臻三	王分
17368	賰	心去合諄臻三	私閏：	敘	邪合3	徐呂	運	云去合文臻三	王問
16715	峹	疑上合文臻三	魚粉：	馭	疑合3	牛倨	允	以上合諄臻三	余準
17083	贇	影平合諄臻三	於倫：	羽	云合3	王矩	君	見平合文臻三	舉云
16441	囩	云平合諄臻三	爲贇：	羽	云合3	王矩	羣	群平合文臻三	渠云
17235	庫*	見上合文臻三	舉蘊：	舉	見合3	居許	允	以上合諄臻三	余準
16463	逡g*	清平合諄臻三	七倫：	敘	邪合3	徐呂	雲	云平合文臻三	王分
17262	韞	影上合文臻三	於粉：	羽	云合3	王矩	窘g*	群上合諄臻三	巨隕
17259	顐	云上合文臻三	云粉：	羽	云合3	王矩	窘g*	群上合諄臻三	巨隕
17077	硱*	溪平合諄臻重三	區倫：	去	溪合3	丘倨	勲	曉平合文臻三	許云
16397	麇	見平合諄臻重三	居筠：	舉	見合3	居許	勲	曉平合文臻三	許云

　　純三等文韻如果按照演變規律來看的話，脣音字歸併到同攝一二等韻裡去。上例中文韻的部分脣音字也與諄韻相注在一起。

諄、欣相注6

16360	脣	船平合諄臻三	食倫：	寵	徹合3	丑隴	勤	群平開欣臻三	巨斤
16361	陙	禪平合諄臻三	常倫：	寵	徹合3	丑隴	勤	群平開欣臻三	巨斤
16362	鹵	日平合諄臻三	如勻：	攘	日開3	人漾	勤	群平開欣臻三	巨斤
17048	鷷**	昌平合諄臻三	齒旬：	寵	徹合3	丑隴	勤	群平開欣臻三	巨斤
17217	朒	日去合諄臻三	如順：	攘	日開3	人漾	謹	見上開欣臻三	居隱
16294	巎g*	見平合諄臻重三	居銀：	几	見開重3	居履	欣	曉平開欣臻三	許斤

　　脣陙朒三字在《集韻》中有真韻一讀，《韻史》真欣相混，何氏的注音與《集韻》是一致的。

文、欣相注 3

16393	鷗* 微平合文臻三	無分：	美	明開重 3	無鄙	勤	群平開欣臻三	巨斤
17359	噫** 滂去合文臻三	匹問：	想	心開 3	息兩	近	群去開欣臻三	巨靳
16602	顒 云上合文臻三	云粉：	漾	以開 3	餘亮	謹	見上開欣臻三	居隱

　　上例中的噫字不見於《廣韻》和《集韻》，《玉篇》為滂母文韻字，音注注音與之差別較大，我們認為是冷字在《韻史》中的特殊讀音。以上幾組例子為在臻攝本攝下他韻相注的情況，說明這些三等韻在《韻史》中主要元音相同，但還有開合口的對立。

　　②魂、痕相注

　　臻攝中的一等韻為魂韻和痕韻。魂韻在中古的擬音為[uən]，痕韻為[ən]，二者只是開合口的區別。此二韻在《韻史》中還基本保持開合分立，僅有 1 次相注，見下例：

| 16777 | 餶 疑去開痕臻一 | 五恨： | 臥 | 疑合 1 | 吾貨 | 寸 | 清去合魂臻一 | 倉困 |

　　餶字在《集韻》中已經讀為魂韻了，《韻史》保留了這個讀音。《廣韻》中魂痕標明可以同用，是說在寫作詩文時可以臨時用在一起。《韻史》中的這兩韻還保持著嚴格的開合對立。古音中，魂痕同屬文部，何萱的這種處理是按照時音來注音的。

　　③一三等韻之間相注

痕、眞相注 1

| 16165 | 娠 書平開眞臻三 | 失人： | 稍 | 生開 2 | 所教 | 根 | 見平開痕臻一 | 古痕 |

　　娠字在何氏的語音中已經可以讀同痕韻了。

痕、文相注 1

| 17369 | 獻* 定去開痕臻一 | 徒困： | 敘 | 邪合 3 | 徐呂 | 運 | 云去合文臻三 | 王問 |

魂、欣相注 2

| 17356 | 挷 從平合魂臻一 | 徂尊： | 此 | 清開 3 | 雌氏 | 近 | 群去開欣臻三 | 巨靳 |
| 17357 | 稱** 從去合魂臻一 | 徂問： | 此 | 清開 3 | 雌氏 | 近 | 群去開欣臻三 | 巨靳 |

魂、文相注 6

| 16416 | 揮 g* 匣平合魂臻一 | 胡昆： | 許 | 曉合 3 | 虛呂 | 君 | 見平合文臻三 | 舉云 |

16543　媼 g*　影上合文臻三　　委隕：甕　影合1　烏貢　本　幫上合魂臻一　　布忖

16419　煇　　匣平合魂臻一　　戶昆：許　曉合3　虛呂　君　見平合文臻三　　舉云
16781　坋　　奉去合文臻三　　扶問：佩　並合1　蒲昧　寸　清去合魂臻一　　倉困
17136　齳　　疑上合文臻三　　魚粉：苦　溪合1　康杜　本　幫上合魂臻一　　布忖
16184　輑 g*　疑平合文臻三　　虞云：古　見合1　公戶　昏　曉平合魂臻一　　呼昆

　　文韻是中古的純三等韻，中古純三等韻只有喉、牙、脣音字。純三等韻的
演變趨勢是依聲母的不同而與一二等、三四等合流。在脣音條件下，純三等韻
歸併到同攝的一等或二等韻里；在喉牙音的條件下，純三等韻歸併到同攝的三
四等韻里去。以上幾例中的文韻字既有脣音，也有喉牙音，都是與一等韻混同，
與純三等的音變規律不一致。如果我們換個角度，從上古音來源上找原因，魂
痕文欣四韻相注就可以得到合理解釋，因爲它們在上古同屬文部，此處相注體
現出《韻史》的存古性質。

　　魂、諄相注 79 次，擇要舉例如下：

16285　門　　明平合魂臻一　　莫奔：慢　明開2　謨晏　醇　禪平合諄臻三　　常倫
16235　渾　　匣平合魂臻一　　戶昆：戶　匣合1　侯古　醇　禪平合諄臻三　　常倫
16213　淳　　禪平合諄臻三　　常倫：壯　莊開3　側亮　坤　溪平合魂臻一　　苦昆
16769　順　　船去合諄臻三　　食閏：爽　生開3　疏兩　寸　清去合魂臻一　　倉困
16765　盾　　船上合諄臻三　　食尹：狀　崇開3　鋤亮　困　溪去合魂臻一　　苦悶
16211　諄　　章平合諄臻三　　章倫：壯　莊開3　側亮　坤　溪平合魂臻一　　苦昆
16214　屯　　知平合諄臻三　　陟綸：壯　莊開3　側亮　坤　溪平合魂臻一　　苦昆

17277　獖　　並上合魂臻一　　蒲本：甫　非合3　方矩　允　以上合諄臻三　　余準
16246　屍　　定平合魂臻一　　徒渾：戶　匣合1　侯古　醇　禪平合諄臻三　　常倫
16242　歠　　見平合魂臻一　　古渾：戶　匣合1　侯古　醇　禪平合諄臻三　　常倫
16988　崙　　來平合魂臻一　　盧昆：路　來合1　洛故　醇　禪平合諄臻三　　常倫
16282　㛝　　疑平合魂臻一　　牛昆：臥　疑合1　吾貨　醇　禪平合諄臻三　　常倫
16272　臺　　禪平合諄臻三　　常倫：爽　生開3　疏兩　蒐　匣平合魂臻一　　戶昆
16555　偆　　昌上合諄臻三　　尺尹：狀　崇開3　鋤亮　緄　見上合魂臻一　　古本
16222　杶　　徹平合諄臻三　　丑倫：狀　崇開3　鋤亮　坤　溪平合魂臻一　　苦昆

16278	漘	船平合諄臻三	食倫	：爽	生開3	疏兩	鼋	匣平合魂臻一	戶昆
16226	遵	精平合諄臻三	將倫	：祖	精合1	則古	坤	溪平合魂臻一	苦昆
17155	輪	來上合諄臻三	力準	：路	來合1	洛故	緄	見上合魂臻一	古本
16217	棆	來平合諄臻三	力迍	：壯	莊開3	側亮	坤	溪平合魂臻一	苦昆
16562	墫	清平合諄臻三	七倫	：措	清合1	倉故	緄	見上合魂臻一	古本
16948	踆	清平合諄臻三	七倫	：措	清合1	倉故	坤	溪平合魂臻一	苦昆
16768	潤	日去合諄臻三	如順	：汭	日合3	而銳	寸	清去合魂臻一	倉困
17162	賰	書上合諄臻三	式允	：爽	生開3	疏兩	緄	見上合魂臻一	古本
16770	蜃	書去合諄臻三	舒閏	：爽	生開3	疏兩	寸	清去合魂臻一	倉困
15145	齡	溪上合諄臻三	苦本	：苦	溪合1	康杜	本	幫上合魂臻一	布忖
16764	睛	章去合諄臻三	之閏	：壯	莊開3	側亮	寸	清去合魂臻一	倉困
16973	鼋*	匣平合魂臻一	胡昆	：戶	匣合1	侯古	醇	禪平合諄臻三	常倫
16936	㫰*	昌平合諄臻三	樞倫	：壯	莊開3	側亮	坤	溪平合魂臻一	苦昆
16939	喏*	昌上合諄臻三	尺尹	：狀	崇開3	鋤亮	坤	溪平合魂臻一	苦昆
16956	柵*	邪平合諄臻三	松倫	：送	心合1	蘇弄	坤	溪平合魂臻一	苦昆
17305	綧*	章上合諄臻三	主尹	：路	來合1	洛故	寸	清去合魂臻一	倉困

　　魂韻與諄韻在中古時既有主要元音的區別，又有等位的差別。在《韻史》中多次相注，範圍涉及舌齒音知、徹、章、昌、船、書、禪、精、清、邪、來、日，牙喉音溪、以諸多聲母，說明魂與諄在《韻史》中不分。之所以會出現這種情況，也是因爲魂韻與諄韻上古同部。

小　結

　　中古臻攝在《韻史》中有如下表現：開合口分立。開口韻中，三等重紐眞韻已失去了重紐區別特徵，並與臻、文、欣混併。一等痕韻保持獨立。合口韻中，三等重紐諄韻的重紐特徵已丟失，並與文韻合併。一等魂韻保持獨立，並有諄韻的部分舌齒音字和牙喉音溪母齡字、以母允字與之相混。以上這些注音，都體現出古音特點。我們發現，以上這些例字有些在何氏的第十二部眞部，有些在他的第十三部文部，但從反切注音上來看，何氏又是分不清楚的，共同組成了臤部。他的擬音體現出時音特點。所以我們認爲，臤部包括四個韻母，分別爲[ən]（痕）、[uᵊn]（大部分魂）、[iᵊn]（眞、臻、欣）、[yᵊn]（諄、文、部分魂）。

5）干　部

干部主要來自中古山攝。包括寒、桓、刪、山、仙、元、先幾韻，除了寒桓開合分韻外，其餘五韻各分開合。在「反切下字表」中，山攝洪音包括兩類，第 1 類主要爲中古一等韻，第 2 類主要爲中古二等韻，具體分類情況見下表：

表 3-47　山攝舒聲韻相注統計表

次　　數		開								合							
		寒	刪	山	仙	仙B	仙A	元	先	桓	刪	山	仙	仙B	仙A	元	先
開	寒	238		1				2		2							
	刪	3	33	27						77	12	2	1				
	山	1	21	37											3	1	10
	仙	1		4	140	33	17	35	84				3				
	仙B																
	仙A					6		8									3
	元																
	先			5	74	13	35	9	142						1		11
合	桓																
	刪		19			2		1		233	38	3	3			3	
	山																
	仙															16	
	仙B															41	
	仙A																
	元		1			12		15	1	4			174	51	16	122	39
	先			2			3		8								4

上表中，開口自注 969 次，合口自注 747 次，開合相注 190 次。開合相注是個不可忽視的問題，從表中看，開合相注主要發生在桓韻、刪韻、元韻、先韻和仙 B 類上。我們先分析本韻的開合相注情況，他韻的開合相注，還牽涉到韻類和等位的演變問題，我們在討論各韻變化時一併說明。

寒、桓相注 2

18355　肌　匣去合桓山一　　胡玩：海　曉開 1　呼改　旦　端去開寒山一　　得按

18343　敦**　匣上合桓山一　　何滿：海　曉開 1　呼改　旦　端去開寒山一　　得按

《廣韻》寒韻沒有唇音字，寒韻唇音字併入了桓韻。《韻史》中桓寒相注只有這兩條，寒韻的唇音字沒有併入桓，而是與刪韻合口相注。肌敦二字聲母不

是唇音，爲喉音匣母，卻與寒韻相注，大概是因爲在何氏語音中，這兩個字受聲母影響失去了合口介音，從而與寒相混，是個別語音現象。

刪韻開合相注 31

18053	卵	見去合刪山二	古患：古	見合1	公戶	版	幫上開刪山二	布綰
18449	宦	匣去合刪山二	胡慣：戶	匣合1	侯古	慢	明去開刪山二	謨晏
18452	患	匣去合刪山二	胡慣：戶	匣合1	侯古	慢	明去開刪山二	謨晏
18457	豢	匣去合刪山二	胡慣：戶	匣合1	侯古	慢	明去開刪山二	謨晏
19243	皖	匣上合刪山二	戶板：戶	匣合1	侯古	版	幫上開刪山二	布綰
18068	版	幫上開刪山二	布綰：布	幫合1	博故	綰	影上合刪山二	烏板
18511	慢	明去開刪山二	謨晏：眛	明合1	莫佩	宦	匣去合刪山二	胡慣
17498	攀	滂平開刪山二	普班：普	滂合1	滂古	關	見平合刪山二	古還
19584	槵	匣去合刪山二	胡慣：戶	匣合1	侯古	慢	明去開刪山二	謨晏
18033	睅	匣上合刪山二	戶板：戶	匣合1	侯古	版	幫上開刪山二	布綰
18036	鯇	匣上合刪山二	戶板：戶	匣合1	侯古	版	幫上開刪山二	布綰
19250	鯇	匣上合刪山二	戶板：戶	匣合1	侯古	版	幫上開刪山二	布綰
18453	擐	匣去合刪山二	胡慣：戶	匣合1	侯古	慢	明去開刪山二	謨晏
18454	轘	匣去合刪山二	胡慣：戶	匣合1	侯古	慢	明去開刪山二	謨晏
18026	綰	影上合刪山二	烏板：饔	影合1	烏貢	版	幫上開刪山二	布綰
17497	蠻	幫平開刪山二	布還：布	幫合1	博故	關	見平合刪山二	古還
18066	昄	幫上開刪山二	布綰：布	幫合1	博故	綰	影上合刪山二	烏板
18070	貱	幫上開刪山二	布綰：布	幫合1	博故	綰	影上合刪山二	烏板
19261	鈑	幫上開刪山二	布綰：布	幫合1	博故	綰	影上合刪山二	烏板
19262	蝂	幫上開刪山二	布綰：布	幫合1	博故	綰	影上合刪山二	烏板
19271	飯	並上開刪山二	扶板：奉	奉合3	扶隴	綰	影上合刪山二	烏板
17596	蠻	明平開刪山二	莫還：眛	明合1	莫佩	環	匣平合刪山二	戶關
18905	鬘	明平開刪山二	莫還：眛	明合1	莫佩	環	匣平合刪山二	戶關
18907	穩	明平開刪山二	莫還：眛	明合1	莫佩	環	匣平合刪山二	戶關
18510	嫚	明去開刪山二	謨晏：眛	明合1	莫佩	宦	匣去合刪山二	胡慣

17547	奻	娘平開刪山二	奴還：怒	泥合1	乃故	環	匣平合刪山二	戶關
17499	攽	滂平開刪山二	普班：普	滂合1	滂古	關	見平合刪山二	古還
19257	姅**	疑上開刪山二	五板：臥	疑合1	吾貨	綰	影上合刪山二	烏板
17601	攀g*	明平開刪山二	謨還：昧	明合1	莫佩	環	匣平合刪山二	戶關
18512	謾g*	明去開刪山二	莫晏：昧	明合1	莫佩	宦	匣去合刪山二	胡慣
18440	捾g*	影上開刪山二	鄔版：甕	影合1	烏貢	宦	匣去合刪山二	胡慣

刪韻開口的幫母、明母字已經由開口轉入合口。另外，娘母奻字、滂母的攀和攽、疑母姅和影母捾都爲合口字。這種開合變化在《韻鏡》中已有體現，奻、攀等字就被置於「外轉第二十四合」圖中。

仙韻開合相注 3

17743	聯*	來平合仙山三	閭員：亮	來開3	力讓	延	以平開仙山三	以然
18170	叐	日上合仙山三	而兗：攘	日開3	人漾	淺	清上開仙山三	七演
19404	䣧*	心上合仙山三	須兗：想	心開3	息兩	淺	清上開仙山三	七演

仙韻開合相注的聲母條件爲來、日、心母。

元韻開合相注 15

18639	建	見去開元山三	居万：舉	見合3	居許	萬	微去合元山三	無販
18645	健	群去開元山三	渠建：去	溪合3	丘倨	萬	微去合元山三	無販
18669	嫣	影去開元山三	於建：羽	云合3	王矩	萬	微去合元山三	無販
18674	鄢	影去開元山三	於建：羽	云合3	王矩	萬	微去合元山三	無販
18685	獻	曉去開元山三	許建：許	曉合3	虛呂	萬	微去合元山三	無販
18686	憲	曉去開元山三	許建：許	曉合3	虛呂	萬	微去合元山三	無販
18646	楗	群上開元山三	其偃：去	溪合3	丘倨	萬	微去合元山三	無販
18687	攇	曉去開元山三	許建：許	曉合3	虛呂	萬	微去合元山三	無販
19699	瀗	曉去開元山三	許建：許	曉合3	虛呂	萬	微去合元山三	無販
18734	甗	疑去開元山三	語堰：馭	疑合3	牛倨	萬	微去合元山三	無販
18670	偃	影去開元山三	於建：羽	云合3	王矩	萬	微去合元山三	無販
18676	郾	影去開元山三	於建：羽	云合3	王矩	萬	微去合元山三	無販
19696	歐	影去開元山三	於建：羽	云合3	王矩	萬	微去合元山三	無販

| 18644 | 笏*群去開元山三 | 渠建：去 | 溪合3 | 丘倨 | 萬 | 微去合元山三 | 無販 |
| 19690 | 踺*群去開元山三 | 渠建：去 | 溪合3 | 丘倨 | 萬 | 微去合元山三 | 無販 |

元韻開口沒有自注例，元韻合口自注 122 次，開合相注 15 次，出現於見、群、曉、疑和影母字中。以上幾例相注中，何萱所使用的切下字都為萬字。萬為唇音字，開合不分，何萱在此是作為開口字在使用了。

先韻開合相注 19

15132	邊	幫平開先山四	布玄：丙	幫開3	兵永	淵	影平合先山四	烏玄
15133	趨	幫平開先山四	布玄：丙	幫開3	兵永	淵	影平合先山四	烏玄
15134	邊	幫平開先山四	布玄：丙	幫開3	兵永	淵	影平合先山四	烏玄
15790	蹋	幫平開先山四	布玄：丙	幫開3	兵永	淵	影平合先山四	烏玄
15791	邊	幫平開先山四	布玄：丙	幫開3	兵永	淵	影平合先山四	烏玄
15876	泗	明去開先山四	莫甸：謬	明開3	靡幼	鉉	匣上合先山四	胡畎
15136	兹	匣平合先山四	胡涓：許	曉合3	虛呂	狗	崇平開先山四	崇玄
15137	訇	匣平合先山四	胡涓：許	曉合3	虛呂	狗	崇平開先山四	崇玄
15621	羿	匣平合先山四	胡涓：向	曉開3	許亮	年	泥平開先山四	奴顛
15792	玹	匣平合先山四	胡涓：許	曉合3	虛呂	狗	崇平開先山四	崇玄
15794	昀	匣平合先山四	胡涓：許	曉合3	虛呂	狗	崇平開先山四	崇玄
15127	淵	影平合先山四	烏玄：羽	云合3	王矩	邊	幫平開先山四	布玄
15128	遄	影平合先山四	烏玄：羽	云合3	王矩	邊	幫平開先山四	布玄
15130	黫	影平合先山四	烏玄：羽	云合3	王矩	邊	幫平開先山四	布玄
15131	臝	影平合先山四	烏玄：羽	云合3	王矩	邊	幫平開先山四	布玄
15788	傷*	幫平開先山四	卑眠：丙	幫開3	兵永	淵	影平合先山四	烏玄
15135	幺*	匣平合先山四	胡涓：許	曉合3	虛呂	狗	崇平開先山四	崇玄
15787	彌*	影平合先山四	縈玄：羽	云合3	王矩	邊	幫平開先山四	布玄
15207	丏	明上開先山四	彌殄：美	明開重3	無鄙	鉉	匣上合先山四	胡畎

先韻部分唇音幫明、喉音影曉聲母字開合相混。

①仙、元、先無別

仙韻是中古的重紐韻，從《韻史》來看，這種重紐的對立不存在。

仙 A、仙的舌齒音相注 17

18616	面	明去開仙山重四	彌箭：美	明開重 3	無鄙	線	心去開仙山三	私箭
18203	恦	明上開仙山重四	彌兗：美	明開重 3	無鄙	淺	清上開仙山三	七演
18204	緬	明上開仙山重四	彌兗：美	明開重 3	無鄙	淺	清上開仙山三	七演
19035	棉	明平開仙山重四	武延：美	明開重 3	無鄙	連	來平開仙山三	力延
17781	綿	明平開仙山重四	武延：美	明開重 3	無鄙	連	來平開仙山三	力延
17782	蝒	明平開仙山重四	武延：美	明開重 3	無鄙	連	來平開仙山三	力延
19031	矊	明平開仙山重四	武延：美	明開重 3	無鄙	連	來平開仙山三	力延
19037	櫋	明平開仙山重四	武延：美	明開重 3	無鄙	連	來平開仙山三	力延
18617	偭	明去開仙山重四	彌箭：美	明開重 3	無鄙	線	心去開仙山三	私箭
18205	輀	明上開仙山重四	彌兗：美	明開重 3	無鄙	淺	清上開仙山三	七演
18206	汅	明上開仙山重四	彌兗：美	明開重 3	無鄙	淺	清上開仙山三	七演
19406	愐	明上開仙山重四	彌兗：美	明開重 3	無鄙	淺	清上開仙山三	七演
19032	緜*	明平開仙山重四	彌延：美	明開重 3	無鄙	連	來平開仙山三	力延
19033	嬵*	明平開仙山重四	彌延：美	明開重 3	無鄙	連	來平開仙山三	力延
19036	誸*	明平開仙山重四	彌延：美	明開重 3	無鄙	連	來平開仙山三	力延
19038	媔*	明平開仙山重四	彌延：美	明開重 3	無鄙	連	來平開仙山三	力延
15153	㹀	溪上開仙山重四	去演：舊	群開 3	巨救	演	以上開仙山三	以淺

仙 B、仙的舌齒音相注 33 次，擇要舉例如下：

15167	辯	並上開仙山重三	符蹇：避	並開重 4	毗義	演	以上開仙山三	以淺
18607	彥	疑去開仙山重三	魚變：仰	疑開 3	魚兩	線	心去開仙山三	私箭
18608	諺	疑去開仙山重三	魚變：仰	疑開 3	魚兩	線	心去開仙山三	私箭
18609	喭	疑去開仙山重三	魚變：仰	疑開 3	魚兩	線	心去開仙山三	私箭
17677	蔫	影平開仙山重三	於乾：漾	以開 3	餘亮	遷	清平開仙山三	七然
17687	忺	曉平開仙山重三	許延：向	曉開 3	許亮	遷	清平開仙山三	七然
17688	騫	溪平開仙山重三	去乾：向	曉開 3	許亮	遷	清平開仙山三	七然
18112	襃	溪平開仙山重三	去乾：几	見開重 3	居履	淺	清上開仙山三	七演

15165	羠	並上開仙山重三	符蹇：避	並開重4	毗義	演	以上開仙山三	以淺
19309	緶	見上開仙山重三	九輦：几	見開重3	居履	淺	清上開仙山三	七演
19310	撋	見上開仙山重三	九輦：几	見開重3	居履	淺	清上開仙山三	七演
15831	籛*	並上開仙山重三	平免：避	並開重4	毗義	演	以上開仙山三	以淺
18991	鰱	群平開仙山重三	渠焉：舊	群開3	巨救	連	來平開仙山三	力延
18956	翻	曉平開仙山重三	許延：向	曉開3	許亮	遷	清平開仙山三	七然
15833	㵷*	幫上開仙山重三	邦免：缶	非開3	方久	演	以上開仙山三	以淺
18993	鏈*	群平開仙山重三	渠焉：舊	群開3	巨救	連	來平開仙山三	力延
17722	撁*	溪平開仙山重三	丘虔：舊	群開3	巨救	連	來平開仙山三	力延

仙 A 和仙 B 都與仙的舌齒音互注，說明仙 A 和仙 B 沒有重紐韻差別。

開口呼中，元韻沒有自注的情形，與仙韻互注 35 次，元仙合流。合口呼中，元自注 122 次，與仙互注 298 次，互注是自注的兩倍多。開合相注 12 次。可以認定元仙合併。

元、仙相注 345 次，擇要舉例如下：

開口呼：元、仙相注 35

| 17729 | 赶 | 群平開元山三 | 巨言：舊 | 群開3 | 巨救 | 連 | 來平開仙山三 | 力延 |

19316	搟*	見上開元山三	紀偃：几	見開重3	居履	淺	清上開仙山三	七演
17689	軒	曉平開元山三	虛言：向	曉開3	許亮	遷	清平開仙山三	七然
19025	菩	疑平開元山三	語軒：仰	疑開3	魚兩	連	來平開仙山三	力延
18120	放	影上開元山三	於幰：漾	以開3	餘亮	淺	清上開仙山三	七演

開口呼中，元韻只與仙的舌齒音字相混。

合口呼：元、仙相注 190 次，擇要舉例如下：

17848	宣	心平合仙山三	須緣：敘	邪合3	徐呂	幡	敷平合元山三	孚袁
17912	船	船平合仙山三	食川：處	昌合3	昌與	煩	奉平合元山三	附袁
17852	幡	敷平合元山三	孚袁：甫	非合3	方矩	跧	莊平合仙山三	莊緣
17855	藩	非平合元山三	甫煩：甫	非合3	方矩	跧	莊平合仙山三	莊緣

19106	鰅	幫平合元山三	甫煩：	甫	非合3	方矩	跧	莊平合仙山三	莊緣
19102	襎	奉平合元山三	附袁：	甫	非合3	方矩	跧	莊平合仙山三	莊緣
17906	攣	來平合仙山三	呂員：	呂	來合3	力舉	煩	奉平合元山三	附袁
18728	縓	清去合仙山三	七絹：	翠	清合3	七醉	萬	微去合元山三	無販
17917	㟩	日平合仙山三	而緣：	汝	日合3	人渚	煩	奉平合元山三	附袁
18715	篿	生去合仙山三	所眷：	恕	書合3	商署	萬	微去合元山三	無販
17885	圜	云平合仙山三	王權：	羽	云合3	王矩	煩	奉平合元山三	附袁
19147	蔂	從平合仙山三	疾緣：	翠	清合3	七醉	煩	奉平合元山三	附袁
18706	㑒	崇去合仙山三	士戀：	處	昌合3	昌與	萬	微去合元山三	無販
19083	剶	徹平合仙山三	丑緣：	處	昌合3	昌與	幡	敷平合元山三	孚袁
19708	拺	禪去合仙山三	時釧：	處	昌合3	昌與	萬	微去合元山三	無販
19451	圈	章上合仙山三	旨兗：	翥	章合3	章恕	返	非上合元山三	府遠
17828	跧	莊平合仙山三	莊緣：	翥	章合3	章恕	幡	敷平合元山三	孚袁
18278	縳*	澄上合仙山三	柱兗：	翥	章合3	章恕	返	非上合元山三	府遠
18311	遄*	昌上合仙山三	尺兗：	敘	邪合3	徐呂	返	非上合元山三	府遠
19042	褗**	見平合仙山三	居緣：	舉	見合3	居許	幡	敷平合元山三	孚袁
19732	飌**	精去合仙山三	祖緣：	敘	邪合3	徐呂	萬	微去合元山三	無販
19136	㳬*	邪平合仙山三	旬宣：	羽	云合3	王矩	煩	奉平合元山三	附袁
19441	讼*	以上合仙山三	以轉：	羽	云合3	王矩	返	非上合元山三	府遠
19449	褖*	知上合仙山三	陟兗：	翥	章合3	章恕	返	非上合元山三	府遠
19745	辡**	並去合仙山三	皮戀：	標	滂開重4	敷沼	萬	微去合元山三	無販

元、仙 B 相注 92 次，擇要舉例如下：

17954	繁	奉平合元山三	附袁：	甫	非合3	方矩	權	群平合仙山重三	巨員
19168	轓	幫平合元山三	甫煩：	甫	非合3	方矩	權	群平合仙山重三	巨員
17957	鷭	奉去合元山三	符万：	甫	非合3	方矩	權	群平合仙山重三	巨員
19757	蟃	微去合元山三	無販：	武	微合3	文甫	眷	見去合仙山重三	居倦
19040	勬	見平合仙山重三	居員：	舉	見合3	居許	幡	敷平合元山三	孚袁
18251	夐	群去合仙山重三	渠卷：	許	曉合3	虛呂	返	非上合元山三	府遠

17876 鬣 溪平合仙山重三 丘圓：去 溪合3 丘倨 煩 奉平合元山三 附袁

18313 趨 曉上合仙山重三 香兗：敘 邪合3 徐呂 返 非上合元山三 府遠

19169 轓* 敷平合元山三 孚袁：甫 非合3 方矩 權 群平合仙山重三 巨員

19450 岃** 章去合仙山重三 主倦：翥 章合3 章恕 返 非上合元山三 府遠

元、仙 A 相注 16 次，擇要舉例如下：

19684 樏 見去合仙山重四 吉掾：舉 見合3 居許 萬 微去合元山三 無販

18224 蜎 群上合仙山重四 狂兗：去 溪合3 丘倨 返 非上合元山三 府遠

17805 儇 曉平合仙山重四 許緣：許 曉合3 虛呂 旛 敷平合元山三 孚袁

19694 篔* 影去合仙山重四 縈絹：羽 云合3 王矩 萬 微去合元山三 無販

合口呼中，元與仙 A、仙 B 和仙的舌齒音之間都有相注。

開口呼仙 B、合口呼元相注 12

18744 變 幫去開仙山重三 彼眷：褊 幫開重4 方緬 萬 微去合元山三 無販

18317 矏 幫上開仙山重三 方免：褊 幫開重4 方緬 返 非上合元山三 府遠

19485 鷉 幫上開仙山重三 方免：褊 幫開重4 方緬 返 非上合元山三 府遠

18745 弁 並去開仙山重三 皮變：縹 滂開重4 敷沼 萬 微去合元山三 無販

18746 昪 並去開仙山重三 皮變：縹 滂開重4 敷沼 萬 微去合元山三 無販

18748 抃 並去開仙山重三 皮變：縹 滂開重4 敷沼 萬 微去合元山三 無販

19737 玣 並去開仙山重三 皮變：縹 滂開重4 敷沼 萬 微去合元山三 無販

19738 匥 並去開仙山重三 皮變：縹 滂開重4 敷沼 萬 微去合元山三 無販

19742 筓 並去開仙山重三 皮變：縹 滂開重4 敷沼 萬 微去合元山三 無販

19744 芺 並去開仙山重三 皮變：縹 滂開重4 敷沼 萬 微去合元山三 無販

19739 郱* 並去開仙山重三 皮變：縹 滂開重4 敷沼 萬 微去合元山三 無販

19743 犿* 並去開仙山重三 皮變：縹 滂開重4 敷沼 萬 微去合元山三 無販

開合相注只涉及脣音幫母和並母。

中古的仙韻與元韻有本質不同。仙韻爲重紐韻，元韻爲純三等韻。《韻史》中仙韻沒有顯現出重紐分別。元韻除脣喉牙音字外，也可以和齒音相拼爲仙韻字注音。這種情況不合於《廣韻》，顯示出元韻與仙韻的一致性。

總之，《韻史》中元仙相注 345 次，遠遠高於元、仙自注次數，中古音主

要元音和性質不同的兩個韻類在此處沒有差別了。這種情況與何萱注古音的意願是相符合的，上古元部中既包括元韻，也包括仙韻。

開口呼中，先韻自注 142 次，與仙相注 214 次，先仙混同。合口呼中，先韻自注 4 次，沒有與仙的相注，但從表中來看多數與元相注。上文說明《韻史》元仙合流，所以，在合口呼中，雖然缺乏先仙相注的例證，也不影響先仙合一的結論。先仙之間也有開合相注的情況，具體例子詳後。

先、仙相注的次數較多，下文分類說明。

開口呼：先、仙相注 158 次，擇要舉例如下：

15222	甸	定去開先山四	堂練：體	透開4	他禮	箭	精去開仙山三	子賤
17660	肩	見平開先山四	古賢：几	見開重3	居履	遷	清平開仙山三	七然
15830	䅵	幫上開先山四	方典：丙	幫開3	兵永	演	以上開仙山三	以淺
19354	顩	端上開先山四	多殄：邸	端開4	都禮	淺	清上開仙山三	七演
17751	蓮	來平開先山四	落賢：亮	來開3	力讓	延	以平開仙山三	以然
18973	騚	精平開先山四	則前：紫	精開3	將此	遷	清平開仙山三	七然
18144	撚	泥上開先山四	乃殄：紐	娘開3	女久	淺	清上開仙山三	七演
19670	㬉	清去開先山四	倉甸：此	清開3	雌氏	線	心去開仙山三	私箭
15227	瑱	透去開先山四	他甸：體	透開3	他禮	箭	精去開仙山三	子賤
18978	躚	心平開先山四	蘇前：想	心開3	息兩	遷	清平開仙山三	七然
15234	姸	疑去開先山四	吾甸：仰	疑開3	魚兩	箭	精去開仙山三	子賤
19328	齞	影上開先山四	於殄：漾	以開3	餘亮	淺	清上開仙山三	七演
15159	嶘*	從平開先山四	才先：紫	精開3	將此	演	以上開仙山三	以淺
19341	睍*	溪去開先山四	輕甸：向	曉開3	許亮	淺	清上開仙山三	七演
19347	攇*	曉上開先山四	呼典：向	曉開3	許亮	淺	清上開仙山三	七演
19387	囐**	日上開先山四	二典：攘	日開3	人漾	淺	清上開仙山三	七演
19678	麪	明去開先山四	莫甸：美	明開重3	無鄙	線	心去開仙山三	私箭
19405	覴*	滂上開先山四	匹典：避	並開重4	毗義	淺	清上開仙山三	七演
15150	蠒	匣上開先山四	胡典：几	見開重3	居履	演	以上開仙山三	以淺

先仙相注涉及唇舌齒牙喉五音，二韻無疑合流。

先、仙 A 相注 43 次，擇要舉例如下：

15200 扁 幫上開先山四 方典：丙 幫開 3 兵永 沔 明上開仙山重四 彌兗

14929 鞭 幫平開仙山重四 卑連：丙 幫開 3 兵永 堅 見平開先山四 古賢

14930 偏 滂平開仙山重四 芳連：避 並開重 4 毗義 堅 見平開先山四 古賢

15205 辮 並上開先山四 薄泫：品 滂開重 3 丕飲 沔 明上開仙山重四 彌兗

15866 泫* 匣平開先山四 胡千：許 曉合 3 虛呂 沔 明上開仙山重四 彌兗

18560 譴 溪去開仙山重四 去戰：舊 群開 3 巨救 片 滂去開先山四 普麵

15641 猵* 並平開仙山重四 毗連：避 並開重 4 毗義 賢 匣平開先山四 胡田

15643 愍 明平開仙山重四 武延：美 明開重 3 無鄙 賢 匣平開先山四 胡田

先、仙 B 相注 13 次，擇要舉例如下：

19326 件 群上開仙山重三 其輦：舊 群開 3 巨救 顯 曉上開先山四 呼典

17663 攐 溪平開仙山重三 去乾：舊 群開 3 巨救 箋 精平開先山四 則前

19396 讞 疑上開仙山重三 魚蹇：仰 疑開 3 魚兩 顯 曉上開先山四 呼典

開口呼與合口呼的相注 7

15208 沔 明上開仙山重四 彌兗：美 明開重 3 無鄙 鉉 匣上合先山四 胡畎

15198 鉉 匣上合先山四 胡畎：許 曉合 3 虛呂 沔 明上開仙山重四 彌兗

14937 獧 曉平合仙山重四 許緣：避 並開重 4 毗義 堅 見平開先山四 古賢

15210 愐g* 明上開仙山重四 彌兗：美 明開重 3 無鄙 鉉 匣上合先山四 胡畎

15875 愐* 明上開仙山重四 彌兗：謬 明開 3 靡幼 鉉 匣上合先山四 胡畎

15199 泫 匣上合先山四 胡畎：許 曉合 3 虛呂 沔 明上開仙山重四 彌兗

15865 泫 匣上合先山四 胡畎：許 曉合 3 虛呂 沔 明上開仙山重四 彌兗

開合相注中，仙韻聲母為唇音明母字，明母字讀合口。獧的中古音與何氏注音相比，還有聲母的差別。《集韻》中獧字另有幫母先韻，卑見切的讀音，即獧字讀先韻。

先韻在《廣韻》中是純四等韻，中古後期，純四等韻產生了與三等韻相同的 i 介音，與重紐仙韻合流，純四等韻併入仙 A。《韻史》所反映出的是，純四

等先韻不光與仙 A 相注，也與仙 B 相注，而且與仙的舌齒音字也相注。一方面再次說明了仙 A、仙 B 無別，另一方面也說明在何氏語音中，中古四等先韻帶有 i 介音，與仙韻同。

　　開口元韻沒有自注的情況，與先相注 9 次；合口元韻自注 122 次，與先相注 39 次，自注相注比率爲 32%，先韻與元合併。另外元先開合口之間還有一次相注。

　　元、先相注 49 次，擇要舉例如下：

17783	涓	見平合先山四	古玄：	舉	見合3	居許	幡	敷平合元山三	孚袁
18225	犬	溪上合先山四	苦泫：	去	溪合3	丘倨	返	非上合元山三	府遠
19325	言 g*	疑去開元山三	牛堰：	舊	群開3	巨救	顯	曉上開先山四	呼典
19683	甽	見去合先山四	古縣：	舉	見合3	居許	萬	微去合元山三	無販
18213	畎	見上合先山四	姑泫：	舉	見合3	居許	返	非上合元山三	府遠
18116	鍵	群上開元山三	其偃：	舊	群開3	巨救	顯	曉上開先山四	呼典
17662	攐	溪平開元山三	丘言：	舊	群開3	巨救	箋	精平開先山四	則前
17900	縣	匣平合先山四	胡涓：	許	曉合3	盧呂	煩	奉平合元山三	附袁
18689	縣	匣去合先山四	黃練：	許	曉合3	盧呂	萬	微去合元山三	無販
18618	鞙	匣上合先山四	胡畎：	去	溪合3	丘倨	返	非上合元山三	府遠
18216	絹	曉平合先山四	火玄：	許	曉合3	盧呂	幡	敷平合元山三	孚袁
19395	齴	疑上開元山三	語堰：	仰	疑開3	魚兩	顯	曉上開先山四	呼典
19397	言	疑上開元山三	語堰：	仰	疑開3	魚兩	顯	曉上開先山四	呼典
19137	瘸	影平合先山四	烏玄：	羽	云合3	王矩	幡	敷平合元山三	孚袁
18618	睊	影去合先山四	烏縣：	羽	云合3	王矩	幡	敷平合元山三	孚袁
18619	朖	影去合先山四	烏縣：	羽	云合3	王矩	萬	微去合元山三	無販
17672	箾*	見平開元山三	居言：	舊	群開3	巨救	箋	精平開先山四	則前
19322	健*	溪上開元山三	去偃：	舊	群開3	巨救	顯	曉上開先山四	呼典
18215	澴 g*	曉去合先山四	翾縣：	許	曉合3	盧呂	萬	微去合元山三	無販
18682	戁**	曉去開先山四	霍見：	許	曉合3	盧呂	萬	微去合元山三	無販
17905	睭**	曉上合先山四	火犬：	許	曉合3	盧呂	返	非上合元山三	府遠

　　戁字是開合相注例，切下字爲萬字。萬字既可以切開口字，也可以切合口

字，看來何萱對唇音聲母開合的處理也沒有一個嚴格的標準。條件爲曉母。

聲母爲牙音和喉音影曉匣的部分先韻字，在《韻史》中與元韻合流。先是純四等韻，在一定聲母條件下產生 i 介音，與三等韻合流。

從《廣韻》到《韻史》山攝中的三四等韻仙、先、元都發生了音變。重紐仙韻的 A、B 兩類已無差別，並且與先、元都存在相注。純四等先韻產生 i 介音，已經與三等韻合流。純三等元韻可以與舌齒音相拼，並且與先、仙都存在相注現象。三等韻仙、先、元的主要元音已經相同並合流了。我們之所以從時音的角度，而不是從古音的角度來考慮仙、元、先相注，是因爲中古不止先、仙、元歸元部，還包括其他韻系，但何氏注音明顯帶有先、仙、元同類，而不是與其他韻系同類的傾向性。

②刪、山無別

山攝中的二等韻爲刪和山。《廣韻》中，刪、山二韻開合、等位、聲調皆相同，構成重韻關係，其區別在於主要元音不同：刪爲[ɐ]，山爲[æ]。《韻史》中，刪韻開口自注 33 次，山韻開口自注 37 次，刪山的開口互注 48 次，在開口呼中它們已經合流了，二者互注的例子如下：

山、刪相注 48 次，擇要舉例如下：

17639	山	生平開山山二	所閒：	始	書開3	詩止	菅	見平開刪山二	古顏
17647	閑	匣平開山山二	戶閒：	向	曉開3	許亮	顏	疑平開刪山二	五姦
17658	顏	疑平開刪山二	五姦：	仰	疑開3	魚兩	閑	匣平開山山二	戶閒
18088	赧	泥上開刪山二	奴板：	裹	泥開4	奴鳥	產	生上開山山二	所簡
18924	斕	來平開山山二	力閑：	亮	來開3	力讓	顏	疑平開刪山二	五姦
18086	戁	娘上開刪山二	奴板：	裹	泥開4	奴鳥	產	生上開山山二	所簡
18084	僩	匣上開刪山二	下赧：	向	曉開3	許亮	柬	見上開山山二	古限
18105	齗	疑上開刪山二	五板：	我	疑開1	五可	柬	見上開山山二	古限
19279	醆	莊上開刪山二	側板：	掌	章開3	諸兩	產	生上開山山二	所簡
18922	鄢*	生平開刪山二	師姦：	始	書開3	詩止	藺	見平開山山二	古閑
19624	麲*	匣去開山山二	侯襉：	向	曉開3	許亮	諫	見去開刪山二	古晏
19277	姕*	影去開刪山二	於諫：	漾	以開3	餘亮	柬	見上開山山二	古限

18083　柵　匣上開刪山二　　　下赧：几　見開重3 居履　產　生上開山山二　　　所簡

　　刪山相注的聲母爲唇音並、舌音泥、來、齒音澄、娘、莊、初、崇、生、牙音見、疑、喉音影、匣，遍及五音，刪山開口在《韻史》中主要元音相同，已經沒有分別了。

　　合口呼的情形有些特殊。山沒有自注的情形，與刪相注3次，例證爲：

18808　䑏**見平合山山二　　古頑：古　見合1　公戶　彎　影平合刪山二　　烏關

18844　㿑　群平合山山二　　跪頑：曠　溪合1　苦謗　蠻　明平合刪山二　　莫還

18898　痯*　疑平合山山二　　五鰥：臥　疑合1　吾貨　蠻　明平合刪山二　　莫還

　　合口呼山刪相注的三例中，聲母爲牙音見、群、疑。刪山還有2次開合口相注：

18450　幻　匣去合山山二　　胡辨：戶　匣合1　侯古　慢　明去開刪山二　　謨晏

19585　芀*　匣去合山山二　　胡辦：戶　匣合1　侯古　慢　明去開刪山二　　謨晏

　　在這兩條中，切下字都爲慢字，明母。上文說明刪韻開口明母字已變爲合口，此例可看作合口刪山相注的補充證明。

　　刪自注38次，但與桓韻相注233次，合口刪韻已與桓混同（詳後）。這樣一來，山刪合併，刪桓合併，合口二等的位置就成了空白。出現空白的原因是例證太少。《韻史》中出現的合口山韻一共只有5次，3次與合口刪韻相注，2次與開口刪韻相注。就材料本身來看，山刪一同併入桓，合口二等只能暫時空置。

　　③一二等之間相注
　　中古山攝的一等爲開合對立韻寒和桓，二者主要元音相同，只有開合口的區別。《中原音韻》中寒桓依舊分立，桓韻獨立爲桓歡韻，寒韻與刪、山合爲寒山韻。上古音中寒、桓同屬元部。《韻史》中寒、桓不混（僅有的2次相混上文已作說明），這一點與《中原音韻》相同。但寒韻與桓韻都是獨立存在的，寒韻沒有與刪山合併，桓韻中併入了刪韻合口字，這一點與《中原音韻》、與中古和上古都不同，爲《韻史》的特有現象。分析如下。

　　開口呼中，寒韻自注238次，刪山合流後互注共計118次，寒與二等韻刪、山的相注共計5次，數量很少，寒韻並沒有與刪山合併。相混的5次例證如下：

18549	姍	心平開寒山一	蘇干：始	書開3	詩止	諫	見去開刪山二	古晏

18554	嶻	疑去開寒山一	五旰：仰	疑開3	魚兩	諫	見去開刪山二	古晏
18037	辬	見去開寒山一	古案：戶	匣合1	侯古	版	幫上開刪山二	布綰
18921	狦*	心平開寒山一	相干：始	書開3	詩止	蕳	見平開山山二	古閑
17444	虦	從平開山山二	昨閑：采	清開1	倉宰	闌	來平開寒山一	落干

姍字的《廣韻》音與何氏注音還有聲母和聲調的不同，《集韻》中姍另有生母刪韻去聲一讀，《韻史》的注音與《集韻》是相同的。嶻字讀刪韻在《集韻》中也有體現。辬字比較特別，中古音與《韻史》音切聲、韻、調都有差別，並且《集韻》中也沒有刪韻的讀音。但是我們注意到，在何氏反切中，辬的切下字爲版，幫母開口刪韻字，在《韻史》中已經併入桓韻了。而辬在《集韻》中有匣母桓韻上聲的讀音，何氏音注與之相符。狦虦不常見，何氏大概從聲旁出發爲其注音，冊爲生母刪韻字，戔爲從母寒韻字，也可以說是一種「讀半邊」的結果。何萱從聲符入手爲韻字注音，說明他旨在表現韻字的古音。而寒與山刪在上古同屬元部，何萱的注音與我們現在的認識是相應的。

桓韻在《韻史》中沒有自注例，桓與刪相注310次，其中，77次與開口刪韻相混，233次與合口刪韻相混。

上文介紹開口呼中刪與山合流，合口呼中，山的極少數例併入刪韻後並未獨立，而是一起與桓韻合流。

桓與開口刪韻相注77次，擇要舉例如下：

18074	滿	明上合桓山一	莫旱：昧	明合1	莫佩	版	幫上開刪山二	布綰
18041	短	端上合桓山一	都管：睹	端合1	當古	版	幫上開刪山二	布綰
18446	換	匣去合桓山一	胡玩：戶	匣合1	侯古	慢	明去開刪山二	謨晏
18063	算	心上合桓山一	蘇管：送	心合1	蘇弄	版	幫上開刪山二	布綰
18055	纂	精上合桓山一	作管：祖	精合1	則古	版	幫上開刪山二	布綰

18073	扶	並上合桓山一	蒲旱：普	滂合1	滂古	版	幫上開刪山二	布綰
18046	斷*	定上合桓山一	杜管：杜	定合1	徒古	版	幫上開刪山二	布綰
19219	輨	見上合桓山一	古滿：古	見合1	公戶	版	幫上開刪山二	布綰

19256	惡*	來上合桓山一	魯管：路	來合1	洛故	版	幫上開刪山二	布綰
19255	餪	泥上合桓山一	乃管：怒	泥合1	乃故	版	幫上開刪山二	布綰
19263	趄	滂上合桓山一	普伴：普	滂合1	滂古	版	幫上開刪山二	布綰
19254	瘓	透上合桓山一	吐緩：杜	定合1	徒古	版	幫上開刪山二	布綰
19230	稞*	溪上合桓山一	苦緩：苦	溪合1	康杜	版	幫上開刪山二	布綰
19238	澻*	曉上合桓山一	火管：戶	匣合1	侯古	版	幫上開刪山二	布綰
19231	睕	影上合桓山一	烏管：甕	影合1	烏貢	版	幫上開刪山二	布綰

以上幾例中，被注字的切下字爲慢或版，爲脣音幫母和明母字。《韻史》刪韻的開口脣音明母和幫母已經倂入了桓韻。

桓與合口刪韻相注 233 次，擇要舉例如下：

18494	半	幫去合桓山一	博漫：布	幫合1	博故	宦	匣去合刪山二	胡慣
17505	丸	匣平合桓山一	胡官：戶	匣合1	侯古	蠻	明平合刪山二	莫還
17486	湍	透平合桓山一	他端：杜	定合1	徒古	關	見平合刪山二	古還
17492	酸	心平合桓山一	素官：送	心合1	蘇弄	關	見平合刪山二	古還
17456	觀	見平合桓山一	古丸：古	見合1	公戶	彎	影平合刪山二	烏關
17501	潘	滂平合桓山一	普官：普	滂合1	滂古	關	見平合刪山二	古還
19575	愐	影去合桓山一	烏貫：甕	影合1	烏貢	宦	匣去合刪山二	胡慣
18838	蟠	幫平合桓山一	北潘：送	心合1	蘇弄	關	見平合刪山二	古還
19612	婩	並去合桓山一	薄半：普	滂合1	滂古	宦	匣去合刪山二	胡慣
17571	欑	從平合桓山一	在丸：措	清合1	倉故	環	匣平合刪山二	戶關
18466	斷	定上合桓山一	徒管：杜	定合1	徒古	宦	匣去合刪山二	胡慣
17479	耑	端平合桓山一	多官：睹	端合1	當古	關	見平合刪山二	古還
18835	籫*	精平合桓山一	祖官：祖	精合1	則古	關	見平合刪山二	古還
17553	戀	來平合桓山一	落官：路	來合1	洛故	環	匣平合刪山二	戶關
19615	灛*	明去合桓山一	莫半：昧	明合1	莫佩	宦	匣去合刪山二	胡慣
18469	鑽	泥去合桓山一	奴亂：怒	泥合1	乃故	宦	匣去合刪山二	胡慣
19599	篡	清去合桓山一	七亂：措	清合1	倉故	宦	匣去合刪山二	胡慣
17469	髖	溪平合桓山一	苦官：曠	溪合1	苦謗	關	見平合刪山二	古還

18858 粗* 曉平合桓山一　　呼官：戶　匣合1　侯古　蠻　明平合刪山二　莫還
19600 妧　疑去合桓山一　　五換：臥　疑合1　吾貨　宦　匣去合刪山二　胡慣

在合口呼中，二等韻不獨立存在，而是併入一等桓韻。

馬君花博士對《資治通鑑》的胡三省注音進行研究後認為，中古山攝諸韻在《音注》中的主要元音相同。支撐這一觀點的重要論據之一就是「刪韻合口與桓無別」（馬君花 2008：148），即在《音注》中也存在桓刪相混的現象。我們認為只是合口刪韻與開口刪韻的幫母和明母字與桓混同，而開口刪韻的其他聲母字還保持二等不變。

④二等與三四等之間相注

開口呼中，刪、山與仙、元、先相注共計9次。

山、仙相注4

17760 嘫　娘平開山山二　　女閑：攘　日開3　人漾　連　來平開仙山三　力延
15816 贙　匣去開山山二　　侯襉：向　曉開3　許亮　翦　精上開仙山三　即淺
15156 睍　匣上開山山二　　胡簡：向　曉開3　許亮　翦　精上開仙山三　即淺
15168 辦　並去開山山二　　蒲莧：避　並開重4　毗義　演　以上開仙山三　以淺

嘫字的何氏注音與《廣韻》音聲、韻都有異，與《集韻》注音相同。中古後期，二等韻的開口喉牙音字產生 i 介音，與三等韻發生合流音變，合口喉牙音字和其他聲母字與一等韻合流。贙睍二字為喉音字，與三等相混；辦字為唇音字，也與三等相混。馬君花博士研究胡三省《資治通鑑》音注時也有同樣的問題（馬君花 2008：145），她根據許寶華、潘悟云（1994：126）「唇音字在某些吳方言中也帶有 i 介音」的結論對此進行解釋。《韻史》中的開口二等喉牙音並沒有大範圍與三等韻合流，主要是因為何萱是從注古音的角度出發的，在實際語音中不一定如此。我們從何氏對辦字的注音來看，在泰興方言中也存在二等開口唇音字帶 i 介音的現象。通泰地區本屬吳語區，通泰方言有些學者認為屬江淮官話，丁邦新先生認為是吳語受到官話影響，鄭張尚芳先生稱為「吳語的官話化」，何萱的語音中帶有吳語特點也是在情理之中的。

山、先相注5

14891 娵* 溪平開山山二　　丘閑：舊　群開3　巨救　堅　見平開先山四　古賢

15588	鏗	溪平開山山二	苦閑：舊	群開3	巨救	堅	見平開先山四	古賢
17710	羴	曉平開山山二	許閒：始	書開3	詩止	箋	精平開先山四	則前
15885	贊*	匣去開山山二	侯襇：向	曉開3	許亮	旬	定去開先山四	堂練
15609	編	幫平開山山二	方閑：避	並開重4	毗義	堅	見平開先山四	古賢

山與先的相注除了牙喉音溪、曉、匣母字外，還有一例脣音幫母字。

合口呼中，刪與仙、元相注共計6次。

刪、仙相注3

17544	鷶	章平合仙山三	職緣：杜	定合1	徒古	環	匣平合刪山二	戶關
18883	欒*	來平合仙山三	閭負：路	來合1	洛故	環	匣平合刪山二	戶關
18479	濽	心去合仙山三	息絹：社	禪開3	常者	宦	匣去合刪山二	胡慣

這三個字的刪仙相注，是何氏按照諧聲偏旁取音的結果。從音韻地位來看，除了欒字，其它字還存在聲母的差別。斷爲端母桓韻字，欒爲來母桓韻字，合口刪韻在《韻史》與桓韻無別；篡爲初母山韻，可以與刪合併。

刪、元相注3

17613	撋*	明平合元山三	模元：昧	明合1	莫佩	環	匣平合刪山二	戶關
18517	輓	微去合元山三	無販：昧	明合1	莫佩	宦	匣去合刪山二	胡慣
18522	講	明去合元山三	無販：昧	明合1	莫佩	宦	匣去合刪山二	胡慣

元韻爲純三等韻，其脣音字併入同攝一二等韻。以上三例體現了這種變化。

二等與三四等之間的開合相注共計21次，主要發生在先、山之間。

合口先韻、開口山韻相注10

15316	炫	匣去合先山四	黃練：許	曉合3	盧呂	瓣	並去開山山二	蒲莧
15318	眩	匣去合先山四	黃練：許	曉合3	盧呂	瓣	並去開山山二	蒲莧
15320	袨	匣去合先山四	黃練：許	曉合3	盧呂	瓣	並去開山山二	蒲莧
15928	衒	匣去合先山四	黃練：許	曉合3	盧呂	瓣	並去開山山二	蒲莧
15929	詗	匣去合先山四	黃練：許	曉合3	盧呂	瓣	並去開山山二	蒲莧
15934	泫	匣去合先山四	黃練：許	曉合3	盧呂	瓣	並去開山山二	蒲莧
15936	絢	匣去合先山四	黃練：許	曉合3	盧呂	瓣	並去開山山二	蒲莧

15321	絢	曉去合先山四	許縣：許	曉合 3	虛呂	瓣	並去開山山二	蒲莧
15937	拘	曉去合先山四	許縣：許	曉合 3	虛呂	瓣	並去開山山二	蒲莧
15927	褕	影去合先山四	烏縣：羽	云合 3	王矩	瓣	並去開山山二	蒲莧

這幾例相注很有規律。切下字都同為瓣字。瓣為開口二等山韻的唇音字，上文解釋辦字時提到，開口二等韻的唇音也有帶 i 介音的情況，瓣字同辦字一樣，已經併入三等韻了。其聲母又為唇音，開合口不易分辯，造成開合相注。被注字為先韻四等的喉音字，《韻史》中的四等先韻已產生 i 介音併入三等。我們推斷二者相注之後的發展方向是三等合口。

山韻開口、先韻合口的相注 2

| 15323 | 瓣 | 並去開山山二 | 蒲莧：縹 | 滂開重 4 | 敷沼 | 眩 | 匣去合先山四 | 黃練 |

| 15322 | 辮 | 滂去開山山二 | 匹莧：縹 | 滂開重 4 | 敷沼 | 眩 | 匣去合先山四 | 黃練 |

辮字同瓣一樣，已併入三等，聲母為唇音，與先開合相注。四等先韻也併入三等，所以它們合併後的演化方向也是三等合口。

刪韻開口、元韻合口相注 1

| 19746 | 襻 | 滂去開刪山二 | 普患：縹 | 滂開重 4 | 敷沼 | 萬 | 微去合元山三 | 無販 |

襻字為開口二等唇音字，大概也像瓣字一樣，帶有 i 介音。聲母為唇音，開合不易分辯。

山韻開口、元韻合口相注 1

| 18101 | 㦃 | 初去合元山三 | 叉万：寵 | 徹合 3 | 丑隴 | 柬 | 見上開山山二 | 古限 |

刪韻與仙韻開合相注共計 3 次

| 18519 | 邁 | 明上開仙山重三 | 亡辨：昧 | 明合 1 | 莫佩 | 宦 | 匣去合刪山二 | 胡慣 |

| 18520 | 勐 | 明上開仙山重三 | 亡辨：昧 | 明合 1 | 莫佩 | 宦 | 匣去合刪山二 | 胡慣 |
| 18042 | 楄 | 禪平合仙山三 | 市緣：睹 | 端合 1 | 當古 | 版 | 幫上開刪山二 | 布綰 |

邁勐二字何氏注「與勉音義皆同」，而勉字在《集韻》中已經有微母元韻合口一讀。上文提到元韻合口個別微母字讀同刪韻，此處又為一例。

山韻開口、仙韻合口相注 3

15930　怰**　匣去合仙山重四　戶絹：許　曉合 3　虛呂　瓣　並去開山山二　蒲莧

15931　眩*　匣去合仙山重四　熒絹：許　曉合 3　虛呂　瓣　並去開山山二　蒲莧

15932　罠*　匣去合仙山重四　熒絹：許　曉合 3　虛呂　瓣　並去開山山二　蒲莧

上文已證瓣字已變讀爲合口三等，此處可看作同音。

⑤一等與三等之間的相注

一等寒、桓分別與三等元仙有個別相注。

寒、仙相注 1

18598　嬗　透平開寒山一　他干：始　書開 3　詩止　連　來平開仙山三　力延

嬗字的中古聲韻與反切注音均有別。據何氏注「別有嬋」，《集韻》有禪母仙韻一讀，與嬋同義。《韻史》禪母清化併入書母，注音與《集韻》相同。

寒、元相注 2

19508　趪*　群平開元山三　渠言：海　曉開 1　呼改　旦　端去開寒山一　得按

18398　屵　疑上開元山三　語偃：傲　疑開 1　五到　旦　端去開寒山一　得按

趪字的中古音與《韻史》的反切注音不同，但趪字的聲符旱的讀音正與海旦切相符，何氏取「半邊」爲其注音。屵爲純三等元韻字。按照規則，純三等的牙音與同攝三四等韻合併，此處卻是與一等寒韻相混。這是何氏在強調寒、元古屬同部。

桓、元相注 4

19721　阮*　見上合桓山一　古緩：馭　疑合 3　牛倨　萬　微去合元山三　無販

17909　孿　來平合桓山一　落官：呂　來合 3　力舉　煩　奉平合元山三　附袁

19446　𤕤**　曉上合桓山一　火卵：許　曉合 3　虛呂　返　非上合元山三　府遠

19476　輐*　疑上合桓山一　五管：馭　疑合 3　牛倨　返　非上合元山三　府遠

阮輐的聲符元爲疑母元韻，孿的聲符絲爲來母仙韻，𤕤的聲符爰爲云母元韻。元仙在《韻史》中相混，所以也是一種「有邊讀邊」現象。桓與元同屬上古元部，此處的相注體現了古音特點。

⑥山攝與他攝相注

山、臻相注 171

山攝音注 1906 條，臻攝音注 1038 條，山攝各韻與臻攝各韻發生相注 171 條，他攝注和本攝注比例分別為 8.8%和 16.2% ，臻山兩攝有千絲萬縷的聯繫。具體情況見下表：

表 3-48　臻攝、山攝舒聲韻相注統計表

次數		開											合									
		真	真B	臻	欣	山	刪	仙	仙B	仙A	元	先	諄	文	魂	桓	刪	山	仙	仙A	元	先
開	眞					1		1				2										
	眞B									1		4										
	眞A							1														
	欣					5	2			1		48										
	痕					4																
	刪	1													2							
	仙	1	2																			
	先			1	1																	
合	諄														1	1			9		2	1
	文					1	2												4	1	3	1
	魂					1			5		1					2		3	6		7	
	刪												1	10								
	山												1									
	仙B												1									
	元												22	7								

從上表可以發現，相注次數最多的是山攝先韻與臻攝欣韻的相注，為 48 次，其次是元韻與諄韻的相注，22 次。我們先看先、欣的相注。

先、欣相注 49

16821　先　心去開先山四　蘇佃：始　書開3　詩止　近　群去開欣臻三　巨靳

16646　洗　心上開先山四　蘇典：想　心開3　息兩　謹　見上開欣臻三　居隱

16617　琠　透上開先山四　他典：邸　端開4　都禮　謹　見上開欣臻三　居隱

16615　典　端上開先山四　多殄：邸　端開4　都禮　謹　見上開欣臻三　居隱

16823　荐　從去開先山四　在旬：此　清開3　雌氏　近　群去開欣臻三　巨靳

16800　殿　端去開先山四　都旬：體　透開4　他禮　近　群去開欣臻三　巨靳

17222	桃	心上開先山四	蘇典：始	書開3	詩止	謹	見上開欣臻三	居隱
17223	莯	心上開先山四	蘇典：始	書開3	詩止	謹	見上開欣臻三	居隱
17224	筅	心上開先山四	蘇典：始	書開3	詩止	謹	見上開欣臻三	居隱
17206	瘦	透上開先山四	他典：體	透開4	他禮	謹	見上開欣臻三	居隱
17207	渂	透上開先山四	他典：體	透開4	他禮	謹	見上開欣臻三	居隱
17060	銑	心平開先山四	蘇前：想	心開3	息兩	勤	群平開欣臻三	巨斤
17347	敉	心去開先山四	蘇佃：始	書開3	詩止	近	群去開欣臻三	巨靳
16642	跣	心上開先山四	蘇典：想	心開3	息兩	謹	見上開欣臻三	居隱
16643	毨	心上開先山四	蘇典：想	心開3	息兩	謹	見上開欣臻三	居隱
16644	銑	心上開先山四	蘇典：想	心開3	息兩	謹	見上開欣臻三	居隱
16649	燹	心上開先山四	蘇典：想	心開3	息兩	謹	見上開欣臻三	居隱
17220	姺	心上開先山四	蘇典：想	心開3	息兩	謹	見上開欣臻三	居隱
16828	韀	清去開先山四	倉甸：此	清開3	雌氏	近	群去開欣臻三	巨靳
16829	茜	清去開先山四	倉甸：此	清開3	雌氏	近	群去開欣臻三	巨靳
16619	腆	透上開先山四	他典：體	透開4	他禮	謹	見上開欣臻三	居隱
16620	愞	透上開先山四	他典：體	透開4	他禮	謹	見上開欣臻三	居隱
17199	晪	透上開先山四	他典：體	透開4	他禮	謹	見上開欣臻三	居隱
17200	賟	透上開先山四	他典：體	透開4	他禮	謹	見上開欣臻三	居隱
17204	跮	透上開先山四	他典：體	透開4	他禮	謹	見上開欣臻三	居隱
16804	汈	泥去開先山四	奴甸：紐	娘開3	女久	近	群去開欣臻三	巨靳
17209	趁	泥上開先山四	乃殄：紐	娘開3	女久	謹	見上開欣臻三	居隱
16822	薦	精去開先山四	作甸：紫	精開3	將此	近	群去開欣臻三	巨靳
16824	栫	從去開先山四	在甸：此	清開3	雌氏	近	群去開欣臻三	巨靳
16826	瀳	從去開先山四	在甸：此	清開3	雌氏	近	群去開欣臻三	巨靳
17354	袸	從去開先山四	在甸：此	清開3	雌氏	近	群去開欣臻三	巨靳
17355	荐	從去開先山四	在甸：此	清開3	雌氏	近	群去開欣臻三	巨靳
17358	闅	從去開先山四	在甸：此	清開3	雌氏	近	群去開欣臻三	巨靳
16802	澱	定去開先山四	堂練：體	透開4	他禮	近	群去開欣臻三	巨靳
16618	殄	定上開先山四	徒典：體	透開4	他禮	謹	見上開欣臻三	居隱

19644	憿*	影去開欣臻三	於靳：漾	以開3	餘亮	片	滂去開先山四	普麵
16616	㸃*	端上開先山四	多殄：邸	端開4	都禮	謹	見上開欣臻三	居隱
17351	䋼*	精去開先山四	作甸：紫	精開3	將此	近	群去開欣臻三	巨靳
17203	抾*	透上開先山四	他典：體	透開4	他禮	謹	見上開欣臻三	居隱
17234	㹲*	心上開先山四	穌典：想	心開3	息兩	謹	見上開欣臻三	居隱
17198	蕇**	端去開先山四	丁見：邸	端開4	都禮	謹	見上開欣臻三	居隱
17352	䌼**	精平開先山四	子千：紫	精開3	將此	近	群去開欣臻三	巨靳
17211	䄱**	泥上開先山四	奴典：紐	娘開3	女久	謹	見上開欣臻三	居隱
17216	淰**	泥上開先山四	奴典：攘	日開3	人漾	謹	見上開欣臻三	居隱
17205	蜔**	透上開先山四	他典：體	透開4	他禮	謹	見上開欣臻三	居隱
17221	舑**	心上開先山四	蘇典：始	書開3	詩止	謹	見上開欣臻三	居隱
17014	駰**	影平開先山四	烏前：漾	以開3	餘亮	欣	曉平開欣臻三	許斤
17189	枅*	見上開先山四	吉典：几	見開重3	居履	隱	影上開欣臻三	於謹
17233	苠*	明上開先山四	彌殄：美	明開重3	無鄙	謹	見上開欣臻三	居隱

先韻與欣韻相注的情況出現在明、端、透、定、泥、精、清、從、心、見、影諸母中。先、欣相注的聲母條件涉及脣舌齒牙喉五音，雖有如此大範圍的相注，但我們認為先欣兩韻不宜合併。先、欣從中古到近代，主要元音分別為 ε 和 ə，雖然接近，也還是有區別的。《韻史》主要是為記錄古音古義而作，訓釋也基本是先匯纂各家之說，再闡述個人觀點。在他的意識裡，先與欣上古同部，實際注音上雖然有多次相注，但從比例上來看仍在少數。上古寒部發展到中古演變成了寒、桓、刪、山、元、仙、先諸韻，文部演變成了真、諄、文、欣、魂、痕、先、山諸韻，真部演變成了真、諄、臻、山、先諸韻，先欣相注說明這兩韻上古同部。先韻與欣韻的相注原因，可以擴展開來用於解釋山韻與真欣痕文魂諸韻相混，先韻與真諄文魂相混，因為這幾韻均來自上古文部。通過先的橋梁作用，真、刪、仙、諄、文、桓、元諸韻的相注也可以聯繫起來。以上49例何萱歸為古韻第十三部文部中。下文將異攝相注現象比較突出的諄元、魂刪、魂元分別討論。

諄、元相注 24

18720	俊	精去合諄臻三	子峻：醉	精合3	將遂	萬	微去合元山三	無販

17846	竣	清平合諄臻三	七倫：翠	清合3	七醉	旛	敷平合元山三	孚袁
18723	駿	精去合諄臻三	子峻：醉	精合3	將遂	萬	微去合元山三	無販
16666	菌	群上合元山三	求晚：去	溪合3	丘倨	允	以上合諄臻三	余準

18721	晙	精去合諄臻三	子峻：醉	精合3	將遂	萬	微去合元山三	無販
18724	焌	精去合諄臻三	子峻：醉	精合3	將遂	萬	微去合元山三	無販
19716	晙	精去合諄臻三	子峻：醉	精合3	將遂	萬	微去合元山三	無販
19718	儁	精去合諄臻三	子峻：醉	精合3	將遂	萬	微去合元山三	無販
19719	寯	精去合諄臻三	子峻：醉	精合3	將遂	萬	微去合元山三	無販
17842	夋	清平合諄臻三	七倫：翠	清合3	七醉	旛	敷平合元山三	孚袁
17844	踆	清平合諄臻三	七倫：翠	清合3	七醉	旛	敷平合元山三	孚袁
19093	跤	清平合諄臻三	七倫：翠	清合3	七醉	旛	敷平合元山三	孚袁
19094	皴	清平合諄臻三	七倫：翠	清合3	七醉	旛	敷平合元山三	孚袁
19095	夋	清平合諄臻三	七倫：翠	清合3	七醉	旛	敷平合元山三	孚袁
18741	浚	心去合諄臻三	私閏：敘	邪合3	徐呂	萬	微去合元山三	無販
18742	晙	心去合諄臻三	私閏：敘	邪合3	徐呂	萬	微去合元山三	無販
18743	酸	心去合諄臻三	私閏：敘	邪合3	徐呂	萬	微去合元山三	無販
19733	餕	心去合諄臻三	私閏：敘	邪合3	徐呂	萬	微去合元山三	無販
19713	犐	日平合諄臻三	如匀：汝	日合3	人渚	萬	微去合元山三	無販
19717	晙*	精去合諄臻三	祖峻：醉	精合3	將遂	萬	微去合元山三	無販
19464	㻋*	日上合諄臻三	乳尹：汝	日合3	人渚	返	非上合元山三	府遠
19734	鮻**	心去合諄臻三	私潤：敘	邪合3	徐呂	萬	微去合元山三	無販
19736	馼**	心去合諄臻三	息俊：敘	邪合3	徐呂	萬	微去合元山三	無販

以上這些24個例字都被何萱歸入第十四部元部。

魂、刪相注 12

| 17525 | 俒 | 匣平合魂臻一 | 戶昆：戶 | 匣合1 | 侯古 | 蠻 | 明平合刪山二 | 莫還 |
| 17623 | 璊 | 明平合魂臻一 | 莫奔：昧 | 明合1 | 莫佩 | 環 | 匣平合刪山二 | 戶關 |

17622	樠	明平合魂臻一	莫奔：昧	明合1	莫佩	環	匣平合刪山二	戶關
18904	鷭	明平合魂臻一	莫奔：昧	明合1	莫佩	環	匣平合刪山二	戶關
18913	糣	明平合魂臻一	莫奔：昧	明合1	莫佩	環	匣平合刪山二	戶關
18492	塤	心去合魂臻一	蘇困：送	心合1	蘇弄	宦	匣去合刪山二	胡慣
18493	鄈	心去合魂臻一	蘇困：送	心合1	蘇弄	宦	匣去合刪山二	胡慣
19568	讃	見去合魂臻一	古困：古	見合1	公戶	宦	匣去合刪山二	胡慣
19593	頯	定去合魂臻一	徒困：杜	定合1	徒古	宦	匣去合刪山二	胡慣
18071	畚	幫上合魂臻一	布忖：布	幫合1	博故	綰	影上合刪山二	烏板
18022	袞	見上合魂臻一	古本：古	見合1	公戶	版	幫上開刪山二	布綰
19266	瞞**	明上合魂臻一	莫本：昧	明合1	莫佩	版	幫上開刪山二	布綰

魂韻與刪韻的相注發生在聲母爲幫、明、定、心、見、匣的條件下。在以上相注例中，切上字爲合口刪韻和開口刪韻的幫母字，《韻史》中已經變同桓韻字，上述相注相當於魂桓相混。從何萱的古韻歸部上來看，這 12 個例字被歸入他的第十四部元部。魂韻和桓韻另有兩次相注：

| 16254 | 瓛* | 定平合桓山一 | 徒官：杜 | 定合1 | 徒古 | 麧 | 匣平合魂臻一 | 戶昆 |
| 17181 | 悗 | 明平合桓山一 | 母官：昧 | 微合3 | 無沸 | 本 | 幫上合魂臻一 | 布忖 |

臻攝魂韻在一定條件下讀同山攝桓韻，是因爲中古桓韻在方言中有的讀作 [un]、[uɔn]。陸志韋《釋〈中原音韻〉》15～16 頁「七桓歡」下云：「桓 wɑn（wɒn）變 uɔn。跟今國語全然不同。方言有的作 un、uɔn，八思巴作 on，《西儒耳目資》作 uon。有人把《中原音韻》的桓歡擬作 uœn。」我們將桓韻擬爲 uon，一方面是考慮到《韻史》中桓、寒二韻界線清晰，主要元音似應有別；另一方面也因爲魂、桓相混。魂韻爲 uən，不管 ə 是表示動程還是主要元音，ə、u、o 的音色都很接近。這 2 個例字在何萱的古韻第十三部文部中。

上古元部發展到中古演變成了寒、刪、山、元、仙、先諸韻，上古元部合口一等演變爲中古桓韻，不規則音變是變成了魂韻。由於這種不規則音變造成的魂韻與元部演化來的其他韻部之間的相注，《韻史》也有體現。包括魂韻與元、仙的相注，以與元的相注最爲突出。例證如下：

魂、元相注 14

| 16582 | 晚 | 微上合元山三 | 無遠：昧 | 微合3 | 無沸 | 緄 | 見上合魂臻一 | 古本 |

17174	娩	微上合元山三	無遠：昧	微合3	無沸	本	幫上合魂臻一	布忖
19730	潠	心去合魂臻一	蘇困：敘	邪合3	徐呂	萬	微去合元山三	無販
18289	嫩	泥去合魂臻一	奴困：汝	日合3	人渚	返	非上合元山三	府遠
17322	絻	微去合元山三	無販：昧	微合3	無沸	寸	清去合魂臻一	倉困
17323	輓	微去合元山三	無販：昧	微合3	無沸	寸	清去合魂臻一	倉困
16584	輓	微上合元山三	無遠：昧	微合3	無沸	緄	見上合魂臻一	古本
17177	朊	微上合元山三	無遠：昧	微合3	無沸	本	幫上合魂臻一	布忖
19430	綩*	影上合魂臻一	鄔本：羽	云合3	王矩	返	非上合元山三	府遠
19431	踠*	影上合魂臻一	鄔本：羽	云合3	王矩	返	非上合元山三	府遠
19434	鞔*	影上合魂臻一	鄔本：羽	云合3	王矩	返	非上合元山三	府遠
19435	薳*	影上合魂臻一	鄔本：羽	云合3	王矩	返	非上合元山三	府遠
17180	蟂*	微上合元山三	武遠：昧	微合3	無沸	本	幫上合魂臻一	布忖
19423	踠g*	影上合魂臻一	鄔本：羽	云合3	王矩	返	非上合元山三	府遠

以上這十四個例字被何氏歸入古韻第十三部文部中。我們現在來看，中古魂韻在文部，中古元韻在元部，何萱認為元也屬於文部。

小 結

中古的山攝諸韻在《韻史》中發生了如下變化：仙韻已無重紐差別，三四等元、仙、先合流。以上各類變化開合口一致。開口呼中二等重韻刪山合流，開口刪韻的幫、明母字併入桓韻。合口呼中個別山攝字與合口刪韻合流後，一起併入桓韻。個別二等韻牙喉音（包括刪韻部分唇音）與三四等合流。寒與桓同為《廣韻》一等韻，但主要元音不同，保持分立。一等、二等、三四等之間有個別相注，但只是個例，這三大類的主要元音不同。《韻史》中的臻山兩攝韻有多次相注，這與何萱的古韻分部相一致。從注音上來看，他基本上還是臻山有別。也就是說，即使何萱在體例上分為古韻十七大部，但他在注音時還是會把真部、文部、元部字弄混，這主要是受時代所限，他在注音時會受到時音和方音的影響。所以，《韻史》干部與𠫤部各自獨立，干部包括主元音不同的 5個韻母，分別為：[ɑn]（寒），[uon]（桓、部分刪）；[an]（刪、山開口）；[iɛn]

（元、仙、先開口），[yɛn]〔註18〕（元、仙、先合口）。

6）金　部

金部主要來自中古的深攝。《廣韻》深咸二攝同收-m尾，但是從十六攝舒聲相注統計表中看，深攝自注273條，咸攝自注849條，深咸相注13條，本攝注和他攝注的比率分別爲4.4%和1.4%，這兩攝還沒有混在一起，它們所轄韻部在主元音上還有區別。

深攝《廣韻》只有一個侵韻，侵韻是重紐韻，但在《韻史》中，重紐的區別已消失。

表 3-49　深攝舒聲韻相注統計表

	侵	侵B	侵A
侵	56	26	
侵B	134	55	2

從上表可以看出，《韻史》中侵A只有2例，都與侵B互注。侵B又與舌齒音互注，可見侵的重紐特徵已消失了。

小　結

中古深攝在《韻史》中還是獨立存在的。陸志韋先生爲《中原音韻》侵尋部擬了[əm]、[im]兩個韻母，《廣韻》侵韻在「照、穿、牀、審二等字變əm」（陸志韋2003a），陸先生認爲《中原音韻》中的知二莊組聲母和知三章組聲母爲一個音位的兩個變體，二者呈互補關係，知二莊組聲母不跟韻母 i 及帶 i 介音的韻母相拼。《韻史》中知莊章組聲母合流爲一組舌葉音聲母，帶 i 或不帶 i 均可，就是帶 i 也可以忽略，「反切下字表」中金部表現爲一類韻母，我們暫時爲金部擬一個韻母[iˀm]，與莊組聲母相拼時讀[tʃiˀm]或[tʃˀm]都可以。戡部主要元音的構擬也從此。

〔註18〕我們將一等、二等、三四等韻擬爲不同主要元音的韻母，主要是考慮到從《中原音韻》到現代泰興方言，中古山攝都體現出一、二、三四等韻三分的趨勢。另外《韻史》中桓與寒界線分明，我們認爲主元音上應當有別。覃鹽部的主元音也不同，也是出於此種考慮。